청
계
산
장
의

재
판

박은우 미스터리 스릴러

청계산장의 재판

고즈넉 이엔티 GOZKNOCK ENT

청계산장의 재판

초판 2쇄 발행 2019년 11월 20일

지은이 박은우
펴낸이 배선아
펴낸곳 (주)고즈넉이엔티

출판등록 2017년 3월 13일 제2018-000115호
주소 서울시 중구 퇴계로26길 52 1층
대표전화 02-6269-8166 **팩스** 02-6166-9199
이메일 gozknock@naver.com

ⓒ 박은우, 2019
ISBN 979-11-88504-16-9   03810

어머니께

차례

1장

서

막

1

그날

고등학생이 되자 동생은 예뻐졌다. 그 전부터 예뻤을 터이나 그때가 되자 비로소 예뻐 보였다. 꽃망울이 활짝 잎을 틔운 것처럼. 그대로 자랐으면 얼마나 좋았을까.

어느 날 친구와 함께 멋진 오빠들을 만난다고 무엇을 입을까 고민하는 모습이 보였다.

"오빠들?"

"몰라. 대학생이라는데 하여튼 그쪽 대학가에서도 알아주는 킹카랬어."

"몇 명인데?"

"글쎄. 서너 명쯤 된다고 들었어."

"멀쩡한 대학생들이 할 일이 없어 어린애들을 만나?"

"무슨 소리를 하는 거야. 대학생이라고 해도 나이는 얼마 차이 안난다고."

"나이 차이가 문제가 아니라 고등학생과 대학생이면 엄청난 차이다."

"몰라, 그런 거."

"아무래도 불안한걸. 안 나갔으면 좋겠다."

"괜찮을 거야. 다들 명문대에 다닌다고 했거든. 그리고 친구들과 함께 낮에 잠깐 만나는 건데, 뭐."

"그럼 해 지기 전에 들어와."

"응."

동생은 흰 블라우스에 초록색 치마를 입고 나갔다. 순수하고 발랄한 모습이었다.

그날 동생은 돌아오지 않았다.

그 다음 날도.

다음 날도.

영원히.

2

8년 후, 늦은 겨울의 공원

도심의 공원이란 어항과 같다는 느낌이 들 때가 있다. 우선 여유로움으로 해석되는 느림 때문인데 아무래도 벌고 쓰면서 뛰어다니는 생활의 옆에 치워져 있는 여백의 공간으로 인식되는 까닭이다. 거기서는 운동기구를 붙잡고 씨름하는 사람도, 건강을 위해 열심히 뛰는 사람도, 땀을 뻘뻘 흘리며 농구공을 던져 올리는 청소년들도 강퍅하거나 치열한 느낌을 주지 않는다. 모두 각자의 생활에서 자유롭게 숨 쉬는 시간을 갖고 있는 것이다.

두 번째는 도로로 둘러싸인 하나의 공간에 있지만 그 안에서 보이지 않는 구획을 만들며 서로 범람하지 않는다는 것이다. 공원의 벤치나 운동장, 트랙, 놀이터 등 곳곳에 사람들이 있지만 서로 간섭하지 않은 채 운동과 잡담, 연애를 한다. 그리고 한쪽 외진 곳에서는 혼자 술을 마시는 사람도 있는 법인데 물론 그의 공간에 누군가 치고 들어가는 경우란 거의 없었다.

대낮은 아니지만 해가 잠들려면 두어 시간은 남은 오후에 허름한 사내가 홀로 벤치에 앉아 소주병을 기울이는 장면은 이질적인 모습일 수도 있고 아닐 수도 있다. 어떤 공간이든 주인이 떠나가면 다른 사람이 차지할 수 있는 것처럼 그곳 역시 마찬가지였다. 대신 그가 있는 한 아무도 그에게 접근하지 않았다. 노숙자처럼 지저분한 옷차림이라면 더욱 그러하리라. 대부분의 짐작대로 그는 노숙자가 분명했다.

그렇게 한두 시간이나 지났을까, 새로 공원으로 들어선 호리호리한 30대 중반의 남자가 주변을 두리번거렸다. 그리고 약간의 망설임도 없이 안쪽으로 걸어 들어갔다.

그가 도착한 곳은 오랫동안 혼자 술병을 기울이던 사내 앞이었다. 사내는 인기척을 느끼고 고개를 들었다.

"왔나?"

그다지 취한 목소리는 아니었다. 하지만 어눌하고 탁했다.

새로 온 남자는 청바지에 코르덴 재킷을 입고 있었는데 얼굴은 무심했다.

"앉지. 그거 술인가?"

남자는 손에 든 검은 비닐봉지를 노숙자 옆에 내려놓았다. 봉지를 여니 소주병 둘과 안줏거리가 나왔다.

"이거 반 정도 남아 있었는데 아껴 먹느라고 감질나 죽을 뻔했네."

노숙자가 빈 병을 들어 올리며 반가운 얼굴을 했다. 그리고 새 병을 들고 뚜껑을 비틀어 땄다.

"술이야 얼마든지 있으니 천천히 드세요."

남자가 처음으로 말했다.

"그래, 자네도 들게. 잔이 없으니 병나발을 불어야겠군. 어쩌겠나?"

남자는 노숙자가 한 모금 마시고 건네준 술병을 받아 입으로 가져갔다. 노숙자의 지저분한 입속에 들어갔다고 해서 조금도 머뭇거리거나 하지 않았다. 그렇게 둘은 주거니 받거니 술을 입안으로 털어 넣었다. 한 병이 금방 비워지고 두 병째도 반쯤 남았을 때 노숙자가 말했다.

"이제야 좀 살 것 같군."

술을 먹어야 살 것 같다고 말하는 것은 명백히 중독자의 관용어이다. 하지만 말하는 사람이나 듣는 사람이나 별 의미를 두지 않았다. 잠시 후 남자가 입을 열었다.

"가셨던 일은?"

"잘 된 것 같아."

그러면서 노숙자는 주머니에서 플라스틱으로 만든 새 신분증을 꺼내주었다. 남자는 그것을 받아들고 무표정한 얼굴로 내려다보았다.

신분증에는 노숙자의 얼굴 사진에 '김이하'라는 이름이 주민등록번호 및 주소와 함께 찍혀 있었다.

"별다른 문제는 없었죠?"

"그런 모양이야."

"잘됐군요."

"그럼 어떻게 되나, 내가 자네가 되는 건가?"

"그렇게 되는군요."

"본래의 자네는?"

"저도 오랫동안 적(籍)이 없는 상태로 있었지요. 유령이나 다름없는 존재였어요."

"그렇군."

더 이상 물으면 안 된다고 여겼는지 아니면 알 필요가 없었는지…… 침묵이 이어졌다. 석양이 창백했다. 멀찍이서 인라인 스케이팅을 하는 소년, 소녀들이 트랙을 타고 지나갔다.

"혹시 내 이름의 유래를 짐작하겠나?"

그는 새 신분증을 주머니에 넣으며 물었다.

"……대학(大學) 아닙니까?"

"허, 너무 쉽게 맞추는군. 책을 많이 봤나?"

"우연이지요. 고등학교 한문 교과서에 나온 걸로 기억합니다."

"맞아, 나도 그때 배운 적이 있는 듯하군. 자네와 달리 내 이름이 그 구절에 있기 때문에 확실히 기억하지. 대학지도(大學之道)는 재명명덕(在明明德)하고 재신민(在新民)하고 재지어지선(在止於至善)이라. 맞는지 모르겠군."

"아마 맞을 겁니다."

"대개 부모가 좋은 이름을 지어주는 건 이름대로 살라는 뜻일 텐데 나는 그러지 못했네. 어디 부모 뜻대로 되지 못하는 게 그뿐이겠냐만서도."

노숙자는 자신의 이름을 '정명덕'이라고 했었다. 오랫동안 쓰지 못했던 이름.

남자는 정명덕과 나란히 앉은 채 나뭇잎 떨어지는 정면을 물끄러미 바라보았다. 떨어진 가랑잎이 때마침 불어온 바람에 미끄러지

듯 굴러갔다. 그는 정명덕의 한탄 어린 말에 굳이 대꾸하지 않았다. 아니라고 위로하거나 맞다고 못 박을 필요가 없었다. 그가 이 사내를 찾는 동안 알아볼 만큼 알아봤으니까 무슨 말을 하는지는 충분히 알 수 있었다. 10여 년 전 직장을 다니다 구조 조정으로 쫓겨나고 남은 돈으로 사업이랍시고 해보려다가 거의 털어먹고 아는 사람의 보증을 섰다가 빚을 지고 이리저리 도망치며 떠돌다보니 주민등록이 말소되고 노숙자 생활로 수년을 이어온 것이다. 흔하다면 흔한 이야기다.

"젊을 때는, 이제 겨우 불혹을 넘겼는데 젊을 때라고 하니까 더 비참해지네만, 그때는 세상이 하는 말들을 믿었지. 그중 대표적인 게 이런 거라네. 사람은 희망이 없으면 살지 못한다."

그는 얼마 남지 않은 술을 입에 털어 넣었다.

"그런데 사실은 그렇지 않다는 말이야. 길바닥에서 생활한 초기엔 약간이나마 희망을 품고 있었지만 그 후로는 아무런 희망 없이 하루하루를 보냈단 말이지. 그런데도 여태껏 살아있네. 막연한 미래에 대한 희망뿐 아니라 단 하루, 내일에 대한 희망조차 없이 말이야. 노숙자로 지내다보면 역시 같은 처지의 사람을 만날 수밖에 없거든. 나보다 훨씬 더 오랫동안, 20년, 30년을 길에서 지낸 사람도 많아. 그들 역시 희망 없이 살고 있었어. 사실 따지고 보면 우리뿐 아니라 대부분의 사람들이 희망 따위는 갖지 않은 채 살아가고 있는 건지도 몰라. 5년 후에 집을 살까, 내년에 차를 바꿀까 하는 것들 말고. 단지 내일은, 내년은 좀 더 낫지 않을까 하는 막연한 생각이 희망이라면 그럴 수도 있겠지만 말이야. 어쨌건 우리는 아니지. 혹시 우리는 살아가고 있는 게 아닌 걸까? 그저 생을 질질 끌고 가는 게 아닐까? 어떻게 생각해?"

남자는 대답하지 않았다. 자신의 의견이 무슨 소용이 있을까.

"자네는 어떤가, 희망이 있는가? 아직 살아있나?"

"희망은 잘 모르겠고 계획이라면 있네요."

"그렇군. 그 계획을 내가 알 수는 없겠지?"

"나중에 알게 될 겁니다."

"그때까지 살아있다면 말이지."

"살아있어야 합니다. 형님도 계획의 일부이니까요."

"그렇군. 자네가 하려는 일은 나쁜 짓인가?"

"아마도."

"아닐 수도 있다는 거로군."

"누구에게 나쁘냐 하는 거죠."

"적어도 나나 내 가족에게는 아니라는 거군."

남자는 대답하지 않았다. 정명덕도 더 이상 묻지 않았다. 법을 어기는 것이냐 하는 질문도 필요 없었다. 신분을 위조하는 것부터 범법의 시작이다. 그것을 바탕으로 얼마나 더 큰 범죄를 저지를 것인지…… 나중에 알 수 있겠지. 그때까지 살아있다면 말이다. 하지만 궁금하긴 했다. 자신보다 네댓 살 어린 이 남자가 무슨 일을 벌일 것인가.

"참, 따님 좀 보시겠습니까?"

"어디?"

정명덕이 머리를 들어 두리번거렸다.

"여기 온 건 아닙니다."

그리고 남자는 휴대폰을 꺼내 화면을 몇 번 터치했다. 그러자 여덟 살쯤 된 여자아이가 화면에 불려 나왔고 다시 가운데 플레이를 터치하자 말하기 시작했다.

"안녕하세요. 저는 한마음 초등학교 1학년이고요, 정시온이라고 합니다."

"학교에 잘 다니고 있어요?"

앞에서 남자의 목소리가 질문을 했다.

"예, 친구도 많아요."

"엄마는 뭐해요?"

"마트에서 일해요."

"학교 끝나면 집으로 가요?"

"아뇨, 동네 상가에 있는 공부방에 가요."

계속해서 남자의 질문이 이어졌고 여자아이는 또박또박 대답했다. 그리고 마지막.

"아빠 보고 싶어요?"

"네, 많이 많이 보고 싶어요."

"아빠가 볼지도 모르니 아빠한테 인사."

"아빠, 보고 싶어요. 돈 많이 안 벌어도 되니까 빨리 시온이 보러 오세요."

그렇게 정지된 모습을 한참이나 바라보고 있던 정명덕의 눈이 젖어 들어갔다.

"어쨌든 아이는 밝게 잘 지내고 있습니다."

사내가 말했다.

"그렇군. 고맙네."

"몇 달 후에 연락할게요. 그때 할 일이 있습니다."

"내가 준비할 건 없나?"

"그때 만나서 말씀드리지요."

"이런 처지의 내가 할 말은 아니지만 별 문제는 없겠지?"

"다 잘 될 겁니다."

그리고 잠시, 침묵이 둘 사이의 공간을 채웠다.

"이제 가봐야겠군요."

"그러게."

남자가 일어섰다. 그는 잠시 서서 멍하니 먼 곳에 시선을 두고 있는 정명덕을 내려다보았다. 뭔가를 줄 것처럼 망설이는 듯하다가 이내 발걸음을 옮겨 왔던 방향으로 걸어갔다.

생각 같아서는 돈이라도 좀 쥐어줬으면 싶었을 것이다. 자신이 요구해서 그런 것이긴 하지만 그가 맡은 일은 상당한 금액의 보수에 값할 만했다. 하지만 그러지 않았다. 지금 그에게 많은 돈을 준다는 것은 곧 죽으라는 말과 마찬가지였다.

수중에 많은 돈이 있으면 금세 눈에 띄고 곧바로 남의 손을 타기 마련이다. 돈 몇 푼 쥐어주는 것은 생색조차 안 나는 일이다. 차라리 술값이라도 벌기 위해 직접 조금이라도 움직이는 것이 그나마 더 연명할 수 있는 길이다. 지금까지 그래왔던 것처럼.

그는 정명덕에 대한 생각을 떨쳐버리고 성큼 발을 떼었다. 일을 해야 할 시간이다.

3

두 달 후, 4월

대구 중부경찰서에서 형사로 근무하는 양종호는 며칠 만에 집에 왔다.

30대의 젊은 형사인 양종호는 현장 근무가 잦은 까닭도 있지만 홀로 계신 노모의 잔소리를 덜 듣기 위해서라도 귀가가 규칙적일 수가 없었다.

탐문이나 잠복근무를 매일 밤새워 하는 게 아닌데도 그때그때 집에 못 들어가는 이유에는 일이 끝난 후의 술자리도 한몫을 차지했다. 다른 동료들처럼 처자식이 없는지라 술자리를 마다할 이유가 없었다. 술을 마시다 보면 시간이 늦어지고, 늦어서 취한 모습으로 집에 들어가 노모를 깨우거나 몰래 문을 열고 들어가는 일이 말처럼 쉽지가 않았다. 그냥 새벽까지 술집을 전전하다 관내 숙직실로 기어들어가거나 서에서 멀리 있을 경우엔 근처 찜질방에 들어가 잠깐씩 눈을 붙이고 그 차림으로 출근하기 일쑤였다.

이렇게 지내다 사나흘에 한 번씩 집에 들어오면, 노모는 아무리 경찰이라고 월급은 쥐꼬리만치 주면서 무슨 일을 그리 시킨다냐며 경찰서장부터 나라님까지 싸잡아 욕을 해대곤 했다. 그중에 사실은 일부밖에 안 됐으나 그 자신도 동료들과 같은 내용의 뒷담화를 수 없이 했던지라 노모의 잔소리에 맞장구를 치거나 고개를 끄덕이곤 했다.

종호가 화장실에서 손발만 씻고 나오자 식탁에 저녁이 차려져 있었다. 그는 자리에 앉아 숟가락으로 된장국을 뜨면서 엄마도 같이 먹지, 했다. 노모는 손사래를 치며 가만히 건너편에 앉아 그가 먹는 모습을 바라보기만 했다.

그는 잠시 걱정이 되었다. 무슨 할 말이 있나, 또 선보라는 얘긴 가?

"뭐야, 엄마답지 않게 망설이고."

그가 채근하자 노모가 어렵게 말을 꺼냈다.

"니 돈 좀 있나?"

"나 같은 말단 공무원이 무슨 돈이 있어?"

"아무래도 안 되겠제?"

"얼마나, 왜 필요한데?"

"한 오백만 원이면 되는데. 그럼 니 장개가는 데도 쓰고 니 누나 한테도 좀 주고."

"아니, 고작 오백만 원 갖고 누구 코에 붙여? 적어도 몇 배는 있어 야지."

"그러게 말이다. 근데 오백만 원만 있으믄 몇 배로 불릴 수 있다 안 카나."

"그게 먼 소리야?"

"그란 게 있다."

"뭐야, 자세히 얘기해봐."

"그기…… 투자라는 게 있지."

"허, 엄마가 투자를 어떻게 알아?"

종호는 신기한 듯 노모의 얼굴을 새삼 뜯어보았다.

"니 내 무시하나? 투기 아니고 투자다, 알긋나?"

그는 수저를 놓고 잠시 엄마를 지긋이 바라보고 말했다.

"엄마, 주식 했어?"

"야가 무신 소리고."

"그럼 난데없이 투자는 뭐야?"

노모가 설명을 한다.

어느 날 노인정에 젊은이들이 찾아왔다. 굉장히 좋은 기술을 개발해 상품을 만들어 팔려 하는데 돈이 없다. 어르신들이 5백만 원만 투자하면 매달 2십만 원씩 이자를 배당해준다. 그럼 1년이면 240만 원이고 2년이 지나고 한 달 만에 원금은 그대로 돌려받게 된다. 10년이면 다섯 배 가까이 돈을 불릴 수 있단다.

종호는 코웃음을 쳤다.

"어떻게 그런 말을 믿을 수가 있어, 딱 들으면 사긴데."

"그게 아니라카이. 꼬박꼬박 이자 들어오는 걸 내가 봤다니까."

"뭘 봤다고?"

"아는 영감, 할매들 통장에 매달 정확하게 20만 원씩 찍혀 있는 걸 봤단 말이다. 은행 통장은 거짓말 안 하제?"

"그거야 그렇지만. 엄마가 봤다고, 직접?"

"아, 그렇다니까."

"그렇게 사기를 치는 놈들은 더 많은 노인네들을 끌어들이기 위해 한두 달은 꼬박꼬박 돈을 보내줘."

"사기 아이라니까 그란다. 사기면 그렇게 몇 달씩이나 꼬박꼬박 돈을 넣어주겠나?"

"그려? 언제부터인데?"

"아마 석 달쯤 됐을 기다."

그러자 종호의 표정은 굳어졌다. 석 달이나 됐다면 이미 피해자가 상당수 나왔을 것이다. 그런데도 아직 이자가 입금되고 있다면 피해자들이 피해 사실을 인지할 수 없을 것이고 당연히 신고도 하지 않을 것이다. 이게 눈덩이처럼 계속 굴러가 피해 사실을 알고 신고를 할 때쯤엔 그 피해 규모가 엄청나게 늘어나 있을 것이다. 최소 석 달이라는 유예 기간이 안심하고 더 많은 피해자를 모집할 수 있는 타임일 테니까.

다음 날 경찰서에 출근한 그는 팀장에게 이 사실을 보고했다.

"어떻게 생각하나?"

팀장이 부하 형사들에게 의견을 물었다.

"백 프로 사기입니다. 세상에 어떤 미친놈이 노인들한테 그렇게 고율의 이자를 줍니까?"

선배 형사가 말하자 모두 고개를 끄덕였다. 팀장이 종호를 보고 말했다.

"아직 피해 신고나 사건 접수가 이루어지지 않았으니 양형사가 비밀리에 조사를 해봐."

그날로 종호는 엄마에게 들은 걸 토대로 아파트 노인정 등을 방문해 문제의 떴다방 사내들에게 돈을 빌려준 노인들을 만나 피해 규모를 확인했다. 며칠에 걸쳐 조사해 본 결과 피해자들은 평균 1인당 5백만 원, 총 인원 100여 명이었다.

총 5억 원 정도로 큰 액수는 아니었으나 피해자가 100여 명이면 상당히 큰 규모다. 그런데 문제는 피해자들 대부분이 스스로를 피해자라고 생각하지 않는다는 점이었다. 매달 정해진 날에 이자가 꼬박꼬박 입금되기 때문이다.

앞으로 예상할 수 있는 진행 방향은 두 가지였다.

첫째, 그들 떴다방 야바위꾼들이 더 많은 투자자를 모아 지금보다 훨씬 많은 돈을 가로채기 위한 신뢰의 표시로 약속한 이자를 계속 지급한다. 이 경우 그들 일당은 계속 이 주변을 얼쩡거리며 더 많은 노인들을 모으는 활동을 할 것이다.

두 번째는 이곳에서의 사기 활동은 어느 정도 목표를 이루었다고 보고 모든 것을 걷어 사라지는 것이다. 그럴 경우 그들이 사라지는 순간 더 이상 이자를 지급할 이유는 없어진다. 그런데 종호가 조사한 바에 의하면 그들은 이 도시 어디에서도 활동을 하고 있지 않았다. 모든 돈을 걷어서는 사라진 것이다. 그들이 사라진 지 벌써 한 달이 넘었다. 어느 누구도 한 달 사이에 사람들 눈에 띄지 않았다. 그 때문에 투자를 한 노인들만 다른 노인들에게 시달려야 했다. 자신들도 투자를 할 테니 그 사람들을 만나게 해 달라고. 그들이 사라진 후에도 이자는 꼬박꼬박 지급되고 있었다. 도대체 어찌된 일일까. 종호를 비롯한 형사과 팀원들은 혼란에 빠졌다.

어쨌든 그들 일당의 신원만이라도 알아내라는 팀장의 지시에 양종호는 그들 셋 가운데 겨우 두 명의 이름을 알아냈다. 노인들 통장으로 계좌이체를 할 때 쓴 이름이 허삼도였다. 그리고 그들끼리 서로 이름을 불렀을 때 노인들이 들었다는 이용수라는 이름이 또 등장했다. 나머지 한 사람은 끝내 알 수 없었다.

허삼도는 40대 초반이고 이용수는 20대 후반이었다. 이름과 나이, 인상착의 등을 토대로 범죄 기록을 조회해보니 허삼도는 사기 전과가 세 번 있었고, 이용수는 전혀 나타나지 않았다. 전과가 있는 자가 비슷한 유형의 일을 벌였다면 충분히 의심해볼 만했다. 종호는 두 사람의 소재 파악에 주력하고 수배를 내렸지만 좀처럼 그들의 흔적은 찾을 수 없었고 날만 하루하루 지나갔다.

4

강남의 한 성형외과

신경준은 전도유망한 성형외과 의사였다. 한국 성형외과의 수도라 할 수 있는 강남의 중견 병원에서 고액의 연봉을 받고 많은 사람을 완벽하게 변모시켜주었다.

그 몇 년 후 모아둔 돈 절반과 대출금 절반으로 자신의 병원을 열었다. 그 후로도 몇 년은 잘 나갔다. 수술로 돈 버는 데 바빠서 결혼은 물론 연애도 제대로 못 해볼 정도였으니.

잘생기고 예쁜 것이 능력이 되는 후기 자본주의 사회 분위기는 그의 사업에 날개를 달아줬다. 끊임없이 사람들이 찾아왔고 돈을 싸들고 온 사람들은 원하는 얼굴과 몸을 갖고 나갔다. 처음에는 젊은 여자가 대부분이었으나 곧 젊은 남자가 가세했고 다음에는 늙고 어린 여자가, 또 다음에는 늙고 어린 남자가 찾아왔다.

처음에는 어디를 얼마나 고쳐야 하는지 상담하고 견적을 뽑아줬으나 나중에는 그들 스스로 견적을 뽑아왔다. 언제나 예약이 밀려 있었기 때문에 그로서는 군이 비싼 상품을 권할 필요도 없었다. 쇼핑하듯 간단히 몇 분 만에 수술을 끝내고 카드를 긁은 후 가벼운 걸음으로 나가는 사람이 많아지면서 그의 일은 고부가가치 사업이 되었다. 아무리 일회용 고객이라도 구매 만족도가 높으면 언제든 다시 찾아오는 평생고객이 되기 마련이었다. 더구나 성형 상품이란 하나에 만족하면 다른 곳에서 흠이 발견되는 것이어서 다시 찾아올 수밖에 없었다.

그렇게 병원의 규모는 커져 간호사도 다섯이나 두게 되었고 사무와 영업 및 상담, 홍보까지 하는 직원들을 두게 되었다. 어느덧 중소기업 뺨치는 규모가 되었다. 주말에는 다 쉬고 골프 투어를 할 수 있게 되었으나 그의 일 욕심은 주말까지 반납하고 매달리게 만들었다. 물론 그 대가로 들어오는 수입은 고스란히 그의 통장에 차곡차곡 쌓였다.

언제까지나 승승장구할 것 같았던 그의 사업이 기울다가 곤두박질치고 마침내 끝장난 것은 단 한순간이었다. 그리 크지는 않으나 탄탄한 대지라고 여겨졌던 기반이 단숨에 수렁이 되어버렸다.

처음에는 단순한 컴플레인이었다. 그것도 고객의 요구를 제대로 전달받지 못해 엉뚱한 수술을 한 데 따른 실수라고 할 수 있었다. 고객에게서 상담원, 간호사 그리고 의사인 자신에게로 이어진 견적 전달 라인에 문제가 있었는데 어느 단계에서 잘못되었는지 알 수 없었다.

상담원은 고객의 요구를 그대로 반영해 견적을 냈다고 하는데, 고객은 절대로 그렇지 않다고 주장했다. 첫 번째는 신경준의 실력이 좋아 잘못 시술한 부분은 원상복구하고 원래 고객의 요구는 무료로 해주는 것으로 해결했다. 하지만 그 다음에도 비슷한 일은 계속 벌어졌다.

상담원의 실수라고 여긴 사례에서는 상담원을 교체했고 간호사의 실수가 드러난 부분에서는 간호사를 바꿨다. 그렇게 소소한 문제들이 대여섯 건 생기다가 안정을 되찾았을 무렵 큰 게 터졌다.

환자 쪽은 의료사고라고 주장했고 사실 의료사고가 맞았다. 그런데 지금까지 한 번도 실수를 한 적이 없는 자신이 환자를 혼수상태에 빠트릴 정도의 의료사고라니, 뭔가 잘못된 게 분명했다. 수술을할 때 뭔가 깜박했던가, 아니면 정신이 나갔었나? 간호사가 주사를잘못 놨나? 어떤 것이든 모든 책임은 그 자신이 져야 했다.

환자는 다행히 종합병원에서 열 달 정도 치료를 해서 나왔지만 그동안에 소송 및 소송무마와 위자료로 거액이 지불되었다. 병원운영이 휘청거릴 정도였다. 물론 직원을 줄이고 열심히 일하면 1년이내에 회복할 수 있었다. 하지만 운명은 그럴 기회를 주지 않았다.그 자신이 향정신성 의약품, 소위 마약 상습 복용 혐의로 체포된 것이다.

사실 그는 일에 중독되어 밤낮 없고 휴일 없이 일할 때 이미 상습적으로 약물을 복용하긴 했다. 아니, 그 이전 인턴 시절부터 시작했다. 다만 알아서 조절했기에 별 문제 없이 끌어왔던 것이다. 그리고병원이 위태로워졌을 때 조금 많이 복용했다. 그래도 그 사실은 아무도 몰랐다. 적어도 자신은 그렇게 생각했다.

그런데 경찰이 어떻게 알고?

간호사들일까, 아니면 다른 직원일까, 이전에 함께 일했던 동료일까.

그러고 보니 대학 동기로 오랫동안 인턴과 레지던트 생활을 함께 했던 친구가 같은 혐의로 조사를 받고 있었다는 소식을 얼핏 들은 것 같았다. 그놈을 조사하는 과정에서 고구마줄기처럼 엮여 들어간 게 아닌가.

아, 젠장.

어쨌건 그는 초범이라 집행유예로 풀려나긴 했지만 오랜 기간의 상습범이라 구속되어야 할 기간이 길었고, 결정적으로 의사 면허가 취소되었다.

의사가 된 지 10년 만에 모든 게 끝장나 이제 진창에 구르는 일만 남았다.

5

7월, 인천 국제공항

장마가 막 끝난 공항의 여름은 비릿하면서도 상큼한 냄새가 났다.

장마가 끝나기를 기다렸다는 듯 해외로 나가려는 여행객이 줄을 이었다. 그들은 난리를 만난 피난민처럼 잔뜩 짐을 챙겼다. 물론 피난민처럼 꾀죄죄하지는 않았다. 어쩌면 그 꾀죄죄함이 속으로 갈무리되어 있는지도 몰랐다. 그들의 머릿속 곳곳에.

줄을 서서 기다리는 출국 게이트와는 달리 입국 게이트는 한산한 편이었다. 게이트를 빠져나온 조성주는 약간 경멸어린 시선으로 출국장에 모여 있는 사람들을 보았다. 그에게는 변변한 여행가방 하나 없었다. 스포티한 정장에 셔츠와 단화, 바지 뒷주머니의 지갑과 휴대폰이 전부였다. 그는 곧 자신과는 별 상관없다는 듯 고개를 돌리고 그곳을 빠져나왔다. 양손은 주머니에 들어간 채였다.

공항 1층에서 택시 승강장을 향해 걷는데 주차장 쪽에서 빵빵거리는 소리가 들렸다. 주변에 있던 몇몇 사람이 그쪽으로 고개를 돌렸다. 그도 역시 그쪽으로 시선을 주었다. 검은 안경을 쓴 남자가 그를 향해 손짓을 했다.

조성주는 손가락으로 자신을 가리켰다. 나? 사내가 고개를 끄덕였다. 누굴까. 자신을 마중 나올 사람이 없을 텐데. 고개를 갸웃하면서 그는 그쪽으로 천천히 다가갔다.

"양혜정 씨 아시죠?"

조성주는 고개를 끄덕였다.

"모시고 오라더군요. 타시죠."

조성주는 그랜저의 뒷자리에 올라탔다. 외국에서 돌아올 때마다 가장 먼저 연락하고 만났던 게 카페 미라주의 양혜정이긴 하지만 이번에도 돌아온다는 사실을 알렸던가, 헷갈렸다.

"양마담이 마중 나가 달라고 했다고?"

"그렇습니다."

"양마담과 어떤 사이요?"

"좀 아는 사입니다."

"좀 안다고 이런 부탁을 하지는 않는데?"

"뭐 조 형과 비슷하다고 해두죠."

나랑 비슷한 사이다? 그건 가끔 같이 자기도 한다는 얘긴데……. 그런 생각이 들자 낯선 감정이 꿈틀거렸다. 그의 기분을 느꼈는지 사내가 덧붙였다.

"그리 심각한 관계는 아닙니다."

조성주는 머쓱해서 창밖으로 시선을 돌렸다. 심각한 관계가 아닌 건 자신도 마찬가지 아닌가. 그의 당혹스러움을 달래듯 사내가 음료수라도 들겠냐며 뒤로 건네주었다. 그는 사내가 건넨 캔 커피를 받아 뚜껑을 따고 입에 털어 넣었다. 달콤하면서도 진한 액체가 목구멍을 넘어갔다.

한 여자를 독점하려면 그만한 대가를 줘야 한다. 아무리 돈과 권력이 있어도 그렇다. 누가 봐도 명백한 연인 관계라면 남녀는 서로에 대한 독점권을 보장받을 수 있다. 심한 경우 사생활까지 간섭할 수 있는 것이다. 조성주는 양혜정과 과거 몇 번은 연인이라 생각될 정도의 관계를 맺은 적이 있었다.

그렇다고 그 관계가 끝난 것도 아니었다. 그러니까 같이 있을 때는 연인과 같은 상태로 지내다가 떨어지면 서로 무관하게 지냈던 것이다. 이런 일회적인 관계는 술과 웃음과 몸을 파는 화류계의 여자들이 주로 쓰는 방법이었는데 조성주도 그것이 편했다. 감정이란 것이 묘해서 유지하기 위해서는 많은 에너지를 소모하기 때문이었다. 하지만 간헐적이라도 관계가 지속되다 보면 어떤 형태든 감정이 생기지 않을 수 없는데 지금과 같이 불쑥 모습을 드러내는 법이었다.

그는 가슴이나 머릿속 어딘가에 돌멩이처럼 생긴 감정을 또르르 굴리며 창밖을 무심히 바라보았다. 손에 쥔 캔은 이미 비워지고 반쯤 찌그러져 있었다. 문득 전면의 거울에 눈길이 갔고 사내의 얼굴이 보였다.

검은 안경을 쓰고 있어 어디를 보고 있는지는 모르겠으나 새삼 그 얼굴이 눈에 익었다. 아는 사람일까. 언제 본 적이 있었나?

"거기 안경 좀 벗어보지."

사내는 아무런 대꾸 없이 손을 들어 안경을 벗었다.

"당신 어떻게…… 그럴 수가 있지?"

"음, 그럴 수도 있죠."

"그, 그러니까 말야, 어떻게……?"

그는 대답을 기다렸지만 대답보다 먼저 눈앞이 뿌옇게 흐려졌다.

창밖을 지나가는 풍경이 꿈결처럼 일렁거렸다. 고속화도로의 차단벽과 나무들이 초현실주의 회화처럼 제멋대로 형체를 무너뜨렸다. 어지럽고 눈꺼풀이 무거워지는 것이 시차 때문인가.

수없이 외국을 드나들었어도 지금처럼 심한 적은 없었는데.

짧은 순간 거울 속에서 다시 검은 안경을 쓴 사내의 얼굴 각도가 미세하게 비틀어지는 것처럼 보였다.

이쪽을 보는 건가?

입꼬리도 모양이 변한 듯했다. 그는 손에 힘이 풀리면서 바닥에 떨어지는 깡통을 내려다보았다.

"당신, 무, 무슨…… 짓을 한…… 거야?"

겨우 한 문장이 완성되었지만 더 이상 입이 열리지 않았다. 그는 그대로 뒷자리에 머리를 떨구었다.

6

8월 초, 청계산의 동남쪽 한 중턱

판교에 인접한 청계산 동남쪽 기슭의 산장.

산 중턱에서 바라본 풍경은 시원했다.

동쪽으로 멀리 시가지가 펼쳐져 있었다.

산 아래 마을과 한참 떨어져 있는 백여 평의 산장은 거의 비어 있다. 그 앞에 몇몇 사람들이 모여 있었다.

수원에 위치한 건축 설계사무소 대표인 임운서는 산장 리모델링 의뢰를 받고 주인과 상담 중이었다. 산장의 주인은 국내 10대 기업 안에 드는 J그룹 소유였다.

처음 J그룹 관계자의 전화를 받고 공사 내용을 들은 그는 상당히 의아했다. 이 정도의 일거리는 그룹 내부에서 다 처리가 되는 것으로 알고 있었다. 그룹에 속해 있는 건설사의 한 부서만 해도 자신이 대표로 있는 회사보다 훨씬 컸다. 보통 내부거래로 알려져 있는 일감 몰아주기는 업계의 상식에 속했다. 그가 자신의 의문을 표시하자 상담 중이던 담당자는 씨익 웃으면서 왜 그렇겠어요? 했다.

그러자 임운서의 머리가 바쁘게 움직였다. 내부거래로 얻는 이득을 포기하면서 취하려는 것은……?

"시크릿?"

상대는 가볍게 박수를 쳤다.

"큰 조직은 무슨 일을 하려고 하면 내외로 반대도 많고 의심도 많은 법이죠. 상품 개발이든 투자 계획이든 말이죠. 그러니 세상에 내놓기 전까진 아는 사람이 적어야 하지 않겠습니까?"

그는 고개를 끄덕였다.

그리하여 공사를 시작하게 되었다. 공사 내용이 상당히 괴이했지만 그다지 이상하게 생각하지 않았다. 비밀이라지 않는가.

바닥과 벽에 보일러 파이프를 새로 깐다든지 창문에 셔터를 치고 철문을 달고, 건물 안팎 곳곳에 감시카메라를 달고 하는 것이 흡사 요새라도 만드는 게 아닌가 싶었다.

전쟁놀이라도 하려는 건가. 한데 내부는 바와 간이 무대, 샹들리에 등 실내 장식을 고급스럽게 주문했다.

그렇게 모습이 만들어지자 그는 이 산장의 용도를 대충이나마 짐작할 수 있었다. 상류층을 위한 고급 파티장, 그러면서도 외부에는 철저히 비밀이 유지될 수 있는, 상당한 일탈이 가능한 장소.

공사를 시작하기 위해 그룹 책임자를 만났을 때, 그는 자신의 추측이 맞았음을 확신했다. 잘 빠진 수트에 선글라스를 끼고 나타난 호리호리한 체격의 잘생긴 사내.

세간에는 쾌락주의자에 바람둥이로도 알려졌고 욜로 족의 원조라고도 알려진 조성주였다.

7

10월, 서울지방법원 주차장

오후의 법원은 한산한 편이었다.

연수원을 다니며 법원 실무수습으로 재판에 참관했던 최상률은 웅장한 법원 건물의 로비를 지나 현관으로 향했다. 그때 전화벨이 울렸다.

그는 가방을 어깨에 멘 채 주머니에서 핸드폰을 꺼내 통화 버튼을 누르며 귀에 가져다 댔다.

"아, 성주! 연락은 받았어."

그의 목소리는 사무적인 바탕 안에서 반가움의 기색이 파도처럼 찰랑거렸다.

"잘 나가기는 뭐. 이제 곧 임용이잖아? 이미 웬만한 보직은 다 정해진 줄 모르고 새끼들이 눈알이 새빨개졌다니까. 그럼, 이 바닥도 뻔하잖아. 물론 임용은 성적순이지. 그런데 논문이든 시험이든, 좋은 성적을 얻는 방법은 초기에 다 결정된다는 거야. 무슨 말인지 알겠지? 하하, 나도 하는 시늉은 해야 되잖아."

계속 통화를 하면서 자신의 차가 있는 주차장으로 향했다. 주차
장은 건물 오른쪽이었다.

"그래서 말이야, 군대와는 반대로 말년이 되니까 더 바쁘고 살벌
해진다니까. 그날엔 학회 세미나도 있고 해서, 아, 세미나야 그저 그
런 내용이지만 하늘같은 교수님과 선배님들 다 참가하는데 그런 자
리에 빠지면 완전 찍히는 거지, 뭐. 미안해. 오랜만의 모임인데 나도
꼭 가고 싶지. 다음에 기회를 만들면 꼭 갈게. 만나면 안부 좀 전해
줘. 즐거운 시간 보내고."

최상률은 휴대폰을 주머니에 집어넣고 자신의 차를 찾아 주변을
두리번거렸다. 직원 전용 주차장은 가깝고 공간의 여유가 있었다.

그가 자신의 차를 찾아 운전석에 올라타는 순간 뒤에서 부르는
소리가 났다.

"최상률 씨?"

그는 계기판 앞에 놓인 선글라스를 쓰고 백미러 속에 들어온 낯
선 사내를 살펴보았다. 모르는 사람이었다. 무슨 일인가 싶어 잠시
시동을 켜지 않은 채 기다렸다.

"최상률 씨 맞죠?"

사내가 허리를 숙이고 얼굴을 가까이 댔다. 그는 경계심을 느끼
며 창을 한 뼘 정도만 내렸다. 그리고 고개를 끄덕였다.

"강남경찰서의 윤지호라고 합니다. 잠시 얘기 좀 할 수 있을까
요?"

강남경찰서 형사라고? 그는 사내가 뒷주머니에서 꺼내 펼쳐 보인
지갑을 힐끗 보았다.

신분증을 슬쩍 보여주고 다시 집어넣을 듯하던 손짓이 멈췄다. 최상률이 제대로 확인해야겠다는 표정으로 시선을 계속 고정하고 있었기 때문이었다. 그동안 법원과 검찰청뿐만 아니라 인근 경찰서까지 다녀봤기 때문에 배지와 신분증 정도는 쉽게 알아볼 수 있었다. 이름과 사진 또한 정확했다. 그것이 자신의 자만심이라는 걸 그는 알지 못했다. 신분이 확인되자 오히려 깔보는 마음이 생겼다. 경찰은 아무리 지위가 높아도 검사 앞에서는 고양이 앞의 쥐다.

"무슨 일입니까?"

"몇 년 전에 성남 지역 야산에서 여고생 피살사건이 있었지요."

"그런데 그게 나와 무슨 상관이지?"

"그 사건에 새로운 증거가 발견됐는데……."

잠시 뜸을 들였다. 최상률은 무표정하게 다음 말을 기다렸다.

형사는 다시 점퍼 안주머니를 뒤적거렸다. 그리고 제멋대로 접힌 종이와 사진들을 꺼내 들었다. 그중 하나를 내밀며 말했다.

"잠시 이 사진 좀 봐 주시겠습니까?"

사진은 오래 된 듯 색이 바랬는데 손바닥만 한 크기에 여러 명이 찍혀 있었다.

그게 도대체 뭐냐고, 나와 무슨 상관이냐고 내쳐야 한다는 마음과는 반대로 눈길이 절로 갔다.

"아는 사람들이 있는지……."

그는 창문을 더 내렸다. 그러자 형사의 손이 안으로 들어왔다. 그 손에 있는 사진을 뚫어지게 바라보는데 갑자기 숨이 막혀 왔다.

형사의 손은 어느새 그의 숨구멍을 조이고 있었다. 그는 양손을 들어 그의 목을 움켜쥔 형사의 손을 뜯어내려 했지만 더 힘이 빠졌다. 뭔가 축축한 것이 입과 코를 덮고 있었다. 그의 눈과 의식은 빠르게 주변 사물로부터 멀어져 갔다. 그의 몸은 운전석에 축 늘어졌다.

사내는 차 문을 열고 운전석에 축 늘어진 최상률을 옆 좌석으로 옮겼다. 70킬로가 넘는 건장한 체격이었지만 옮기는 데 애를 먹는 것 같지는 않았다. 그는 상당히 능숙하고 빠르게 일을 처리했다. 1분 남짓한 동안에 큰 소리와 움직임이 없었기 때문에 웬만큼 가까이 있지 않는 한 알아차릴 사람은 없었다.

그는 옆자리의 최상률에게 안전띠를 채우고 머리까지 바로 세웠다.

그는 다시 품에서 뭔가를 꺼냈다. 꽤 강력한 양면접착 테이프였다. 그는 지금까지와는 달리 정성껏 테이프를 조수석의 머리받침에 붙였다. 그리고 최상률의 머리를 거기에 고정시켰다. 검은 안경을 쓴 데다 테이프와 머리받침이 다 검은색이어서 어색한 점은 없어 보였다. 그는 자신도 검은 안경을 쓴 후 차의 시동을 켜고 천천히 주차장을 빠져나갔다.

그곳에서 20여 미터 떨어진 건물의 모퉁이에서 이쪽을 힐끔힐끔 보며 얘기를 나누던 두 남자가, 최상률의 차가 주차장을 빠져나가자 손을 내밀어 서로 악수를 하고 각자 다른 방향으로 헤어져 갔다.

2장

가면무도회

늦가을인 10월 말 어느 날,
주말이 시작되는 금요일 저녁

저녁이 되자 날이 제법 쌀쌀해졌다. 그래도 날씨에 구애받지 않는 것이 도시에서의 생활이고, 파티라면 더욱 그랬다. 초대장을 받은 사람들이 속속 도착했다.

산장에서 50여 미터 떨어진 공터에는 백여 대는 주차할 수 있는 공간이 있었는데 이제 일곱 번째 승용차가 들어서고 있었다. 그들 중에서는 비교적 흔하다 할 수 있는 벤츠였다. 이미 주차되어 있는 승용차들도 람보르기니, 마세라티, 포르쉐, BMW나 페라리 등 유럽산이었다.

벤츠가 여유 있는 공간에 멈춰서고 안에서 젊은 남녀가 내렸다. 그들은 안내원의 지시에 따라 완만한 언덕길을 타고 산장 쪽으로 올라갔다.

임시로 마련된 주차장이 다 차지는 않을 것이다. 초대장을 보낸 곳이 스물 남짓이니 그중에서 부득이하게 못 오는 사람이 있더라도 서른 명 정도는 될 것이다. 물론 관행대로 대부분 남녀 쌍으로 올 것이고, 역시 부득이한 사정이 있는 사람만 홀로 올 터이니 말이다.

산장은 4백 평쯤 되는 2층짜리 건물이었다. 청계산의 중턱에 동쪽을 바라보고 서 있으니 앞쪽은 시야가 탁 트이고 뒤편은 언덕이었다. 산장이 위치한 곳이 10도 안팎의 완경사라서 대체로 안락한 느낌이었다. 주변의 숲도 듬성듬성했다.

산장 앞 정원과 현관은 어둑어둑해지는 때에 맞춰 불이 환하게 밝혀져 있었다. 그곳에도 안내하는 사람들이 있었다.

그들은 정장이나 야회복을 차려입은 방문자들을 맞아 정중하게 인사하며 초대장을 확인했다. 그리고 넓은 탁자에 놓인 다양한 종류의 가면들을 가리켰다.

"마음에 드는 걸로 골라 쓰십시오."

"이 중에서 말이오?"

"그렇습니다."

"먼저 오는 순서대로 고를 수 있는 거요?"

"예, 선착순입니다."

"여기서부터 쓰고 들어가나요?"

같이 온 여자가 물었다.

"예. 미리 들으셨는지 모르겠는데 일종의 블라인드 파티입니다. 룰이라면 가능한 가장 오랫동안 자신의 정체를 숨길 수 있는 사람이 게임의 승자가 된다고 합니다."

"게임이라, 그거 재미있겠군."

"우승자에게는 꽤 만족할 만한 상품도 있다고 합니다."

"마지막까지 정체를 감추는 사람이 여러 명일 수도 있는데 그럼 우승자를 어떻게 가리나?"

"자신의 정체를 감추는 것과 더불어 다른 사람의 정체를 알아내는 것도 점수에 포함됩니다. 자신의 정체를 끝까지 숨기면 10점인데 다른 사람들에 의해 드러나면 1점씩 깎입니다. 거기에 가면 속의 다른 사람들이 누군지 알아내면 한 사람당 1점씩 더해지죠. 그렇게 종합점수를 매겨 우승자를 결정합니다. 게임을 할 때 타인의 가면을 강제로 벗기는 것만 빼고 모든 걸 할 수 있습니다."

"직접 물어보는 것도 가능하다는 말이군."

"맞습니다."

남자가 탁자 위에 놓인 수십 개의 가면들을 하나하나 살펴보았다.

가면은 주로 입 위까지 가릴 수 있는 것으로 호랑이, 토끼, 곰, 여우 등의 동물 가면, 배트맨이나 스파이더맨, 프랑켄슈타인, 제이슨과 같은 캐릭터 가면 등 다양했다. 부시나 오바마처럼 실제 인물을 형상화한 가면도 있었다. 가면은 꽤 잘 만들어져서 공연에서 사용해도 무리가 없을 것 같았다. 부드러운 고무와 섬유 재질로 만든 고급스러운 것이어서 오랫동안 착용하고 있어도 불편해 보이지 않았다.

"난 이걸로 할래. 나하고 이미지도 맞는 것 같고."

여자가 하나를 집어 들었다. 백설공주 가면이었다.

"바보 아냐, 자신의 이미지와 반대되는 걸 써야지."

"그런가? 그래도 이걸로 할래. 정체를 숨기는 게임이라면 같은 이미지의 가면을 썼다고 생각하지는 않을걸."

"니 맘대로 하셔."

남자는 자신의 여자친구가 나름대로 머리를 쓰는 것인지 자신의 선택에 꿰어 맞춰 말한 것인지 아리송했지만 굳이 더 생각하지 않았다. 그는 그런 것을 따질 만큼 자신의 속이 좁지 않다는 것을 드러내듯 약간 과장된 몸짓으로 일본 애니메이션에 나온 캐릭터 가면을 골랐다. 에반게리온인가 아니면 공각기동대던가, 10여 년 전 한때 심취했던 것이라 아릿한 추억이 조금 밀려들었다.

그는 파티에 대해 약간의 기대를 품고 있었다. 와서 보니 그 기대가 좀 더 커졌다. 초대받은 손님들이 남녀 한 쌍씩 왔다고 해도 얼굴을 가린 채 진행하다 보면 이리저리 뒤섞이게 마련이었다. 만나서 얘기하다 보면 누군지 대충 아는 경우도 모르는 척 넘어가곤 한다. 역시 미지의 인물에 대한 기대 때문이었다.

그런 의도 때문에 본래의 파트너와는 다른 사람을 만나 쉽게 말과 육체를 섞을 수 있는 법이다. 원래 그런 목적으로 파티를 열었고 또 응한 것이니까. 눈치 빠른 사람은 오기 전부터 알아챘고 보통은 다양한 종류의 가면을 보고 알았으며 둔한 사람이라도 파티가 진행되다보면 자연히 알게 될 일이었다.

물론 다른 기대를 품은 사람도 있었다.

나중에 온 초청객 중 누군가 현관에서 접대하는 매니저에게 은근히 물었다.

"혹시 약은 있나?"

"원하는 게 있습니까?"

"뭐가 있는데?"

"몇 가지 있는데……. 피우는 것과 술에 타서 먹는 것과 코로 흡입하는 것, 그런데 주사기는 없습니다."

"지저분한 건 나도 싫어. 어쨌든 잘됐군. 아주 좋아."

그는 만족스런 웃음을 짓고 안으로 들어갔다. 그와 같이 온 여자는 눈을 흘기며 따라 들어갔다.

사람들이 속속 도착했다.

손님들은 오자마자 자신들을 초청한 주인을 찾았지만 바로 만날수는 없었다. 그렇다고 문간에서 기다리거나 직접 찾아다니지는 않았다. 오랫동안 그리던 연인도 아니고 받아야 할 빚이 있는 것도 아니었다. 한동안 만나지 못해 궁금해 했던 사람들은 조금 더 관심을기울였지만 그 뿐이었다.

원래 많이 가진 사람들은 남에게 오랫동안 관심을 쏟지 않는 법이었고, 어차피 초대받은 이상 얼굴 한 번은 보게 되어 있었다. 그렇지 못하더라도 하룻밤 즐기는 데는 아무 지장이 없었다. 결론은 파티의 주인에 대해 궁금해 하는 사람이 있어도 그 깊이는 발목도 차지 않는 개울물보다 얕다는 것이었다. 그걸 누구도 탓하지 않았다.

현관 안으로 들어서면 짧은 통로를 지나 바로 홀이 나왔다. 홀은상당히 넓어 50여 명이 들어서도 여유가 있을 듯했다. 학교 교실의두 배쯤 되어 보였다.

현관에서 들어가자마자 왼쪽에 기다란 바가 있었고, 그 안쪽에주방이 있는 듯했다. 그 건너편은 화장실이었고 화장실 위로 2층으로 향하는 계단이 있었다.

나머지 넓은 공간은 여러 개의 소파와 의자, 식탁 등이 놓여 있었다. 칸막이로 나뉜 구역은 따로 없었으나 몇 개의 의자와 소파들이독립된 구역을 형성하고 있었다. 창가와 벽을 따라 소파들로 만들어진 파티션이 다섯 개였다. 각각 10여 명씩은 앉을 수 있었다.

이미 도착한 30여 명의 손님들은 각자 편한 대로 자리를 잡고 분위기에 녹아들어 있었다. 이런 종류의 파티에 익숙하지 않은 사람은 거의 없는 듯했다. 다른 점이라면 아는 얼굴을 만나 인사를 하고 안부를 묻는 일이 없다는 것이다.

알아도 모르는 척하고 몰라도 아는 척하는 것이 이 파티의 규칙이라면 규칙이었다. 손님들 대부분은 바에 마련된 칵테일 잔을 들고 천천히 홀을 거닐었다. 몇 명의 웨이트리스가 각종 칵테일 잔이 든 쟁반을 들고 소파에 모여 앉아 인사를 나누거나 이야기를 시작한 사람들 사이를 돌았다.

바텐더와 웨이터, 웨이트리스도 모두 하나씩의 가면을 쓰고 있었다. 일단 별장 안에 들어오면 누구나 가면을 쓰는 것이 규칙인 모양이었다. 메이드 복장의 유니폼을 입은 웨이트리스들은 모두 늘씬했고 짧은 치마 덕분에 섹시해 보였다. 당연히 손님들 중에는 웨이트리스들에게 관심을 갖는 사람이 있었다.

"아가씨, 어디서 왔지? J그룹인가?"

J그룹이란 파티 주최자인 조성주의 집안이었다. 토끼 가면의 웨이트리스는 고개를 저었다.

"그럼?"

"케이터링 서비스 회사입니다."

"어딘데?"

"와이앤아이라고."

"호오, 명함 같은 거 있나?"

토끼는 양손을 내밀어 없다는 의사표현을 했다.

"혹시 나도 쓸 일이 있을지 몰라 그러는데 어디 번호라도 줘봐."

그러면서 휴대폰을 내미는 것을 보면 그냥 헌팅인 듯했다. 비록 가면을 쓰고 있기는 했지만 짧은 치마의 유니폼과 그 안의 쭉 뻗은 몸매 그리고 상당히 달콤한 향수 냄새 따위가 수컷의 본능을 자극하긴 했으리라.

토끼는 휴대폰을 받아들고는 010으로 시작되는 번호를 찍어 돌려주었다.

"아, 그래. 고마워. 언제 한번 연락하지."

그러면서 드라큘라는 고개를 주억거렸다.

약간 갸웃거린 듯도 하다. 재벌2세가 집안의 손길 하나 없이 파티를 여는 것에 대해 감탄하거나 의아해하는 것 같았다.

어떤 파티냐에 따라 어느 정도의 비밀을 유지하느냐가 결정된다. 가족과 그룹의 손길이 닿지 않았다면 초대된 손님들은 물론 행사를 준비한 회사도 믿을 만하다는 뜻이다. 그건 이 파티에서 상당히 수위 높은 일탈도 가능하다는 말이 된다. 그의 심장과 페니스는 기대로 부풀었다. 그는 적극적으로 다른 웨이트리스의 엉덩이를 향해 손을 뻗었다. 웨이트리스는 살짝 허리를 비틀어 드라큘라의 손을 미끄러뜨렸다.

"같이 오신 분이 보고 있군요."

웨이트리스가 그의 귓가에 속삭였다.

"그건 네가 상관할 문제가 아냐. 생각 있으면 신호 보내."

맨얼굴이었다면 윙크라도 했을 터이나 은근한 말투만으로도 의사는 충분히 전했다고 여겼다. 웨이트리스는 알 수 없는 눈빛을 보낸 후 물고기처럼 유연하게 드라큘라의 품에서 빠져 나갔다. 그녀의 허벅지를 스친 드라큘라의 손끝에 아쉬움이 남았다.

일곱 시가 되자 새로 들어오는 사람의 발길이 뜸해졌다.

이제 올 사람은 거의 다 왔다는 뜻이다. 그런 만큼 파티의 분위기는 점점 무르익었다. 이미 한쪽 테이블에서는 카드 게임이 한창 벌어지고 있었다. 무릇 게임이란 처음 시작할 때는 판돈의 규모가 작다가 판을 거듭하면서 올라가기 마련이다. 이 포커 판에서는 현금이란 처음부터 구경조차 할 수 없었다. 최소 10만 원짜리 수표가 돌더니 몇 차례 돌았는지 이제는 100만 원짜리가 태반을 차지했다.

한 번에 수천만 원이 왔다 갔다 하는데도 사람들의 움직임은 큰 변화가 없었다. 게임 참가자 모두가 가면을 쓰고 있으니 처음부터 포커페이스를 걸친 셈이다. 모두 갖췄으면 모두 놓친 거나 마찬가지였다. 변별력이 떨어졌으므로 이젠 가벼운 농담과 몸짓이 그것을 대신했다.

시가를 피우거나 옆에 서서 구경하는 파트너의 허리를 두르거나 술잔을 기울이거나 하는 것으로 그들은 자신들의 여유와 초조를 표현했다. 물론 게임을 이기기 위해 보여주는 표현이었으므로 속은 또 다를 것이다. 벌써 판돈을 탈탈 털리고 일어서는 사람을 대신해 곧바로 누군가 자리를 꿰차고 앉기도 했다. 특별히 규칙이 있는 것도 아니었으므로 일어서는 자리 가까이 있는 사람이 먼저 앉으면 임자였다.

바와 포커 판이 벌어지고 있는 테이블 그리고 소파들이 있는 곳에 비교적 밝은 조명이 있었고 나머지는 은은했다. 그 조명 아래로 재즈와 블루스 음악이 자욱하게 흘러 다녔다. 그 물결을 타고 몇 쌍이 춤을 추었다.

처음 시작은 우연히 술잔을 부딪친 남녀였고 이어서 다른 쌍들이 홀의 중앙으로 나섰다. 어떤 춤은 섹스의 다른 양상이다. 혹은 섹스의 전희다. 춤을 추는 사람들은 그런 기분으로 몸을 흔들었다. 느리고 끈적끈적한 블루스 음악이 그들의 몸을 서서히 달구기 시작했다.

파티에 참가한 여자들은 대부분 스타일이 좋았다. 날씬하고 맵시 있었으며, 얼굴을 가리고 있었지만 평균 이상으로 예뻤다. 그럴 수밖에 없는 것이 초대받은 남자 대부분이 최상위의 부와 지위를 갖고 있었으므로 자신의 파트너로 예쁘고 매력 있는 여성들을 동반했던 것이다.

직접 초대받은 여자들도 스스로를 최고로 꾸밀 능력이 있었다. 남자들 입장에서는 아무나 걸리는 대로 골라도 되었다. 여자들 또한 파티의 성격을 알고 있었으므로 대부분 적극적으로 즐기려 했다. 시가나 혹은 대마초를 피우는 연기가 끊임없이 피어올랐지만 천장의 성능 좋은 환풍기들이 빠르고 소리 없이 돌아갔다. 그렇게 시간은 천천히, 혹은 빠르게 흘러갔다.

포커 판은 여전히 계속되었고 양주병은 빠르게 비워졌다. 그리고 한쪽에서는 색다른 연기가 뭉게뭉게 피어났다. 짝을 이룬 남자와 여자는 자주 살결을 비벼댔으며 그들 중 일부는 2층의 빈 방으로 사라졌다.

이런 자리에서 마약과 섹스는 항상 세트로 여겨졌으므로 대부분 대마초나 필로폰을 흡입한 상태였다. 적어도 이 자리에서만큼은 그들의 삶의 목적은 쾌락의 극대화라 할 수 있었다.

9시가 되자 약간의 변화가 있었다. 서빙을 하던 기획사의 파견 직원들이 하나 둘 퇴근하기 시작한 것이다. 매니저를 비롯한 웨이터와 웨이트리스 그리고 산장 밖에서 안내하던 직원들이 떠나려 하자 누군가 말했다.

"모두 다 가면 시중은 누가 드나? 이제 우리끼리 서비스하는 건가?"

별로 불만 섞인 목소리는 아니었다.

"몇 명은 남아서 서빙을 할 겁니다. 다른 준비는 다 했으니까요."

매니저가 정중하게 대답했다.

"그것도 그거지만 누가 오는지 밖에서 감시하는 사람은 있어야 하는 거 아냐, 다들 약까지 하고 있는데."

"그건 걱정하지 마십시오. 보안은 철저하니까요."

"알았어, 알았다구. 주인이 어련히 알아서 했겠어."

매니저는 다시 정중하게 허리를 숙이며 그럼 즐거운 시간 보내십시오, 하며 인사했다. 다른 직원들도 따라서 고개를 숙이고 산장을 나섰다.

파견 직원 중에서 남은 사람은 웨이트리스 두 명과 바텐더 하나였다. 물론 그들은 상당히 많은 야간 수당을 받기로 약속되어 있었다. 웨이트리스 한 명은 추가 수당을 받기 위해서 그리고 다른 여자는 파티 분위기를 즐기기 위해서 남았다.

모든 사람의 얼굴을 가린다는 취지에서 바텐더와 웨이트리스 역시 각기 다른 가면을 썼으므로 일로 동원된 직원이라 해도 얼마든지 파티에 참가하며 즐길 수 있었다. 그리고 그 때문에 작은 소란이 일어났는데, 이것이 우연인지 계획된 것인지 누구도 알 수 없었다.

다른 초대객들과 마찬가지로 가면을 쓰고 있다 하더라도 웨이트리스는 서빙을 위한 메이드 복장을 하고 있었다. 토끼 가면의 웨이트리스는 상류층의 파티에 호기심과 동경을 갖고 있었다. 정식으로 자신을 초청해준다면 군말 없이 따라나섰을 것이다. 그러므로 이런 기회는 다시 갖기 어려웠다.

그렇다고 파티 분위기에 푹 빠질 정도로 맹목적이지도 않았다. 술에 취한 드라큘라가 그녀를 끌어안고 허리를 감싸며 한 손을 치마 속으로 집어넣었을 때, 그녀의 반응으로부터 사건은 시작되었다.

남녀 여러 쌍의 노골적인 행태로 보아 손님 중 누군가는 그녀에게 손을 댈 것이 분명했다. 하지만 그녀는 싸구려 창녀 취급받으면서 파티 분위기를 즐길 생각은 처음부터 없었다. 그녀는 사내를 뿌리치고 일어섰지만 사내의 완력에 꺾일 수밖에 없었다.

"이거 봐요!"

제법 크게 소리쳤지만 홀의 시끄러운 소음에 묻혀 사라졌다.

그녀의 앙탈에 사내가 이년이, 하며 뺨을 후려쳤다. 토끼 가면의 웨이트리스는 바닥에 쓰러졌고 다시 사내가 그녀에게 다가가는 순간 정장 차림의 곰 가면을 쓴 사내가 다가왔다.

곰은 드라큘라를 막고 섰다. 그러자 드라큘라는 주먹을 들어 곰의 얼굴을 향해 날렸다.

그 순간 탕, 하고 총소리가 들렸다.

드라큘라는 주먹을 쥔 채 멈춰 섰다. 그리고 자신을 향한 총구를 보았다. 무슨 일이 일어났는지 파악하기 어려운 눈빛이었다. 그는 다시 고개를 숙여 자신의 배를 내려다보았다. 그리고 그 자리에 푹 쓰러졌다.

그가 쓰러진 자리에서는 붉은 피가 흘러 바닥을 적셨다. 일순 정적이 찾아왔다. 잔잔한 음악소리마저 숨을 죽인 듯했다.

"뭐야, 무슨 일이야?"

누군가 소리쳤다. 그와 함께 여기저기서 술렁거리는 소리가 들렸다. 실내 모든 사람들의 시선이 한곳에 집중되었다. 방금 총소리 아니었어? 하는 말과 파티에서 총이라니? 이것도 파티의 일부인가, 하는 말이 두런두런 흘러나왔다.

하지만 많은 사람들의 눈길이 모인 곳에 총을 맞고 쓰러진 사람과 역시 총을 들고 서 있는 사람이 있었으므로, 또 가까이에는 화약 냄새가 진동을 했으므로 함부로 움직이는 사람은 없었다.

잠시 후 곰의 뒤편에 있던 사내가 총을 뺏기 위해 살금살금 다가가자 여우 가면의 바텐더가 그것을 저지했다. 그리고 곰에게 다가가 그의 손에서 총을 빼앗았다.

많은 사람이 안심하며 한숨을 쉬는 찰나 바텐더는 총을 들어 천장을 향해 두 번 발사했다.

천장의 등이 깨지면서 파편이 사방에 튀었다. 여자들이 비명을 질렀다. 사람들의 행동이 얼어붙었다. 고개를 돌려 쏘아보자 몇 사람은 움찔해서 뒤로 몇 걸음 물러섰다.

"자, 파티가 좀 일찍 끝났습니다. 그래도 충분히 즐기셨으리라 여겨집니다."

바텐더가 앞으로 나서며 말했다.

모든 사람들의 어리둥절한 시선이 그에게 집중됐다. 그들의 눈빛과 몸짓에는 이건 또 무슨 장난인가 하는 생각이 들어 있는 듯했다.

바텐더는 손에 든 총을 가볍게 흔들면서 앞에 선 가면들을 둘러보았다. 그리고 바의 뒤로 돌아가 진열장을 한쪽으로 밀었다.

각종 술병이 가지런히 놓여 있던 장이 옆으로 밀려나고, 그 자리에 여러 개의 스위치 판이 나타났다.

그는 그중 몇 개의 레버를 아래로 내리고 또 몇 개의 스위치를 눌렀다. 그러자 조명은 좀 더 밝아지고 사방에서 금속음이 들리기 시작했다.

사람들이 당황해서 소리가 나는 곳을 향해 고개를 돌렸다. 요란한 굉음은 아니었지만 그 소리가 창문의 셔터가 내려가는 소리라는 것을 알 수 있었다.

뭐야, 도대체 무슨 일이야? 누군가 소리쳤다. 그 말에 따라 다시 여기저기서 웅성거리기 시작했다.

"조용! 조용하세요."

바텐더가 제법 큰 소리로 말했다. 그리고 가까이 있는 곰과 모여 있는 사람들 중 누군가에게 고개를 끄덕였다.

사람들 사이에서 검은 정장을 하고 피터팬 가면을 쓴 사람이 앞으로 나섰다.

곰과 피터팬의 손에도 어느새 총이 들려 있었다. 그 총들은 서른 명 가량의 군중을 향했다.

바텐더가 잠시 바의 뒤편 아래쪽에 있는 CCTV의 모니터를 내려다보고 말했다.

"2층에 몇 명이 있군. 가서 잡아와!"

곰과 피터팬이 뒤로 돌아가 바텐더가 보던 것을 확인했다. 각각의 방들을 감시하는 모니터인 모양이었다. 그것을 보더니 피터팬이 2층으로 올라갔다. 잠시 후 바텐더가 말했다.

"도대체 무슨 일인지 궁금한 사람이 많을 것입니다. 그럼 간단히 설명을 드리죠. 지금부터 여러분의 신분은 인질입니다. 당연히 우리는 인질범이지요. 그리고 이제 하나의 연극이 시작됩니다. 바로 인질극입니다."

그가 설명을 한다고 했지만 아직도 갈피를 못 잡는 사람이 많았다. 인질극이라는 연극, 그건 또 다른 형식의 파티가 될 수도 있지 않은가.

"그게 대체 무슨 소리요? 인질극이라니……."

한 남자가 앞으로 나서며 소리쳤다. 바텐더가 그의 앞 바닥을 향해 총을 쐈다. 남자는 멈칫했다가 그대로 굳어졌다.

"아, 설명이 부족한 모양입니다. 다시 말하면 이건 실제 상황입니다. 여러분은 이 총구 앞에서 인질이 되었고 앞으로 내 허락 없이는 어디도 갈 수 없습니다."

"그럼 저 사람은……."

한 여자가 바닥에 쓰러져 있는 드라큘라를 가리켰다.

"맞아요. 그는 인질극의 첫 번째 희생자인 셈이죠. 그러니 내버려두세요. 희생자 없는 인질극이란 거의 없는 법이니까. 지금부터 여러분이 할 건 자신이 다음 희생자가 되지 않기를 바라는 것뿐입니다. 물론 따로 행동할 필요는 거의 없습니다. 내 지시에 따라 조금씩만 움직여주면 됩니다."

"도대체 왜 이러는 거야? 돈이 필요한 거라면 내가 얼마든지 줄수 있어."

꽤 비싼 옷을 입은 사내가 거만한 목소리로 말했다. 톰 크루즈 가면을 쓴 건장한 체격의 남자였다.

여우 가면이 소리가 난 쪽을 보자 일순 조용해졌다. 그는 거만하게 서 있는 톰 크루즈를 향해 저벅저벅 걸어가서는 갑자기 그 미간에 총구를 댔다.

그 바람에 톰 크루즈를 비롯한 주변의 인물들이 바짝 굳었거나 혹은 움찔하는 게 느껴졌다. 비록 총을 손에 들었다고 하나 혼자인 인질범이 인질들 가까이 다가온 만큼 좀 더 이성적이고 약간의 위험만 감수한다면 얼마든지 상대를 제압할 수 있을 터이나 그런 생각을 한 사람은 하나도 없는 모양이었다.

모두가 굳어진 가운데 여우 가면은 자신보다 한 뼘 정도 큰 톰 크루즈를 노려보다가 돌연 손에 든 총으로 그의 머리를 후려쳤다.

강한 충격을 받은 듯 톰 크루즈는 옆으로 푹 쓰러졌고 그 옆의 사내들은 화들짝 놀라 두어 걸음씩 물러났다.

"돈은 많은데 목숨은 하나뿐이라는 사실을 잊은 모양이군. 당신 목숨 값이 얼만지 모르겠으나 여기선 내가 결정해. 누가 10원에 당신을 죽여 달라고 하면 얼마든지 그렇게 할 수 있고 그럼 당신 목숨은 10원짜리가 되는 거야. 그러니 아가리 닥치고 찌그러져 있어."

여러 사람에게 얘기할 때와는 달리 싸늘한 목소리였다.

고개를 돌려 좌중을 휘 둘러본 그는 천천히 바가 있는 곳으로 돌아가 말했다. 모두 숨을 죽이고 귀를 기울였다.

"혹시 무모한 생각을 하려는 분들을 위해서 미리 말씀드리지요. 우선 제가 들고 있는 이 총은, 이탈리아산 베레타92 정품입니다. 전세계 40여 개국에서 사용 중이며 우리나라에서도 군용 및 경찰용으로 쓰고 있죠. 탄창에 열두 발이 들어가고 약실에 하나, 여기서 세 발을 쏘았으니 열 발이 남았습니다. 여러분 중에는 총알보다 사람 수가 더 많으니 지금 한꺼번에 덤비면 나를 제압할 수 있으리라 생각하는 사람도 있을 겁니다. 총을 쏜다고 다 맞는 것도 아닐 테고 말이죠. 그런데 문제는 누가 총알을 맞을 것이냐 하는 겁니다. 그냥 우연히, 운에 맡기면 된다? 도박 좋아한다면 목숨 한번 걸어도 좋겠군요. 그러나 유감스럽게도 내겐 총알이 얼마든지 있어요."

그리고 뒷주머니와 탁자 아래서 탄창을 꺼내 바 위에 올려놓았다. 하나, 둘, 셋.

"어때요, 이 정도면 적어도 일개 소대는 상대할 수 있습니다. 그리고 두 번째, 아까 첫소리가 난 것을 듣고 짐작하고 있는 사람도 있을 텐데, 이 산장은 모든 창과 창문은 강철로 된 셔터가 내려져 있습니다. 이 총이 아니더라도 여러분은 밖에 나갈 수 없다는 뜻입니다. 알겠습니까?"

대답은 없었다. 고개를 끄덕이는 사람도 없었다. 그에 아랑곳 하지 않고 바텐더는 계속 말했다. 여전히 딱딱하지만 정중한 목소리였다.

"지금부터 간단히 지시를 내리겠습니다. 홀 중앙을 기준으로 이쪽으로 넘어오지 마십시오. 모두 그쪽 소파로 이동하세요. 여자들은 가운데 자리 잡고, 남자들은 두 파트로 나누어 양쪽에 절반씩 앉으세요. 소파에 앉든 바닥에 앉든, 또는 서 있든 마음대로 해도 되지만 지정된 곳을 벗어나진 마세요. 화장실에 가야 한다든지 급한 일이 있으면 가만히 손만 들고 허락을 받으세요. 자, 빨리빨리 움직이세요."

총을 든 손으로 손짓을 하자 사람들은 느릿느릿 움직이기 시작했다.

남자와 여자가 각기 나뉘어 소파에 자리를 잡자 바텐더는 여자들 중에 섞여 있던 웨이트리스를 불렀다. 두 명의 여자가 주춤주춤 다가왔다. 그들에게 커다란 바구니를 주며 말했다.

"이제 이 아가씨가 바구니를 들고 갈 터이니 여러분의 소지품을 모두 안에 넣으세요. 지갑, 핸드폰, 열쇠, 돈, 펜, 신분증…… 갖고 있는 거 모두 다 꺼내놓으세요. 시계와 반지도 포함입니다. 하나라도 남아 있으면 안 됩니다. 아, 가면은 벗지 마세요."

웨이트리스가 바구니를 들고 여자들과 남자들이 있는 곳으로 다가갔다.

사람들은 마지못한 동작으로 소지품을 바구니 안에 던져 넣었다. 특히 여자들은 더 망설였다.

바텐더가 그들을 보고 총을 흔들며, 핸드백과 가방도 모두 다 넣으세요, 하고 말하자 더 이상의 망설임 없이 앞을 지나가는 바구니에 소지품을 집어넣었다.

산장 2층 방에는 한 쌍의 남녀가 들어와 있었다.

그들은 손님이 다 도착하기도 전에 이미 남들의 눈을 피해 2층으로 올라왔다.

둘은 같이 온 파트너가 아니었고 얼굴을 알지도 못했다. 그럼에도 눈이 맞은 것은 뭔가 통하는 부분이 있었을 것이다. 같은 종류의 칵테일을 마셨고 같은 종류의 패션에 대해 이야기했다. 서로의 지위와 하는 일도 묻고 대답했다. 서로의 몸을 원하는 사람은 나누는 모든 이야기가 애피타이저가 된다. 서로의 재료를 꺼내놓으며 맛을 보고 간을 맞추어야 정식(定食)을 할 때 맛있게 먹겠습니다, 할 수 있는 것이다.

두 사람이 총소리를 들은 건 서로에 대한 탐색을 끝내고 짙은 애무를 한창 할 때였다. 서로의 성기에 손을 대고 흥분을 키우던 둘의 손길이 멈췄다. 손뿐만 아니라 온몸이 굳어졌다.

"무슨 소리예요?"

"글쎄, 총소리 같은데?"

"웬 총소리?"

말도 안 된다는 듯 여자가 애써 가볍게 튕겼다.

"설마, 폭죽이나 뭐 그런 소리겠죠."

"아, 그렇군."

남자도 밖의 소음에 대한 궁금증보다는 지금 하던 일이 더 급했다. 그는 여자의 옷을 서둘러 벗겨 나갔다.

섹스만큼 방해받을 때 짜증나는 것도 없다. 둘은 초보가 아니었기 때문에 숱한 경험으로 그런 사실을 알고 있었고 상대도 알고 있다고 생각했다. 몸과 감정에 대해 여러 번 묻고 대답하는 절차를 거치지 않는 것만으로도 충분히 알 수 있는 일이었다. 그러므로 곧 둘만의 파티를 방해받을지 모른다는 조바심으로 서로의 몸을 탐닉하고 서로의 속으로 침잠해 들어가려 했다.

섹스란 성기와 성기가 만나 맞춰지기만 하면 된다. 그런 최소한의 요건을 충족시키기 위해서는 팬티만 벗으면 되는 것이다. 치마를 입은 여자라면 단 한 번의 손길이면 되고 남자는 혁대를 풀고 바지를 내리고 역시 팬티를 내려야 한다. 남자의 급한 마음은 최단 거리를 택했다. 그는 여자의 팬티를 내리고 자신의 바지와 팬티를 한꺼번에 내린 다음에 곧바로 삽입을 시도했다.

조바심 이전의 애무와 키스로 남자의 성기는 잔뜩 부풀어 있었고 여자의 성기는 상당히 축축해 있었으므로 삽입에는 아무런 저항이 없었고 한 번에 모든 것이 이루어졌다. 약간의 신음과 함께 끈적거리는 소리가 났다. 여자가 앉은 안락의자가 들썩거렸다.

여자는 스스로에 대한 보상인지 행위에 몰두했다.

무아의 경지에 이를수록 거기서 빠져나오는 데 저항감이 크다. 먹을 땐 개도 건드리지 않는다고 하는데 실제로 무언가에 몰두할 때 방해하면 가장 짜증이 나는 경우는 가장 큰 쾌락을 누리고 있을 때라고 할 수 있겠다. 두 사람이 각자 제 딴에는 하나가 됐다고 생각했을 때 거칠게 문을 두드리는 소리가 났다.

물론 두 사람은 굳이 문을 잠그지 않았다. 이런 파티에서는 무작위로 하는 섹스가 당연하다고 여겼고 따라서 누군가 들어와서 본다고 해도 개의치 않았기 때문이다. 지금과 같이 심하게 방해받는 일은 없어야 했다.

"열심히 떡치고 있는데 이거 미안해서 어쩌지?"

문이 열리고 들어선 사람이 빈정거리듯 말했다. 피터팬 가면을 쓴 남자였다. 꽤 건장하다는 것 외에는 그에 대해서 알 만한 게 없었다.

"뭐야, 씨발!"

여자의 몸에 아랫도리를 밀착시킨 채 남자는 고개만 돌리고 문쪽을 바라보았다. 그리고 영문을 모른 채 꼿꼿이 얼어붙었다. 문을 연 피터팬은 한 손에 총을 든 채 이쪽을 겨냥하고 있었던 것이다.

"뭐요, 노내제?"

남자의 말투가 조금 누그러졌다.

"장난 아니니 어서 일어서서 나오시지."

피터팬은 오른손에 총을 든 채 까닥까닥 했다.

열기가 확 식어버린 남자는 여자에게서 몸을 떼고 바지를 추슬렀다. 여자도 발목에 걸쳐져 있는 팬티를 끌어올려 입고 블라우스를 여몄다.

"장난이 아니라고요? 그럼 이게 무슨 짓이에요?"

여자가 날카롭게 소리쳤다. 나름대로 성질이 있다는 것을 드러내는 말이었으나 상대에게는 통하지 않았다.

"아가씨, 어찌 된 영문인지는 내려가 보면 알아. 아니 아줌만가? 하여튼 빨리 나와. 아, 가면은 원래 그대로 쓰고 있어."

피터팬의 재촉에 남녀는 문을 나섰다. 그들이 문을 통과할 때 피터팬은 몇 걸음 뒤로 물러서며 계속 총을 겨누고 있었다. 두 사람은 손을 잡고 계단을 내려갔다.

***

분당에서 출마하여 두 번 연속 당선 후 활발하게 활동하고 있는 여당 의원 이규범. 그는 낮 동안에 지역구 행사를 한탕 뛰고 막 사무실로 들어선 참이었다.

총재나 당 대표에겐 굽실거리지만 그 외 총리나 장관들에게 큰소리 꽤나 치는 재선의원이다 보니 가슴의 금배지가 날 때부터 달려 있었던 것처럼 자연스럽게 여겨졌다. 그가 공약으로 내걸었던 시립 병원 신축공사의 축하연도 성황리에 끝났으니 곧 있을 총선에서도 의원직 유지는 따 놓은 당상이라 할 수 있었다. 물론 그때까지 부지런히 지역을 누비며 발품을 팔아야겠지만.

그는 소파에 온몸을 내맡긴 채 널브러져 있었는데 때마침 주머니에서 아이 러브 잇, 아이 러브 잇, 하는 방정맞은 소리가 들렸다. 대학생인 딸이 좀 젊어져야 한다며 세팅해 준 문자 알림음이었다. 그는 당연히 젊은이들과의 소통을 중요시한다고 흔쾌히 받아들였다.

그는 주머니에서 휴대폰을 꺼내 폴더를 열고 방금 배달된 문자를 확인했다.

약간의 취기어린 눈에 액정 화면의 글이 잘 안 들어왔다. 그는 안경을 쓰고 유심히 들여다보았다.

-아빠 여기 청계산 성주 오빠네 산장. 나쁜 사람들 총 쏘고 사람 죽어써ㄲㄲ 무서워 빨리 와

그를 아빠라고 부를 사람은 셋이나 되지만 이렇게 격식 없는 문자를 보낼 사람은 하나밖에 없다. 대학에 다니는 막내딸 윤정이다.

술에 취한 의원은 액정 화면을 물끄러미 내려다보았다. 글은 읽었고 독해도 했지만 뭔 소린지 당최 이해를 하기 어려웠는지 질긴 고기 씹듯 낱말 하나하나를 곱씹어 보는 것이었다. 그럼에도 이 문자가 장난인지 실제인지 알 수가 없어 그대로 통화 버튼을 누르고 귀에 대었다. 신호가 가지 않고 다른 멘트가 흘러 나왔다.

-전원이 꺼져 있어 연결할 수 없습니다. 다음에 다시 걸어주시기 바랍니다.

그는 고개를 갸우뚱하며 비서를 불렀다.

"야, 이리 와봐라."

김 비서가 다가오자 휴대폰을 건네주며 말했다.

"이거 좀 봐라."

비서가 와서 입을 쩍 벌린 의원의 휴대폰을 받아들었다.

난해한 문제라도 푸는 양 독해에 열심이었다. 하지만 그 역시 문자 그대로의 뜻 외에 깊은 의미를 파악하는 데는 실패했다. 그는 글자 그대로 이해하기로 하고 입을 열었다.

"윤정 아가씨가 보낸 겁니까?"

"거기 써 있지 않아?"

화면의 맨 위에 막내딸이라고 쓰여 있다.

"그렇군요. 내용을 보면 청계산에 있는 성주 오빠의 산장에 있는데 나쁜 사람이 총을 쏘고 사람이 죽었다는 거네요."

"이 사람아, 그걸 내가 모르나?"

"아가씨가 장난 문자를 종종 보냅니까?"

"이런 식으로는 아니지."

"통화는 해보셨습니까?"

"전원이 꺼져 있대."

"제가 한번 알아보겠습니다. 그런데 성주 오빠라면 J그룹 셋째 아들 아닙니까?"

"그러고 보니 그런 것 같군. 기생오라비처럼 생겨 갖고 외국을 제 집처럼 싸돌아다니는 놈이 조성주라고 했던 거 같구먼."

"청계산에 별장이 있는 모양이지요?"

"맞아, 거기서 파틴지 뭔지 한다고 들었는데 그게 오늘이었나?"

"그러면 문자가 신빙성이 있어 보이는군요. 어찌된 일인지 알아봐야겠습니다."

"그래."

이규범은 밀려오는 취기를 억누르기 위해 소파에 머리를 떨어뜨렸고 비서는 자신의 자리로 돌아갔다.

***

밤 9시 16분
경기도 경찰청 상황실

경찰서 상황실은 하루에도 수십 건의 사건 신고전화가 걸려온다. 하루 종일 벨이 울리는 편이지만 저녁때부터 밤까지는 더욱 빈번하다. 취객과 관련된 시비가 잦기 때문이다.

콜센터 근무자인 장주희도 헤드셋을 착용하고 커다란 백스크린 앞에 앉아 전화를 받고 있다가 한동안 쉬는 중이었다. 잠시 후 또 전화벨이 울렸다.

"예, 경기경찰청입니다."

"여보세요."

첫 소리를 듣는 순간 그녀는 약간 의아한 느낌이 들었다. 쉰 듯한 여자의 목소리는 속삭이는 듯 숨을 죽이고 있었기 때문이다.

"예, 말씀하세요."

"신고를 하려고 하는데요."

여전히 낮게 속삭이는 목소리였다. 그건 주변의 다른 사람이 듣지 못하도록 꾸민 것이 분명했다. 어떤 범죄의 피해자가 가까이 있는 범인 몰래 전화를 했다는 뜻이었다. 장주희는 바짝 긴장해서 온 귀에 주의를 집중했다.

"어떤 신고인가요?"

"저, 여기 산속에 있는 산장인데요. 저녁때부터 파티 중인데 갑자기 한 사람이 총으로 다른 사람을 쐈어요."

"파티 중에 누군가 총을 쐈다고요? 그럼 총을 맞은 사람은 어떻게 되었나요?"

"그 자리에 쓰러져 있어요."

"그 사람이 살았는지 죽었는지 알 수 있나요?"

"잘 모르겠어요."

"파티 중이라고 했는데 지금 몇 명이 있습니까?"

"약 삼사십 명 되는 것 같아요."

"총은 파티에 참가한 사람이 쏜 건가요?"

"예, 그런 거 같아요. 그런데 총을 든 사람들이 우리를 보고 인질이라고 했어요."

"총을 든 사람들이요? 한 사람이 아닌가요?"

"두세 명쯤 되는 거 같아요."

"아까 산속에 있는 산장이라고 했는데 어느 산에 있는 산장입니까?"

"어, 청계산인 거 같아요."

"청계산 어디인가요? 청계산이라고 해도 워낙 넓은데……."

여자는 잠시 대답하지 않고 초조한 숨소리만 보내고 있었다. 정확한 위치를 모른다? 묻는 장주희 자신도 초조해졌다.

"청계산이면 의왕부터 과천, 서울, 성남에 걸쳐 있는데."

"아, 제가 여기 올 때 분당 거쳐서 왔어요. 아래 보이는 시가지가 성남이든가? 분당이라고 하고, 판교와 가깝다는 말을 들었어요."

"알겠습니다. 신고하시는 분 성함 좀 알 수 있을까요?"

"저…… 그냥 익명으로 해주세요."

그리고 여자는 전화를 끊었다. 익명이라고 해도 신고인의 휴대폰

번호가 남아 있으니 필요하면 언제든 알아낼 수 있을 것이다.

그녀는 바로 상황실장에게 전화를 했다.

상황실장은 사태의 심각성을 느꼈는지 곧장 장주희의 자리로 와 자동으로 녹음된 파일을 들었다.

"신고인 번호로 전화가 되나?"

"억류된 가운데 몰래 전화를 한 거라면 신고인에게 피해가 될지 모르겠습니다."

"이렇게 속삭이는 소리로 전화를 할 정도면 벨을 진동으로 바꿔 놓지 않았을까?"

"글쎄요."

"한번 걸어봐."

장주희는 신고를 한 휴대폰 번호로 전화를 걸었다.

두 사람은 신호가 가는 컬러링 소리를 숨죽이며 길게 들었다. 컬러링이 두 번 반복하고 난 뒤 전화를 받지 않는다는 멘트와 함께 바로 끊겼다.

"안 받는데요."

"음, 신고가 더 있을지 모르니 다른 곳에도 연락해서 확인을 해보자. 잠시 대기하고 있어."

***

ㅅ방송의 기자 송상현은 저녁 시간 교통사고 현장에 나가 있었다. 그는 길가에 주차된 차들을 들이받은 뒤 근처의 가로수를 처박은 벤츠를 가리키며 거품을 물고 흥분해서 떠들어댔다.

음주운전을 하다 교통사고를 내는 일은 뉴스에서조차 스쳐 지나갈 만큼 흔한 일이기에 손톱만큼도 흥분할 게 없었으나 오랫동안 버릇처럼 해온 까닭에 그렇게 하지 않으면 고기를 먹고 이를 쑤시지 않은 것만큼이나 어색했다.

어쨌건 그렇게 하나의 일과를 끝내고 날이 어두워지자 그는 같이 다니는 카메라맨 하용우와 함께 자주 다니는 호프집으로 갔다.

방송국 기자란 뉴스거리를 찾는 게 일이므로 언제 어디 일이 터질지 촉수를 항상 열어놓고 그날이 끝날 때까지 대기하고 있어야 마땅한 법이지만 법대로 일을 하는 사람이 얼마나 있겠는가. 어느 정도 하루가 마무리됐다 싶으면 긴장을 풀고 쉬어야 하는 법이다. 일찍 집에 들어가 발 뻗고 자지는 않을지라도 시원하게 한 잔 마시면서 그날의 피로와 스트레스 정도는 풀어줘야 다음 날 또 같은 일을 반복할 수 있지 않겠는가.

그가 호프집의 테라스에 앉아 방금 나온 500cc짜리 생맥주 잔을 한 손에 집어 들고 건배, 하며 하용우가 들어 올린 잔에 가볍게 부딪쳤을 때 주머니에서 SNS의 신호음이 들렸다.

"에이, 핸드폰 좀 꺼놓으라니까."

꽤 큰 소리에 하용우가 약간 짜증스럽게 말했다.

그가 톡의 신호음을 크게 해놓는 건 당연히 일 때문이었다. 물론 인터넷 뉴스나 메일, 카페, 커뮤니티, SNS 등을 모두 열어놓고 새로운 소식을 알람으로 받는다 해서 그게 다 쓸 만한 뉴스거리가 되는 건 아니지만, 사실 수백 수천 개 가운데 하나 건질까 말까 했지만, 그렇게 해놓지 않으면 이 경쟁 사회에서 순식간에 저 맨 끝으로 밀려나는 건 시간문제였다.

그런 까닭에 그는 휴대폰을 확인하는 걸 잠시 미루고 시원하게 목부터 축일까 하는 생각을 짧게 하다가 곧 한 손에 맥주잔을 든 채 다른 손으로 휴대폰을 꺼내 들었다.

새로운 소식이 왔음을 알리는 숫자가 귀퉁이에 떠 있는 카톡 아이콘을 눌러 내용을 확인하는 순간, 그는 소리를 질렀다.

"스톱, 거기서 정지."

맥주잔을 입에 가져가 크게 한 모금 들이키려던 하용우가 눈을 크게 뜬 채 그대로 굳어졌다.

"뭔데 그래, 특종?"

"잠시 기다려봐."

물음표를 단 얼굴을 앞으로 내민 하용우를 향해 손바닥으로 막는 흉내를 낸 후, 그는 휴대폰 화면에 주의를 집중했다.

그에게 전송되어 온 화면은 카카오톡 대화 내용이었다. 내용을 유심히 살펴본 송상현이 휴대폰을 건네며 말했다.

"그거 내려놓고 이거 좀 봐봐."

하용우는 맥주잔을 한 손에 든 채 송상현의 휴대폰을 받아들었다.

-ㅋㅋ 여기 파티 중인데 갑자기 누가 총 들고 난리침

-총 들고 뭘?

-곰 가면 쓴 놈이 정면에서 한 방 쐈는데 덩치 큰 새끼 픽 쓰러짐

-헐 대박! 근데 어디야?

-여기 청계산장

-청계산장은 또 어디엄?

-몰라, 내비 찍고 와서...

―근데 그거 진짜야?

―진짜냐니?

―쑈 아니냐고

―몰라 아직. 쓰러져 있는 놈이 안 일어나고 있어. 아 지금 여우 가면 쓴 새끼가 총 뺏어들고 뭐라고 한다. 기다려봐, 녹음해서 보내주께

―ㅋㅋ 재밌겠다

―아, 근데 이거 신고하면 안 됨

―왜?

―우리 파티 좀 쎄게 했거든. 경찰 오면 여기 온 년놈들 다 걸려 ㅋㅋㅋ

―ㅠㅠ

―아우 저 새끼 핸드폰하고 소지품 다 압수한댄다. 이거 정말인가 보다 좆됐다 씨 ㅂ

"어때?"

"뭐가?"

"야이 씨, 우리에게 이런 게 뭘 뜻하겠어."

송상현은 하용우에게서 휴대폰을 낚아채며 한 대 때릴 듯한 동작을 취했다. 하지만 하용우는 탁자가 흔들리며 찰랑거리는 맥주잔에만 눈이 갔다.

"모르겠다. 진짜 같기도 하고 개뻥 같기도 하고."

"그럼 확인을 해봐야겠지?"

"그러시든지."

"확인 끝날 때까지 그거 먹지 말고 기다려."

"아, 왜?"

"저기 산장으로 달려가야 할지도 모르잖아. 술 냄새 풀풀 풍기면

서 갈래?"

"인마, 오백 한 잔이면 코끼리한테 비스킷이나 마찬가지야. 내 체격을 봐라, 간에 기별이나 가겠나."

"카메라 운전해야 되잖아."

"킬킬, 술 먹고 카메라 들었다고 딱지 떼는 놈이 어디 있냐?"

"알았다, 나중에 화면 흔들리기만 해봐."

그리고 송상현은 휴대폰에서 자신에게 카톡 정보를 보낸 인물에게 전화를 했다. 증권회사에서 애널리스트로 일하는 대학교 동창이었다.

이 자식은 하라는 투자 분석은 제대로 하긴 하는지 노상 이런 찌라시 비슷한 것들만 퍼 나른다니까. 속으로 흉을 보긴 해도 그게 나름대로 쓸 만한 정보원이 되기도 했다. 전화는 바로 받았다.

"어, 왜?"

"이거 언제 뜬 거야?"

"뭐, 산장 섹파티?"

"섹파티라니?"

"이 사람아, 선수끼리 왜 이래. 세게 하는 파티란 섹스와 마약이지."

"뭐 그건 그렇고 이거 오늘 거 맞지?"

"잘 아네. 따끈따끈한 신작이라네."

"채팅 오고 간 시간 보면 10분도 채 안 됐는데 설마 본인은 아닐 거고, 하여튼 당사자에게서 바로 받은 거 맞지?"

"역시 언론 개 삼년이면 마이크 잡는다더니 박수 쳐줘야겠네."

"받은 사람이 누구야?"

"알려주면 뭐 줄 건데?"

"특 되면 원하는 거 들어주지."

"최은지 되나?"

최은지는 ㅅ방송의 신예 아나운서다. 미모로 상당히 인기가 있는 만큼 아무에게나 쉽게 소개해주기는 어려웠다.

"아이씨, 쉽지 않은데…… 노력은 해볼게."

"노력 갖고는 안 되는데. 노력한다고 다 되는 게 아니잖아."

"알았다고. 내 무슨 짓을 해서라도 만나게는 해주마."

"오케. 믿고 보는 ㅅ방송이라니 믿겠네, 친구여."

"특종 놓치면 그것도 나가리니까 빨리 이름이나 말해."

"도민우라고 알아?"

"글쎄."

"청담동하고 홍대에서 카페 하는 놈인데."

"아, 들어는 봤어."

"번호도 알려줘?"

"그러면 좋고."

증권맨이 번호를 불러주는 것을 다 듣자마자 그는 인사도 끝내지 않고 전화를 끊었다. 그리고 도민우에게 전화를 걸었다.

전화는 금방 연결되지 않았다. 몇 번이나 반복된 끝에 겨우 연결이 되었다.

"여보세요."

"안녕하세요. ㅅ방송의 송상현입니다."

"예, 그런데요?"

"도 사장님이 보낸 채팅 내용을 봤습니다."

"채팅이라니?"

"청계산장에서 파티 중이던 분과 나눴던 메신저 내용 말입니다."

"아, 그래서요?"

"혹시 그분이 누군지 알 수 있습니까?"

"그거 프라이버시라서 쉽게 알려줄 수 없는데."

"그건 알고 있습니다. 제가 이 바닥에서 10년을 넘긴 사람입니다. 그분은 물론 도 사장님에 대한 비밀까지 철저히 지킬 수 있습니다."

"뭐 비밀이랄 것까지는 없지만 그래도 곤란해요."

"이거 보낸 의도는, 본인은 드러내기 싫고 신고는 해야겠고 해서 누군가 신고하기를 바라고 보낸 거 아닙니까?"

"맘대로 생각하세요."

"그럼 혹시 산장 파티에 있는 분과 채팅한 걸 얼마나 많은 사람에게 공개했는지 말해줄 수 있습니까?"

"그리 많지 않아요. 한두 명 정도."

"알겠습니다."

전화를 끊고 그는 이 사실이 쫙 퍼져 나가는데 얼마나 더 시간이 필요할까 생각했다.

다른 매체에 종사하는 사람이 알아볼 수 있게 되기까지는? 1분에 한 번씩 두 명에게만 보낸다 치면 그 수는 기하급수적으로 늘어난다. 1, 2, 4, 8, 16, 32, 64, 128⋯⋯. 그는 학교 다닐 때 배웠던 수열 계산 방법을 떠올리려 했지만 이내 포기했다. 하여튼 많다.

그 전에 사건의 진위를 파악하고 사건이 벌어진 장소를 알아내야 한다. 그는 일단 정보원 중의 하나인 수사기관에 근무하는 인물에게 전화를 해보기로 했다.

***

밤 9시 반

경기도 광역수사대의 강력팀 형사 한지균은 수원 시내를 돌아다니고 있었다. 그는 최근에 시청 근처 먹자거리에서 벌어진 심야 퍽치기 사건의 범인을 찾기 위해 탐문을 다니는 중이었다.

피해자는 큰 부상을 입지는 않았으나 술에 잔뜩 취한 까닭에 범인의 수와 인상착의를 설명하지 못했다. 그런 까닭에 주변에 있는 CCTV를 확인하고 상인들을 만나 탐문하는 데 많은 시간을 허비했다. 별 소득이 없었다. 오늘 하루도 공치는가 하고 그만 돌아갈까 생각중인데 휴대폰이 울렸다.

"어디냐?"

팀장이었다.

"시내죠, 뭐."

"야, 일 터졌다. 빨리 복귀해."

"뭔 일인데 안달이십니까?"

"들어와 보면 알아, 인마."

"본부가 박살이라도 났습니까?"

"그보다 더한 모양이다. 열 셀 동안에 안 와 있으면 죽는다. 하나!"

팀장의 협박에 그는 넵, 하고 전화를 끊었다.

정말로 그는, 팀장이 열을 세기 전에 본서로 돌아왔다, 고 생각하며 스스로 자신의 번개 같은 운전 솜씨에 자부심을 느꼈다.

천천히 움직이던 교통 흐름에서 재빨리 벗어나 좌회전, 가속, 차선변경, 추월 등을 하면서 둘, 셋, 넷, 하고 수를 세어 나갔다. 그리고 여덟을 세기 전에 경찰서 정문을 통과했고 주차한 후 강력계 문을 들어서며 열을 세었다.

나름 경쾌한 움직임이었는데 사무실의 분위기는 무거웠다. 자리에 앉자마자 옆 자리의 동료에게 무슨 일이냐고 물었다.

"인질사건."

"헉! 어딘데?"

"청계산 어디라고 하는데 확실히는 몰라."

산속에서의 인질극이라, 도대체 무슨 상황이지? 탈옥수가 등산객을 붙잡고 인질극을 벌이고 있는 건가?

강력사건 가운데 인질사건은 드문 장르다. 기껏해야 현행범이나 범죄 용의자가 체포되는 걸 피하기 위해 주변의 사람들을 붙잡고 농성을 하는 정도다. 그렇더라도 경찰서의 내·외근 형사들을 모두 불러들일 정도는 아닐 텐데.

애써 궁리하고 있는데 형사과의 막내가 문간에 나타나 소리쳤다.

"청계산 인질사건에 대한 브리핑이 있으니 모두 대회의실로 모이랍니다."

회의실에 들어서니 이미 많은 동료들이 와 있었다. 30여 명쯤 되었는데 자리에 앉아 있는 사람도 있고 곳곳에 서서 이야기를 나누는 사람들도 있었다. 잠시 후 수사대장을 비롯한 몇 명의 간부들이 들어왔다. 그중에서 형사과장이 강단의 보드 앞으로 와 마이크를 들고 주목, 하며 말을 시작했다.

"조금 전, 9시 반 전후로 여러 건의 사건 신고가 들어왔습니다. 본청에 한 건 그리고 서울경찰청, 강남경찰서, 성남경찰서 등에 각각 두 건씩 모두 아홉 건의 신고 전화가 접수되었는데 다 동일한 사건으로 여겨집니다. 내용은 판교 인근의 청계산 산장에서 파티 중에 괴한이 총을 들고 파티 참가자 중 한 명을 쏘았고, 나머지 참가자들을 억류하고 있다는 것입니다. 10여 건의 신고가 거의 같은 내용인 것으로 보아 허위 제보는 아닌 것으로 판단됩니다. 신고한 시간을 보면 모두 오후 9시 15분에서 30분 사이에 집중되어 있습니다."

형사과장이 일단 말을 끊자 곧바로 질문이 나왔다.

"범행이 일어난 곳의 정확한 위치는 어디입니까?"

"아직 확인이 안 되었습니다."

"신고한 사람이 사건현장에 있지 않았습니까?"

"아홉 건 가운데 사건현장에서 직접 신고를 한 경우는 두엇 정도로 여겨집니다. 나머지는 현장에 있던 사람이 아는 사람에게 문자로 알리고 그걸 받아본 사람이 신고를 한 겁니다. 직접 112에 전화를 걸어 신고한 여성은 아주 낮은 목소리로 속삭이듯 말했습니다. 이런 사실로 보아 사건현장이 범인들에 의해 장악되었다는 뜻이라 볼 수 있습니다."

"신고가 아홉 건이나 되는데도 사건현장의 위치에 대한 정확한 정보가 나오지 않았네요?"

"아, 신고 중에는 한 사람이 두어 곳에 중복해 신고한 경우가 있어서, 직간접으로 경찰에 인질사건을 신고한 사람은 모두 여섯 명입니다. 그리고 그들 중에서 사건 현장에 있는 사람은 둘 정도고요. 그들 모두에게서 사건현장의 정확한 위치는 나오지 않았습니다. 다만 청계산 자락인데 분당 시가지를 오롯이 내려다볼 수 있는 곳이라는 진술이 있어 현장은 성남시 쪽일 가능성이 높습니다."

그러면서 과장은 프로젝터로 관할 지역을 백보드에 투사하도록 지시했다.

브리핑을 할 때 스크린으로 사용되기도 하는 커다란 보드에 경찰서의 관할 지역이 뚜렷이 나타났다. 그는 매직펜으로 지도의 청계산 남동 지역 몇 곳을 동그라미로 표시했다.

"성남 시내가 내려다보였다는 건 산장이 산 중턱까지 꽤 올라가 있다는 얘기가 됩니다. 그런데 시가지가 성남 구도심이냐 아니면 분당 또는 판교냐에 따라 범위가 상당히 넓습니다. 여기 시흥동과 신촌동 그리고 금곡동, 고등동, 금토동, 운중동까지."

그러면서 그는 각각의 위치에 동그라미를 그렸다.

"더 자세히 알 방법이 없나요?"

"아직까지는……. 제보가 더 있으면 모를까."

곧 이어 대장이 회의실 전체를 둘러보며 말했다.

"여러 각도로 알아보고 있는 중이니까 출동 대기하고 있어."

"모두 다 갑니까?"

"급히 처리해야 할 일이 있는 사람과 후방 지원팀을 빼고는 모두 간다. 사건의 중요성이나 크기가 어느 정도냐에 따라 서울과 경기의 합동수사팀이 만들어질 수도 있어."

그리고 더 이상 말이 없자 회의실은 여기저기서 수군거리는 소리로 가득 찼다. 인질사건이라고 했는데 국내에서는 그런 사건 자체가 극히 드문 까닭에 어떻게 대응하고 처리해야 할지 막막한 것이다.

한지균은 주변의 수군거리는 소리를 듣다가 주머니에서 휴대폰의 진동을 느꼈다. 꺼내서 보니 번호가 눈에 익었다.

"예, 한지균입니다."

"한 형사님, ㅅ방송의 송상현입니다."

"예, 그런데요?"

"그쪽에 큰 사건 하나 발생하지 않았습니까?"

"큰 사건이라니?"

"청계산의 산장에서 총격과 인질사건이 생겼다던데."

"그건 또 어디서 들었어요?"

"사실이군요."

"우리도 신고를 받고 다각도로 알아보고 있는 중입니다. 근데 방송사에도 제보가 왔습니까?"

"아뇨, 거기 억류돼 있는 어떤 사람이 바깥의 지인과 나눈 메신저 내용이 좍 퍼져 있습니다."

"어떤 내용입니까?"

"검색하면 바로 나올 텐데."

"그러지 말고 이 번호로 바로 좀 보내주세요."

"그럼 그쪽 경찰서를 소식통으로 해서 스팟 뉴스로 내보내도 되는 거죠?"

"하지 말란다고 안 할 것도 아니잖아요."

"그건 그렇지요."

"우리도 정확한 사정을 파악하지 못한 상황이라서 수사 개시도 못하고 있어요. 이쪽 출처는 빼고 적당히 하시죠."

"신고만 들어왔다는 얘기군요. 몇 건이나 됩니까?"

"아홉 건입니다. 내용은 거의 같고."

"알겠습니다. SNS의 내용은 바로 보내 드리겠습니다."

통화가 끊기고 잠시 후 문자가 도착했다. 그리 길지 않은 내용이어서 간단히 훑어보니 이미 신고된 것과 별 차이가 없어 보였다. 그래도 사건 현장의 분위기는 느낄 수 있을 것 같아 팀장에게 가서 보여줬다.

한지균의 휴대폰에 떠 있는 문자들을 뚫어지게 살펴본 강력팀장이 말했다.

"이게 SNS에 퍼져 있다고?"

"그렇습니다."

"미치겠네, 우린 아직 수사를 시작도 못 했는데 벌써 온 나라에다 퍼지다니."

"그러게 말입니다. 한데 이건 어떻게 할까요?"

"어떻게 하냐니?"

"우리 식구라도 모두 봐야 하지 않겠습니까?"

"하긴. 모두 볼 수 있도록 해."

한지균은 휴대폰을 노트북에 연결해서 프로젝터로 투사하게 했다.

"여러분, 잠시 앞을 봐주시기 바랍니다."

프로젝터로 투사된 휴대폰의 카카오톡 화면이 스크린에 나타났다. 장난 같은 카카오톡 메신저를 모두 숨 죽이며 읽었다.

곧 이어 첨부된 음성파일을 플레이하니 멀리서 울리는 듯한 소리가 들렸다.

볼륨을 최대로 해서도 잘 들리지 않는 음성이기 때문에 모두 숨죽이고 귀를 기울였다. 남자의 음성은 멀리서 들으면 웅웅거리는 저음의 울림소리여서 알아듣기 어려운 편이었다.

모두 숨을 죽인 채 귀를 기울인 끝에 겨우 몇 개의 의미 단위들만 귀에 들어왔다. '실제상황'이나 '여러분의 신분은 인질' 또 '당신의 몸값은 10원짜리', '내 말을 잘 듣기만 하면 무사히 나갈 수 있다' 등과 같은 것들이었다.

다 듣고 나서 잠시 침묵이 틈을 메우다가 여기저기서 한마디씩 말들이 터져 나왔다.

"우리가 접수한 신고들과 같은 것으로 보입니다."

"그런데 여기서도 산장의 위치에 대한 단서는 없어요."

"산장에서 파티를 하는 도중에 총격과 인질사건이 벌어졌다 이거군."

"이 자체만 가지고는 우발적인 사건인지 계획된 것인지 애매합니다."

"파티장에 총이 왜 필요합니까, 총이 있다는 것 자체가 계획된 것이란 증거가 아닐까요?"

"일단 특이한 점 두 가지가 눈에 띄는군."

"뭔데요?"

"파티 중인데 갑자기 곰 가면을 쓴 사람이 총을 쏘았다, 또 여우 가면을 쓴 사람이 그에게서 총을 빼앗아 들고는 여러 사람을 위협하며 인질극이 시작되었다는 점. 그리고 대화 글의 당사자들이 파티를 세게 했다며 경찰에 신고하면 다 걸린다는 말, 이건 불법적인 약물을 했다는 뜻인 것 같은데."

"확실히 평범한 파티는 아닌 것 같습니다."

"범인들이 가면을 썼다는 것 역시 처음부터 계획적으로 준비를 했다는 뜻인 것 같고."

"사전에 계획한 사건이라면 시작하자마자 통신부터 차단해야 되는 거 아닙니까?"

"그게 가능할까?"

"처음부터 총으로 위협하며 휴대폰을 꺼내놓으라 하고 압수하면 되지 않습니까?"

"그건 그런데 어차피 삼사십 명의 인원을 붙잡아 놓는다면 경찰이 알게 되는 건 시간문제야. 까놓고 일을 벌이는 거지. 몇 건의 신고 전화가 이어졌다가 일시에 끊어진 것과 현장에 있는 인물이 녹음해서 보내준 파일에도 그런 냄새가 다분하지."

"계획된 범죄라면 풀어 나가기가 쉽지 않겠는데요."

"9시 30분을 끝으로 더 이상 신고 전화가 없는 것으로 보아 휴대폰은 모두 인질범들에게 빼앗긴 모양입니다."

"약 15분 정도로 꽤 시간이 지난 뒤에야 휴대폰을 압수했어. 일부러 신고할 시간을 준 것일까?"

"그나저나 더 이상의 정보가 인질들에게선 나올 수 없다는 얘긴데, 이렇게 마냥 넋 놓고 기다릴 수만은 없지 않은가?"

"그렇다고 무작정 청계산 자락의 산장을 다 뒤져볼 수도 없지 않습니까? 거기 산장이 몇 개나 있는지도 모르고."

"시청이나 등기소에서 찾아볼 수 있지 않을까요?"

"뭘 기준으로 찾는단 말이야?"

그렇게 중구난방으로 떠들어댈 뿐 뾰족한 대책이 나오지 않은 것은 사건현장이 어디인지 특정할 수 없기 때문이었다.

***

밤 9시 45분
성남 수정경찰서

수정경찰서 역시 인질사건에 대한 신고를 직접 받았다. 그리고 신고의 진위여부를 확인하기 위해 이웃과 상급 관서에 연락을 해보았다.

거의 같은 시간대에 신고 접수된 사실을 확인하고 가능한 많은 직원이 모여 회의를 하는 중이었다.

모두 초조해 있는 가운데 전화벨이 울렸다. 가까이 있던 형사가 수화기를 드니 내선으로 경찰청 본청에서 서장을 찾는다는 것이었다.

"연결해."

잠시 후 중후한 목소리가 울렸다.

"수사국장입니다."

"예, 수정서 이인규 서장입니다."

"거기 수사팀 다 모여 있죠?"

예, 대답하고 서장은 전화기의 통화를 스피커 모드로 바꿨다.

모두 숨죽인 가운데 전화기 스피커에서 나오는 소리에 귀를 기울였다.

"청계산 인질사건에 대한 보고를 받고 청장님 휘하 여러분이 긴급회의를 했어요. 사건의 성격상 서울청과 경기경찰청 차원에서 다루어야 할 중대사건으로 보고 합동수사팀을 꾸리기로 결정했고. 그래서 본청의 수사국장인 내가 본부장을 맡고, 광역수사대 수사

과장이 수사팀을, 경찰특공대장이 진압팀을 그리고 경찰대에 있는 허완 경감이 협상팀을 맡기로 했소. 그밖에 언론 등 대외공보팀은 본청에서 담당자를 정해 갈 텐데 수합된 정보를 보면 사건현장이 그쪽 수정경찰서 관할이 될 가능성이 높습니다. 사건 해결까지 꽤 시간이 걸릴 가능성이 있기 때문에 외곽 경비와 천막 등 시설물 설치 등은 그쪽에서 해줘야겠소. 그리고 수사팀과 진압팀은 동원 가능한 인원이 있는데 협상팀은 제대로 꾸려지지 않았기 때문에 역시 그쪽에서 지원을 해 줘야겠어. 서너 명 똑똑한 친구들로 준비 좀 해주고."

"예, 알겠습니다."

"아직 현장이 특정되지 않았지만 각자 알아보고 있으니까 알게 되는 대로 정보를 공유하며 즉시 현장으로 출동하는 걸로 하고 곧 현장에서 봅시다. 각 팀장들도 현장에서 직접 만나 수사회의를 하도록 합시다."

"예, 알겠습니다."

서장은 같은 말만 반복하게 되는 게 짜증이 나는 듯했지만 어쩔 수 없었다. 수화기 저편에 있는 상관에게 짜증을 낼 수는 없지 않은가.

"서장님, 가만 보니 우리가 제일 따까리네요."

"어쩔 수 없잖아. 어쩌다 사건이 큰 게 걸려 담당부서가 모두 상전들이니. 위에서 까라면 까는 수밖에."

형사의 말에 수사과의 간부가 대답했다.

"다들 들었지? 기동대하고 경비계, 시설팀 모두 대기시켜. 곧바로 출발할 수 있게."

"얼마나요?"

"가용 인원 모두 동원해."

회의 참석자들은 옥신각신할 뿐 뾰족한 대책을 세우지 못하고 있는데 밖에 손님이 찾아왔다.

"누군데?"

서장이 물었다.

"이규범 의원과 비서입니다."

이규범 의원이라면 옆의 분당을 지역구로 둔 재선의원으로 서장인 이인규와도 안면이 있었다. 무슨 일로 왔을까 궁금해 하는데 이규범과 비서가 회의실 문을 열고 들어서며 냅다 소리를 지르는 것이었다.

"밖에서 일이 터졌는데 여기 모여 뭐하는 거요?"

"그게 무슨 소립니까?"

"무장괴한이 사람들 붙잡고 인질극을 벌인다며?"

"아니, 그건 어떻게?"

"내 딸이 거기 잡혀 있단 말이야."

"의원님 따님이 말입니까?"

"그래, 내 딸뿐 아니라 여러 사람이 붙잡혀 있다는데 빨리 구하러 안 가고 여기서 뭐하는 거요?"

"우리도 신고 받고 대책을 논의하는 중입니다."

"대책은 무슨 얼어 죽을 대책! 여기 모여서 떠들면 인질범들이 알아서 풀어준단 말이오, 아니면 자수를 하러 온단 말이오?"

"그게 아니라 사건현장을 특정하지 못해 다각도로 알아보고 있는 중입니다."

"그 문제라면 저희가 도움이 될 수 있을 것 같습니다."

이규범의 뒤를 따라온 비서 송민우가 나서며 말했다.

"어떻게?"

"30분쯤 전 의원님에게 따님한테서 문자가 왔습니다. 바로 이겁니다."

평소에 알고 지내는 성주 오빠네 산장에서 파티 중인데 괴한이 나타나 총을 쏘고 사람이 죽었다는 내용이다.

"성주 오빠네 산장?"

송민우가 대답했다.

"의원님 따님인 이윤정 씨가 알고 지내며 성주 오빠라고 부르는 남자는 J그룹의 3세 조성주가 분명합니다. 그러므로 사건이 일어난 곳은 J그룹 오너 일가가 소유한 청계산의 산장이 틀림없습니다."

재빨리 전산팀 직원이 검색을 해 금토동 소재의 청계산 자락에 J그룹 회장 부인 장미영 소유의 산장이 있다는 것을 알아내고 주소를 나눠줬다.

그러는 동안 서장은 본청에 사건 현장을 알아냈다고 보고하고 출동 명령을 내렸다. 형사과 강력 1팀과 기동대 1개 중대가 먼저 출발해 상황을 파악하고 인원이 더 필요하면 지원 요청을 하기로 했다. 나머지는 본서에 남아 전체 상황을 지휘, 통제한다. 인질사건인 데다가 이미 총격으로 사람이 쓰러졌다고 하니 119구급대에도 출동 요청을 했다.

그렇게 일군의 차량 행렬이 사이렌을 울리며 시내를 빠져나갔다.

***

밤 10시, 산장

2층에서 남녀가 내려오고 그 뒤를 총을 든 피터팬이 따랐다.

남녀의 뒤에 바짝 붙어선 피터팬은 총구로 그들의 등을 떠밀었다.

남녀는 바를 지나 홀로 걸어갔고 거기서 피터팬은 남자는 남자들이 있는 곳으로, 여자는 역시 여자들이 모여 있는 곳으로 보냈다. 두 사람은 상황이 어떻게 돌아가는지 어리둥절했지만 역시 가면을 쓰고 있었던 까닭에 얼굴에 드러나지는 않았다.

"실속 있는 한 쌍이로군."

바텐더가 그들을 보며 입을 열었다.

"다시 한 번 말하지만 여러분은 인질입니다. 인질의 역할에 충실하면 안전은 보장되지만 서투른 영웅의 역할을 하려 한다면 이곳을 살아서 나가지 못할 겁니다."

잠시 쉰 다음에 계속했다.

"그런 의미에서 양쪽에 있는 남성분들에게 한 가지 조치를 취해두겠습니다. 뭐 별건 아닙니다. 여러분의 손을 조금 구속해놓겠다는 거니까요. 큰 불편은 없을 겁니다. 거기 여자분 두 명만 이리 나오세요."

바텐더의 지시에도 여자들은 그 자리에 가만히 서서 바텐더를 바라보고만 있었다.

바텐더가 옆에 서 있는 곰에게 고갯짓을 하자 곰이 권총을 든 채로 여자들에게 다가갔다.

그는 앞줄의 두 여자를 향해 총을 겨누며 앞으로 나오라는 손짓을 했다. 백설공주 가면과 캣우먼 가면을 쓴 여자였다.

둘은 주춤거리며 앞으로 나왔다. 둘 중에서 백설공주가 더 어깨를 떨었다. 캣우먼이 백설공주의 손을 잡았다.

두 여자는 곰의 재촉에 의해 여우 가면을 쓴 바텐더 앞으로 갔다. 바텐더가 데스크 안쪽에서 상자를 꺼내 데스크 위에 올려놓고 말했다.

"자, 이제부터 두 분은 여기 수갑을 가지고 저쪽 남자들에게 가서 저들의 손목에 채우는 겁니다. 수갑을 채우는 건 간단해요. 자, 이렇게."

그리고 그는 권총을 데스크 위에 내려놓고 수갑을 들었다. 그리고 그것을 오른쪽에 있는 여자의 오른손에, 왼쪽 여자의 왼손에 채웠다. 두 여자가 하나의 수갑을 같이 찬 것이다. 그는 열쇠로 수갑을 풀면서 말했다.

"어때, 쉽죠?"

바텐더는 두 여자를 번갈아 보며 말했다.

두 여자는 바텐더의 눈길을 받고 잠시 후 고개를 끄덕였다.

"자, 이제 이걸 갖고 가서 저기 있는 남자들에게 채워요. 두 사람당 하나씩."

그리고 허리를 숙여 두 여자 사이에 머리를 가까이 대고 낮고 차가운 음성으로 속삭이듯 중얼거렸다.

"제대로 안 했다가는 손목을 부러뜨릴 줄 알아."

두 여자가 두려움에 경직되었다가 흠칫 놀라는 몸짓을 했다.

바텐더는 남자들을 향해 움직이는 두 여자의 뒤를 따라 가다가 3미터 정도 앞까지 가서 말했다.

"들어서 알겠지만 앞의 여자분들이 여러분에게 수갑을 채울 겁니다. 2인 1조로 두 사람 당 하나씩 수갑을 채울 수 있도록 협조 바랍니다. 그게 여러분의 안전에도 도움이 됩니다. 섣불리 움직이려다가 총이라도 맞게 되면 개죽음 아닙니까?"

두 여자가 남자들에게 접근해 수갑을 채우기 시작했다. 행동은 느릿느릿했지만 차근차근 하다 보니 몇 분 걸리지 않아 다 채울 수 있었다. 그 모습을 끝까지 지켜보고 있던 바텐더는 두 여자를 다른 여자들이 있는 곳으로 보낸 뒤 다시 입을 열었다.

"자, 여기 1층 전체는 넓은 홀이지만 보이지 않는 구획이 네 개 있습니다. 남자들이 있는 곳 둘과 여자들이 있는 곳 그리고 우리 인질범이 있는 곳이지요. 인질인 여러분은 이 극이 끝날 때까지 자신이 속한 구획의 경계를 넘어선 안 됩니다. 물론 인질범인 우리의 허락이 있지 않는 한 말이지요. 지금 있는 자리에서 몸을 움직여 약간의 운동을 한다든지 긴장을 푸는 행위는 할 수 있으나, 주변의 사람들과 대화를 해서는 안 됩니다. 가면을 벗어서도 안 돼요. 생리 현상 때문에 화장실을 이용해야 할 경우엔 조용히 손을 들면 됩니다. 화장실을 이용하기 위해 자리를 벗어나는 것은 한 번에 한 사람만 허용됩니다. 아, 남자들은 수갑에 의해 묶여 있기 때문에 두 사람이 함께 움직여야 합니다. 그리고 일정한 시간마다 음료와 간단한 먹을 것을 제공해 드립니다. 여러분은 여기 조용히 잡혀 있다가 때가 되면 집으로 돌아가면 됩니다."

여우 가면이 긴 말을 끝낼 때쯤 산장 밖에서 소음이 들렸다.

이제야 도착한 모양이군. 여우 가면이 중얼거렸다.

***

밤 10시 10분
청계산 산장

산중의 밤은 침묵과 같이 온다. 일찍 어둠이 내려와 대지를 감싸고 모든 것을 잠재운다. 꾹꾹 하는 야행성의 날짐승 소리는 다른 생명에게는 자장가와 같다. 빛이 있어 늦게 잠드는 것들조차 조용히 갈무리하는 시간이었다.

멀리서 보면 곧 잠들 것 같은 빛들이 옹기종기 모여 있는 곳은 집들이 몇 채 있는 마을이다. 그나마 수도권이라 집들은 새로 지은 빌라형 주택들이 많았다. 그런 집들이 들어서 있는 곳까지는 어느 정도 왕복 2차선의 포장도로가 깔려 있고 가로등도 있었다.

거기서 더 들어가면 도로는 차 한 대만 다닐 수 있을 정도로 좁아지며 주위는 칠흑 같은 어둠이 깔려 있다. 그런 도로 같지 않은 도로가 구불구불 오래도록 이어진다. 사방이 온통 캄캄한 가운데 수십 대의 차량 전조등만이 어둠을 헤치며 달리고 있었다.

그렇게 몇 분을 더 가자 선두 차량의 속도가 눈에 띄게 느려졌다. 비포장도로 구간으로 접어든 데다가 차의 상향등까지 켜고도 도로를 구별하기 어려웠기 때문이다. 그나마 요즘 내비게이션의 도로교통 정보가 자주 갱신되어 목적지까지 제대로 표시되어 안내를 해주고 있으니 그걸 믿고 달려가는 것이다. 선두의 차는 차에 장착된 내비게이션보다 조수석에 앉은 형사의 휴대폰 내비를 켜고 움직였다. 그게 더 정확하긴 했다.

얼마쯤 가자 맨 앞의 차가 멈췄다. 차에서 내린 형사들이 고개를 들어 앞을 주시했다. 멀지 않은 곳에 꽤 큰 집 한 채가 오롯이 어둠 속에 묻혀 있었다.

2층짜리 건물로 1, 2층 모두 실내에 불이 켜져 있었으나 불빛이 밖으로 새어나오는 건 아주 적었다. 목표했던 산장이 분명했다. 뒤따르던 차들도 길옆으로 줄줄이 멈춰 섰다.

"저기가 그 산장인가 보군."

서장 이인규가 차 문을 열고 나서며 물었다. 휘하의 간부들이 그 주위에 모여 산장 쪽을 올려다보았다.

"예, 그런 모양입니다."

"수사팀은 우리가 가장 먼저인가?"

"아무도 와 있는 사람이 없는 것 같습니다."

"그럼 주변 상황을 파악해봐. 장비를 갖춘 기동팀과 2인 1조로 움직여."

서장의 지시에 차에서 내려선 형사들이 각기 무장을 한 기동대원들과 함께 산장 주위를 훑기 시작했다. 설비팀 또한 산장 주위를 움직이며 살펴 나갔다. 얼마 후 어느 정도 평평한 곳을 찾아 땅을 다진 후 트럭에서 장비를 내리고 천막을 치기 시작했다.

산장이 있는 곳보다는 약간 낮았으나 산장을 측면으로 직접 바라볼 수 있는 곳이었다. 산장으로부터는 50미터쯤 떨어져 있었다.

작업 차량에 거치된 대형 서치라이트의 불빛에 의지해 움직이는지라 큰 불편은 없어 보였지만 평지에서보다 훨씬 어렵고 시간도 많이 걸렸다. 그래도 그들은 울퉁불퉁한 맨 땅에 그대로 텐트를 치고 회의에 필요한 탁자를 들여다 놓고 조명 시설을 설치하고 백보드 등을 갖추어놓았다.

설비팀이 작업을 하는 동안 서장과 간부들은 산장에 가까이 접근했다.

"너무 가까이 접근하면 위험합니다."

"글쎄, 범인들이 모두 무기를 소지하고 있을까?"

"그렇게 봐야 하지 않겠습니까?"

"이게 도대체 뭔 일인지."

서장을 비롯한 경찰서 지휘부가 산장을 바라보며 심란해 있는 사이 뒤쪽이 소란스러워졌다.

차 한두 대가 겨우 스쳐지나갈 만큼 길이 좁은 까닭에 출동한 차량들은 이미 길게 늘어서 있으므로 새로 도착한 다른 경찰 팀들은 그 뒤에 멈춰 설 수밖에 없었다. 거기서 내린 본청과 광역수사대의 수사관들이 고위 간부를 중심으로 속속 도착했다.

경찰 고위 간부들은 서로 알고 있는 경우도 있지만 직접 만나 인사를 나누거나 한 경우는 그리 많지 않다. 경찰청과 지방경찰청 그리고 일선 경찰서 등 여러 곳에서 차출된 인원이 모여 합동 수사를 하는 경우는 극히 드물었다. 그들은 이제 겨우 마련된 수사본부에서 인사를 나누었다.

"본청의 수사국장이자 이 사건의 수사본부장을 맡은 민중수요."

"관할 수정경찰서 서장 이인규입니다."

"광역수사대 수사과장 강인후입니다."

"경찰특공대 대장 장대영입니다."

"경찰대학에 있는 허완입니다."

"공보담당관 김진학입니다."

모두 돌아가며 간단히 자신을 소개하자 민중수가 말했다.

"전화로 얘기한 것처럼 내가 총괄 수사본부장을 맡고 광수대의 강 과장이 수사팀을, 경특 장 대장이 진압팀, 허 교수가 협상팀, 김 실장이 수사본부 대변인을 맡기로 했소. 이 서장은 본부 세팅이 끝나는 대로 돌아가도 됩니다."

이인규가 예, 하고 대답했다. 나머지는 그냥 고개를 끄덕였다.

"그럼 시간 없으니 바로 회의 시작합시다."

수사본부는 이제 막 천막만 쳐놓고 탁자와 의자 등은 설비팀이 옮기고 있는 중이었다. 자리가 마련되기를 기다렸다 회의를 할 정도로 여유가 있지 않았다.

"이 서장이 가장 먼저 온 거 같은데 주변 상황은 파악했소?"

"저희가 와서 주변 상황을 알아보라고 보낸 지 약 15분 정도 지났습니다. 곧 와서 보고할 겁니다."

이인규가 시계를 보며 대답했다.

"좋아요, 지금 되어 있는 일과 할 일을 점검해봅시다. 수사본부는 여기다 설치하기로 하고, 작업이 진행 중이지?"

민중수가 이인규를 보며 묻자 그가 고개를 끄덕이며 그렇다고 대답했다.

"주변 상황을 파악하기 위해 이 서장이 정찰을 보냈다고 하니 이따가 들어보면 되겠고, 산장을 중심으로 포위망을 구축해야 하는데 포위망은 이중으로 합니다. 안쪽은 진압을 위한 특공대가 위치하고 바깥쪽은 외부에서의 접근을 차단하기 위해 기동대가 자리 잡도록. 특공대는 주요 지점에 저격수를 배치하도록 하고."

민중수가 백보드에 매직으로 그림을 그리며 지시를 내렸다. 특공대장 장대영과 서장 이인규가 고개를 끄덕였다.

"밤이라 어려운 점이 있겠지만 지금부터 바로 시행하도록 하자고."

두 사람은 예, 대답하고는 밖으로 나가 부하들에게 지시를 내렸다.

합동수사대는 급조된 지 한 시간도 채 안 되었지만 짜임새 있는 지휘체계로 꽤 일사불란하게 자리를 잡아갔다.

헬멧에 헤드랜턴을 장착한 특공대원들은 상체의 방탄복을 입은 데다 개인 화기 등 중무장을 한 상태라 상당히 힘들 텐데도 일반인이 움직이는 것보다 날렵하게 줄을 지어 산을 탔다.

설비팀은 타고 온 차량을 수사본부 주변에 배치하고 산장과 가장 가까이 있는 곳에 장갑차를 세워 놓았다. 산장 정문으로부터 30미터 정도 떨어진 곳이어서 조금만 크게 목소리를 내면 대화도 가능한 거리였다.

그 옆에는 전자 장비를 갖춘 차량을 배치했다. 그 옆에 수사본부로 쓰일 천막이 세워졌고 본부 주위에 여러 용도로 쓰일 간이 천막들이 여러 개 뚝딱뚝딱 세워졌다. 큰비라도 내리지 않는다면 웬만해선 견딜 수 있을 것 같았다.

그렇게 준비를 하는 사이에 산장과 주변을 정찰하러 갔던 수사요원들이 돌아와 보고했다.

산장은 100여 평 되는 2층짜리 서양식 건물이고, 전면이 동쪽을 향하고 있다. 산 중턱을 깎아 지었기 때문에 건물 앞마당은 그리 넓지 않다. 차량 10여 대가 주차할 수 있으나 현재 두 대밖에 없다. 평범한 소나타와 15인승 승합차 스타렉스다.

건물 측면을 돌아 뒤편으로 20여 미터쯤 걸어 올라가면 산장 지붕을 발밑에 두고 내려다볼 수 있었다. 건물 오른쪽으로 30여 미터 떨어진 곳에 약간 경사진 공터가 있는데 거기 승용차 20여 대가 주차되어 있었다.

파티에 참가하기 위해 온 손님들 차인 모양이었다. 대충 살펴본 바로는 절반 이상이 외제차이고 대부분 억대 이상의 고가 승용차들이었다.

건물은 현관문과 창문 모두 굳게 닫힌 상태고 모두 블라인드가 쳐 있어 안을 볼 수 없었다. 창문의 수로 보면 1층엔 서너 개, 2층엔 일곱 개의 방이 있는 것으로 여겨졌다. 1층엔 큰 거실과 부엌 또는 조리실, 화장실, 세탁실, 기타 창고 혹은 다용도실이 있는 듯했다.

1층과 2층에 불이 밝혀져 있는데 밝기가 1층이 두 배 정도 밝았다. 하지만 모두 블라인드가 내려져 있어 밖으로 새어나오는 빛은 적었다. 산장 밖에 있는 사람은 경찰 수사요원 외에는 아무도 없고 산장 안의 사람들 움직임도 알 수 없는 상황이었다. 현관 앞과 임시 주차징에 서 있는 차량들에도 사람이 하나도 없었다.

보고를 다 들은 본부장 민중수가 말했다.

"일단 우리가 접근할 수 있는 차량부터 살펴봐야겠군."

"예."

"산장 앞마당에 있는 차량은 파티 주최자 쪽 소유 같고, 임시주차장은 손님으로 온 사람들의 차량 같으니 모든 차량의 소유자와 등록사항을 조회해보도록 해. 산장에 있는 인질들의 상당수는 그걸로 확인될 테니까."

민중수의 말을 들은 수사팀장 강인후가 뒤에 선 형사들에게 고갯짓을 했다. 네 명의 형사들이 이마에 손을 올려 경례 비슷한 동작을 취한 후 달려 나갔다.

"그리고 저 현관 앞에 서 있는 차들이 신경 쓰이는군. 진압팀장이 애들 보내서 조사해봐."

모든 상황이 범인이 의도한 거라면 저 차 역시 목적이 있을 것이다. 혹시 탈출용인가? 하지만 어떻게? 경찰이 대거 몰려오기 전이라면 탈출이 가능하겠지만 지금으로선 경찰뿐 아니라 수많은 취재 차량에 막혀서라도 쉽게 탈출하지 못할 것이다.

특공대장의 지시를 받고 방탄복과 소총으로 무장을 한 특공대원 네 명이 두 대의 차량으로 살금살금 접근했다.

경보장치가 있을지 모르니 직접 건드리지는 않은 채 두 명은 차량을 살펴보고 다른 두 명은 그들을 엄호하며 전방을 경계했다.

차량을 조사하는 두 명이 꽤 밝은 손전등으로 차 안을 비추며 훑어보았다.

차 안에는 별다른 게 눈에 띄지 않았다. 한 바퀴 빙 돌아서 차를 살핀 후 이번에는 허리를 숙여 승합차의 아래를 비추며 살폈다.

바퀴며 차의 하부를 샅샅이 훑던 대원이 옆의 소나타를 조사하는 동료를 불렀다. 경찰특공대 요원들은 소리를 낼 수 없는 상황에서도 의사소통을 할 수 있도록 손짓으로 수십 가지의 정보를 주고받을 수 있는 손짓언어를 갖고 있었다. 동료가 다가오자 손전등으로 차체 하부를 이리저리 가리키며 저게 폭발물이 아닌지 손짓으로 자문을 구했다.

동료도 얼굴을 좀 더 가까이 대고 살펴보더니 그런 것 같다고 대답했다. 그들은 돌아와 대장에게 승합차 하부에 폭발물로 추정되는 게 장착되어 있는 것 같다고 보고했다.

그러자 이번에는 장비를 갖춘 폭발물 처리반이 접근해 조사를 했다.

처리반이 도착해 탐지기를 작동시키자 경보음이 울리며 차량에 폭발물이 설치되어 있음을 알렸다. 폭발물은 약 100킬로그램 정도로 차량 한 대와 주변 수십 미터는 날려버릴 수 있는 양이었다.

정밀 검색해보니 타이머는 없으나 기폭 장치는 바로 활성화될 수 있으므로 다른 조건(이동, 압력, 속도의 변화 등)이나 무선신호로 폭발시킬 수 있는 것으로 보였다. 그러므로 당장 제거하거나 무력화시킬 수는 없었다. 차에서 제거하거나 차량 자체를 움직일 경우 범인이 폭발시킬 수 있기 때문이었다.

곧 이어 저것이 왜 여기 있느냐 하는 문제로 논쟁이 벌어졌다.

"인질사건이 벌어진 게 맞긴 맞는 모양일세. 범인이 일부러 폭탄 장치 차량을 세워놓은 건 확실한데 어떤 목적일까?"

"경찰의 무장병력이 강제진입을 시도할 때 터뜨리기 위한 것이 아닐까요?"

"서 있는 위치가 현관 옆이니 그럴 가능성도 있긴 한데."

"인질극이라면 당연히 협상의 과정이 있을 것입니다. 그렇다면 협상을 유리하게 하기 위한 수단일 수도 있다고 봅니다."

"무력시위용은 맞는 것 같은데 말야."

"차량에 장착되어 있는 것으로 보면 경찰이 포진한 곳 한가운데 돌진해 터뜨리기 위한 것일 가능성도 있습니다."

가능한 대답들이 거의 다 나왔다고 생각될 즈음 뒤에 수정서의 형사 이수경이 말했다. 그녀는 경찰대를 나와 강력계에서 10년을 넘긴 베테랑 형사였다.

"무력시위란 게 무슨 의미가 있을까요? 그런다고 그보다 훨씬 무력이 있는 경찰이 겁을 낼 것도 아닌데요. 또 그들에게 이미 인질이 있는데 협상을 위한 무기가 더 필요할까 싶습니다."

모두가 그녀를 향해 계속해보라는 눈빛을 보냈다.

"폭발물이 장착된 차량이란 그 차량 자체를 이용하기 위한 것이지 폭발물만 따로 쓰기 위한 건 아니라고 봅니다. 그건 인질을 태우고 도주할 때 가장 유용하죠. 범인들이 차 두 대를 다 이용할 가능성은 적으므로 스타렉스 하나에 범인과 인질들을 태우고 도주한다고 할 때 장착된 게 꽤 넓은 살상범위를 가진 폭발물이므로 가까이 접근하기가 어렵습니다. 또 인질을 태우고 있으므로 대놓고 추적하지도 못하지요. 승합차가 15인승이므로 그들은 범인이 인질의 수가 10여 명 정도 되었을 때 차량을 이용해 도주하지 않을까 생각됩니다. 물론 그 전에 원하는 것을 다 얻고요."

"일리가 있는 견해군. 그렇다면 이에 대한 대책은?"

이번에는 강인후가 대답했다.

"차량에 위치추적기를 부착하고 두 대 이상의 헬기 및 순찰 차량 등을 준비해놓는 것이죠."

"가능한 모든 대비를 다 해놔야 하니까 그렇게 하도록 해. 그럼 이제 지금까지의 상황과 앞으로 진행될 일에 대해 얘기해보도록 하지."

그러면서 강인후를 바라보았다.

"저녁 9시가 조금 지났을 무렵부터 10여 건의 인질사건 신고가 접수되었습니다. 신고는 9시 15분부터 30분 사이에 이루어졌고, 그 이후에는 딱 끊어진 걸로 보아 그 시간대에 전격적으로 사건이 시작된 걸로 보입니다. 이후 신고된 내용을 토대로 사건현장을 알아본 결과 성남시 금토동 소재의 J그룹 소유 산장을 확인했는데 바로 저 앞에 있는 산장입니다.

사건 내용은 이곳 산장에서 삼사십 명 정도의 인원이 모여 파티를 하고 있던 중 갑자기 괴한이 총을 쏴 사람을 살상한 뒤 파티에 참가중인 사람들을 상대로 인질극을 벌이고 있다는 것입니다. 산장은 J그룹 소유이고 이에 관계된 사람은 조성주입니다. 조성주는 J그룹 오너의 둘째 아들로, 이 파티의 주최자로 추정되는 인물입니다. 파티에 참가한 사람들은 대부분 부유한 편이고 인질범은 두 명 이상인 것으로 보입니다. 산장의 위치가 서울 및 경기도의 주요 도심과 가깝긴 하나 산중에 깊숙이 있는 관계로 정확한 주소를 알기 전에는 찾아오기 어려운 까닭에 파티에 온 사람들은 미리 초대를 받았다고 볼 수 있으며, 비밀리에 이루어진 만큼 부유층의 일탈이 이루어지는 파티라고도 볼 수 있습니다. 이건 파티에 참가한 사람이 보낸 메신저 내용에서도 일부 확인할 수 있습니다. 그밖의 상황에 대해서는 아직 알려진 것이 없습니다.”

　브리핑이 끝나자 본부장 민중수가 물었다.

　“수사팀장은 조성주가 핵심 인물이라고 생각하나?”

　“일단 우리가 접근할 수 있는 정보원으로는 가장 유력합니다.”

　“그럼 수사팀이 빨리 조사를 하도록 해. 지금 어디에 있고 인질사건과 어떤 관련이 있는지.”

　“예, 알겠습니다.”

　강인후는 대답한 후 옆에 있는 한지균을 보았다. 팀장이 들었지, 하는 표정으로 고갯짓을 하자 한지균이 경례를 하고 자리에서 일어나 나갔다.

　다음으로 협상팀에서 인질범과 접촉하기 전에 확인해야 할 것들을 다시 점검했다.

1. 인질의 안전을 확인한다.
2. 인질의 수와 신원에 관한 구체적인 정보를 얻는다.
3. 범인의 수와 신원을 알아낸다.
4. 무장 정도와 산장의 구조를 파악한다.
5. 범행의 목적을 알아낸다.
6. 이를 위해서는 인질범과의 대화는 부드럽게 달래면서 진행한다.

회의가 끝나자 민중수는 밖으로 나와 산장을 바라보았다. 그 뒤로 각 팀장들이 따랐다.

"여긴 꼭 막다른 골목 같군."

그게 무슨 뜻인지 짐작은 할 수 있지만 또 특별히 논평할 만한 것도 아니어서 팀장들은 가만히 있었다.

어둠 속에서 오늘따라 유난히 더 크게 느껴지는 산장이 그들에겐 도전이요, 싸움의 현장이 될 수 있었다. 그들 중 누군가에겐 그 산장이 거대한 괴수처럼 느껴졌다. 저 안에 있는 상대는 단순한 범죄자일까 괴물일까.

"왔으니 이제…… 시작하지."

그의 말에 따라 특공대장 장대영이 확성기를 산장을 향하고 큰소리로 말하기 시작했다.

***

10시경부터 지상파 등에서 방영되는 방송 프로그램 화면 하단에 자막이 흐르기 시작했다.

속보, 경기도 성남의 청계산 기슭에 있는 J그룹 소유 산장에서 파티 중 인질사건 발생. 경찰특공대 소속 2개 중대 출동

　프로그램이 바뀌고 화면이 변해도 같은 내용의 자막 기사가 계속해서 반복적으로 흐르고 있었다.

3장

대
치

밤 10시 20분
산장

아아, 확성기를 통해 밖에서 말하는 소리가 들려왔다. 그 순간 사람들이 웅성거리기 시작했다.

"우리는 경찰이다. 산장 안에 있는 범인들은 들어라, 너희들은 완전히 포위되었다. 순순히 무기를 버리고 나와라."

"게임 시작이군."

여우 가면이 코웃음을 치며 말했다.

"가서 한 방 먹이고 와."

여우 가면이 옆의 동료에게 턱짓을 했다.

곰이 문간으로 다가가 쪽문을 열고 소리가 들린 쪽을 향해 총을 쏘았다. 연속해서 두 발이었다.

일순 모든 소리가 멈췄다. 경찰 지휘부는 침묵에 잠겼다. 잠시 후 민중수가 말했다.

"저건 무슨 뜻이지?"

모두 알 수 없다는 듯 고개를 흔들었는데 곧 허완이 대답했다.

"아마 기선제압을 위한 무력시위쯤 되지 않나 싶습니다."

"무력시위라……."

"무력이라면 우리도 지지 않는데 말입니다."

특공대장이 농담하듯 말하자 민중수가 그를 노려보았고 장대영은 머쓱해서 고개를 돌렸다.

"아무래도 만만치 않겠군."

각자 고민에 빠져 있는데 산장을 감시하고 있던 형사가 달려 들어왔다.

"뭐야?"

"창의 커튼이 일부 들쳐지면서 약간 밝아졌는데, 무슨 신호 같습니다."

그러자 장대영이 소지하고 있던 쌍안경을 들고 산장을 유심히 살펴봤다.

"A4 종이에 뭔가 써놓은 게 보이는군요. 잠깐, 010에……."

장대영이 천천히 부르는 숫자를 다른 사람들이 받아 적었다.

"이 번호로 연락을 하라는 뜻 같은데."

"대포폰일까요?"

"글쎄."

"아닐 것 같은데요."

허완이 대답했다.

"왜?"

"저 안에 인질범이 마음대로 쓸 수 있는 휴대폰이 얼마나 많습니까."

"아!"

"당장 휴대폰 주인이 누군지 확인해봐."

민중수의 지시에 광역수사대 형사 하나가 휴대폰을 귀에 대며 경찰청 정보센터에 전화를 했다. 본부에는 아직 전자 장비 차량이 와 있지 않았다. 통화를 시작한 그는 휴대폰 번호 하나 조회 바랍니다, 하고는 번호를 불러주었다.

형사는 전화를 끊지 않은 채 결과를 기다리고 있었다.

잠시 후 답변을 들었는지 형사가 그대로 복창하기 시작했다. 본부의 몇 명이 이를 받아 적기 위해 수첩과 펜을 꺼내들었다.

"휴대폰 소유자 이의방, 32세, 하는 일은? 사립학교재단 L학원의 기획관리실장. 예, 알겠습니다."

"인질 중 한 명의 신원은 확인되었군."

그 말에 다들 씁쓰레 웃었다.

"밖에 있는 고급 차량의 소유자들도 거의 인질일 가능성이 높으니 곧 상당수는 알 수 있을 겁니다."

수사팀장 강인후가 말했다.

허완이 자신의 휴대폰으로 이의방의 휴대폰으로 전화를 걸려고 하자 민중수가 평범한 모양의 피처폰을 내밀었다.

"이걸 쓰자. 공용이고 보안이 잘 되어 있고 스피커와 자동 녹음이 되는 거니까."

그는 폴더폰을 받아들고 번호를 하나씩 눌렀다. 신호가 가고 잠시 후 상대가 전화를 받았다. 하지만 아무런 말이 없었다. 할 수 없이 그가 먼저 입을 열었다.

"여보세요."

"누구신지?"

"경찰 쪽 협상담당자 허완입니다."

"직위는?"

"경찰대학 교수로 있고 계급은 경감입니다."

"거기 댁보다 높은 사람 있죠?"

"예."

"누구누군지 좀 읊어봐요."

"왜요?"

"상대하는 사람들이 누군지는 알아야 하지 않겠습니까."

"나하고 상대하면 됩니다."

"별거 아닌 거 갖고 벌써부터 기운 빼지 맙시다. 그냥 그쪽에서 어느 정도 규모의 사건으로 파악했는지 알고 싶은 거니까 빨리 읊고 다음으로 넘어갑시다."

허완은 잠시 전화기를 내려뜨리고 주변의 인물들을 둘러보았다.

졸지에 별거 아닌 거 중 하나가 된 민중수가 떫은 표정으로 고개를 끄덕였다.

허완은 하나하나 경찰 직위와 이름을 말해주었다.

"제대로 진용은 갖춘 것 같군."

상대방의 말에 전화기 주변에 둘러선 간부들은 어이가 없는 표정으로 혀를 찼다.

"그중에서 댁이 협상을 맡았군요."

"그렇습니다."

"대화를 할 줄 알아서?"

"꼭 그런 건 아니고."

"경찰대 교수면 학생을 가르쳐야지."

"잘 알면서 그러시네요."

"아, 전문가시다? 프로파일러라고 하나요, 이쪽에 경험은 있으신지?"

"미국에 있을 때 참관한 적은 있지만 실제로는 몇 번 되지 않습니다."

"이론가시군."

상대가 빈정거리듯 말하자 허완은 약간 불쾌한 느낌이 들었다. 그렇다고 감정이나 대화가 흐트러질 정도는 아니었다. 협상 매뉴얼에도 있지 않은가, 대화를 함에 있어서 절대로 감정에 휘둘려서는 안 된다. 상대를 기분 상하게 해서는 안 되지만 상대의 도발에 넘어가 기분이 상해서도 안 된다.

"이번에 경험을 쌓게 되겠죠. 잘 좀 부탁합니다."

"제법이네요. 그럼 뭐라고 불러야 하나, 교수님 아니면 경감님?"

"편한 대로. 그러는 당신은, 당신이 이 일의 주모자입니까?"

"그렇습니다."

"이름은?"

"그건 당신이 알아내야죠."

"좀 불공평한데?"

"원래 이런 게임은 불공평한 거 아닙니까?"

"아, 게임이군요."

"생각하기 나름이지. 게임에 목숨을 거는 사람도 있고 인생 자체를 게임으로 보는 사람도 있고."

"그럼 우리 미션이 인질을 무사히 구출하고 범인들을 체포하는 것이라면 그쪽의 미션은 뭡니까?"

"그 역시 경찰 쪽이 풀어야 할 일 아닌가요?"

"그렇군요. 어쨌든 대화를 하려면 서로 부를 수 있는 호칭 정도는 있어야 하지 않겠습니까?"

"그럴 필요가 있을까 싶긴 하지만 그쪽이 편하긴 하겠네요. 이 일을 처음부터 계획하고 시작했으니 디렉터나 마스터라고 부르세요."

"디렉터나 마스터?"

허완이 따라서 중얼거리자 강인후가 피식 웃으며 말한다.

"이거 영화감독이 못 되어서 한이 맺힌 놈 아냐?"

그러자 다른 부하직원이 덧붙였다.

"정말 그런지도 모르겠네요. 영화 찍는 데 미친놈이라면 충분히 이런 짓도 저지를 수 있지 않을까요."

"설마 그렇기야 하겠어?"

그렇게 주고받는데 다시 상대방의 전화 음성이 들렸다.

"그쪽에 몇 명이나 있습니까?"

"10여 명 됩니다. 왜 그러신지?"

"어차피 한 팀이니까 다 같이 듣는 건 이해하겠는데 협상 파트너에 대해서 아무렇게나 떠들어대는 건 좀 아니지 않나요? 예의 좀 지킵시다."

그 말에 뒷담화를 했던 사람들의 표정이 일순간 굳어졌다.

"예, 알겠습니다. 미안합니다."

허완이 사과하고 다시 물었다.

"산장에 몇 명이 있습니까?"

"삼사십 명입니다."

"정확한 인원은?"

"말할 수 없습니다."

"인질은 남녀 각각 몇 명입니까?"

"역시 밝힐 수 없습니다."

"마스터를 포함한 인질범이 몇 명인지도 말하지 않겠군요."

"정답."

"무슨 목적으로 범행을 저질렀습니까?"

"나중에 알게 될 겁니다."

"요구하는 것이 있습니까?"

"당연히 있지요. 그래서 협상을 하는 거 아닙니까?"

"무엇인가요?"

"그것도 나중에 말해주겠습니다."

"죽거나 다친 사람이 있습니까?"

"있습니다. 한 명."

"상태는 어떻습니까?"

"아마 사망한 것 같은데 확인은 안 했습니다."

"그 사람을 우리가 인수할 수 있습니까?"

"잠시 후 문 밖에 옮겨놓을 테니 멀리 물러나 있다가 데려가세요."

"그런데 이번 사건을 그쪽 마스터가 계획하고 실행했다고 했는데 총에 맞은 사람도 그 계획에 포함되어 있던 겁니까?"

"……대답하지 않겠습니다."

상대는 오늘은 이만, 하며 전화를 끊었다.

통화가 끝나고 5분쯤 후 현관문이 열리고 가면을 쓴 두 사람이 덩치가 큰 한 사람을 질질 끌다시피 하며 문 밖에 내다 놓았다.

그리고 주변을 둘러보고는 문 안으로 들어가 버렸다. 문은 철컹하며 굳게 닫혔다.

본부장이 특공대장에게 고갯짓을 하자 대장이 기동대원들에게 가서 데려오라고 지시했다.

기동대원 네 명이 반쯤 허리를 숙인 자세로 산장 현관을 향해 달려갔다. 두 명은 시신을 옮기고 나머지 둘은 그들을 엄호하듯 방패로 뒤를 보호하며 이동해 되돌아 왔다. 그들은 시신을 경찰 감식팀에게 인계했다.

밤 10시 35분

수사팀이 큰일 없이 분주한 가운데 다른 차량들이 속속 진입해 들어섰다.

방송 및 신문사의 취재 차량들이었다. 산장으로 통하는 외길은 이미 도착한 경찰 차량들로 막혀 있었기 때문에 매스컴의 취재 차량들은 그 뒤에 길게 늘어서거나 길 양쪽에 조금이라도 진입할 공간이 있으면 무조건 밀고 들어가 진을 쳤다.

더 이상 차가 진입할 수 없는 곳까지 와서는 차를 내팽개치고 카메라와 스마트폰을 들고 산장을 향해 돌진해 갔다.

경찰 기동대 가운데 외곽 경비 요원들이 그들을 가로막고 더 이상 접근하지 못하게 했다. 마이크를 든 방송국 기자들이 질문을 쏟아냈다.

"저 앞의 산장이 사건현장인가요?"

"총격이 있었다는데 사망 혹은 부상자가 있습니까?"

"범인들이 요구하는 게 뭡니까?"

"인질은 몇 명입니까?"

"우리도 방금 도착해서 확인하고 있는 중입니다. 방해되지 않게 좀 물러나서 기다려주세요."

경찰 간부 한 명이 큰 소리로 대답했지만 기자들의 질문과 떠드는 소리는 진정되지 않았다.

수십 명의 기자들이 소리치고 이를 상대하는 경찰 역시 큰 소리로 대응하다 보니 조용하던 산중이 시장바닥처럼 와자해져 있었다. 게다가 경찰이 정한 경계선 안으로 진입하려는 일부 취재진들과 이를 제지하려는 기동대원들 간의 실랑이도 여기저기서 벌어졌다.

잠시 후 공보담당관이 나타나 팔을 높이 쳐들자 무대 위처럼 그에게 조명이 집중되었고 기자들의 마이크와 스마트폰들도 그에게 모였다.

"본 사건의 공보담당관 김진학 경정입니다."

그가 말을 시작하자 모두 조용히 입을 다물었다.

"저희 경찰이 앞 산장에서 인질사건이 발생했다는 신고를 접수하기 시작한 것은 9시 30분경부터이니 이제 한 시간밖에 되지 않았습니다. 맞습니다, 신고를 받기 시작했다는 말은 신고가 한 건에 그치지 않았다는 뜻입니다. 처음 신고 전화가 온 후로 10여 분간 모두 여섯 차례의 신고가 있었습니다. 저희 경찰은 신고의 진위부터 사건이 일어난 장소, 사건의 종류 및 규모, 피해자의 수 등을 파악하기 위해 분주했습니다만 아직 제대로 파악한 게 별로 없습니다. 사건이 진행 중인 관계로 앞으로 많은 변화가 있을 것으로 예상됩니다. 그럴 때마다 경과를 여러분에게 브리핑을 할 예정이니 조용히 기다려주시기 바랍니다. 일단 지금 할 얘기는 다음과 같습니다. 다수의 무장괴한이 이곳 J그룹 소유 별장에서 파티 중이던 남녀 30여 명을 인질로 잡고 농성중입니다. 그밖에 자세한 사실은 지금 수사 중에 있습니다. 이상입니다."

말을 마친 공보관은 바로 돌아섰다. 그 자리에 마냥 대기 상태로 들어갔다. 그 와중에 카메라 앞에서 마이크를 잡고 리포팅을 하는 방송국 기자나 자사에 전화로 보고를 하는 기자들은 꽤 부산했다.

10시 50분
임시수사본부

수사본부의 지휘부는 모두 심각한 얼굴을 맞대고 있었다. 본격적으로 인질범들과 대화를 시작했지만 알아낸 것은 많지 않았다. 그만큼 상대방이 만만치 않다는 뜻이었다.

"범인들이 계획적으로 시작한 것은 확실하지?"

본부장의 말에 모두 고개를 끄덕였다.

"그럼 이제 무슨 목적으로 이 일을 꾸몄느냐 하는 건데, 다들 어떻게 생각하나?"

"인질들이 모두 상당한 재력의 소유자들인 걸로 봐서 돈이 목적이 아닐까요?"

"돈이 목적이라고 보기엔 좀 안 맞는 것들이 있습니다."

이수경이 말했다.

"뭐가?"

"돈이 목적이라면 인질이 먼저 경찰에 신고하도록 하는 일은 없어야 합니다. 경찰이 개입하게 되면 완벽하게 준비한다 해도 범행에 성공하기가 어렵거든요. 아무리 많은 액수를 요구하고 그것이 받아들여진다 해도 말입니다. 그런데 범인은 인질들이 밖에 신고하는 걸 막지 않았습니다. 오히려 신고하기를 기다렸다고 볼 수 있습니다. 경찰이 신고를 받으면 당연히 수백 명의 무장 병력이 출동할 테고 그럼 범인들은 도주하기가 어렵습니다."

"하기야, 돈을 노리고 인질극을 벌이는 경우는 범행 패턴이 상당히 다르지. 우선 상대를 납치 또는 유괴하고 그 가족에 연락을 취해 돈을 가져오게 하는 게 대개의 순서야. 그 과정에서 범행 사실과 범인이 있는 곳이 경찰에 알려지면 그때부터 인질극이 시작된단 말야. 지금까지의 수많은 사례들을 보면 인질극은 어떤 사건이든 그 일의 마지막에 이루어지는 과정이야."

"그래서 계획적인 인질극이 드문 거 아닙니까?"

"맞아. 우리나라에서 벌어진 인질극들은 대부분 우발적으로 벌어진 것이야. 과거 교도소를 탈출한 지강헌 일당 인질극도 탈옥수들이 도망치다 막다른 곳에 몰려 어쩔 수 없이 감행한 거잖아. 그밖의 것들도 대부분 다른 범죄 혐의로 도주 중에 최후의 수단으로 흉기를 들고 인질극을 벌인 것이고 말야."

"우리나라에서 비슷한 사례를 찾을 수 없다면 외국에서 찾아야 하는 거 아닙니까?"

"외국이라면?"

"외국에서는 정치적, 종교적 목적으로 인질극을 벌인 사례들이 많지 않습니까?"

"그런 편이지요. 지금은 뜸하지만 과거 동서 냉전과 중동 지역에서의 서구 세력과 이슬람 간의 종교 분쟁이 벌어졌을 때 인질극이 많이 발생했습니다. 일본의 적군파나 팔레스타인의 검은구월단이 주로 택한 테러 수단이 인질극이기도 했고요."

허완이 자신의 전문 분야가 나오자 자신 있게 대답했다.

"그럼 허 교수가 보기엔 이번 사건이 외국의 정치 사회적 인질극들과 같은가?"

"그렇습니다. 외국의 유명한 인질극들은 다수의 인원이 모의를 하고 계획을 세운 뒤 특정 건물이나 장소를 무력으로 점거하고 그곳의 인물들을 억류하면서 시작한 것입니다. 그 다음엔 그곳을 포위한 경찰이나 군, 곧 정부 당국과 협상을 하거나 대결을 하면서 요구를 관철시켜 나가게 됩니다. 물론 그 결과는 다릅니다만. 이번 사건도 그와 흡사하게 진행되고 있는 것으로 보입니다."

"고작 파티 하는 사람들 붙잡아서 도대체 뭘 하겠다고? 게다가 파티도 상당히 퇴폐적인 거 같은데."

"그러게 말입니다. 어떤 정치 사회적인 발언을 목적으로 했다 하기엔 장소나 인질이 어울리지 않는다는 생각이 드는군요."

"고립된 산장에서 난잡한 파티에 참가한 사람들을 붙잡고 하는 인질극이라, 뭔가 좀 이상하긴 하군."

"어쨌든 범인의 요구를 들어봐야 뭐든 알 수 있겠네요."

"계획적인 범행이라 해도 그 계획의 규모가 어느 정도인가 하는 것도 문제입니다."

"계획의 규모?"

"그러니까 인질극이란 범행에 파티까지 포함되어 있다면 인질 역시 사전에 선별했을 수 있다는 얘기지요."

"그것도 그렇군. 파티가 있다는 정보를 알고 몰래 들어와 인질극을 벌이는 것과 파티까지 애초에 계획한 것이라면 그 차이는 크다고 할 수 있지."

"그런데 허 교수, 인질범과 얘기를 해보니 어떻던가?"

본부장이 허완을 보며 물었다.

"상대하기가 쉽지 않겠습니다."

"그거야 그렇겠지만, 놈의 성격이나 취향 따위를 알 수 있을까?"

"사람이 말을 많이 하게 되면 애초에 하려고 한 말만 한다 해도 은연중에 자신에 대한 정보를 노출하게 되어 있습니다. 그런데 마스터란 자는 어떤 것도 드러내지 않았어요. 본인이 게임이라고 했지만 그는 게임이나 협상의 법칙을 알고 있습니다. 좀 전에 한 대화는 일종의 탐색전이라 할 수 있는데 우리가 그들에 대해 파악한 것보다 그가 우리에 대해 파악한 게 더 많을 겁니다. 제가 그래도 이 분야에선 전문가라 할 수 있는데 저를 갖고 노는 거 같다고나 할까요?"

"그거야 놈이 칼자루를 쥐고 있기 때문 아닌가, 이런 상황이 아닌데도 그럴 수 있을까?"

"예, 그럴 겁니다."

"마지막에 사상자를 내어준 것은?"

강인후가 물었다.

"그건 양쪽에 도움이 되기 때문이죠. 우리는 대치 이전에 발생한 사상자라도 구해낸 성과가 있는 반면 그쪽은 불필요하고 걸리적거리는 걸 치우는 효과가 있을 테니까."

"여기 오기 전에 확보한 자료 중에 인질과 외부인의 채팅이 있잖습니까. 거기 사건 발생에 대한 일부 내용이 나타나 있는데 곰 가면을 쓴 자가 덩치가 큰 사람을 총으로 쐈다고 했고, 나중에 여우 가면을 쓴 자가 그 총을 빼앗았다고 했습니다. 그럼 둘 중에 여우 가면이 마스터인 걸까요?"

"예, 그렇게 생각되네요."

"곰과 여우라……."

민중수가 중얼거렸다.

잠시 후 수사팀 형사가 산장 입구와 근처 임시주차장에 있는 차량들의 소유사에 대한 조사 결과를 가지고 왔다. 그는 A4 용지 서너 장을 들고 있었다.

"말해봐."

수사팀장 강인후가 말했다.

"저기 현관 앞에 있는 차들은 좀 복잡하니 나중에 말씀드리고요, 우선 주차장의 고급차들은 거의 소유자의 신분이 밝혀졌습니다."

***

밤거리 도심 빌딩의 거대 스크린, 혹은 터미널이나 시내 음식점 안에서 틀어놓은 주요 TV 방송의 화면이 바뀌기 시작했다. 이전까지는 자막으로만 흐르던 청계산장의 인질극 소식이 '속보'라는 머리글을 달고 방송국 스튜디오에서 전달하는 중이었다.

화면이 ㅅ방송의 뉴스를 진행하는 스튜디오로 옮겨지자 긴장한 표정의 남자 아나운서가 속보를 말씀드리겠습니다, 하며 그동안 자막으로 흘렸던 내용을 읽어 내려갔다.

"한 시간쯤 전인 9시 30분경 경기도 성남시 소재 청계산 기슭에 있는 J그룹 소유의 산장에서 신원을 알 수 없는 범인들에 의해 인질사건이 발생했습니다. 현재 경찰 2개 중대에 해당하는 200여 명이 출동해 산장을 포위하고 있는데, 인질은 30여 명 되는 것으로 파악되고 있습니다. 벌써 사상자도 몇 명 발생한 듯합니다. 현장을 연결해보겠습니다."

그리고 화면이 바뀌고 마이크를 입가에 댄 30대의 기자가 나타났다.

기자를 중심으로 부지런히 오고가는 사람들의 모습이 언뜻언뜻 보이지만 나머지는 모두 캄캄했다. 스튜디오의 아나운서와 현장 기자가 짧은 대화를 주고받고 나서 기자가 마이크를 입가에 대고 긴장이 가득한 목소리로 말하기 시작했다.

"인질사건이 벌어지고 있는 성남시 금토동 소재의 산장 앞입니다. 금토동이라고 했지만 사실상 산 중턱이라고 볼 수 있습니다. 어두워서 보이지 않는데 저 앞이 청계산 정상이고 그 중간쯤인 200여 미터 앞 산기슭에 산장이 있습니다. 저 산장에서는 오늘 저녁부터 파티가 시작되었고 밤새 계속될 예정이었습니다. 그런데 9시쯤 갑자기 총을 든 몇 명의 괴한이 나타나 사람들을 총으로 위협, 억류하면서 인질극이 시작되었다고 합니다. 현재 범인들의 신원과 수는 밝혀지지 않았고 인질은 30여 명 되는 것으로 알려졌습니다. 인질의 신원 및 범인들의 요구 사항도 알려지지 않고 있습니다.

한 가지 특이한 점은 범인과 인질 모두 파티에서 사용하는 가면을 쓰고 있다고 합니다. 이 점이 경찰이 사건을 해결하는 데 어떤 걸림돌로 작용하게 될지 귀추가 주목됩니다. 앞으로 자세한 내용이 들어오는 대로 다시 전해 드리도록 하겠습니다. ㅅ방송의 송상현 기자입니다."

화면이 방송국 스튜디오로 바뀌고 아나운서가 말을 이어받았다.

"이 사건과 관련해서 몇 시간 전까지 산장에서 파티의 서빙을 했던 출장연회 회사 직원 한 분을 저희 취재진이 만났습니다. 청계산장 파티에 대해 몇 말씀 나눠보겠습니다. 남지연 기자 나와주세요."

본부의 전자장비 차량 안에서 기기를 조작하며 TV를 시청하던 경관이 깜짝 놀라 밖에 있던 상사를 불렀다.

달려가 보니 TV 화면에서 기자와 젊은 여자가 대화를 나누고 있었다. 여자는 얼굴을 대부분 가리고 있었으며 긴 머리에 티셔츠와 자켓, 짧은 치마를 입었다는 것만 드러났다. 기자가 질문을 시작했다.

"청계산장에서 하는 파티의 출장연회를 한 Y&I사의 직원이 맞습니까?"

"정식 직원은 아니고 오늘만 일한 알바예요."

"예, 그러시군요. 산장에서는 몇 시부터 몇 시까지 일하신 건가요?"

"오늘 오후 2시부터 저희 직원들이 와서 세팅을 하기 시작했고요."

"그리고요?"

"5시 반쯤부터 손님들이 오기 시작해서 7시 경엔 거의 다 오신 걸로 알고 있어요."

"손님은 얼마나?"

"정확한 수는 모르겠는데 한 30명 정도 되는 것 같았어요."

"어떤 사람들이던가요?"

"고급 승용차를 타고 온 돈 많은 사람들이죠, 뭐."

"누군지는 알 수 없고요?"

"당연히 모르죠."

"그건 유명인이 없거나 원래 모르는 사람들이라는 뜻인가요?"

"그게 아니라 손님들은 산장에 들어오면서부터 가면을 썼거든요."

"아, 가면무도회 같은 거네요."

"그런 셈이죠."

"가면은 다 다른 거겠죠?"

"예, 산장에 수십 개 준비되어 있었는데 거의 달랐고 도착한 순서대로 골라서 쓰게 했어요."

"파티 내내 착용하고 있었나요?"

"저는 일찍 나와서 잘 모르겠는데 아마 끝날 때까지 쓰도록 한 거 같아요."

"오랫동안 착용하고 있기엔 불편하지 않았을까요?"

"부드러운 천과 라텍스, 고무 재질로 만든 건데 별로 불편하지 않던데요."

"본인도 쓰고 있었다는 건가요?"

"예, 거기 있던 사람들은 모두 가면을 썼어요. 손님뿐 아니라 우리 직원들 그리고 호스트, 공연을 위해 초대된 사람들까지요."

"모두 다……."

입을 벌린 채 놀라는 기자의 모습이 잠시 비춰졌다.

"다른 직원들은?"

"저희 직원들은 열 명쯤 있었는데, 8시쯤에는 셋 정도 남겨놓고 모두 퇴근했어요."

"세 명이라면?"

"황실장님이라 부르는 분과 서빙을 하는 여자 두 명이었어요."

"그 사람들이 누군지 알 수 있나요?"

"하루짜리 알바라서 저는 잘……."

***

전자장비 차량 안에서 방송을 보던 형사는 바로 본부장과 팀장들이 있는 본부석으로 돌아와 자신의 스마트폰으로 ㅅ방송의 뉴스 화면을 띄우고 모두 시청할 수 있도록 했다. 인터뷰하는 모습을 지켜보던 한 형사가 말했다.

"우리도 확보하지 못한 증인을 어떻게 방송사에서 섭외한 거야. 참 빠르기도 하네."

"이거 감탄만 하고 있을 때가 아니잖아. 중요한 정보가 사방에 퍼질 수도 있는데 보고만 있으면 어떻게 해. 방송국에 전화해서 증인이 어디 있는지 알아보고 신병 인수해 와. 당장 움직여."

"뭐 알바생이 얼마나 알겠습니까?"

"그게 중요한 게 아니잖아. 중요한 건 우리가 갖지 못한 걸 쟤네가 가지고 있다는 거지. 무슨 소린지 알겠어?"

"아, 예."

"그럼 당장 가서 사장하고 연회 준비했던 직원들 모두 찾아서 데려오라고."

몇몇 형사들이 증인들을 찾으러 달려 나가는 사이 본부가 있는 차량 근처가 시끌시끌해졌다. 누군가 떽떽 소리를 치고 말리는 목소리가 들렸다.

수사팀장이 무슨 일인지 나가서 알아보라고 하자 형사 한 명이 나갔다가 곤혹스런 표정으로 돌아왔다.

"누구야?"

"이규범 의원입니다."

그 말에 본부장은 물론 다른 간부들도 얼굴을 찌푸렸다.

보통 목소리가 큰 사람이 발언권도 세다. 발언권이 있는 사람의 말을 무시할 수 없는 이유는 거기에 권력이 동반되기 때문이다. 게다가 이규범이라면 국회의원 이전에 검사장 출신. 그에게는 경찰을 마음대로 부리던 습관이 고스란히 남아 있었다. 그러니까 일반 시민처럼 힘으로 밀어내거나 내쫓을 수 없다는 뜻이다. 본부장은 가서 모시고 오라고 말했다.

이규범은 오자마자 삿대질을 하며 야단이었다.

"여기 누가 책임자야?"

민중수가 나선다.

"수사본부장 민중수입니다. 우선 앉아서 말씀하시죠."

"솔직히 여길 찾을 수 있었던 것도 내 덕 아냐? 그런데 날 무시할 수가 있어?"

"의원님 이 일은 우리가 전문가이니 저희에게 맡기시고 안전한 곳에서 지켜보시라 하는 겁니다."

"내 딸이 저기서 무슨 짓을 당하고 있는지 모르는데 뒤에서 편하게 발 뻗고 있으라고?"

"그렇다고 의원님이 직접 들어가서 따님을 구해낼 수 있는 것도 아니잖습니까?"

"왜 아냐, 못할 것도 없지. 나한테 총만 줘봐. 당장 뛰어 들어가서 저놈들 쏴 죽이고 다 구해내지. 경찰이 무능하면 가족이 직접 뛰어들 수도 있는 거 아니오?"

"그건 영화 같은 데서나 가능하지요. 이건 실제 상황입니다. 조용히 계신다면 여기 같이 계시도록 하겠습니다만 그렇지 않으면 강제로 내보내겠습니다."

이규범은 그제야 겨우 진정하고 빈자리를 찾아 앉았다.

비서인 송민우가 손수건을 건네자 받아들고 목이며 얼굴에 흐르는 땀을 닦았다. 벌게진 그의 얼굴은 쉽게 펴지지 않았다.

***

조성주는 지금 어디에 있고 이번 인질극에서 어떤 역할을 하고 있는 걸까? 양재동의 도로변에 정차한 차량 안에서 한지균이 파트너인 유성길에게 말했다.

"어디서 조성주를 찾지?"

"글쎄요. 산장의 주인이니 산장 안에 있을지도 모르잖아요."

"그럼 안에 있는 사람들에게 물어볼까?"

"하하, 물어본다고 대답해주겠어요?"

"에구, 인마. 말을 말자. J그룹 대표번호나 찾아봐."

"예."

유성길은 스마트폰으로 J그룹의 대표 번호를 검색한 후 전화를 걸어보았다.

"여보세요. 경기도 광역수사대의 유성길 형사입니다. 조성주 씨의 연락처를 알 수 있습니까?"

잠시 후 대답이 들렸다.

"죄송합니다만 조성주 씨는 현재 그룹에 속한 분이 아니어서 저희가 알 수 없습니다."

유성길이 휴대폰을 들여다보며 어이없는 얼굴을 했다. 곧 그는 조성주의 다른 가족이나 집 전화번호를 알 수 있느냐고 물었다. 직원은 쉽게 가르쳐주지 않으려는 것 같았다. 이쪽이 경찰이라는 걸 믿지 못하는 건가.

"이것 보세요. 조성주 씨의 부친이 그룹 회장인 조형근 씨 맞죠? 지금 조형근 회장님을 만나거나 얘기를 나눠야 할 필요가 있어서 전화를 한 겁니다. 현재 수사 중인 사건 때문에요, 아시겠습니까? 그러니 조회장님을 직접 연결시켜주거나 아니면 전화번호를 알려주세요."

유성길이 강하게 나가자 겨우 상대방에게서 회장님께 물어보고 연락해드린다는 답변을 들었다.

전화를 끊고 잠시 기다리니 조형근에게서 전화가 왔다. 유성길이 휴대폰을 들여다보고는 형님이 받으세요, 하며 한지균에게 건네주었다.

한지균이 전화를 받으니 반대쪽에서 조형근입니다, 하는 중후한 목소리가 들렸다. 한지균은 현재 사모님 소유의 청계산장에서 무장

괴한에 의한 인질극이 벌어지고 있다고 설명하고 조성주가 관련되어 있을지 모른다고 말했다.

"저런, 큰일이군요."

조형근이 간단하게 대꾸했다.

"모르고 있었습니까?"

"예, 몰랐습니다."

한지균은 잠시 말문이 막혔다. 이건 마치 남의 집 일이나 신문 사회면에 나온 기사를 들을 때와 비슷한 반응이 아닌가.

어떤 대답을 기대했던가. 딱히 기대한 것은 아니었으나 자기 집안의 별장에서 살상과 인질극이 벌어졌고, 그 일에 아들이 관련되어 있을지도 모르는데 저렇게 남의 일처럼 담담히 대답하다니. 한지균은 어쩌면 속으로 크게 격동하고 있을 수도 있는데 남에게 보일 때는 아무렇지 않은 것처럼 행동하는 건지도 모른다는 생각이 들었다. 대기업 회장쯤 되려면 저래야 되는지도 모르겠다.

"최근 조성주 씨의 행적에 대해 아시는 바가 있습니까?"

"없습니다. 그러고 보니 못 본 지 한참, 적어도 1년은 된 것 같습니다."

"그럼 어머님이나 다른 가족 분들은 아실까요?"

"알지도 모르지요. 비서실에 연락처 알려 드리라고 말해놓을 테니 다시 전화해서 물어보세요."

한지균은 비서실을 통해 조회장 자택의 전화번호를 얻은 뒤 바로 연결을 했다.

전화를 하고 보니 설명할 것도 많고 또 물어봐야 할 것도 많아서 광역수사대의 형사라고 신분을 밝힌 후 집으로 방문하겠다고 말했

다. 중요한 일이니 다른 가족들도 모두 함께 있었으면 좋겠다는 말
도 덧붙였다.

조회장의 집은 서초동의 새로 들어선 빌라 단지여서 그들이 있는
곳 바로 근처였다. 둘은 그 길로 차를 몰아 조회장의 집을 10분 만
에 찾아갔다. 집에는 60대 중반의 장미영과 40대 초반인 큰아들 내
외 그리고 가정부와 관리인이 기다리고 있었다. 모두 걱정스러운
얼굴들이었다.

한지균과 유성길은 신분증을 보이며 간단히 인사만 나누고 바로
응접실에 둘러앉았다.

"가장 최근에 조성주 씨를 본 게 언제입니까?"

한지균은 누구에게랄 것도 없이 가족 모두를 번갈아보며 물었다.

"아들을 본 건 1년이 넘었고 지금은 미국에 가 있는데⋯⋯."

장미영이 대답했다. 아들과 며느리도 같은 대답인지 고개를 끄덕
였다. 가정부와 관리인 역시 마찬가지였다. 모두 미국에 가 있는 것
으로 안다? 대략 1년쯤 전에 외국으로 나간 건 알고 있는데 돌아온
건 모르고 있다?

"조성주 씨는 현재 귀국해 산장에서 파티까지 연 것으로 저희 경
찰은 파악하고 있습니다."

"아니 왜 경찰이 내 아들 행동을 조사해요?"

장미영이 날카롭게 소리를 질렀다.

"저기, 일부러 조사를 한 게 아니고 청계산장의 총격 인질사건 신
고 과정에서 아드님 이름이 나와서 말이죠."

"청계산장 사건이라니?"

장미영이 영문을 모르겠다는 눈으로 두 형사를 바라보았다.

한지균이 판교 근처의 청계산 자락에 사모님 소유의 별장이 있는 지 묻자 장미영이 고개를 끄덕였다. 그 후 유성길이 간단히 설명을 했다.

지금부터 대략 한 시간 반쯤 전 사모님 소유의 산장에서 파티를 하던 중 총기를 든 괴한들이 갑자기 총을 쏘며 사람들을 억류하면서 인질극이 시작되었다. 그 사건이 일어나고 붙잡혀 있던 사람들 중 몇 명이 몰래 신고를 했는데 거기서 조성주 씨의 이름이 나왔다. 아마 파티를 주최한 것으로 여겨지는데 그렇다면 이번 사건과 어떤 관련이 있을지 몰라 조사하는 중이다.

다 듣고 난 장미영의 얼굴색은 사색이 되어 갔다.

"그런데 청계산에 있는 산장은 사용하지 않은 지 오래돼서 파티를 할 만하지 않을 텐데요."

장미영이 모를 듯한 표정으로 말했다.

"얼마나 오래 사용하지 않았습니까?"

"아마 5년은 넘은 것 같은데……. 우리 가족이 이용하지 않으면 아무도 사용하지 않을 거고, 지난 5년은 아무도 가보지 않은 걸로 알고 있는데? 애들아, 그렇지 않니?"

"예, 그래요."

장미영이 아들 부부에게 동의를 구하듯 묻자 둘 다 그렇다고 대답했다.

"그렇다면 조성주 씨는 범인들의 강요나 협박에 의해 사건에 말려든 것일까요?"

"그걸 알아내기 위해서라도 빨리 조성주를 만나야지."

"성주가 말도 없이 입국했다면 도대체 언제 들어왔다는 겁니까?"

조성주의 형이 물었다.

한지균은 이들에게 잠시 기다리라고 하고는 공항 출입국관리소로 전화를 걸었다. 자신의 신분과 소속을 밝힌 후 조성주란 인물이 언제 출국하고 언제 입국했는지 물었다. 관리소에서 요구하는 주민등록번호를 장미영이 불러주는 대로 알려준 뒤 5분쯤 지나서 답변을 들었다.

출국 기록은 약 1년 2개월 전에 인천 공항에서 미국으로 떠난 것으로, 입국 기록은 두 달 전 미국에서 인천공항을 통해 들어온 것으로 나왔다.

"두 달 전에 입국했다는군요."

한지균이 결과를 말하니 가족 모두 몰랐다는 반응들이었다.

"원래 이렇게 말없이 나가고 들어오고 합니까?"

"말없이 드나드는 건 맞는데 2, 3일 안에는 알려줍니다."

"그런가요?"

"예, 도련님이 나갈 때는 가기 전에 얼마간 나갔다 온다고 말하고 들어올 때는 와서 하루 이틀 안에 갔다 왔다고 알려줘요."

조성주의 형과 형수가 번갈아 대답했다.

"항상?"

"거의 그런 편입니다. 바빠서 깜박 잊고 말 안 할 때도 있지만. 그래도 며칠 안에는 알게 됩니다. 국내에서 돌아다니다 보면 누군가와 마주치게 되거든요."

"무슨 일로 외국에 나가죠?"

"뭐 친구를 만나거나 또는 놀러 가는 편이죠. 여자친구와 같이 가기도 하고. 해외에서 하는 페스티발 같은 데 참여하기 위해 가기도 하고."

"가족들과는 연락을 안 해도 친구나 친지 가운데 연락하고 지내는 이들이 있지 않을까요? 아드님의 최근 행적에 대해 알 만한 사람이 없겠습니까?"

한지균의 질문에 장미영은 고개를 갸웃거리며 한참이나 생각하고 나서 말했다.

"학생 때부터 친구라면 의방인가 그리고 주식?"

"예, 이의방, 김주식 그리고 윤정이도 있고."

"윤정이? 누구지?"

"국회의원 이규범이라고 그 양반 막내딸 있어요."

장미영의 물음에 아들 조성원이 대답했다.

"아, 그래. 성주한테 오빠 오빠 하면서 여우 짓을 하던 계집애가 고거였지."

"결혼할 사이라거나 그런 건 아닙니까?"

"그렇진 않을 거예요. 그냥 아는 동생 정도?"

"이의방과 김주식은 무슨 일을 하는 분들입니까?"

"이의방은 학원 재단의 이사라든가 관리실장인가로 있고, 김주식은……"

"무슨 투자 자문회사를 운영한다고 들었어요."

조성원의 아내가 이어서 대답했다.

"혹시 조성주 씨가 쓰는 방을 볼 수 있습니까?"

장미영이 곤란한 듯한 눈빛을 하자 한지균이 덧붙였다.

"물론 사건 용의자라거나 그래서는 아닙니다."

그의 부탁한다는 또는 비굴해 보이는 눈빛에 장미영은 가정부에게 형사님들을 성주 방으로 안내해주라고 했다.

"쓸데없는 건 만지지 마세요."

"예, 알겠습니다."

한지균이 약간 과장된 목소리로 대답했다.

가정부를 따라 2층의 조성주 방으로 들어선 한지균과 유성길은 도둑처럼 조용히 방 안을 살펴보았다.

방은 꽤 넓었는데 안에 있는 것은 간소했다. 침대와 옷장, 책상 및 책장 그리고 중간 크기의 서랍장이 전부였다. 모두 깔끔하게 정리되어 있었다. 뭐 이런 집안이면 매일 청소를 할 테니까 어질러져 있을 시간이 없을 터이긴 할 것이다.

"뭘 찾습니까, 선배님?"

"그냥, 조성주가 어떤 사람인가, 친한 사람은 누구인가, 생김새와 필체는 어떤가 하는 정도만 알 수 있으면 되지 않을까."

"그럼 사진과 수첩 또는 다이어리 정도겠네요."

사실 그 외에는 특별히 건질 만한 게 없었는데 그조차도 쉽게 나타나지 않았다.

곧 오래된 다이어리 하나를 발견했는데 J그룹에서 매년 발행해 배포하는 꽤 두터운 것이었다. 그런 종류의 다이어리가 다 그렇듯 앞부분 몇 페이지만 기록이 되어 있고 그 다음은 모두 공백이었다.

몇 권 있는 게 죄다 삼사 년 이전 것이어서 특별한 단서가 될까 싶었지만 한지균은 되는 대로 휴대폰에 찍어두라고 지시했다.

책상 앞 벽에는 몇 개의 액자가 걸려 있었는데 거실 벽에 걸려 있는 가족사진을 축소해 놓은 것과 조성주 개인 사진들이었다. 개인 사진은 전신을 찍은 것과 상반신만 크게 나온 것이 있어 한지균은 둘 다 휴대폰 카메라로 찍었다. 가만히 살펴보니 조성주는 드라마의 주인공이라고 해도 될 만큼 꽤 잘생긴 얼굴이었다.

인질과 인질범. 조성주는 둘 중 어느 쪽인가.

한지균은 유성길과 함께 조성주의 집을 나와 현장의 강인후에게 전화를 걸었다.

"팀장님, 한지균입니다."

"뭔가 알아낸 게 있나?"

"방금 조성주 가족을 만나고 나왔습니다. 가족들 중에서 최근까지 조성주의 행방을 아는 사람은 없습니다. 1년 전 미국에 갔다가 귀국한 것이 두 달쯤 전인데 그의 입국 사실을 아는 사람이 없었다고 합니다. 그가 전에 쓰던 개인 휴대전화 번호는 현재 정지 상태입니다."

"가족 말고 다른 사람도 아는 사람이 없다는 말인가?"

"사적으로 알고 지내는 사람 가운데 몇 명의 이름을 확보했는데 그들과도 연락이 안 됩니다."

"누구누군데?"

"우선 가까운 친구로는 김주식이라는, 무슨 투자회사 대표가 있고, 또 이의방이라고 모 사립학원 이사장의 아들이 있습니다. 그리고 조성주를 따라다니는 여자애 중에는 이윤정이 있습니다. 이윤정은……"

"아, 그중에 둘이 산장에 있는 것으로 확인됐네. 이윤정은 본인이 직접 아버지인 이규범 의원에게 문자메시지를 해서 알게 됐고, 이의방은 인질범이 협상을 위해 연결한 휴대전화가 그 친구 거야."

"그럼 김주식도 산장에 갇혀 있을 가능성이 있네요."

"그렇게 봐야겠지. 그것도 차량을 통해 확인할 수 있을 거야. 얘기할 건 그게 단가?"

"아 그리고 조성주의 어머님 말로는 산장이 사용한 지 오래되어서 파티를 할 만하지 않다고 하더군요."

"파티를 할 만하지 않다면 많이 낡았다는 뜻인가?"

"그렇게 봐야겠지요."

"그럼 최근에 손을 봤다는 얘기네."

"예, 한번 알아보세요."

"알았다. 하여튼 조성주에 대해서는 계속 조사해봐. 두 달 동안 아무런 흔적이 없다가 갑자기 등장했다는 건 말이 안 되잖아."

"예, 알겠습니다. 그리고 조성주의 방에서 얻은 사진을 보내드릴게요. 꽤 미남이네요."

"그래, 계속 수고해."

한지균은 휴대폰의 조성주 사진을 팀장에게 전송했다. 전화를 끊고 나서 보니 11시였다.

***

수사팀장 강인후는 한지균으로부터 전화를 받고 부하 형사들에게 산장의 외관에 대해 자세히 살펴보라고 지시했다.

"어두워서 자세히 보기가 어려운데 뭘 봐야 합니까?"

"원래 산장이 낡아 파티를 하기 어렵다더군. 새로 짓거나 보수한 흔적이 있는지 살살이 살펴봐."

"우리 팀에 야간 투시경이 있으니 같이 가도록 해요."

장대영이 장비를 갖춘 부하를 불러 수사팀의 형사들과 같이 살펴보도록 했다.

한 조를 이룬 네 명이 산장 가까이 접근해 갔다.

그들은 산장 정면에서 현관문을 중심으로 외벽과 창문, 지붕의 처마 등을 찬찬히 살펴보기도 했고 측면의 벽과 모서리도 꼼꼼히 살폈다. 한 명이 특이한 점을 발견하면 다른 동료들에게 보여주고 의견을 나누기도 했다.

산장 측면에 있는 언덕에 올라 창을 통해 내부를 들여다보려 애쓰기도 했다. 적외선 투시경이라서 색상이 단조로운 까닭에 사물을 구분하는 데 오래 걸렸다. 그렇게 30여 분을 소요한 끝에 그들은 한 가지 결론을 가지고 본부석으로 돌아왔다.

"어떤가?"

"팀장님 말씀대로 산장이 개조된 흔적이 꽤 발견되었습니다."

"그래? 구체적으로 말해봐."

"현관문이 새것 같고 창문 역시 깨끗하고 튼튼해 보입니다. 무엇보다 눈에 띄는 것은 곳곳에 감시용 카메라가 설치되어 있다는 겁니다."

"몇 개나 되는데?"

"현관문 위에 두 개가 있고 건물 처마 밑에 모서리마다 하나씩 있습니다. 모두 합하면 열 개 가까이 되는군요."

"모두 외부를 향한 건가?"

"예, 밖에서 접근하는지 감시하기 위한 걸로 보이는데 사각이 거의 없는 것 같습니다."

"또 있나?"

"외부로부터의 접근을 감시한다는 점에서 보니 산장 주변의 지형지물이나 식물군 등이 깨끗하게 정리되어 있었습니다."

"그렇군. 수년이나 안 쓰고 낡은 것을 가지고 저렇게 호화로운 파티를 할 수 있게 하려면 꽤 큰 공사를 했을 거야. 어디서 했는지 알아봐."

"어느 지역인지도 모르는데 어떻게 알아봅니까?"

"인마, 가까운 지역부터 설계나 시공업체 목록 만들어서 전화 넣어보라고. 그런 거라도 할 일이 있으면 다행이지 총 들고 산장 쳐들어갈래? 아니면 날밤 까며 감시하고 있을래? 인원 모자라면 본부에 지원 요청해서라도 빨리 찾아와."

곧바로 수사 요원들이 성남을 중심으로 서울, 경기도 전역의 건축설계 업체들의 목록을 뽑고 그 목록들을 강력팀원들에게 나눠주었다.

여러 명의 형사가 할당량을 맡아 전화를 걸기 시작했다. 주말이 시작되는 금요일 밤인지라 회사나 사무실들은 거의 통화가 안 되었다. 그래도 어떻게든 대표 혹은 직원들의 개인 휴대폰 번호를 알아내어 통화를 하고 하나하나 지워 나갔다. 전화를 받은 회사에서 시공을 하지 않았다 해도 같은 업계에서는 소문이 돌기 마련이니까 혹시 어디서 했는지 아느냐는 식으로 탐문을 계속했다. 그리하여 20여 분만에 수원 지역의 한 건축설계 사무실에서 계약을 하고 공사를 했다는 사실을 알아냈다.

ㅇ건축설계 사무소 대표인 임운서와 연결한 수사팀장은 산장에서 벌어진 사건에 대해 간단히 설명하고 가능한 당장 현장에 와달라고 부탁했다.

"산장 설계도가 있으면 그것도 같이 좀 가져오시고."

임운서는 통화한 지 한 시간쯤 후에 도착했다.

50대 중반인 그는 잔뜩 긴장한 표정으로 수사본부에 들어섰다. 한밤중의 깊은 산속에서 이렇게 많은 사람이 경계를 서고 돌아다닌 다는 게 보통 상황은 아니니 긴장하는 것도 무리는 아니었으리라. 얼굴의 눈가가 약간 불그스름한 게 술을 어느 정도 한 것 같았다.

수사본부의 본부장 및 지휘팀장들과 악수를 하며 인사를 나눈 후 본격적인 질문이 시작되었다. 질문은 주로 강인후가 맡아서 했다.

"이 산장에서의 인질사건은 언제 처음 들었습니까?"

"아까 형사님이 전화를 했을 때입니다."

"그 전에 뉴스가 꽤 나갔을 텐데."

"아, 주말이라 직원들과 회식을 하느라 뉴스를 제대로 보지 못했 습니다."

"저 산장 보수공사를 하셨지요?"

"예, 그렇습니다."

"의뢰는 누가 했습니까?"

"그거야 건물주가 했지요."

"건물주라면?"

"산장이 J그룹 소유이니 그쪽 집안의 아들인 조성주 씨입니다."

"이 사람이 맞습니까?"

그러면서 강인후는 휴대폰으로 조성주의 사진을 보여주었다. 그 걸 가만히 들여다 본 임운서가 고개를 끄덕였다.

"예, 맞습니다."

"그 외 자세한 건 확인하지 않았습니까?"

"뭘 더 확인하나요?"

"보통 이 정도 규모의 시공이라면 계약서를 작성하지 않습니까?"

"그건 그렇습니다."

"계약서 좀 볼 수 있습니까?"

강인후의 요구에 임운서는 잠시 망설이다 들고 온 가방을 열고 서류 파일을 꺼내 펼쳐 보여주었다.

계약서는 네 쪽으로 되어 있었고 제목은 '청계산장 시공계약서'였다. 복사를 해도 되느냐는 강인후의 말에 그는 고개를 끄덕였다. 강인후가 고갯짓으로 지시를 하자 형사 한 명이 카메라를 들고 와 정성스럽게 사진을 찍었다. 계약서를 한 장 한 장 훑어보고 옆의 팀장들에게 넘겨준 후, 강인후는 다시 질문을 이어 나갔다.

"계약자는 조성주군요."

"예."

"원래 알고 있지는 않았죠?"

"이름 정도만 알고 있었습니다."

"신분증을 확인했습니까?"

"확인했습니다. 형식적이긴 했지만."

"형식적이란 건 무슨 뜻이죠?"

"조성주 씨가 거기 기재된 주소에 살고 있는지, 또 J그룹 회장님의 아들이 맞는지 직접 확인하지는 않았다는 겁니다."

"왜 확인하지 않았습니까?"

"그런 걸 누가 일일이 확인하고 다니나요? 공사비를 떼먹는 것도 아닌데 말이죠."

"그럼 공사비를 바로바로 지급했다는 건가요?"

"보통 대금지급은 계약금, 착수금, 중도금, 잔금 순으로 이루어지는데 공사비 충당을 위해 중도금의 규모와 지급 횟수가 커지기도 합니다. 요즘 시공업자들은 공사 단계별로 투입되는 공사비를 바로바로 받을 수 있게 계약을 하는 편입니다. 물론 손해를 보지 않기 위해서죠."

"공사 금액이 1억이 넘는데 원래 이 정도입니까?"

"공사 규모가 큰 데다 중장비도 동원돼서 견적이 꽤 나왔습니다. 그래도 견적보다 20퍼센트 가량 올려 받았습니다."

"공사 규모는 구체적으로 어느 정도였습니까?"

"기본 골조와 벽체만 남겨둔 채 거의 모든 것을 뜯어 고치는 수준이었습니다. 원래 있던 것은 워낙 튼튼했으니 그 위에 뭘 박아 넣어도 괜찮긴 했지만."

그러면서 그는 다시 가방에서 건물 설계도를 꺼내 책상 위에 넓게 펼쳐 보였다. 설계도면의 각 부분들을 손가락으로 짚어가면서 설명을 계속했다.

"우선 현관문과 창문 등 모든 출입구는 모두 새로 달았지요. 틀을 견고한 철제로 짰을 뿐만 아니라 잠금 장치도 최신 장비를 사용했습니다. 그리고 모든 창문은 셔터를 달아 리모컨으로 개폐가 가능하도록 했고요. 그리고 모든 벽과 바닥에 보일러 배관을 다시 깔았습니다."

"창문에 셔터를 달았다, 좀 특이하군요."

"방범용이라고 했습니다. 그런데 지금에서야 이해가 되는군요."

"사람들을 가둬두기 위한 거?"

임운서가 고개를 끄덕였다.

"그리고 사실 방범용인 것도 맞고요. 곳곳에 설치한 CCTV 역시 그런 의미로 이해할 수 있을 겁니다."

"CCTV는 어디 어디에?"

"건물 바깥에 10여 개, 안에 또 10여 개 됩니다."

그러면서 설계도에서 건물의 내 외부를 가리키며 여기, 여기, 하는 식으로 가리켰다. 주로 모서리에 설치했고 리모컨으로 방향 및 거리 조절이 가능한 최신형이라고 했다.

"그럼 산장 안에서 우리를 다 보고 있겠군."

"여기까지는 몰라도 산장에 가까이 접근하는 건 확실히 알 수 있을 겁니다."

"산장 내부의 어디에 감시 모니터가 있습니까?"

"1층에 한 곳 그리고 2층에 한 곳. 둘입니다."

그러면서 그는 설계도면의 두 지점을 손으로 가리켰다. 1층은 카운터 뒤편이고 2층은 201호라고 적혀 있는 방이었다.

"여기 2층 방들 사이에 표시되어 있는 건 문입니까?"

"예, 2층에 있는 일곱 개의 방들은 서로 개폐가 가능하게 해놓았습니다. 그러니까 복도로 나가지 않고도 각 문을 통해 이동할 수 있습니다."

"벽과 창문 모든 곳에 들어 있는 이 필름은 뭔가요?"

"그건 적외선 및 열 차단 필름입니다."

"적외선 및 열 차단?"

"요즘 사용을 많이 하는 자재입니다. 주로 단열을 위해서 많이 시공하는데 재료기술 수준이 높아져서 얇은 거 한 장만으로도 난방 및 냉방 효과가 높습니다."

"그럼 적외선 카메라나 열화상 카메라로 촬영해도 안의 상황을 알 수 없다는 뜻인가요?"

"그렇죠. 성능이 뛰어난 필름을 이중으로 부착했으니……."

"어쩐지, 적외선 투시경으로도 안을 전혀 볼 수 없더라니."

장대영이 투덜거리며 말했다.

"이 정도로 했다면 보안이 철저한 요새 수준인데 무슨 용도인지 의심이나 의문이 들지 않았습니까?"

"처음에야 의문이 들었죠."

"그런데요?"

"리모델링을 의뢰한 조성주 씨의 말에 의하면 산장이 등기부등본에는 어머니 장미영 씨의 명의로 되어 있으나, 실소유자는 J그룹 자체라고 하더군요. 그래서 그룹 차원에서 새로운 사업을 진행하려 하는데 아무래도 많은 투자금이 들어가는 만큼 보안이 꼭 필요하다. 기업에서 시작하는 프로젝트라는 건 대개 큰 이익과 관련되는지라 비밀리에 진행할 수밖에 없다. 그런 까닭에 리모델링을 하는 사실 자체도 대외에 비밀을 유지해야 한다. 이런 취지로 말하는데 더 의심할 수가 있나요?"

"시공업체에도 비밀 유지를 요구했습니까?"

"적어도 공사 기간에는."

"그 이후에는 상관없고요?"

"비밀 유지 각서를 쓰게 하거나 비밀을 지키라고 강요하는 정도는 아니었지만 자발적으로 산장에 대해서 말하지 말라고 하기는 했죠."

"그런 까닭에 공사비를 얼마라도 더 받을 수 있었네요."

"예, 건물을 감옥처럼 짓는 것 자체가 불법은 아니니까요."

"그럼 공사 기간은?"

"지난 달 초에 시작해 일주일쯤 전에 끝냈으니 대략 30일쯤 걸렸습니다."

"공사 기간도 그쪽에서 맞춰 달라고 한 겁니까?"

"그렇죠."

"혹시 의뢰인 쪽에 조성주 외에 다른 사람도 있었습니까? 예컨대 그룹의 직원이라든지."

"남 과장이라는 사람이 처음 만날 때 같이 있었고, 그 다음부터는 조성주 씨와 교대로 와서 공사의 진척 상황을 보거나 조성주의 지시 사항을 전달하곤 했지요."

"처음부터 끝까지 단 둘만?"

"예, 그룹 안에서도 아는 사람이 거의 없다면서. 조성주 씨는 총 세 번 왔고 나머지는 남 과장이 와서 모든 일을 처리했습니다. 돈 보내는 일까지도요."

"그 남 과장이란 사람에 대해서는 얼마나 알고 있습니까?"

"글쎄요, 조성주 씨가 J그룹에 있다고 하니 그런 줄 아는 거지 뭘 어떻게 알겠습니까?"

"이름도 모른다?"

"예."

"그럼 명함도 받지 않았다는 얘긴데, 그렇게도 일을 하나요?"

"단기 거래 관계에서는 그런 경우 많습니다. 서로의 관계를 이어 주는 건 의뢰와 비용 지불인데 그것만 확실하게 이루어지면 상대방에 대해서는 더 이상 자세히 알 필요는 없지 않습니까?"

"그래도 같이 일을 하는 동안에는 연락할 일이 있을 테고 그러려면 연락처 정도는 교환해야 하지 않나요?"

"예, 연락처는 있습니다. 잠시만요."

임운서는 휴대폰을 꺼내 주소록을 터치했다. 그리고 손가락으로 화면을 올리다가 하나를 찾아 보여주었다. 거기 남 과장이란 이름 옆에 번호가 있었다.

강인후가 옆에서 듣고 있던 형사에게 눈짓을 하자 형사가 그 번호를 보고 자신의 휴대폰으로 하나하나 눌러 통화를 시도했다.

결과는 바로 나왔다. 이 번호는 없는 번호이오니 다시 한 번 확인하고 걸어주시기 바랍니다. 강인후는 그럴 줄 알았다는 듯 고개를 끄덕였다.

"그 남 과장이란 사람도 찾을 수 없는 거로군."

오랫동안 듣고 있던 민중수 본부장이 겨우 한마디 했다.

"혹시 사진이라도 찍어둔 게 있습니까?"

강인후의 물음에 임운서는 고개를 흔들었다.

"삼사 일에 한 번씩 오는 데다 잘 아는 사이도 아닌데 무슨 명목으로 사진을 찍습니까?"

"그렇다면 그 사람의 모습에 대한 정보는 임사장님만 갖고 있다는 거군요."

"정보라니요?"

"기억 말입니다. 남 과장의 얼굴을 몽타주로 그려야 할 텐데, 사장님이 협조를 해줘야겠습니다. 물론 사장님뿐만 아니라 공사를 할 때 그를 많이 봤던 현장 직원들 또한 기억을 되살려줘야겠고 말입니다."

"예, 알겠습니다."

임운서가 간신히 대답했다.

임운서의 말을 정리해보면 범인은 이번 인질극을 벌이기 위해 산장을 개조했다. 그런데 산장의 개조를 의뢰한 인물은 산장 주인(정확하게 말하면 주인의 아들)인 조성주다. 그렇다면 조성주는 이 사건의 핵심 인물이 분명하긴 한데 과연 그의 역할은 무엇일까?

오랫동안 외국에 나가 있다가 겨우 두 달 전에 귀국했고, 귀국한 이후로 누구의 눈에도 띄지 않았다고 한다. 그 두 달 동안에 도대체 무슨 일들이 있었으며 그는 어디서 무엇을 한 것일까.

생각에 잠겨 있던 강인후가 다시 한지균에게 전화를 걸었다.

"예, 팀장님."

"조성주 사진은 잘 봤는데 말야, 그 친구 필적을 알 수 있는 자료를 확보해봐."

"필적이요?"

"조성주가 서명한 서류가 두어 건 입수됐는데 본인이 한 게 맞는지 확인해볼 필요가 있어. 가능한 자필로 된 사인을 찾아서 가져와."

"그 집에서 나왔는데 다시 들어가야겠네요."

한지균이 약간 짜증스럽다는 듯이 말했다.

"그러게 새꺄, 미리미리 알아서 챙겨두면 좀 좋아."

"서명은 모르겠고 자필로 메모한 다이어리 등은 입수했습니다."

"좋아, 그거라도 보내 봐. 그리고 이건 헛수고가 될 수도 있겠지만 말야."

"또 뭡니까?"

"J그룹 안에 남 과장이라는 사람이 있는지 찾아보고."

"뭔 뚱딴지같은 소립니까, 서울에서 김 서방 찾기 하라고요?"

"그러니까 인마, 단서를 달았잖아. 조성주가 산장 리모델링 공사를 의뢰할 때 같이 일했던 사람이 남 과장이라고 했는데 그런 사람이 실제로 J그룹에 있는지, 있으면 정말 조성주와 함께 일했는지 알아보란 말야. 나중에 몽타주 작성되면 보내줄 테니까 그걸 참고로 해서. 알았냐?"

"남 과장 외에 다른 정보는 없습니까, 최소한 이름과 나이라도."

"그게 없으니까 어려울 거라고 하는 거잖아. 원래 우리 일이란 게 열에 아홉은 뻘짓 아니냐."

"예, 알겠습니다."

한지균은 전화를 끊으며 좋은 소리 못 들을 줄 알았다고 투덜거렸다.

* * *

11시 13분
산장 안

산장의 인질들은 여자들을 가운데 두고 남자들은 그 양쪽에 여덟, 아홉 명씩 나뉘어 있었다.

여자 쪽은 3~5인용 소파 네 개에 다닥다닥 붙어 앉아 있는데 비해 남자들은 벽에 붙은 4인용 소파 두 개에 앉았고, 나머지는 그 앞에 한 줄로 바닥에 엉덩이를 깔고 앉아 있었다. 그들은 두 명이 한 조로 수갑을 차고 있었다. 바닥엔 카펫이 깔려 있어 그냥 주저앉아도 엉덩이가 시리거나 큰 불편은 없어 보였다.

그들은 처음엔 겁도 나고 어리둥절해서 가만히 있었는데 차츰 술도 깨고 인질범들과의 거리도 생기다 보니 작게나마 소곤거리기 시작했다. 그들의 속삭임은 우선 의문을 품는 것부터 시작되었다.

"아이, 씨발. 이게 뭐야."

"조용히 해요."

"뭘 조용히 해. 떠든다고 죽이기야 하겠어?"

그러면서도 처음 말을 한 사람은 소리가 멀리 퍼지지 않게 목소리의 톤을 팍 죽였다.

"총으로 쐈잖아요. 그리고 직접 맞은 사람도 있고."

"정말 저 새끼들이 우리를 인질로 잡은 거야?"

"그렇다고 하지 않았냐고요. 여우 가면이 말할 때는 뭘 들은 거요?"

이번에는 다른 사람이 대꾸했다.

"도대체 저놈들 정체가 뭐야, 언제 갑자기 나타난 거야?"

"반말하지 말고."

"응? 내가 누군 줄 알고."

"다 같이 가면을 뒤집어쓰고 있는데 누군지 알면?"

"에이 씨발, 얼굴 까봐."

"얼굴 까면 뭘 어쩌게? 괜히 납치범들이 시키는 대로 하지 않았다고 총이라도 맞으면? 자업자득인 건가?"

"맞아요, 이 자리에서 자기가 누군지 다 드러나 봐야 좋을 거 하나 없을 겁니다."

그 말에 몇 명이 고개를 끄덕였고 또 몇 명은 고개를 갸웃거렸다.

"그런데 저놈들 정체가 뭔지 궁금하기는 하네요."

"혹시 테러리스트는 아닐까요?"

"테러리스트라고? 여기 뭐 볼 게 있다고."

"그건 그래요. 우리 같은 사람들 폭탄 테러로 죽는다고 별 반향도 없을 테니까. 오히려 고소해 하는 사람이 더 많지 않을까."

그 말에 크크 소리죽여 웃거나 쌍소리로 화난 것을 표현하는 사람들이 여럿 있었다.

"어쩌면 몰래카메라가 아닐까요?"

"글쎄요, 그렇게 보기엔 총을 맞은 거나 우리를 몰아세운 일들이 너무 리얼한데."

"몰래카메라라면 그 새긴 나중에 나한테 죽지."

"지금 우리가 죽게 생겼는데 허세는."

"허세 아니라고, 아우 씨발."

"조용히 해요. 저기서 한 놈 다가오는데."

그의 말대로 피터팬 가면이 소리 없는 발걸음으로 그들이 있는 곳으로 오고 있었다. 모두들 숨을 죽였다. 피터팬은 방금 숨죽인 대화가 오고갔던 곳들을 천천히 훑어본 후 다시 제자리로 돌아갔다.

"근데 이거 답답한데 언제까지 쓰고 있어야 되는 거야?"

한 사람이 자유로운 손으로 가면을 들추며 말했다. 그러면서도 정작 벗어버리지는 못했다.

"놈들이 계속 쓰고 있으라고 했잖아요. 맘대로 벗으면 무슨 짓을 할지 모르는데."

하지만 가면을 벗지 못하는 데는 인질범들의 위협도 있지만 더 큰 이유가 있는 듯했다. 산장에 있는 동안에는 절대적으로 지켜야 할 규칙 같은 것. 어기면 돌이킬 수 없는 일이 닥칠 것 같은.

또 한편으로는 같이 있는 사람들이 누군지 확인하고 자신을 드러내는 것이 두려운지도 몰랐다. 애초에 알려지면 여러모로 불이익을 받을 수밖에 없는 파티에 초대받아 오면서 가장 기댈 수 있는 안전장치가 이 가면이었기 때문이리라. 일탈을 즐기면서도 돌아가 비밀로 간직할 수 있는 이 짜릿함이 가면 속에 있었다.

한참만에야 가장 중요한 질문이 나왔다.

"그런데 여기 주인은 어디 있는 거야, 누구 본 사람 있소?"

"주인이라면, 조성주?"

"그래요. 그 사람 본 적 있습니까?"

아무도 대답하지 못했다.

"여기 없는 것도 확실하죠?"

역시 아무도 대답하지 않았다.

"저쪽에 있는지도 모르지."

그렇게 말한 사람은 여자들 건너편을 가리켰다.

확인하고 싶지만 지금으로서는 불가능했다. 작게 속삭이는 소리로는 옆에 있는 여자들과도 의사소통이 안 되기 때문이었다.

"설마 저쪽에 있나?"

이번엔 다른 사람이 턱으로 정면을 가리켰다.

"인질범들? 설마 그럴 리가 있겠어요."

"파티에 초대해놓고는 얼굴 한번 비추지 않다니 이거 너무한데."

"처음부터 가면을 쓰고 있었으니 누가 누군지 알 수가 있나."

"어쩌면 처음부터 없었는지도 모르지요."

"초대만 해놓고 본인은 오지도 않았다? 그건 말이 안 되지."

"그렇긴 한데, 그렇다면 우리를 초대한 게 조성주가 아닌지도 모르지."

"설마, 난 그 친구한테서 메시지와 전화도 받았고 또 여긴 성주네 별장이 분명한데."

다른 남자가 말했다.

"난 문자만 받았는데."

대부분은 조성주에게서 문자로 초대를 받았는데, 그중 네 명은 직접 전화까지 받았다고 했다. 그리고 통화한 당사자들은 조성주가 분명하다고 말했다.

그렇게 확신하니까 의심 없이 온 것이긴 하지. 그런데 이제 생각 해보면 정말 그였는지 확신할 수가 없었다. 조성주가 분명하다면 인질범들과는 어떤 관계일까?

"우리 어떻게 되는 거예요?"

여자들 쪽에서도 속삭이는 소리는 이어졌다.

"모르죠."

"시키는 대로만 하면 아무 일 없다고 했잖아요?"

"그걸 믿어요?"

"믿지 않으면 다른 방법이라도 있나요?"

"난 아무 잘못한 일도 없는데 왜 붙잡아놓는 거예요?"

"저도 마찬가지예요. 이상한 놈 따라 온 거 외에는."

"이상한 놈이요?"

"돈은 많은데 한 가지 생각만 하는 놈."

주변의 여자들이 숨을 죽이며 킥킥 웃었다.

"밖에 경찰이 와 있는 거 같은데 왜 우리를 구하러 오지 않을까요?"

"저 사람들이 총을 갖고 있으니 못 들어오는 거예요."

"그래도 경찰은 많잖아요. 저쪽은 겨우 세 명뿐이고. 서로 총 쏘며 싸우면 경찰이 이기잖아요."

"물론 그렇죠. 근데 경찰은 우리 때문에 쉽게 들어올 수가 없는 거예요."

"우리가 다칠까 봐서?"

"그렇죠."

"아, 그래서 저 사람들이 우릴 인질이라고 한 거네요."

"근데 인질이라는 건 무슨 뜻이에요?"

또 다른 여자가 질문을 했다.

"인질이 인질이죠."

"그러니까 인질이 뭐 하는 거냐고요."

"어, 그러니까 저 사람들이 뭔가 원하는 게 있는데 그걸 얻기 위해 우릴 잡아둔 거란 말이죠."

"뭘 원하는지는 모르겠지만 난 줄 게 없어요."

"댁한테 달라고 하지도 않을 거예요."

그 말에 또 주변의 다른 여자들이 킥킥거렸다. 대답을 했던 여자는 흥, 하며 코웃음을 쳤다.

"저 사람들이 뭘 원하는 걸까요?"

"글쎄요, 돈 아니면……."

주위의 여자들이 그녀에게 시선을 집중했지만 그녀는 더 이상 떠오르는 게 없는지 말을 잇지 못했다.

"전에 뉴스 보니까 휴가 나온 군인이 카페 같은 데서 손님들 흉기로 위협하며 자기 애인 데리고 난리를 치던데, 그런 게 인질극이죠?"

"예, 맞을걸요."

"어쨌든 인질이 되면 위험하다는 얘기네요."

"경찰이 저 사람들 요구를 그대로 들어주거나 대화로 잘 풀어나가야 하겠네요."

"맞아요."

"그런 건 우리가 잘 할 수 있을 텐데."

"설마요?"

"나 협상 같은 거 잘해요."

그렇게 말하는 여자를 보는 다른 여자들의 표정을 알 수 있었다면 어련하시겠어요, 하는 정도였을지 모른다.

***

밤 12시 20분
경찰 지휘본부

주요 증인인 출장연회업체 Y&I 케이터링의 사장 및 직원들을 찾으러 갔던 형사들이 증인들을 데리고 돌아왔다.

사장과 연회를 준비했던 셰프 그리고 서빙을 담당했던 스텝 등이었다. 사장은 다소 당혹스럽다는 표정이었다.

시간은 부족한데 증인들이 여러 명이어서 긴 테이블을 가운데 두고 증인들 다섯 명과 전문 형사 세 명이 마주보고 앉아 심문을 시작했다.

"출장 연회를 의뢰한 사람은 누구입니까?"

"조성주입니다."

사장 김희태가 대답했다.

"본인이라는 걸 확인했어요?"

"계약금을 줬고 본인 집인 걸 알고 있는데 굳이 확인할 필요가 있나요. 그래도 직접 계약서 작성했고 서명까지 했습니다."

선임 형사가 계약서를 볼 수 있느냐고 하자 사장은 들고 있던 가죽 폴더를 펼쳐 보였다.

팀장은 사진을 찍어 두라고 지시하고 계약서를 훑어보았다.

우선 건축설계 사무소와 작성했던 계약서에 있는 서명과 비교해 보았다. 꽤 유심히 살펴보아도 똑같아 보였다. 계약서에는 금요일 오후부터 50인의 하루 분 요리와 음료수, 술 등을 준비하고 준비가 끝난 8시엔 최소한의 파티 진행 인원만 남겨두고 퇴근하고, 12시가 되면 진행요원도 퇴근할 수 있다고 되어 있었다.

"계약은 어떻게 해서 이루어졌습니까?"

"조성주 씨가 연락을 해왔습니다. 인터넷에서 검색해 찾았다고 하더군요."

계약서대로 진행했느냐고 묻자 그렇다고 대답했다.

"하루 분이라면 세 끼를 말하는 겁니까?"

"그렇습니다."

"그렇게 50인분의 요리라면 꽤 될 텐데?"

"상당한 양이지요. 그래서 그 정도 인원의 파티라면 대개 대형 레스토랑이나 호텔에서 합니다."

"요리는 산장에서 했나요, 아니면 밖에서?"

"저희 회사에 속한 식당에서 한 것을 포장해 옮겨왔습니다."

"산장에 그만한 음식을 보관할 만한 공간이 있습니까?"

"예, 대형 냉장고가 두 개 있었습니다."

"다른 음식은?"

"냉장고에 넣지 않아도 되는 빵이나 과자 같은 것들도 꽤 있었던 것 같습니다."

"그럼 사장님이나 셰프님이 보기에 산장에 있었던 음식으로 약 35명 정도가 버틴다면 얼마나 갈 것 같습니까?"

"보통 먹는다고 치면 이틀 정도, 최소한으로 배급한다면 4일에서 5일까지도 가능하겠네요."

사장과 셰프는 서로 눈길을 교환한 후 사장이 대답하자 셰프가 고개를 끄덕였다. 그 말에 선임 형사가 장기전이라, 하고 중얼거렸다.

"최소한 3, 4일은 끈다고 생각하고 준비를 한 모양입니다."

왼쪽의 형사가 가운데 앉은 선임 형사인 이수경에게 상체를 기울이며 속삭이듯 말했다. 그 말을 들은 이수경이 고개를 갸웃거리다가 입을 열었다.

"보통 인질극을 벌일 때는 범인이 자신들이나 인질이 먹을 걸 걱정할 필요는 없지 않아?"

"아, 그렇죠. 밖에다 요구하면 되니까."

"이 일을 꾸민 범인은 뭔가 간단치 않은 속셈이 있든가 아니면 완벽주의자가 아닌가 싶어."

후배 형사가 고개를 끄덕이며 다시 물었다.

"퇴근한 시간은 언제입니까?"

"저녁 8시 전후죠."

"그때까지 수상한 사람이나 별다른 낌새가 없었습니까?"

"없었습니다."

"현장에는 아직도 세 명 정도가 남아 있다고 하는데 맞습니까?"

"아마 그럴 겁니다."

"확실하지 않은가요?"

"행사 진행을 총괄한 황실장과 서빙을 책임진 노미경이 남아 있는 건 계약서에 있는 대로 확실한데, 나머지 한 명은 누군지 모르겠습니다. 오면서 직원들 모두에게 전화를 걸어 봤는데 단기 계약으로 고용된 두 명이 연락이 되지 않습니다."

"그럼 계속 연락을 취해보도록 하고, 파티는 가면무도회 같은 식이라고 했는데 맞습니까?"

"그렇습니다."

"손님들 모두 가면을 썼단 말입니까?"

"손님뿐 아니라 산장에 있는 사람이 모두 가면을 썼습니다."

"당신네 직원들도?"

"그렇습니다."

"왜?"

"모르죠. 그게 규칙이라니까."

"행사 진행하는 직원들에게도 규칙이 적용되나요?"

"여기선 그랬습니다. 호스트 쪽에서 원하는 대로 해주기로 했습니다."

"그럼 손님들이 처음 왔을 때는 맨 얼굴을 볼 수 있었나요?"

"그들이 산장에 들어오기 전에 마주쳤다면 볼 수 있었겠지만 그렇지 않다면 볼 수 없었을 겁니다."

"당신들이 떠날 때 손님이 얼마나 왔습니까?"

"아마 한두 명 빼고는 거의 다 온 것으로 알고 있습니다."

"참가자들의 명단 같은 게 있었을 텐데?"

"우리는 보지 못했습니다. 호스트 쪽에서 보여주지 않았어요."

"호스트 쪽은 몇 명이었어요?"

"두 명인가 세 명쯤 되었습니다. 확실하진 않고요."

"그들도 모두 가면을 썼습니까?"

"그렇습니다."

"무슨 가면입니까?"

"곰 가면을 쓴 사람이 안내를 했기 때문에 그 사람만 확실하고 나머지는 확실하지 않습니다."

"그들도 가면 속의 얼굴은 볼 수 없었나요?"

"그렇습니다."

"그들은 무슨 일을 했나요?"

"주로 안내와 음식이나 음료수 등을 나르기도 했습니다. 바에서 바텐더로 칵테일을 믹싱한 여우 가면은 호스트 쪽에서 고용한 것 같습니다. 우리 쪽은 아니니까."

"그밖에 생각나는 인물은?"

"아, 소규모 밴드와 실내악단 그리고 초대가수 두어 명이 있었는데, 그들은 우리가 퇴근할 때까지도 남아 연주하고 있었습니다. 그 후에 산장을 떠났는지는 알 수 없고요."

"그 사람들도 가면을 쓰고 있었습니까?"

"물론입니다."

"혹시 손님들에게 불법적인 약물 같은 것을 제공한 적이 있습니까?"

"우리는 절대 아닙니다."

사장이 단호하게 대답했다.

그가 나가기를 기다렸다는 듯 형사가 들어왔다.

"아까 인계받은 사상자의 신원이 확인되었습니다."

"누군데?"

"이재필이라고 하는데 캐시앤머니란 곳의 대표랍니다."

"캐시앤머니라니, 돈 놓고 돈 먹기 뭐 그런 거냐?"

"맞아요, 인터넷 대출을 하는 회사입니다."

"작명 센스 하고는."

"소액 대출을 주로 하는데 아주 노골적이어서 그런지 돈 빌려 가는 사람도 많고, 하여튼 매출이 상당합니다."

"주로 서민들 등쳐먹는 곳이란 얘기네."

"그런 셈이죠. 파헤쳐 보면 탈법, 불법 많이 나올 겁니다."

가만히 듣고만 있던 민중수가 혀를 차며 말했다.

"제길, 그 사람 신원은 당분간 비밀로 하는 게 좋겠네."

"왜요?"

"피해자가 나쁜 놈이면 사람들의 반응이 어떻겠어? 그 나쁜 놈을 쏜 범인들을 좋게 볼 거 아냐. 그럼 그들과 대치하고 있는 우리에 대해서는 인식이 안 좋겠지?"

"우리는 우리의 할 일만 잘 하면 되는 게 아닙니까?"

"그게 그렇지 않아, 이 사람아. 사람들의 이목이 집중된 사건엔

윗분들도 많은 관심을 갖게 되어 있어. 여론이 비등하면 윗사람들은 우리 같은 현장 요원들을 '지도 편달'하려 들지. 그런데 여론이 좋은 쪽과 나쁜 쪽을 비교하면 어느 쪽이 우리에게 간섭하기 좋을까?"

"나쁜 쪽이네요. 정치란 게 단순하면서도 복잡하군요."

"모든 게 정치 아닌 게 없지."

***

밤 1시경
산장 안

남자 인질 중 배트맨 가면을 쓴 남자가 손을 들었다.

곰이 바라보자 손짓으로 화장실을 가고 싶다는 표시를 했다.

곰이 역시 손짓으로 일어나 나오라고 하자 배트맨이 일어서는데 같이 수갑에 묶여 있던 인디언이 딸려 나왔다.

배트맨이 수갑 찬 손목을 가리키며 풀어달라는 손짓을 하자 곰은 고개를 저었다. 몇 번을 애원하듯 반복해도 곰의 고갯짓은 완강했다. 둘은 할 수 없다는 듯 같이 화장실로 들어갔다.

화장실로 들어선 순간 배트맨은 안에 뭐가 있는지 두리번거리며 살폈고 인디언은 문을 잠그기 위해 손잡이를 만지작거렸다. 하지만 화장실 문은 잠금장치가 없고 수갑을 풀 만한 물건은 찾을 수 없었다.

화장실은 웬만한 공중화장실 정도로 넉넉했다. 여러 사람이 같이 사용할 수 있도록 한 것인지 소변기 두 개에 좌식 양변기가 둘, 세

면대 또한 2인용이었다. 벽 쪽에는 욕조와 샤워기도 있었다.

세면대에는 두어 종류의 샴푸와 비누도 갖춰져 있었다. 여자들이 사용하는 머리핀이나 옷핀이라도 있을까 싶어 구석구석 뒤져보았지만 그런 건 하나도 눈에 띄지 않았다. 둘은 서로 마주본 후 욕조 위로 올라서 창문 쪽으로 접근했다.

두 사람의 손목이 수갑으로 묶여 있는 까닭에 한 사람이 올라서면 다른 사람도 그 가까이는 있어야 했다. 배트맨은 창문 가까이 올라서서 자유로운 손으로 창문을 열기 위해 기를 써봤지만 좀처럼 열리지 않았다. 심지어 창은 유리도 아니었다. 두껍고 반투명한 아크릴 판으로 봉해놓았다.

"도저히 안 되네요."

"문이 열린다 해도 넘어갈 수 있을지 모르겠군요."

그들은 조용조용히 움직이며 여러 시도를 했지만 온갖 난리를 피우며 했어도 마찬가지였을 것이다. 둘은 차례로 볼일만 보고 밖으로 나갔다.

두 사람이 자리로 돌아와 앉고 몇 분이 지난 뒤 옆에 앉은 사람이 물었다.

"화장실 가서 볼일만 보고 온 건 아닐 텐데, 얘기 좀 해봐요."

"나중에 가서 확인해보시든가."

"역시 그쪽으로 빠져나가는 건 어렵겠죠?"

귀신같은 놈. 뭘 보고 짐작한 거야? 배트맨은 속으로 혀를 찼다. 그 이후 남자들과 여자들이 화장실을 들락거렸다. 처음 갔던 배트맨처럼 어떤 장비를 구하거나 탈출구를 찾기 위한 사람들도 있었으나 대부분은 생리적인 걸 해결하기 위한 사람들이었다.

모두 한 차례씩 화장실을 이용하기까지는 두 시간 정도가 소요되었다.

***

수사본부는 기본적인 수사를 하고 나자 어느 정도 시간의 여유가 생겼다.

오늘은 이대로 밤을 새워야 할지도 모른다는 분위기가 팽배했다. 밤을 새운다면 모두 뜬눈으로 지새울지 교대로 눈을 붙여야 할지 지침을 내려야 한다.

그런데 그때 마스터에게서 전화가 왔다. 허완은 다시 자신의 차례가 돌아와 흥분했지만 급히 통화 버튼을 누르지는 않았다. 기다리고 있었던 건 맞지만 그걸 바로 드러낼 필요는 없었다. 그게 협상의 원칙 중 하나니까.

"우선 인질의 신원을 알려주겠습니다."

그는 마스터가 불러주는 대로 한 명 한 명 이름과 주민등록번호를 복창했다. 주변의 요원이 받아 적을 수 있도록 하기 위해서였다. 물론 통화 내용은 모두 휴대폰에 자동으로 녹음되긴 하지만.

마스터가 불러준 인질들은 대략 15명 정도 되었는데 모두 재벌이나 유력 인사들, 또는 그 자제들이었다. 그중에 조성주도 포함되어 있었다. 그 이름을 확인한 경찰은 약간 미심쩍으면서도 그럼 그렇지 하는 표정들이었다. 남자가 대부분이고 나머지 세 명은 여자였다.

"그게 전부입니까?"

"인질의 절반 정도입니다."

"왜 나머지는 알려주지 않는 거요?"

"돈을 낼 수 있는 사람만 선별한 겁니다."

"그럼 돈을 내지 않은 사람은 풀어주지 않을 겁니까?"

"아니, 풀어줍니다. 다만 순서에서 뒤로 밀릴 수 있어요. 서너 차례에 거쳐 단계적으로 풀어줄 겁니다. 단 돈은 한꺼번에 가져와야 하고요."

"요구하는 게 돈뿐입니까?"

"그렇습니다."

"얼마를 원합니까?"

"50억 원입니다. 단 50억에 해당하는 다이아몬드로 준비하세요. 현금이나 다른 건 안 됩니다. 다이아몬드는 1캐럿짜리로 통일하도록 하고요, 가능한 상품으로 마련해 오세요. 그러면 500개 정도 될 겁니다."

"언제까지 준비해야 합니까?"

"빠를수록 좋겠지요, 그때부터 인질의 석방이 이루어질 거니까."

"돈을 받고 인질을 풀어주지 않을 수도 있지 않습니까?"

"어리석은 질문입니다. 우리가 인질을 계속 잡아둬서 뭐에 쓰겠습니까. 서른 명이나 되는 사람들 잡아두고 먹이는 게 쉬운 일처럼 보입니까? 그리고 당신들이 겹겹이 포위하고 있는데 우리가 어디로 가겠습니까?"

"그거야 그쪽에서 알아서 하겠지만 당신이 더 많은 것을 요구할 수도 있으니 하는 말입니다."

"그러려면 처음부터 세게 불렀지요. 어디 해볼까요, 24시간 이내로 500억을 만들어 오시오, 어떻습니까?"

"그건……"

"교수님이 낼 거 아니라서 대답하기 어렵습니까? 50억을 말한 건 가능한 빠른 시간 안에 인질들 가족이 만들 수 있는 최대한의 단위이고, 우리로서도 노력한 만큼 취할 수 있는 최소한의 액수이기 때문입니다. 그러니 잔말 말고 가족들에게 연락해서 마련해 오도록 하세요. 아, 우리 중에도 다이아몬드 정도는 감정할 수 있는 사람이 있으니 크리스털이나 공업용 같은 가짜를 가져오는 섣부른 짓은 하지 않도록 하시고요."

계속 듣고만 있던 허완이 말한다.

"한 가지만 더 묻겠습니다. 건물의 안팎에 무엇이 설치되어 있습니까?"

"무엇이 설치되어 있냐니, 폭발물을 말하는 겁니까?"

"그렇습니다."

"아, 당신들이 생각하고 있는 게 맞습니다. 다만 폭발물의 성격이 좀 다를 뿐."

"무슨 뜻입니까?"

"건물의 모든 보일러 배관을 타고 흐르는 게 물이 아니라 가스라는 점이지요. LPG. 액화석유가스. 혹시라도 중화기로 진입을 시도하려 했다면 아예 꿈도 꾸지 마세요. 가스관은 모두 연결되어 있고 어느 한 부분이 총격을 받고 폭발하면 건물 전체가 산산조각이 되는 건 순식간입니다. 산장이 날아가면 아마 그쪽도 피해를 입을 거예요. 적어도 50미터는 물러나 있어야 할걸요. 그럼 물건이 준비되면 다시 연락하세요."

마스터가 전화를 끊자 지휘부는 모두 공황 상태에 놓인 듯 잠시 침묵했다.

"이건 도무지 협상의 여지가 없군."

"그러네요."

본부장의 말에 허완이 힘없이 대꾸했다.

"원하는 대로 해줘야겠지?"

"계속 놈들에게 끌려 다니기만 하면 우리 체면은 둘째 치고라도 최악의 상황까지 몰릴 수 있습니다."

진압팀장 장대영이 소리를 높였다.

"최악의 상황이라, 어떤 걸 말하는가?"

"당연히 인질은 하나도 구하지 못한 채 돈을 빼앗기고, 또 놈들을 놓치는 거겠지요."

"앞의 둘은 있을 수 있어도 범인들을 놓칠 것 같진 않은데?"

"그건 그렇습니다. 저놈들이 여기서 도망칠 수는 없겠지요."

"첫 번째, 인질을 구하지 못하는 것만 해도 우리한테는 최악이라 할 수 있습니다."

민중수와 장대영의 논쟁에 허완이 끼어들며 말했다.

"그건 그렇지."

"그리고 계속 저들에게 끌려 다니기만 해서는 안 된다는 장 대장의 말도 맞고요. 문제는 아직까지는 다른 뾰족한 수가 없다는 겁니다."

"정말 그럴까?"

"예, 인질범은 지금까지의 진행 과정을 다 예상한 듯 산장을 감옥이나 화약고와 같은 상태로 만들어놓았습니다. 그래서 우리 무장

병력의 진입이나 저격을 원천봉쇄 했습니다. 그 다음 상당수의 인질을 확보해 웬만한 요구조건은 다 들어주지 않을 수 없도록 만들었지요. 게다가 대치가 시작되기 전에 이미 한 명의 사상자를 내어 얼마든지 다음 인질을 해칠 수 있다는 메시지를 보내기도 했습니다. 이런 상태에서 제가 무엇을 할 수 있겠습니까, 요구조건이나 듣고 어떻게 들어줄 수 있는지 알아보는 정도 아니겠습니까."

허완의 말투는 그 내용처럼 상당한 자괴감에 젖어 있었다.

"긍정적으로 생각하게. 우리가 도착한 이후엔 아직 아무도 죽거나 다치지 않았고 인질범의 첫 요구사항 또한 들어줄 수 없을 정도는 아니지 않은가?"

"몸값을 지불할 수 있는 사람들만 명단을 넘겨준 것을 보면 범인들은 이미 인질에 대한 파악을 끝낸 듯합니다. 재력이 충분한 이들에게 50억이면 그다지 부담이 안 될 겁니다."

"저쪽 주차장에 있는 차들만 해도 그 정도는 훨씬 넘겠습니다."

강인후의 말에 모두 고개를 끄덕이며 씁쓰레한 얼굴로 웃었다.

"문제는 그들의 요구 사항이 그것뿐이지는 않을까 하는 겁니다."

"나도 그렇게 생각은 하고 있지만 다음 일은 다음에 생각하도록 하지. 일단 돈을 전달할 수 있게 되면 그걸 가지고 얼마나 많은 인질을 구해낼 수 있을지 연구하도록 하게."

"모두 다 풀어줘야 하는 거 아닙니까?"

장대영이 본부장에게 물었다.

"그게 되겠나, 모두 다 풀어주면 당장 자네 대원들이 진입해 들어갈 텐데?"

"그거야 그렇죠. 제 말은 인질의 몸값이 50억으로 결정되었다면 다는 겁니다."

"인질이 모두 풀려나기 전에는 돈을 다 줘서는 안 된다?"

"바로 그 얘기입니다."

"그게 가능할까?"

"그들이 인질들한테 무리하게 손을 대지만 않는다면 시간은 우리 편입니다. 가능한 길게 끌고 가는 것도 한 방법이지요."

허완이 대답하자 이번에는 강인후가 말했다.

"바로 그게 문제입니다. 범인들이 인질을 어떻게 이용하겠느냐는 것이죠. 첫 번째 몸값으로 거액을 요구하는 방법을 이제 썼습니다. 다음으로 예상할 수 있는 건 자신들이 안전하게 탈출할 수 있는 수단으로 이용하겠지요. 물론 그밖에 다른 요구 사항이 있을 수 있다는 것도 염두에 둬야겠지만."

"어쨌든 놈들이 인질을 언제까지나 붙잡고 있을 수는 없는 거고, 언젠가는 모두 다 풀어줘야 할 텐데 그러는 동안 우리가 포기해야 할 것과 포기해서는 안 되는 것이 무엇인지 확실히 해야 할 겁니다."

"우리가 견지해야 할 마지노선이라."

"위에서 내려온 지침이 있습니까?"

"청장님 등 위에서의 지침이야 인질의 전원 구출과 범인들의 전원 검거지."

그 말에 모두 농담하는 거죠, 하는 표정으로 본부장을 바라보았다.

"그러니까 공식적으로 하는 말이 그런 거고 일단 작전의 전결권은 나한테 있네. 당연히 사후의 책임도 내 소관이고. 그러니까 생각해보세. 우리에게 있을 최악의 결과인 인질 구출 및 범인 검거 실패와 최선의 결과인 전원 구출 및 전원 검거 사이에 예상되는 결과가 있을 거야. 그럼 우리가 할 일은 가능한 최선의 결과가 나오도록 열심히 움직여야 한다는 거야. 지금까지 해온 것처럼 하나하나 스텝을 밟아서, 또 우리끼리의 손발도 잘 맞춰야 하는 거고."

결국 본부장의 말은 추상적인 것에 그쳤고, 하나마나 한 말이라고도 할 수 있었다.

"그리고 범인들이 왜 이렇게 복잡한 방법으로 일을 저지르는지 최대한 상상력을 동원해서 생각해보도록 하고."

상상력이라, 이거야 원.

"자, 그럼 일들을 해보세. 일단 마스터가 알려준 인질들을 확인하는 작업부터 하도록."

본부장이 주의를 환기시킬 요량으로 짝짝 박수를 치며 지시를 내렸다. 가장 많은 인력이 배당된 수사팀에서 인질 확인을 전담했다. 그들은 인질들의 이름과 주민등록번호, 혹은 운전면허나 여권번호를 가지고 상세한 신원을 작성했다. 인질의 리스트가 하나하나 만들어질 때마다 수사관들의 얼굴은 굳어져 갔다. 이미 공터에 주차되어 있는 차량들을 바탕으로 짐작은 했지만 예상대로 인질들은 모두 사회 지도층 인물들이거나 그 자제들이었다. 조성주와 같은 재벌 2, 3세도 있고 전 현직 장관의 아들, 국회의원의 딸도 있었다. 사립학교 재단이사장의 아들, 유명 언론사 사주의 아들, 병원기업 소유자의 자식도 있었고 이제 뜨는 아이티 분야의 젊은 CEO 두 명과 유명 프로 스포츠 선수, 연예인도 있었다. 명단을 훑어보던 누군가가 골고루 다 있네, 하고 중얼거렸다.

"이 중에 어느 하나라도 죽으면 난리 나겠군."

"그래도 돈은 쉽게 걷히겠네요."

그 말에 모두 씁쓰레 웃었다.

"일단 모두 연락하고 각 집안의 대표자들 한 명씩은 오라고 해."

본부장의 지시에 세 명이 인질 가족의 리스트를 나누어 들고 전화를 걸기 시작했다. 몇 군데는 인질사건에 대해 뉴스를 보고 알고 있었지만 대부분은 모르고 있었다.

자신들의 형제나 자식이 인질로 잡혀 있다는 말에 전화를 받은 모든 이들이 깜짝 놀랐고 몹시 허둥댔다. 인질범의 요구 사항이 있으니 가족의 대표로 한두 명은 현장에 나와 달라고 하자 모두 빨리 가겠다고 했다.

특공대 대장은 부하들을 시켜 본부석의 옆 공간에 텐트를 치고 탁자와 의자 등 집기를 준비하라고 했다. 인질의 가족들이 도착하면 상당 시간 머물러 있어야 할 텐데 최소한 비나 이슬을 피하고 앉아 있을 공간은 마련해둬야 했다. 모두 사회적으로 명망이 있는 부류다 보니 아무리 작전 중이라고 해도 소홀히 대접할 수는 없었다.

"모든 인질들 가족에게 연락했습니다."

수사 경찰 가운데 선임 형사가 와서 보고했다.

"모두 오겠다던가?"

"그렇습니다."

"가족 분들은 오는 대로 저쪽 대기 장소에 모시도록 해."

장대영의 말에 형사는 예, 하고 대답했다.

"가족들이 몸값을 낼까?"

"아마 그럴 겁니다."

"다이아몬드로 50억이면 양이 어느 정도지?"

"글쎄요, 그걸 알려면 일단 시세부터 알아야 하지 않을까요?"

"그렇겠군."

그 말에 몇 명의 수사관이 스마트폰으로 검색을 해보았다. 얼마 후 먼저 찾은 형사가 재빨리 대답했다.

"1캐럿이 0.2그램이고, 이게 상등품일 경우 약 천만 원, 질이 가장 떨어지면 500만 원 정도 되네요."

"천만 원짜리라면 500개, 그자 말대로군. 0.2그램짜리가 500개라면 딱 100그램 나오네. 봉지에 담으면 한 줌 정도?"

"겨우 한 줌?"

"소고기 반의반 근도 안 되는 무게로군요."

"후아, 왜 다이아몬드 다이아몬드 하는지 알겠네. 현금 가방이라면 어느 정도지?"

"한 사람이 들지도 못할 겁니다. 옛날 공공칠가방에 만 원짜리 현금을 가득 채우면 1억이라고 했으니 요즘 5만 원짜리로 넣으면 5억, 그런 게 열 개가 필요하지요."

모두들 혀를 내둘렀다.

범인이 왜 현금 대신 다이아몬드를 원했는지 알 만했다. 부피가 작기 때문에 아무나 가볍게 들고 다닐 수 있고 휴대하기도 용이하다. 진압 과정에서 산장이 총격 또는 포격으로 불이 나 파괴되었을 때도 거의 훼손되지 않는다는 장점이 있었다. 물론 모래알처럼 작아서 쉽게 유실될 수 있지만 훼손되지 않는 까닭에 장소나 위치만 확실하면 아무도 모르는 곳에 숨겨 놓기도 좋았다.

문제는 현금에 비해 처분하기가 곤란하다는 단점이 있는데 그건 다이아몬드에 대해 잘 아는 사람이라면 충분히 커버할 수 있을 것이다.

다만 지금 완전히 봉쇄된 상태에서 범인들이 그것을 어떻게 들고 나갈 것이냐가 의문이었다.

* * *

인질극이 시작된 지 네 시간쯤 지났다.

산장의 남자 인질이 모여 있는 곳.

레오나르도 디카프리오 가면을 쓴 남자가 주변을 둘러보고 자신과 같은 수갑을 찬 사자 가면의 남자에게 속삭였다. 귀 좀, 하고는 사자의 귀에 입을 가까이 대고 말했다.

"내 재킷 오른쪽 안주머니에 작은 스마트폰 하나가 있는데 그것 좀 꺼내줘요."

"감춰뒀다는 거 알면 큰일 날 텐데?"

"그러니까 몰래 사용해야지요."

뒤집어쓴 거하곤 달리 겁쟁이네. 혹시 이상한 나라의 엘리스에 나온 바로 그 사자인가? 그는 이런 궁지에서도 농담이 떠오르는 스스로에게 약간의 자부심이 느껴졌다.

"마이크 소리 난 거 보니까 경찰이 출동해 밖에 와 있는 건 확실하잖아요?"

사자가 고개를 끄덕였다.

"출동했어도 이쪽 사정은 하나도 모를 거예요."

역시 고개를 끄덕이는 사자에게 디카프리오가 계속 속삭였다.

"내가 영웅이 되겠다는 건 아니고, 어쨌든 이쪽의 사정을 알려주면 작전을 펴기에도 좋을 거고 우리가 풀려날 가능성도 높은 거 아닐까요."

가만히 생각하던 사자가 속삭였다.

"핸드폰은 꺼내줄 테니 들키지 않게 알아서 하쇼."

그리고는 디카프리오의 오른쪽 가슴에 손을 넣고 양복 주머니에서 휴대폰을 꺼내 디카프리오에게 건넸다.

디카프리오는 그것을 왼손으로 받아들고 재빨리 손 안에 감췄다. 다시 주변을 살펴본 뒤 휴대폰을 켜고 설정에서 무음모드로 전환하고 메시지를 클릭했다.

디카프리오는 생각했다. 누구에게 연락을 취해야 할까? 가족, 친구, 애인 중에서라면 당연히 친구나 애인이 적당하다. 메시지를 받고 의심 없이 밖에 있는 경찰 책임자에게 연결해줄 수 있는 절친, 그런 절친이 있긴 하다. 하지만 순간적으로 망설여졌다. 만일 그 절친이 나와 같은 처지로 이 가운데 억류되어 있다면? 그럼 내가 보낸 메시지는 인질범들이 압수한 물건들 중에서 도착 알림 소리를 낼 것이다. 만사 도로아미타불.

그는 주변에 있는 가면 쓴 남자들을 힐끔거렸다. 이 중에 과연 내가 아는 사람이 얼마나 있을까? 친한 친구라면 얼굴을 못 봐도 몸집과 걸음걸이나 몸짓만 봐도 알 수 있을 것이라 생각했는데 지금은 하나도 모르겠다.

저쪽, 여자들은 어떨까? 거기는 더 모르겠다. 공식적인 애인인 주미뿐 아니라 친하게 지내고 자주 어울리는 다른 여자들도 저 안에 있는지, 없는지 도무지 알 수가 없었다. 그는 속으로 한숨을 쉬었다.

그런 절친들이나 애인이 이런 파티에 올 만한지 아닌지도 알 수 없었다. 사람이란 얼마나 친하게 지내느냐와 상관없이 알 수 없는 존재란 말인가. 그는 난데없이 찾아든 깨달음에 적잖이 당황했다.

결국 그는 집에 있을 것이라 확신이 드는 엄마한테 문자를 보냈다.

서브 폰이라서 애인과 극소수의 절친만 번호가 입력되어 있는 터라 그가 번호를 알고 있는 건 부모님과 형, 여동생뿐이었는데 (그나마 가족이라고 가운데 두 자리 빼고는 숫자가 모두 같기 때문에) 엄마를 뺀 나머지는 믿을 수가 없었다. 자신이 이 자리에 초대를 받아 왔다면 아버지나 형, 여동생도 그러지 말라는 보장이 없었다.

그는 엄마의 번호를 입력한 후, 문자로 자신의 이름을 밝히고, 이 번호로 전화하지 말라고 못 박고, 문자도 보내지 말고, 청계산장에 인질로 붙잡혀 있으며, 아직 아무 문제없으니 걱정하지 말고, 당황하지도 말고, 이 문자 내용을 그대로 가까운 경찰을 찾아 보여주라고 했다.

엄마가 서두르지 않도록 한 번에 하나의 내용만, 약 5초의 간격으로 보냈다.

***

강남 서초동의 어느 부유한 가정집.

50대 중반인 서성희는 잠자리에 들 무렵 한 통의 전화를 받았다.

"예, 여보세요."

수화기를 집어 들고 귀에 대자 젊은 남자 목소리가 들렸다.

"밤늦게 죄송합니다만 저는 성남경찰서 형사 김형식입니다. 혹시 거기가 이한울 씨 댁입니까?"

"예, 그런데요. 왜 형사님이?"

"지금 경기도 성남에 있는 청계산 중턱의 한 산장에서 인질사건이 벌어지고 있는데 뉴스로 들은 바가 있습니까?"

"아뇨, 처음 듣는데요."

"이번 주말에 파티에 참가한다는 말은 들으셨는지요?"

"그것도 처음 들어요."

"말씀드리기 죄송합니다만 현재 무장괴한에 의한 인질사건이 청계산의 한 산장에서 벌어지고 있고 아드님인 이한울 씨가 인질들 중 한 명으로 억류되어 있는 것으로 확인되었습니다."

"뭐라고요?"

그녀는 놀라서 수화기를 떨어뜨리다가 바로 잡고 빠른 소리로 다그쳤다.

"그게 사실이에요?"

"예."

"그, 그러니까 인질사건이라면 총이나 칼을 든 사람이 다른 사람을 억지로 붙잡고 놓아주지 않는 걸 말하는 거죠?"

"예, 사모님이 이해하시는 그대로입니다."

"산장 안에 붙잡혀 있다는 건 어떻게 알게 된 거죠?"

"범인이 직접 알려줬습니다. 그러니 사실일 가능성이 큽니다."

"우리 아들이 어디 다치지는 않았나요?"

"그건 아직 알 수 없습니다. 일단 가족 중에서 한두 명은 현장에 나와야 자세한 내용을 설명할 수 있습니다."

"어디로 가면 되나요?"

"저희가 보내드리는 주소를 찍고 오실 수도 있으나 근처에 오면 어차피 산 아랫마을에서 차를 갈아타야 합니다. 마을에서 산장까지는 경찰차와 취재 차량들이 점거를 해서 하나하나 통제를 하고 있거든요. 그래서 인질 가족들을 모시기 위해 경찰 승합차가 이동 중이니 그걸 타고 오시면 됩니다."

"예, 알았어요."

곧이어 전화를 한 형사가 알려준 번호로 전화를 하니 20분쯤 후에 태우러 오겠다고 했다.

그제야 그녀는 남편과 다른 가족이 어디에 있는지 신경이 쓰였다. 1시가 다 되어 가는데 아무도 돌아온 사람이 없었다. 아무리 주말이 시작되는 불금이라 하지만 너무한다는 생각이 들었다. 큰아들과 남편뿐 아니라 딸까지도 돌아오지 않았다. 집안에 큰일이 났는데 같이 있어야 할 사람들이 아무도 없다는 것에 화가 치밀었다.

아들이 인질로 잡혀 있다는데 적어도 남편에게는 알려야겠다는 생각에 휴대폰을 찾아들고 화면을 켜는 순간 그녀는 또 놀랐다. 낯선 번호로 문자메시지가 와 있는데 아들이라고 한다.

지금 몰래 문자를 하는 것이니 이 번호로 전화하지 말고 바로 경찰에 알려 주라고?

그녀는 점점 다급해졌다.

남편에게 계속 전화를 하는데도 받지 않았다. 또 어디 룸살롱 같은 데서 잔뜩 취해 있을지도 모르겠다. 큰아들이나 딸에게라도 연락을 해야 하나 생각하는 중에 전화가 왔다. 경찰 순찰차인데 사모님을 모셔가기 위해 대문 밖에서 기다린다는 것이었다. 그녀는 허둥지둥 대충 옷을 차려입고 대문 밖으로 달려 나갔다.

대문 밖으로 나가자 경찰 마크와 디자인이 있는 승합차에서 경적

소리가 났다. 그녀가 승합차 옆으로 다가가자 문이 열리며 젊은 형사가 이한울 씨 어머님이시죠, 하고는 대답도 듣지 않고 타세요, 했다.

그녀가 차에 올라타고 떠나는 순간 휴대폰이 울렸다. 보니 남편이다. 통화 버튼을 터치하니 대뜸 남편이 소리쳤다.

"아니, 당신 그 차 타고 어디 가는 거야?"

"급한 일이 있어서 가는 중인데, 당신은 어디에요?"

"집 앞이지 어디야. 들어가려고 보니 당신이 웬 낯선 차에 올라타고 있잖아. 도대체 어딜 가는 거야?"

"그럼 잔말 말고 따라와요, 길게 얘기할 시간 없으니까."

그리고는 옆의 형사에게 휴대폰을 건네주며 남편에게 설명 좀 해주라고 했다. 형사가 휴대폰을 받아들고 그간의 사정을 설명하기 시작했다. 설명을 들은 이영국은 운전기사에게 경찰 승합차를 따라가라고 하고 얼굴을 굳혔다.

**

새벽 1시 반
산장 밖

원래 쥐죽은 듯 조용했을 산장 아랫마을은 여전히 북적거리고 있었다.

마을에서 산장 방향으로 올라가는 길은 붉은 경광봉을 든 경관이 통제를 하여 일반 차량은 올라가지 못했다. 시내를 돌며 인질들 가족을 픽업해온 경찰 승합차는 잠시 기다렸다가 뒤따라온 이영국과 개인적으로 온 다른 가족 일부를 태우고 산장을 향해 올라갔다.

차에서 내리니 무장경찰이 가족들을 임시로 설치한 천막으로 안내했다. 넓은 천막 안에는 큰 탁자 세 개와 간이 의자 30여 개가 놓여 있었다.

천막에는 이미 도착해 있는 가족이 넷이고, 이번에 승합차로 온 가족이 다섯이었다.

본부에 모인 인질의 가족 아홉은 어색하게 인사를 나누었다.

그들을 모은 경찰 수뇌부의 표정도 어색하게 굳어 있었다. 앞으로 올 여섯 가족을 포함해서 이들 가족의 가장들은 수사팀 누구보다 지위와 사회적 명망이 높거나 재산이 많았다. 소위 말하는 상위 1프로 이내에 든다. 어느 누구도 함부로 대하기 어려운 사람들이었다. 물론 진작부터 와 있었던 현역 의원 이규범을 포함해서.

가족들을 대표해 이영국이 지금까지의 상황을 설명해달라고 했다. 그는 작년까지 사회부처 장관으로 있다가 정부 산하기관 이사장으로 재직하고 있는 인물이었다. 경찰 간부가 다시 간단하면서도 빠짐없이 설명을 했다.

"그자들이 요구한 몸값이 50억이라고?"

"예, 50억에 해당하는 다이아몬드로."

"언제까지요?"

"빠르면 빠를수록 좋다더군요."

"그러면 빨리 갹출을 합시다. 50억을 열다섯으로 나누면 한 집 당 삼사 억쯤 되는군."

"그런데 그 다이아몬드 50억을 가져다주면 정말 우리 애들을 풀어주긴 하나요?"

50대의 한 어머니가 물었다.

"인질범이 직접 얘기한 거니 믿을 수밖에 없지 않습니까?"

수사본부장 민중수가 반문했다.

"돈만 받고 애들은 안 보낼 수도 있잖아요."

"그럴 수도 있지만 보내지 않을 이유가 없습니다."

이번에는 허완이 대답했다.

"왜요?"

"범인들이 돈을 받고 인질을 보내지 않는다는 건 더 많은 욕심이 있기 때문일 텐데 그러려면 처음부터 50억보다 훨씬 많은 금액을 요구했을 겁니다. 50억이 아니라 100억, 200억이라도 여러분은 자식을 구하기 위해 내놓지 않았겠습니까?"

그건 그렇죠, 하며 여자들이 고개를 끄덕였다.

"문제는 몸값을 받고 열다섯 명만 풀어줄 것이냐 아니면 전부 다 풀어줄 것이냐 하는 건데, 저희 생각으로는 우선 열다섯 정도는 풀어줄 것 같습니다. 남은 인질로는 또 다른 요구를 할 가능성이 있지만요."

그 말에 가족들은 오히려 안심한 듯 고개를 끄덕였다. 어느 정도 해결이 될 듯하자 가족들의 생각은 다른 방향으로 뻗어나갔고 그게 수사 방향과 인질범들에 대한 질문으로 이어졌다.

"인질과 몸값의 교환은 동시에 진행되는 거요?"

"그건 확실하지 않습니다. 구체적인 방법에 관해서는 다시 한 번 연결해 협상을 해 봐야 합니다."

"범인들의 정체에 대해서는 파악한 게 있소?"

"그것도 오리무중입니다. 이제 겨우 네 시간쯤 지났기 때문에 어떻게 사건이 시작되었는지조차 파악되지 않은 상황입니다. 일단 지금까지의 수사로는 이 사건이 아주 오래전부터 계획되었으리라는 겁니다."

"얼마나요?"

"적어도 두 달은 넘어 보입니다."

"그런 까닭에 범인들은 파티의 진행요원으로 미리 와 있었던 것이라 여겨집니다."

수사팀장 강인후가 덧붙였다.

"그놈들이 총을 가지고 있다고 했는데?"

"최소한 범인들이 개인별로 권총 하나씩은 소지한 걸로 보입니다."

"총을 맞은 사람도 있다고 하던데 그 사람은 어떻게 되었나요?"

"복부에 총상을 입고 병원에 실려 갔는데 사망했습니다."

"누군데요?"

"아직은 수사상 비밀입니다. 여기 있는 분들의 가족은 아닙니다."

"왜 총을 쐈을까요?"

"우선 두 가지 의미로 해석됩니다. 당시 산장 안은 꽤 시끄럽고 어지러운 상태였을 텐데 30여 명의 취한 사람들을 빠르게 제압하고 통제하려면 총소리와 함께 피를 보는 것이 가장 효과적이었을 겁니다."

"그렇다고 사람을 쏘다니……."

"그리고 두 번째는 여러분이나 우리에게 보내는 메시지일 것입니다."

"우리에게 보내는 메시지?"

"자신들의 목적을 위해서라면 이 정도는 얼마든지 할 수 있다, 뭐 이런 거요."

"저런 개새끼들."

인질 가족 중 하나인 장년의 남자가 분노한 목소리로 중얼거렸다.

"아, 그리고 중요한 얘기가 있는데……."

모두의 시선이 중년의 남자에게 쏠렸다.

사립학교 재단에서 기획관리실장으로 일하는 이의방의 집을 대표해 온 사람으로 이의방의 삼촌 이성규라고 했다.

"인질로 잡혀 있는 이들이 모두 피해자인데, 이들의 신원이 알려지면 또 다른 피해가 발생할 수 있습니다."

그의 말에 인질의 가족들은 인질이 된 자식이나 형제들이 파티에 참석했고 그 파티가 불미스러운 행사일 수 있다는 사실을 상기했다. 단순히 인질을 안전하게 구출하는 것 외에 다른 요소들이 더 있었다.

"만일 언론에 공개할 경우 최소한의 정보만 밝힐 걸 부탁합니다."

이성규가 계속 말했다.

"최소한의 정보요?"

"신문에 잘 나오지 않습니까, 예를 들어 강 아무개, 남, 30세. 이 정도 말입니다."

"글쎄요, 저희는 그렇게 한다 해도 언론이 만족할까요?"

"경찰의 발표가 언론이 만족하기 위해 존재하는 건 아니잖습니까."

다른 가족들이 모두 그의 말에 동의한다는 듯 고개를 끄덕이며 그렇게 하라고 압박하듯 말했다. 그렇게 해요, 피해를 이중 삼중으로 당할 순 없지 않습니까.

"알겠습니다. 저희는 최대한 인질의 신원을 보호하는 쪽으로 방침을 정하겠습니다. 하지만 매스컴에서 그들의 수단으로 알아낸다면 이를 막을 방법은 없습니다."

민중수가 대답하자 가족들은 불만이 조금 남아 있는 채로 고개를 끄덕였다.

그들의 대화를 들으면서 아들을 떠올린 서성희는 문득 아들에게서 온 문자메시지가 생각났다. 그녀는 조용히 남편을 불러 그 이야기를 하며 메시지 내용을 보여주었다.

이영국은 그 내용을 찬찬히 읽으면서 얼굴이 심각해졌다. 그 모습을 수사팀장 강인후가 뚫어지게 바라보았다.

시선을 느낀 이영국은 어쩔 수 없다는 듯 고개를 흔들고는 강인후에게 다가갔다. 무슨 일이냐는 듯 눈으로 물어보는 강인후에게 이영국이 말했다.

"인질로 잡혀 있는 아들에게서 온 문자인데……."

그러면서 아내의 휴대폰에 뜬 메시지를 보여주었다.

내용을 읽어 본 강인후는 잠시 좀 오시죠, 하면서 이영국을 본부석으로 데리고 갔다. 그리고 본부장과 다른 팀장들을 불러오게 했다.

수뇌부가 모이자 강인후가 설명을 했다. 잠시 그들끼리의 논의가 있은 후 민중수가 말했다.

"이사장님 사모님 휴대폰을 우리가 잠시 빌려 쓰겠습니다."

"그건 아들과 문자로 연락을 취하면서 정보를 얻으려는 겁니까?"

"예, 그렇습니다."

"그러다 놈들에게 발각되면 아들이 위험해질 수 있어요."

"이런 문자가 왔다는 것 자체가 그런 위험에 대처할 수 있기 때문일 겁니다."

"그리고 아드님 또한 경찰이 아닙니까, 경찰의 한 명으로서 할 수 있는 일을 해야 한다는 의무감에서 이런 문자를 보낸 게 아닌가 생각됩니다."

이한울은 현직 경찰로 청와대에서 근무하고 있었다.

강인후와 장대영이 이어서 설득의 말을 했다. 그래도 이영국이 망설이자 민중수가 말했다.

"아버님이 보시기에 어떻습니까, 이한울 경위가 경솔하거나 무모한 편입니까?"

"그건 아닙니다. 그 애는 꽤 신중하다고 봅니다."

"맞아요, 우리 아들이 얼마나 신중한데."

어느새 다가온 서성희가 말했다.

"그럼 아드님을 믿어보시죠. 큰 도움이 될 수 있습니다."

민중수의 말에 부부는 고개를 끄덕였다.

서성희의 휴대폰을 가지고 작전실로 온 강인후는 휴대폰의 화면을 스크린에 띄우게 했다.

기술요원이 컴퓨터 스크린에 연결하자 메시지를 클릭하여 모친에게 온 문자를 읽었다. 모두 다 읽고 나서 새로운 휴대폰으로 연락을 취해보기로 했다. 민중수가 부르는 걸 요원이 문자로 작성했다.

-경찰 지휘본부의 본부장 민중수입니다.

메시지를 보내고 한참 후에 답장이 왔다.

-예, 이한울입니다.

답장은 매번 삼사 분 정도 지난 후에 왔다. 신중하게 상황을 본 후에 안전하다 싶으면 답장을 하기 때문에 그런 것 같았다.

-이쪽은 본부장 밑에 수사팀과 진압팀, 협상팀, 공보팀의 네 파트가 있습니다. 저는 협상팀의 허완입니다.
-예, 수고하십니다.
-앞으로 팀장들이 같이 질문을 하겠습니다. 지금 상황이 어떻습니까?
-조용합니다.
-인질은 어떤 상태입니까?
-모두 편안한 편입니다.
-다행이군요. 모두 몇 명입니까?
-남자가 17명, 여자가 16명입니다.
-인질범은 몇 명입니까?
-지금까지 확인한 바로는 세 명으로 여겨집니다.
-인질과 인질범 중에서 누군지 알아볼 수 있는 사람이 있나요?
-아무도 없습니다. 모두 가면을 썼거든요.
-그들은 모두 무장했습니까?
-예, 모두 총기를 지녔습니다.
-모두 권총인가요?
-예, 그렇습니다.

-각각의 위치에 대한 설명을 부탁드립니다.

-50명가량 되는 홀을 절반으로 가르면 창문과 벽이 있는 쪽에 우리 인질이 있고 그 반대편인 바와 부엌, 현관, 화장실, 2층으로 올라가는 계단 쪽에 범인들이 있습니다. 우리 인질은 세 파트로 나뉘어 있는데 정확히 창문이 있는 그 앞입니다. 창문은 철제 셔터가 내려져 있어 문을 열 수도 없고 밖을 내다볼 수도 없습니다.

문자는 천천히, 한 문장 한 문장씩 찍혔다. 문장이 뜨고 다음 문장이 뜨기까지 심리적으로는 달까지 갔다 올 정도로 길게 느껴졌지만 긴장된 마음 때문에 어느 누구도 조바심내지 않았다.

-인질은 어떻게 세 부분으로 나뉘어 있습니까?

-인질은 가운데 여성들을 두고 그 양쪽 옆에 남자들을 반씩 나누어놓았습니다.

-왜 그런 식으로 했을까요?

-남성들이 위협이 되니까 무력화시키기 위한 게 아닌가 싶습니다. 저들이 총으로 위협을 하고 있다 하더라도 나중에 다른 변수가 생길 수 있으니까요. 남자들은 모두 2인 1조로 수갑을 채워놓았습니다.

-여성들은 자유로운 편이군요.

-예, 그렇습니다. 가끔 일을 시킬 때가 있는데 그런 때를 위한 것 같습니다.

-일을 시킨다면?

-처음 우리한테서 소지품을 다 회수할 때도 그랬고 남자들에게 수갑을 채울 때, 그리고 여러 사람들에게 음료나 간단한 먹을 걸 나눠줄 때도 그렇고요. 아무래도 여자들은 부리기에 큰 부담이 없으니까.

-그럴 수 있겠네요. 그럼 범인들은 어떻습니까?

-범인들은 현관 가까이 한 명, 홀 가운데쯤에서 우리를 감시하고 있는 자가 한 명,

그리고 바의 뒤편에 한 명이 있는데 아마 마지막 이 사람이 주범 같습니다.

-그들이 쓰고 있는 가면은 곰과 여우 그리고?

-현관이 곰이고, 감시자가 피터팬, 바텐더가 여우입니다.

-여우에 대해서 설명을 해보세요. 어떤 사람 같습니까?

-일단 말을 하면 거침없고 논리적이며 달변입니다. 하지만 말을 안 하면 오랫동안 침묵을 유지합니다. 아무 때나 떠들어대는 스타일이 아닙니다. 체격은 보통, 그러니까 173cm에 65kg 정도로 보입니다. 호리호리한 편입니다. 범인들 서로 간에도 필요한 말 외에는 대화가 거의 없는 편입니다.

바텐더가 앉아 있는 바의 뒤편에는 10여 개의 모니터가 산장 안팎의 여러 곳을 항시 비추고 있었다.

여우 가면은 좁고 둥근 의자에 약간 불편한 듯 앉아 있는데 고개를 숙이고 있는 것이 조는 것 같기도 했다.

모니터 열 개 중 두어 개는 산장의 홀을 비추고 있었는데, 그중 하나가 돌연 줌인 상태로 한 지점을 향해 확대된 영상을 보여주었다. 멀리서부터 시작해 점점 확대되어 커지는데 그 화면의 전면을 채우는 것은 문자가 오고가는 스마트폰 화면이었다.

4장

협상

토요일 아침 6시
산장 안

날이 밝았다.

산장은 쥐죽은 듯 조용했다.

인질들은 모두 지쳐서 늦게까지 불안에 떨다가 눈을 붙이는 둥 마는 둥했고 제대로 먹지도 못했기 때문에 힘이 하나도 없었다. 탈출은커녕 그냥 나가라고 해도 바로 못 나갈 것 같은 사람이 부지기수였다.

남자는 남자들끼리, 여자는 여자들끼리 모여 있다가 그냥 뒤엉켜 잤기에 온몸이 쑤시고 아팠다. 그럼에도 사정은 나아지지 않았다. 여전히 그들은 인질의 상태를 벗어나지 못한 것이다.

곰과 돼지 가면을 쓴 두 명의 인질범이 나타났다.

이한울은 그 둘의 모습을 보고 순간적으로 건너편의 남자들 자리로 시선을 옮겼다. 그리고 하나하나 가면 쓴 사람들을 찾아보았다. 그쪽에도 역시 돼지 가면이 있었다.

가면이 다 다른 게 아니라 똑같은 것도 있었다. 게다가 곰도 지난밤과는 체격이 달라 보였다. 그러니까 피터팬이 곰 가면을 쓰고 곰은 새로 돼지 가면을 쓴 것 같았다. 이한울은 혼란을 느꼈다.

그렇잖아도 누가 누군지 알 수 없는데 고정된 이미지까지 탈피하려는 것 아닌가.

범죄 혐의자들이 자신들의 정체를 드러내려 하지 않는 건 당연한 노릇이다. 하지만 이렇게까지 할 필요가 있는가? 물론 가능하면 다 할 필요가 있으리라. 그들은 이 자리에서 모든 걸 끝내고 싶지 않은 것이다. 목적을 달성한 후 아무런 일 없이 벗어날 방법이 있다. 그는 그들의 모습에서 그것을 읽어냈다.

기린 가면을 쓴 여자가 손을 들었다.

그녀가 화장실을 가고 싶다고 말하자 곰은 손짓으로 일어나 나오라고 했다.

여자가 나서자 그는 그녀를 앞세우고 화장실 앞에 가 문을 열고 여자를 들여보냈다. 여자는 화장실로 들어서자마자 습관적으로 문을 잠그려고 했지만 곧 그럴 수 없다는 걸 깨닫고 속으로 욕을 했다. 속으로 욕을 했는데 그 소리를 자신의 귀로 듣고 깜짝 놀랐다.

그녀는 소변기에 앉아 오줌을 누고 세면기 앞으로 가 가면을 벗고 얼굴을 살펴보았다. 맨 얼굴이 낯설게 다가왔다. 화장을 하려고 해도 화장품을 모두 압수당해서 그럴 수 없었다. 이럴 때는 역시 가면을 그대로 쓰고 있는 게 나았다. 그냥 비누로 씻는데 문 두드리는 소리가 났다.

다음 순서가 대기하고 있다는 것이었다. 그녀는 얼굴만 대충 씻고 나서 다시 가면을 쓴 후 화장실을 나섰다. 맨얼굴이어서 이제는 가면을 벗어도 된다고 해도 오히려 쓰고 있어야 할 판이다.

그녀가 나오자 다른 여자가 기다렸다는 듯 거칠게 화장실로 들어섰다. 곰이 모두에게 들으라는 듯 큰 소리로 말했다.

"다들 급한 용무가 있을 테니 화장실 이용 시간은 한 사람당 5분 이내로 제한합니다."

그러자 여자들 사이에서 아우성이 터져 나왔다.

"모두 급한 일을 본 후에는 다시 자유롭게 이용할 수 있습니다."

다시 잠잠해졌다.

1인당 5분이라고 해도 모두가 이용할 경우 두 시간이나 소요된다. 급한 사람이 두 시간씩이나 기다릴 여유가 없는 까닭에 여자들의 경우 서너 명이 한꺼번에 화장실에 들어가도록 허용되었다.

남자들도 본인들이 원한다면 2인 1조씩 두 조가 같이 들어가기도 했다. 몇몇 사람은 다른 사람과 손목이 묶여 있는데 똥을 어떻게 싸느냐고 항의를 했으나 번번이 무시되었다.

"나갈 때까지 참든지, 참을 수 없으면 같이 싸든지."

아우, 하면서 소리를 지르는 남자에게는 총구가 향했다.

"한 번 더 지랄하면 그 입으로 모든 걸 쏟아내게 될 거야."

여자들이 차례로 볼일을 보고 남자들까지 차례로 화장실을 다 쓰자 한 시간 정도가 지났다.

그 이후로 여자들 중 두 명을 자원 받아 음료와 식량을 배급했다. 음식은 500ml짜리 생수병과 샌드위치, 햄버거, 김밥 등이었다.

물론 개인마다 하나씩이다. 굶기지 않는 것만 해도 다행일 터인데 이 정도면 진수성찬이라 할 만했다. 이렇게 꼬박꼬박 끼니를 챙겨주는 걸 보면 우릴 해치거나 하지는 않을 모양이에요, 하며 안도하는 사람도 있었다. 그들 모두 큰 불만은 없는 상태였다. 물론 남자들 중에는 나가기만 하면 가만두지 않겠다고 이를 가는 사람도 있긴 했지만.

***

새벽녘, 날이 밝아올 때 산장 주변을 망원경으로 살펴보던 특공대원 한 명이 특이한 걸 발견했다. 산장의 지붕과 벽 그리고 창 등을 가는 실 같은 줄이 칭칭 감겨 있는 것이었다. 그는 대장에게 이 사실을 무전으로 보고했다.

특공대장은 잠시 눈을 붙이고 있는 본부장에게 역시 같은 내용을 보고했고 기술 요원과 폭발물 처리반을 더 동원해 자세히 알아보라고 지시했다.

30여 분 동안 망원경으로 상세히 살펴보고 와서 그들은 그게 부비트랩용 와이어 같다고 보고했다.

"저 철사마다 폭탄이 연결되어 있다는 건가?"

"확실하지는 않지만 직·간접으로 산장 내부 어딘가에 있을 폭발물과 연결되어 있는 것으로 보입니다."

전문 기술요원이 대답했다.

"어쨌든 저것들 가운데 어느 하나라도 건드리거나 끊으면 어딘가의 폭발물이 터진다는 거군."

"그럴 수 있습니다."

"아닐 수도 있지 않은가?"

"직접 건드려 보지 않고는 알 수 없는 일이지요."

"저 선들을 하나도 건드리지 않고 산장에 침투할 방법은 없을까?"

"벽에 구멍을 내고 들어간다면 몰라도."

"벽에는 보일러 배관이 들어 있다고 했습니다."

허완이 말했다.

"창도 막혔고, 벽은 뚫을 수 없고 지붕으로도 침투할 수 없다니 완전 철벽이로군."

다시 모두 한숨을 쉬었다. 특히 진압팀을 이끄는 장대영은 더욱 할 일이 없는 것 같아 무기력해지는 것 같았다.

"어쨌든 밤을 어떻게 보냈는지 안부 정도는 물어도 될 것 같은 데?"

"예, 알겠습니다."

민중수의 말뜻을 알아챈 허완이 마스터에게 전화를 걸었다. 마스터는 조금 지체하는 듯하다가 전화를 받았다.

"안녕하세요."

"예, 안녕하십니까. 밤새 잘 잤습니까?"

"예, 덕분에."

"잘 잤다니 다행입니다. 혹시 세 분이 교대로 눈을 붙였나요?"

"하하, 그건 알아서 생각하십시오."

"식사는 했습니까?"

"예, 잘 마쳤습니다."

"인질은?"

"인질들에게도 불편하지 않게 드렸습니다."

"그건 고맙네요. 식량은 충분합니까?"

"며칠 먹을 건 있습니다."

"충분해도 음식을 새로 할 여유는 없을 텐데 좀 신선한 음식이 필요하지 않습니까?"

"상황에 따라 감수해야 할 경우는 있는 법이니까요."

"그렇더라도 먹고 싶은 게 있으면 언제든 말하세요."

그러면서 허완은 잘 안 넘어오네요, 하는 눈빛으로 민중수를 보며 고개를 절레절레 흔들었다.

"예, 생각해보겠습니다."

"먹을 것이 떨어지기 전에 이 사태를 끝낼 생각입니까?"

"그랬으면 좋겠습니다."

"부디 아무도 다치지 않고 무사히 끝났으면 좋겠습니다."

"저도 같은 생각입니다."

"그러기 위해 생각해둔 게 있습니까?"

"이제 생각해봐야지요."

"아무래도 사람들이 불안해 하지 않던가요?"

"사는 일의 많은 부분은 불안으로 이루어져 있습니다."

"특별히 더 그런 경우가 있지요. 그리고 그런 불안은 충분히 해소될 수 있습니다. 바로 지금과 같은."

"그런가요?"

"지금 인질들과 동료 분들이 느끼는 불안은 마스터의 의지에 따라 얼마든지 해소될 수 있습니다. 그렇지 않습니까?"

"그럴 수도 있겠지요."

"그렇게 하고 싶지 않습니까, 그러면 모두가 행복해질 수 있을 텐데?"

"아직은 아니군요."

마스터가 가볍게 튕겨내듯이 대답했다. 허완은 더 인내심을 발휘했다.

"혹시 마스터를 포함해서 모두 체포되는 것도 계획에 있습니까?"

"하하, 농담을 좋아하시는군요."

*　*　*

산장 밖은 뜬눈으로 밤을 새우거나 되는 대로 쪽잠을 잔 사람들이 덜 깬 모습으로 느릿느릿 움직였다.

산중인 데다가 새벽에서 아침까지는 냉기가 뼛속을 스며들 정도로 심해 더욱 으스스했다. 잠을 제대로 자지 못했을 뿐만 아니라 씻을 곳을 찾지 못해 수건이나 물티슈 등으로 얼굴과 손 등을 문지르는 것으로 때워도 푸석푸석하기는 매일반이었다.

인질범들이 일찍 요구 조건을 내놓아서 예상보다 빨리 진행될 것으로 여겨지지만 그게 해결로 이어질 것이라고 낙관적으로 생각하는 사람은 별로 없었다. 일단 범인에게 50억 원어치 다이아몬드를 건네주고 순차적으로 인질이 풀려나는 단계까지만 가도 협상은 성공하는 것으로 볼 수 있다. 그런데 그 다음이 문제다.

인질이 다 풀려나면 범인들은 50억은커녕 본인들 한 몸조차 무사히 빠져나갈 수 없다. 수백 명의 무장 경찰이 몇 겹으로 포위하고 있기 때문이다. 도대체 어떻게 하려는 걸까.

경찰 수뇌부는 번번이 여기서 막혔다. 역시 폭탄이 장착된 승합차가 가장 유력해 보였다. 어쨌든 예상 가능한 단계까지는 진행하기로 했다.

아침까지 범인이 알려준 인질의 가족 중에서 열셋이 도착했다. 모두 거물들인 만큼 새로 온 사람들에게 처음부터 다시 설명을 해야 했기 때문에 경찰 지휘부도 그만큼 번거로웠다. 어쨌거나 그들은 모두 인질범이 요구한 돈을 내는 것에 동의했다.

인질이 서른 명이 넘는데 왜 우리만 내느냐고 항의하는 사람도 있었지만 다수에 의해 가볍게 묵살되었다. 50억을 열다섯 가족이 분담해서 내기로 했는데, 딱 떨어지지 않고 남는 부분은 조성주의 형이 부담하기로 했다.

오전 9시경 나머지 두 가족이 도착하자 그들도 다수의 의견에 따라 인질 석방 분담금을 내기로 했고 바로 합의가 이루어져 조성원이 회사 직원을 시켜 다이아몬드를 구입해 오게 했다.

J그룹 직원들이 몇 군데 전문 매장을 돌며 1캐럿짜리 다이아몬드를 싹쓸이하듯 구매해 현장으로 돌아온 시간이 오전 11시 50분이었다. 1캐럿짜리 다이아몬드는 500여 개 정도 되었다.

정확하게 500개가 되지 않은 건 상품(上品)이라 해도 커팅이나 색상, 내포물 등에 따라 가격에 차이가 있었고, 같은 물건이라도 거래 시점에 따라서 가격이 달라지기 때문이었다. 직원들은 현금을 들고 가 오직 그 금액만큼 다이아몬드를 구매해 왔을 뿐이었다.

다이아몬드는 구매처별로 나뉘어 해당 매장의 보증서 및 거래내역서와 함께 들어 있었다. 그 모든 것이 넓은 탁자 위에 벌여놓자 모든 사람들의 시선이 집중되었다.

하루에 몇 억씩을 굴리는 사람도 이렇게 많은 보석이 한꺼번에 있는 걸 보는 일은 드물 것이다. 그들 재력가뿐만 아니라 수사관들도 눈에 기이한 열기를 띠고 반짝이는 것들을 내려다보았다.

매입해 온 것들을 확인하는 절차가 끝나자 모든 사람이 보는 가운데 밀봉을 했고 다시 포장한 후 단단한 재질의 서류가방에 넣고 열쇠로 잠갔다. 열쇠는 작은 사슬로 가방에 연결되어 있었다.

일련의 과정이 끝난 후 허완은 마스터에게 전화를 걸었다.

"당신이 말한 다이아몬드가 준비되었습니다."

"역시 빠르군요. 한 명이 들고 현관문 앞까지 오도록 하세요."

"인질은 언제 석방합니까?"

"물건 확인하고 준비하기까지 몇 시간 걸립니다."

"그냥 풀어주면 되지 준비할 게 뭐가 있습니까?"

"그런 게 있습니다. 이를테면 여자를 먼저 풀어주고, 나가는 과정에서 혼란이 일어나면 희생자가 발생할 수 있습니다."

"제대로 석방하면 혼란 따위는 일어나지 않을 텐데요."

"그러니까 말입니다. 교수님 말대로 제대로 석방하기 위한 절차가 필요한 겁니다."

"도대체 그 절차가 뭔지 모르겠네요."

"곧 아실 겁니다."

인질 가족들과 경찰의 일부는 돈만 받고 말려는 수작이라며 인질과 다이아몬드는 동시에 교환해야 한다고 주장했다. 특히 가족들은 돈을 낸 '우리' 애들을 먼저 석방해야 한다고 완강하게 말했다.

"왜 여자를 먼저 풀어줘요? 당연히 돈을 낸 우리 애를 먼저 풀어줘야 하잖아요."

한 엄마가 소리쳤다. 몸값을 낸 인질 가운데 여자는 둘뿐이었고 나머지는 모두 남자였다. 그런 까닭에 대부분의 가족들이 그에 호응해서 반발을 했다.

이 때문에 본부석은 다시 시끄러워졌다. 전화기를 통해 이 소동을 듣고 있던 마스터가 허완을 불렀다.

"아무래도 준비가 안 된 것 같군요. 준비가 되면 다시 부르세요."

"이봐요, 마스터! 재고의 여지가 없소? 어차피 돈을 받고 풀어줄 거 아니오."

"없습니다."

마스터는 단호하게 말하고 끊었다.

***

경찰 지휘부는 인질 가족들이 다시 합의를 끝내도록 시간을 주고 밖으로 나왔다.

"아침도 제대로 못 먹었는데 벌써 점심때군. 식사라도 하세."

민중수의 말에 팀장들은 고개를 끄덕이며 뒤를 따랐다. 그들은 옆의 천막에 마련된 자리로 가 배달된 지 상당히 지난 도시락을 뜯고 먹기 시작했다.

그들은 자신들이 먹는 도시락의 메뉴가 뭔지 알지도 못했고 관심도 없었다. 그저 묵묵히 뱃속에 새로운 에너지원을 채워 넣는 일만을 반복했다.

"처음부터 알아봤지만 저 마스터란 놈 만만하지 않아."

민중수의 말에 모두 고개를 끄덕였다.

"모두 다 같이 겪어봤지만 아무래도 전문가가 보는 게 낫겠지. 허교수가 보기엔 어떤가?"

허완은 그동안 메모해둔 수첩을 식탁에 펼치고 그것을 보며 말했다.

"인질범은 지금까지 자신에 대한 정보를 하나도 노출하지 않았습니다. 자신뿐 아니라 같은 편이 얼마나 되는지도 말하지 않았고, 인질에 대해서조차 아주 선별적인 정보만 알려줬습니다. 그건 모든 정보를 스스로 통제하고 있다는 뜻이지요. 말투는 굉장히 단호하고 확신에 차 있습니다. 자신이 모든 상황을 장악하고 있다는 것을 분명히 하고 있어요. 본인 스스로 알고 있고 우리 또한 알기를 원합니다. 전혀 감정이 흔들리지 않으며 냉철하고 인내심도 있어요. 그냥 있는 정도가 아니라 두려울 정도로 강합니다. 말의 내용을 보면 상당히 지적이고 논리적이며 설득력이 있습니다. 그럼에도 오만하지는 않아요. 내용과 다르게 말투는 오히려 예의 바르지요. 연령대는 30대 중반에서 40대 중반의 중부지방 출신으로, 학력은 최고의 과정을 마쳤거나 그와 같은 수준의 독학을 했을 것입니다. 직업은 교수나 작가 혹은 연구원일 가능성이 높은데 어느 쪽이든 강연을 많이 하는 편일 것입니다. 전공은 인문학이나 사회과학, 특히 심리학이나 법리학일 것으로 보입니다."

"그 정도면 꽤 성공한 인사일 듯한데?"

"그럴 수도 있고 아닐 수도 있습니다. 하지만 아닐 가능성이 더 높아 보입니다."

"왜?"

"그가 어떤 목적을 가지고 이 일을 벌였는지는 모르겠으나 사회적으로 성공했으면 지금까지 쌓은 걸 모두 버려야 할 각오를 하지 않으면 안 됩니다. 이 일로 얻을 것과 잃게 될 것의 무게가 다릅니다."

"무슨 뜻이죠?"

"사회적으로 성공했다면 이 정도의 일을 벌일 수는 없을 것이란 얘깁니다."

"이번 일을 벌임으로써 무엇을 얻고 무엇을 잃느냐?"

"실력에 비해 사회적 명성이나 지위, 또는 부는 크지 않다는 뜻입니까?"

"그렇게 생각됩니다."

강인후의 질문에 허완이 대답했다.

"그가 이번 일로 가진 걸 잃게 된다는 건 이 일이 실패로 돌아가거나 자신의 모든 것이 노출될 때의 얘기지요. 하지만 그렇지 않다면 그가 잃을 것은 없지 않습니까?"

"그럴 수 있을까요?"

"그만한 자신감이 있으니까 시작한 거겠지요."

"그 부분은 잘 모르겠습니다."

더 이상 할 말이 없는지 허완은 남은 도시락으로 젓가락을 가져 갔다.

*　*　*

인질 가족들이 아무리 논의를 해도 자신들의 뜻대로 상황을 바꿀 수는 없었다. 자식들의 목숨 줄을 쥐고 있는 자들에게 뭐가 통할까. 그들이 가진 재산이나 권력, 협박이?

나중에 자유로운 상태라면 모를까 지금은 아니었다. 기껏 할 수 있는 수단이 범인의 요구를 들어주지 않고 버티는 것이었다. 하지만 그렇게 시간을 보낸다면 어느 쪽이 더 손해일까. 자신들은 언론에 노출될 위험이 점점 높아지고 산장에 갇힌 자식이나 형제들은 고통을 받거나 목숨을 잃을 위험이 더 커진다.

그들은 지금까지의 지위와 재력을 얻기까지 항상 손익에 민감했다. 그렇게 해야만 이런 위치에 도달할 수 있었을 테니까. 그 손익에 의하면 자신들이 취할 수 있는 유일한 방법인 버티기도 결국 손해라는 것이 분명해졌다. 그들은 얼마 지나지 않아 인질범이 원하는 대로 해주는 것밖에 다른 수단이 없다는 것을 깨달았다.

그들은 다시 경찰을 불러 다이아몬드가 든 가방을 인질범에게 가져다주라고 말했다.

수사본부장은 부하 형사에게 무장대원을 대동하고 가방을 가져가도록 명령했다.

형사가 산장 현관에 이르러 문을 두드리고 물건을 가져왔다고 하자 안에서 문 앞에 놔두고 가라는 말을 했다.

셋은 가방을 문간에 두고 뒷걸음질로 물러나왔다. 잠시 후 문이 빠끔히 열리고 손 하나가 나타나 가방을 집어 들고 안으로 사라졌다.

***

토요일 오후 1시
산장 안

돼지 가면을 쓴 인질범이 여자들 중에서 고양이 가면을 쓴 여자를 불러냈다.

고양이는 주춤주춤 일어나 나왔다.

모든 인질들의 시선이 그녀에게 집중되었다.

인질범이 여자를 2층의 한 방으로 데리고 갔다. 그는 여자를 방 안으로 밀어 넣고 나서 문을 닫았다.

방 안에는 4인용 탁자가 하나 있고, 앞뒤에 의자가 하나씩 있는데 그녀가 들어선 탁자의 건너편 창가에는 여우 가면을 쓴 인질범이 앉아 있었다.

"거기 앉아요."

여우가 여자에게 말했다. 부드러운 말투지만 거역할 수 없는 위압감에 여자는 앞에 있는 의자에 앉았다. 두 손을 어떻게 할까 망설였지만 결국 가만히 무릎 위에 놓았다.

"단도직입적으로 말하지. 우린 원하던 걸 얻었기 때문에 인질들을 풀어주기로 했어. 물론 차례차례로. 그래서 첫 번째 석방되는 사람들 중에 당신을 넣기로 했어."

갑작스러운 말에 여자는 할 말을 잃었다. 그러다가 한참 만에 고개를 숙이며 고맙다는 말을 하려는데 마스터가 단, 하고 이어 말했다.

"당신이 한 가지만 해주면."

여자는 덜컥 하는 표정을 감추고 한참이나 마스터를 뚫어지게 노려보았다. 그리고 말했다.

"뭘 해달라는 거죠?"

대답 대신 마스터는 탁자 위에 있던 작은 상자를 밀어 보냈다.

"열어봐."

여자가 조심스럽게 상자를 여니 안에는 반짝이는 보석이 수십 개

들어 있었다.

"이게 뭐죠?"

"다이아몬드."

"이걸 어쩌라고."

"여기서 나갈 때 그걸 가지고 나가 보관하고 있다가 나중에 우리가 찾으러 가면 다시 돌려주는 거야."

"들키면, 들켜서 모두 빼앗기면 어쩌고요?"

"그러니까 안 들키도록 해야지."

"그래도 들키면?"

"상관없어. 난 당신을 믿고 맡겼으니 당신이 빼앗기든 아니든 우리가 되찾으러 갔을 때 돌려줘야 해."

"그런 말도 안 되는……."

"정말 말이 안 된다고 생각하나? 그럼 하지 않겠다고 하면 돼."

"하지 않으면 어떻게 되죠?"

"풀려나는 게 뒤로 밀리는 거지. 물론 당신이 생각하는 것처럼 늦게 석방될수록 위험부담은 더 커져. 왜냐하면 나중 일이란 아무도 모르는 법이니까. 아, 한 가지 조건이 더 있군. 당신이 이 일을 무사히 끝낸다면 그 다이아몬드의 10퍼센트를 수고비로 주도록 하지. 물론 당신이 원하는 대로 현금이나 다이아몬드 중 어떤 것으로든. 당신이 지참해서 보관해야 할 다이아는 5억쯤 되니까 5천만 원이 당신 몫이지."

말을 마치고 마스터는 한참이나 여자의 눈을 바라보았다.

"아까도 말했지만 당신이 하겠다면 그걸 믿고 나는 내보내줄 거야. 나가서 경찰에 빼앗기든 자진신고를 하든 관계없이 당신을 찾아가 그대로 받아낼 거고. 그건 믿어도 좋아."

"이걸 어떻게 숨겨 나가죠?"

"그건 당신이 생각해내야지. 나갈 때 당신 소지품을 모두 돌려줄 테니까 그 속에, 화장품의 크림 속이나 아니면 가방을 찢고 그 안에 숨기거나, 하이힐 굽을 파고 그 안에 집어넣거나, 그조차 불안하면 삼켰다가 나중에 화장실에서 건져내거나. 생각해보면 감출 곳은 의외로 많은 법이거든."

"언제까지 결정해야 하죠?"

"이 자리에서 결정해야 해. 단 시간은 얼마든지 주지, 한 시간이고 두 시간이고. 중요한 일이니까 신중하게 결정해야 하는 건 당연한 법이지."

그 말을 끝으로 두 사람 사이를 침묵이 가로막았다.

대신 멀리서 알 수 없는 소리가 끊임없이 들렸다.

한참이나 시간이 흘렀다. 어느덧 30분쯤 지났을 때 여자가 대답했다.

"하겠어요."

대답을 한 순간, 그녀는 이들의 공범이 되었다는 것을 깨달았다. 이번엔 마스터가 그녀의 눈을 뚫어지게 보다가 말한다.

"당신을 믿어."

그리고는 좀 더 큰 상자를 탁자 위에 올리고는 여자 쪽으로 밀어 놓았다.

"당신 소지품. 모두 가지고 옆방으로 가서 최대한 완벽하게 준비한 뒤 기다려요."

그가 탁자를 세 번 두드리자 돼지 가면이 들어와 여자를 데리고 나갔다.

　여자는 옆방으로 인도되었다. 혼자 들어선 그녀는 방 안을 두리번거리며 살펴본 후 이곳이 어떤 용도인지 알아차렸다. 거긴 가위와 칼도 있고 바느질감도 있고 강력한 접착제도 있고 머리띠도 있고 쉽게 벗겨지지 않는 가발도 있었다.

　자신이 물건을 숨길 어떤 것을 생각했을 때, 그 생각을 실현시켜줄 모든 물건이 다 있다는 걸 알 수 있었다.

　어떤 물건은 그녀가 미처 생각하지 못했던 것을 생각할 수 있게 해주기도 했다. 그녀는 자신에게 주어진 보석의 양을 가늠해보고 무엇을 어떻게 준비해야 할지 곰곰이 생각했다. 그리고 얼마 후 손발을 움직여 일을 시작했다.

　그렇게 한참 시간이 흐른 후 그녀는 아무 일도 없었던 것처럼 의자에 앉아 기다렸고 그러자 잠시 후 돼지 가면이 들어와 그녀를 데리고 그 다음 방으로 안내했다.

　그 이후로 다른 여자들이 마스터가 있는 방으로 안내되어 들어와 같은 제안을 받고 오랫동안 생각하다가 일부는 받아들이고 일부는 거절한 후 제자리로 돌아갔다.

　제자리로 돌아간 여자들은 제안 받은 사실을 입 밖에 낸 순간 개죽음을 당할 거라고 입단속이 된 상태였다.

＊＊＊

　허완이 가지고 있는 서성희의 휴대폰에 이한울의 문자가 도착했다.

-한 시간 전부터 인질범이 여자들을 한 명씩 2층으로 불러들이고 있어요.

-한 명씩?

-예, 그렇습니다.

-주범이 2층에 있다는 뜻인가요?

-그렇게 보입니다. 피터팬 가면을 쓴 인질범이 우리 쪽을 감시하고 있고 돼지 가면
 이 여자들을 골라 2층으로 데리고 갑니다.

-돼지 가면?

-범인들이 쓰고 있는 가면들이 바뀝니다. 아마 고정된 이미지를 주지 않으려는 의
 도로 보입니다.

-그 사람들이 여기서 여럿 가운데 섞여 있다면 알아볼 수 있겠습니까?

-몸짓이나 행동을 자세히 보면 알아볼 수 있겠지만 장담할 수는 없습니다.

-주범이 여자들을 불러서 무얼 하려는 것 같습니까?

-글쎄요. 다른 정보가 없어서.

-어떤 성적인 행위를 강제로 하려 한다는 느낌은?

-그럴 수도 있겠지요. 근데 그럴 경우 공범들끼리 나누는 게 상례일 거 같은데 그
 렇지는 않고, 또 불러올린 여자들 가운데 10여 분 뒤 다시 원위치로 돌려보낸 게
 두 명에 하나 꼴로 되거든요.

-음, 우리가 두 시간쯤 전에 범인들이 요구한 몸값을 보냈습니다. 그 후에 여자들
 을 먼저 석방한다고 했으니 아마 풀어줄 인질을 선별하는 절차 같군요.

-처음 석방할 인질을 선별한다고요, 어떤 기준으로?

-우리야 알 수 없지요. 이 경위가 알아낼 방법은 없습니까?

-저 역시 전혀 없습니다.

-여자들 족과는 의사소통을 할 수 없나요?

-엄격하게 통제하고 있습니다. 가까이 있는 사람들끼리의 귓속말 정도나 할 수 있

어요.

─쪽지 전달 같은 것도?

─소지품은 거의 압수되었는데 혹시 가지고 있는 사람이 있는지 확인해보고 다시
연락드리겠습니다.

─예, 기다리죠.

＊

열 명이 채워지자 마스터는 A4 용지에 인쇄된 여자들의 명단을
다시 한 번 면밀히 검토했다.

명단에는 여자들의 사진과 이름, 주소, 연락처 등이 꼼꼼히 채워
져 있었다. 흡사 개인별 이력서 묶음 같았다.

그는 종이를 하나하나 넘기면서 두 명의 여자를 오랫동안 들여다
보았다. 그리고 이름 옆에 브이 자로 체크 표시를 남겼다. 그리고 그
것을 책상 서랍에 넣고 옆의 옆방으로 갔다.

그곳에는 그의 제안을 수락하고 1차로 석방되기로 한 여자들이
모여 있었다.

그가 들어서자 여자들은 불안과 기대가 섞인 눈빛으로 그를 올려
다보았다. 마스터가 말했다.

"이제 곧 여러분은 이 산장을 나가게 될 것입니다. 한 줄로 이 친
구의 뒤를 따라가서 문이 열리면 그대로 걸어서 경찰이 있는 쪽으
로 가면 됩니다. 그쪽에 도착해서는 가면을 벗어도 됩니다. 도착하
면 그냥 귀가시키진 않을 겁니다. 아마 개인별로 심문이 있을 텐데,
여러분이 여기서 겪은 그대로 말하면 됩니다. 다만 무엇을 말하고

무엇을 말하지 말아야 할지는 여러분이 잘 알 겁니다. 그러면 자, 일어서서 나오세요. 하룻밤 동안 고생 많았습니다. 문을 나서면 두 팔을 머리 위로 들고 가세요. 안녕히 가세요."

그의 말에 어떤 감정의 흐름을 느꼈다든지 울컥하는 마음이 생긴 사람도 있었을지 모르나 가면에 가려 나타나지 않았다. 다만 여자들은 총을 든 돼지 가면의 뒤를 따라 조용히 움직였다.

이윽고 돼지 가면은 현관문을 열고 밖에서 보이지 않게 그늘 속에 몸을 감추고는 여자들에게 나가라고 손짓을 했다.

여자들은 양손을 들고 쭈뼛거리며 밝은 대낮으로 나갔다.

첫 번째 여자가 나서고 10초 정도 지난 후에 다음 여자가, 또 그만큼 뒤에 다음 여자가 뒤를 이었다.

수많은 사람들의 눈빛과 카메라 렌즈와 총구들이 일렬로 산장을 나서는 여자들에게 집중되었다. 일정한 거리 안으로 접근하지 못하도록 통제된 매스컴의 카메라들은 현장이 잘 보이는 곳을 점거하여 한 명 한 명 산장을 나서는 여자들의 모습을 담아내기에 바빴다.

여자들은 처음 이곳에 왔을 때와 똑같은 차림으로 나섰지만 똑같은 심정은 아니었을 것이다. 아무래도 그들은 발가벗겨진 채 거리에 나선 것 같은 느낌이었을지 모른다. 그래서 가면이 더 필요했을지도 몰랐다.

수사본부는 곧 인질 열 명이 석방된다는 통보를 받았지만 그들이 누구누구인지는 알 수 없었다. 그저 주는 대로 받아먹으라는 뜻인 것 같았다.

인질범이 억류했던 사람들을 풀어주면서 그들의 신원을 알려줄 의무는 없었다. 물론 몇 분이라도 미리 알게 되면 그만큼 좋은 점이 있기는 있을 테지만, 인질의 신원을 확인하고 심문하는 데도 시간이 걸리고 경찰력이 동원되는 까닭에 범인들로서는 더 그럴 이유가 없을 것이다.

어쨌건 범인이 요구하는 대로 돈을 주기는 했으나 그 대가로 인질이 풀려나니 가시적인 성과는 있다고 보아야 했다. 입을 한껏 벌리고 먹이를 기다리는 새의 새끼들과 같은 기자들을 모아놓고 경과를 설명하는 공보팀장은 특히 그 점을 강조했다.

"저희 수사요원이 인내를 가지고 협상을 계속해서 처음으로 인질이 석방되는 결과를 얻을 수 있었습니다. 잠시 후 열 명의 인질이 우선해서 나오게 될 겁니다. 참고로 먼저 석방되는 인질은 여성들입니다."

"여성을 먼저 석방하도록 경찰이 요구했습니까?"

"협상의 구체적인 내용은 아직 밝힐 수 없습니다."

"범인들이 인질을 석방하는 대가로 요구한 것은 무엇입니까?"

"그것 또한 아직 밝힐 수 없습니다."

"몇 시간 전에 두 명의 낯선 사람이 가방을 들고 수사본부로 들어갔는데 그게 범인들이 요구했던 거 아닙니까?"

"수사 기밀이어서 아직 밝힐 수 없습니다."

"돈인 건 맞지요?"

기자들은 끈질기게 의혹을 쏟아냈지만 공보팀장은 앵무새처럼 같은 말을 반복했다.

***

토요일 오후 4시
산장 밖

여자들이 하나 둘 경찰 진영으로 들어서자 전담 경관들이 재빨리 뭇 시선으로부터 그들을 차단하고 차량들 사이로 안내했다.

곧 임시 천막에 이르러 여자들은 모두 안으로 들어서고 정복의 무장 경관들이 천막을 에워쌌다.

천막 안에는 의료 장비를 갖춘 의사와 간호사들이 있었고, 그들 옆에는 몇 명의 형사와 여경들이 함께 있었다. 경찰 간부 한 명이 풀려난 여자들을 안심시키며 말했다.

"여러분의 건강 상태를 체크하고 별 이상이 없으면 간단하게 몇 가지 질문을 하고 바로 쉬게 해드리겠습니다. 걱정 마세요. 가면은 모두 벗어도 됩니다."

그 말에 여자들은 주춤주춤 가면을 벗었다. 그리고 서로의 모습을 낯선 시선으로 바라보았다. 하룻밤을 같은 곳에서 같은 처지로 같이 보냈지만 얼굴을 본 것은 처음이었다.

그들은 서로는 낯선 눈으로 보았지만 다른 사람들, 경찰이나 의료진은 제대로 바라보지 못했다. 뭔가 떳떳하지 못한 느낌이 들었다.

그들은 곧이어 세 팀의 의료진 앞에 앉아 진료를 받았다. 의사들은 진단서에 이름과 나이, 연락처 등을 물어서 받아 적고 질문을 했다. 어디 다친 데나 아픈 곳이 있나요, 걷기가 불편하거나 팔이 안 움직인다거나 하는 건 없나요, 몸이 불편하면 말씀해주세요. 등등의

문진에 여자들은 간단히 대답했다.

혈압과 맥박 체크, 동공 검사, 청진기를 통한 검진 등 신체의 이상 유무를 꼼꼼하게 살폈다. 검사 결과 모두 별 이상이 없는 것으로 확인되었다.

곧 이어 진료가 끝난 순서대로 다음 천막으로 안내되었는데 거기서는 정신과 의사로부터 인질로 있으면서 정신적 외상을 얼마나 받았는지 검사가 이루어졌다. 여기서는 상당수가 공포와 긴장으로 인한 스트레스와 심리적 불안장애가 발생한 것으로 판명되었다.

그로 인해 의사들과 경찰 사이에 논쟁이 벌어졌다. 경찰은 당장이라도 심문을 해야 하겠다는 입장이고 정신과 의사들은 심리적 안정을 취한 후에나 가능하다고 주장했다.

얼마 후 경찰 쪽에서 타협안을 제시했는데, 같은 인질로 있었다고 해도 스트레스와 불안을 느끼는 데 개인차가 있지 않느냐, 정신적 손상을 별로 입지 않은 사람도 있을 것 같다, 그쪽을 먼저 심문하면 어떻겠느냐, 하니 의사는 그건 가능할 듯하다고 하며 비교적 안정적인 사람들을 두어 명 지명했다.

임시 진료실 옆에 마련된 텐트가 심문을 위해 사용되었다.

그 텐트는 사방이 무장 경찰에 의해 봉쇄되어 있고 안에는 몇 시간 전에 구성된 심문전담반이 자리를 잡고 있었다.

심문전담반은 10여 명이었다. 그중에서 여경이 셋이었는데, 인질이 여성일 경우 반드시 여성이 심문하는 조에 포함되어야 한다는 내부 규정 때문이었다. 이번 사건처럼 화제의 폭발력과 선정성이 강한 경우에는 사소한 일 하나하나에 신경을 써야 했다. 돈 많은 자들의 음란하고 퇴폐적인 파티에 참가한 여자들이라는 낙인이 그들에 대한 선입견을 단번에 결정지으리라는 건 불을 보듯 뻔했다.

경찰이라고 해도 그 선입견에서 자유로울 수 없으리라. 그런 까닭에 여자들에 대한 심문에 여자 경찰이 무조건 배석해야 한다는 경찰 수뇌부의 결정은 꽤 현명한 것이었다.

심문을 위한 자리는 심문전담 요원으로 남녀가 한 명씩 앉아 있었다. 그런 자리가 세 개 마련되어 있는데 경관의 안내에 따라 들어온 두 명의 젊은 여자가 각각 한 자리씩 배정되어 전담반의 앞자리에 앉았다.

둘 다 길만 지나가도 남자들의 시선을 몇 번이나 받을 만큼 예쁜 얼굴이었다. 남자 전담요원이 먼저 설명을 했다.

"이혜승 씨, 그동안 고생하셨지요. 본 심문은 청계산장 인질사건 수사를 위한 보조 질문으로 특정 질문에 대답하기를 원하지 않는 경우 대답을 안 하셔도 됩니다. 그리고 질문에 대한 대답은 모두 비공개로 수사를 위한 자료로만 사용될 뿐 수사가 끝난 뒤에는 모두 폐기할 것입니다. 그러니까 어떤 대답을 해도 걱정할 필요가 없다는 겁니다. 이해했습니까?"

"예."

"그러면 시작하겠습니다."

그는 앞에 놓인 서류철을 들여다보며 여자의 이름과 주소, 주민등록번호 등을 하나하나 읊으며 본인이 맞는지 확인했다. 여자는 그렇다고 대답했다.

"산장 파티에는 어떻게 가게 된 겁니까?"

"아는 친구가 같이 가자고 했어요."

"아는 친구는 누구죠?"

"김제영이라고 합니다."

심문관이 그 이름을 빈 공책에 적어 넣었고 옆의 여자 요원은 여러 명이 이름이 인쇄된 서류철을 뒤적이며 그 안에서 김제영이라는 이름을 찾았다.

임시주차장에 주차된 차량들을 통해 확보된 고급 차들의 주인 중에 이름이 있었다. 그녀는 그 이름 옆에 이혜승이라는 이름을 적어 넣었다.

"김제영은 어떻게 아는 친구입니까?"

"저희 가게에 손님으로 왔다가 친하게 된 사이예요."

"가게라, 가게 이름이?"

"유원이라고 하는데……."

"뭐하는 곳인데요?"

"불필요한 질문입니다."

옆의 여경이 끼어들었다.

"그래도 직장인데……."

심문요원은 여경을 힐끗 바라보며 중얼거렸다.

"이번 사건과 상관없는 거잖아요. 그리고 이혜승 씨는 용의자도 아니고."

"용의자인지 아닌지는 조사를 더 해봐야 아는 거고. 좋아요, 그럼 다음으로 넘어가서 김제영 씨는 뭐하는 사람이죠?"

"신사동에 있는 성형외과 원장이라고 알고 있어요."

형사는 본인도 그 병원에서 미용 수술을 받았나요, 라는 질문을 할 뻔했는데 옆에 있는 여경을 의식해 입 밖에 내지 못했다. 질문에 검열이 생겼다는 걸 인정한 셈이었다.

"김제영 씨가 뭐라고 하면서 가자고 했습니까?"

"주말에 재미있는 파티가 있으니 같이 가서 놀자, 뭐 이렇게 말했어요."

"아, 그래서요?"

"그래서 금요일 오후에 그분이 픽업하러 와서 같이 타고 온 거예요."

"도착한 시간은?"

"저녁 6시쯤 되었을 거예요."

"와서는 바로 파티에 참가했습니까?"

"예."

"가면은 뭘 썼습니까?"

"오드리 헵번이요."

"김제영 씨는?"

"늑대인간이던가, 울프 뭐라고 하는."

"가면은 계속 같은 걸 쓰고 있었나요?"

"예, 그래요."

"김제영 씨나 다른 사람도?"

"아마 그럴 거라 생각합니다. 중간에 바꿀 수 있다고 들은 거 같긴 한데……."

"바꾼 사람이 있는지는 모르겠다?"

"맞아요."

"그 밖에 다른 사람은 아는 이가 있었습니까?"

"하나도 없었어요."

"범인이 총격을 벌이면서 인질사건이 시작된 게 9시경이었다고 했는데 그때까지 뭘 했습니까?"

"그냥 칵테일과 음식 등 이것저것 먹고, 음악 감상하고 몇몇 사람들과 같이 춤추며 이야기하고, 또 테이블에서 포커나 게임하는 거 구경하고. 그러다 보니 시간은 금방 가던데요."

"같이 간 파트너와 붙어 있지 않았나 보죠?"

"그분은 그분대로 할 일이 많다 보니까. 주로 게임 테이블에 있었어요."

"범인 중 한 명이 총을 쏘면서 사건이 시작되었다고 했는데 총소리를 들었나요?"

"당연히 들었죠. 큰 홀이라고 해도 어차피 같은 공간이니까."

"그 전에 벌어진 상황은 알고 있었습니까?"

"아뇨, 잘 몰랐어요. 약간 술을 마신 데다가 누군가와 춤을 추고 있었거든요."

"총소리가 난 후에는?"

"모두 무슨 일인가 싶어 그쪽으로 돌아봤죠. 저도 마찬가지고요. 두 사람이 마주보고 있었는데 둘 다 몸집이 컸어요, 꽤나. 근데 한 사람이 갑자기 쓰려졌어요. 몇몇 여자들은 비명을 질렀고요. 어머, 어떡해, 이런 소리도 냈어요. 얼마나 그대로 멈춰 있었는지는 모르겠는데 얼마 후 남자들이 총을 쏜 곰 가면에게 다가가려 했는데 그 뒤쪽에서 누군가 나타나서 총을 빼앗았어요. 그리고 어딘가를 향해 총을 두 방 쐈어요. 여우 가면을 쓴 바텐더였던 거 같은데, 그 사람이 우리에게 말을 하기 시작했죠. 여러분은 지금부터 인질이 되었습니다, 뭐 이렇게 시작했던 거 같아요."

"그러니까 곰 가면이나 여우 가면을 쓴 바텐더나 모두 그 전부터 파티장에 있었지요?"

"아마 그랬던 거 같아요."

"혹시 산장의 주인이 누군지 알고 있었습니까?"

"그건 알고 있었어요. 조성주 씨는 그 전부터 저희 업계에서 꽤
알려진 분이었거든요. 가게에도 자주 오는 편이었고 매너 좋고, 돈
잘 쓰고. 그래서 저도 선뜻 파티에 참석한 거예요."

"평소에도 알고 있었나요?"

"몇 번 얘기는 했어요."

"그럼 그도 산장에 있었습니까?"

"……있었다고 생각해요."

"만나서 얘기를 나누었나요?"

"그건 아니지만 그분과 비슷한 체격의 인물을 봤고 그분의 목소
리를 들었으니까요."

"확실합니까?"

"백 프로 확신하지는 못하지만, 그렇다고 생각합니다."

"기억나는 가면들은 어떤 것들이 있었나요?"

"곰, 여우, 신데랄라, 피터팬, 드라큘라, 돼지, 배트맨……."

"남녀로 구분해서 좀 자세히 말해보세요."

"모두요?"

"예, 가능한 모두. 시간은 충분히 드릴게요."

***

얼마 떨어지지 않은 다른 테이블에서는 주로 여자 심문관이 질문

을 했기 때문에 분위기가 부드러운 편이었다.

그쪽도 인질과 증인으로서의 신분 확인부터 시작해 산장 파티에 오게 된 경위, 산장에서 주로 한 일과 있었던 일, 만났던 사람과 이야기한 내용, 범인들에 대한 인상 및 범행 경과에 대한 질문이 계속되었다. 그리고 마지막으로는 조성주에 대한 것으로 끝났다.

그 이후로 나머지 증인들에 대한 심문이 이어졌는데 그들은 유흥업에 종사하는 이들이 많았고 그밖에 평범한 회사원, 어느 정도 이름과 얼굴이 알려진 연예인, 대학생 등도 포함되어 있었다.

연령대는 20대 초부터 30대 중반까지 다양했는데 한 가지 공통점이라면 모두 상당한 미인이라는 점이었다. 그럴 수밖에 없을 것이다. 이런 파티에 초대받아 올 정도면 재력이 있든지 아니면 다른 매력이 있어야 했을 테니까.

산장 파티에서의 일은 모든 증언이 거의 비슷했고, 산장에 오게 된 경위는 대부분 파트너인 남자들의 제의에 따라 오게 되었는데 그중 한 명은 직접 조성주의 초대를 받고 왔다고 했다. 그녀는 평소에 조성주와 알고 지내던 한 중견 기업 회장의 외동딸이었다.

그녀는 조성주와 친하게 지내고 있다고 했지만 그게 어느 정도인지는 밝히지 않았다. 심문 요원이 썸? 했을 때도 약간 고개를 갸웃거릴 뿐이었다.

조성주에 대한 질문에서는 인질들의 증언이 몇 가지로 갈렸다. 우선 조성주를 아는 사람과 모르는 사람은 정확히 반으로 나뉘었다.

아는 사람 중에서는 파티에 그가 있었다고 믿는 사람이 두 명이었고, 나머지는 알 수 없다고 했다. 기업 회장의 외동딸은 잘 모르겠다고 대답한 쪽이었다.

그렇게 열 명의 인질이자 증인에 대한 심문이 끝난 것은 3시간 정도 지난 후였다. 그들은 이름과 연락처 그리고 주소 등 기본적인 신원이 명확히 해명되었고 사건의 피해자인 인질이라는 사실 또한 확인되었을 뿐만 아니라 증언도 확보했기 때문에 더 이상 사건 현장 가까이 붙잡아 둘 수는 없었다.

그렇다고 개별적으로 귀가시킬 경우 매스컴에 노출되는 건 뻔했다. 본인이 원하지 않는데 신원이 공개되는 건 또 다른 피해가 발생할 수 있고 사실 이 두 번째 피해가 인질로서의 피해보다 훨씬 더 깊고 길게 이어질 수 있었다. 이 때문에 경찰은 이들을 어느 정도까지 보호해야 할지 한동안 내부에서 설전을 계속했다.

가볍지 않은 논쟁 후 아직 사건이 진행 중이고 나중에 다른 증언을 청취하게 될 수도 있기 때문에 멀지 않은 병원에 최소한 하루 정도 격리수용해 보호하기로 결정이 되었다. 물론 그동안에도 각자의 집에는 연락을 취할 수 있도록 하고 꼭 귀가할 필요가 있다고 여겨지면 집에 보내주도록 했다. 문제는 수많은 눈들이 이곳으로 몰려 있다는 점이었다.

경찰은 난데없이 열 명이나 되는 미인들을 극비리에 빼돌리는 작전을 구상하느라 애를 먹어야 했다.

1차로 인질이 석방되고 그들의 신원이 밝혀지자 그들 중에 왜 자기 자식이 없냐는 인질 부모들의 항의가 빗발쳤다.

석방된 여자들 중에는 그들의 자식이 없었다. 그들은 왜 내 돈 내고 엉뚱한 년들이 덕을 보는지 모르겠다고 항의했다. 그 항의를 경찰 수뇌부가 받아내야 하는 바람에 모두 진을 뺐다.

"말해보세요, 몸값은 우리가 냈는데 왜 다른 여자들이 풀려나느냐고요."

"아드님도 곧 풀려날 테니 조금만 더 기다려보세요."

"조금만 더 언제요?"

"인질범들과 다시 연락해보겠습니다."

간부들은 부하들에게 떠맡기고 부하들은 상사에게 떠맡기느라 정신이 없었다.

이래저래 경찰은 문제를 해결하기에 바쁜 척 분주하게 움직였다. 쓸데없이 천막을 들어왔다 나갔다, 풀려난 인질의 상태는 어떤가, 언론에서는 얼마나 알고 있어? 하며 서로 묻고 대답하고.

그러는 가운데 마스터로부터 곧 두 번째 석방이 시작된다는 통고가 왔다.

경찰과 가족들은 다시 긴장과 함께 기대에 부풀었다. 여전히 적에게 일방적으로 끌려 다닌다는 혐의가 없지 않았으나 어쩔 수 없는 일이었다. 마스터는 이번에도 풀려나는 인물의 신원은 알려주지 않았다.

경찰과 인질 가족 그리고 기자와 카메라맨들의 시선이 산장의 현관문을 주시했다. 이번엔 누가 나올까, 물론 이번에도 인질들은 가면을 쓴 채 나올 것이다.

이 사실을 널리 알리는 게 목적인 매스컴을 제외하면 가면은 나머지 모두에게 좋았다. 인질과 가족뿐 아니라 경찰도 그들의 얼굴이 그대로 드러나는 걸 원하지 않았다. 이번에는 인원이 일곱 명이었다.

해가 산 너머로 기울어지는 오후, 그늘진 산장 정면의 문이 열리고 한 사람씩 양팔을 머리 위로 올리고 나오기 시작했다.

같은 편이라도 앞에서 빨리 달려오면 자동적으로 긴장하고 두려움을 느끼는 법이다. 인질의 입장에서도 안전한 곳으로 나서게 되면 아무래도 발걸음이 빨라지게 마련이다. 그런데 1차 때나 이번에나 인질들은 침착하게 손을 높이 들고 일정한 간격을 두고 천천히 걸어 나왔다. 더구나 양 팔을 머리 위로 올리고.

적이든 같은 편이든 무장을 하지 않고 공격적이지 않다는 게 확인되면 긴장이 풀리고 마음이 놓인다. 마스터가 그렇게 하라고 시킨 것이 분명했다. 사소한 것 같은데 실은 아주 섬세한 배려다.

이런 인물이 일을 꾸민 것이다. 허완은 문득 두려움과 전율을 느꼈다.

***

풀려나는 인질의 수가 늘어날수록 경찰은 더 바빠졌고 방송과 신문사 기자들은 더 몰려들었다. 경찰이 느끼는 불안은 아직까지도 범인들의 정체를 모른다는 데 있었다. 처음부터 끝까지 인질이든 인질범이든 모두가 가면을 쓰고 있었던 까닭도 명백하다. 인질들끼리도 서로를 구별할 수 없는데 그 속에 인질범이 있다 한들 어떻게 알겠는가. 바로 인질과 인질범의 구별을 없앤 것이다.

그렇다면 이제부터는 풀려나는 인질들 속에 인질범이 섞여 있을 수도 있다. 그럴 경우 인질범이 흉기나 수상한 물건을 소지했을 가능성은 없지만 신원 확인과 더불어 소지품 검사도 철저히 해야 했다.

1차로 인질이 풀려난 지 세 시간 만에 2차 석방이 이루어졌기 때문에 경찰과 의료진은 더 바빠졌다. 쉬지도 못한 채 다음 환자를 받아야 하는 격이었다.

건강검진의 경우 여자에 비해 남자들은 너무 건성으로 보고 넘기는 경향이 있었으나 이를 두고 항의하거나 불만을 품은 사람은 없었다. 더구나 이번에는 몸값을 지불한 인질 가족의 자식들이 있는지 확인하는 바람에 소동이 계속되었다. 2차로 풀려난 일곱 명 중에서 몸값을 낸 가족의 자제는 둘이었다.

그들은 경찰에 간단한 신원 확인만 하고 끝내도록 압력을 넣었고 경찰 고위층에서도 그들이 피해자임이 분명하고 신원이 확실하다는 이유로 바로 귀가 조치하라고 지시했다.

그들은 풀려난 아들을 데리고 미리 예약해둔 서울대병원으로 달려갔다. 사건현장에서 가까이 있는 병원 가운데 가장 좋은 곳이었다.

같이 풀려난 여자들 중에는 서울대병원의 간호사도 있었다. 30대 중반으로 나이도 꽤 되는데 어떻게 파티에 초대받을 수 있었는지 의아해하기도 했으나, 그녀가 워낙 뛰어난 미인인 데다가 그녀를 파트너로 데리고 간 남자가 바로 같이 풀려난 의사요, 재력가의 아들이라는 점에서 깊은 심문 없이 바로 직장에 복귀할 수 있었다.

나머지 가족들은 왜 자기네 자식들은 풀려나지 않느냐고 항의했다. 물론 경찰이 대답해줄 수 있는 문제가 아니었지만 대답해줄 수 없다는 것에 부끄러움을 느껴야 했다. 왜 그렇지 않겠는가. 협상을 통해 그들을 우선 석방시키지는 못하더라도 어떤 순서로 언제쯤이면 풀려날 수 있는지는 알았어야 하지 않을까.

허완이 마스터에게 전화를 걸었다.

"인질은 계획대로 풀어주고 있는 겁니까?"

"보시는 대로입니다."

"특별한 순서가 있습니까?"

"그렇다고 볼 수 있지요."

"그걸 좀 알 수 있나요?"

"아뇨, 미리 다 얘기해버리면 애써 일을 계획한 보람이 없거든요."

"밖에서 애타게 기다리는 가족이 있습니다. 이분들은 몸값을 지불했어요."

"교환이란 언제나 동시에 이루어지는 건 아닙니다."

"그건 무슨 뜻입니까, 계획한 보람이란 건 또 뭡니까?"

"나중에 다 알게 됩니다."

"나중에 뭘 알게 된다는 거죠? 아니 인질을 모두 풀어주기는 하는 겁니까?"

"예, 어떤 식으로든."

마스터는 바로 전화를 끊었다.

***

장시간에 걸친 심문 결과 여자들은 거의 인질범들, 특히 주범인 여우 가면에게 상당한 호감을 품고 있다는 것이 밝혀졌다. 설마 만 하루도 지나지 않았는데 스톡홀름 증후군이란 말인가.

허완은 마스터의 행동 패턴에 주목했다. 처음 총질과 거친 언행으로 인질의 신체뿐 아니라 감정까지 장악했다. 그 다음엔 단호하고 절제된 어투와 정확한 지시로 일사불란하게 통제했으며 지시를 잘 따랐을 경우 안전을 보장해줌은 물론 화장실 이용과 식음료 제공 등 적절한 보상까지 해줌으로써 단순한 납치범이 아니라 자신들의 운명을 좌우하는 존재로까지 인정받았다.

마스터는 심리학에 정통한 걸 넘어서 완벽하게 적용했다.

반면 남자들은 약간 달랐다. 그들도 마스터의 카리스마는 인정했지만 두려움과 증오와 같은 다른 감정도 섞여 있었다. 강한 질투를 품은 사람도 있었다.

좀 더 순화해서 마스터에 대해 선망의 감정을 품은 사람도 있었다. 어쨌든 무력을 사용했고 조력자도 있었지만 30여 명이나 되는 인질을 완벽히 장악했다는 것은 분명해 보였다.

풀려난 남자들을 통해 파티가 어떻게 시작되었는지 드러났다. 파티 참가자들은 최근 한 달 사이에 조성주로부터 직접 문자로 초대장을 받았던 것이다. 통화까지 한 사람도 몇 명은 되었다. 파티의 초대장은 간단했다.

특별한 파티 회원 모집, 회비 300, 시간과 장소는 추후 통보.

회비가 300만 원이라면 특별할 수밖에 없을 것이다. 모두 잔뜩 기대를 했고 그 기대에 맞는 파티가 열렸다. 다만 그 결과가 예상 밖이었을 뿐이다. 어떤 의미에서는 그만큼 값진 경험이었을 수도 있었다.

이렇게 하나하나 드러날수록 더 오리무중인 것이 바로 조성주라는 인물의 존재였다. 현재까지 알려진 것은 그가 청계산장 파티의 주최자이면서 몸값을 낸 인질 중의 한 명이라는 사실이었다. 수사팀의 형사 이수경은 백보드에 동그라미를 그려 가며 의심스러운 점들을 지적해 나갔다.

"조성주가 두 달 전 아무도 모르게 귀국한 뒤부터 한 일은 청계산장의 파티를 계획한 것입니다. 오래되고 낡은 산장을 리모델링했으며 15~20명에게 초대장을 발송했습니다. 그리고 파티의 출장연회사를 정해 계약을 했고, 파티 당일에는 호스트로 참가했으며 마침내 인질이 되었습니다. 그런데 한편 마스터를 보면 이 파티를 계획한 것으로 추정되고 산장의 리모델링도 한 것으로 여겨집니다. 왜 그렇게 생각하느냐면 리모델링한 내용이 완전히 인질극을 벌이기 좋도록 이루어진 것으로 보이기 때문입니다. 출입구는 철문으로 하고 창문이란 창문은 다 셔터를 내릴 수 있도록 했으며 곳곳에 카메라를 설치한 것, 또 폭발물까지 매설했으니까요. 마스터는 파티에도 호스트로 참가했으며 마침내 인질범이 되었습니다."

그리고 그녀는 자신의 발언 내용을 정리해 적어 넣었다.

조성주가 한 일 : 파티의 기획, 초대장 발송, 청계산장의 리모델링, 파티의 호스트로 참가(?), 인질이 됨
마스터가 한 일 : 파티의 기획(?), 청계산장의 리모델링, 파티의 호스트로 참가, 인질범이 됨

"이렇게 보면 두 사람은 행적이 상당 부분 겹칩니다. 여기에 대해서 몇 가지 가설이 있을 수 있습니다. 첫째, 조성주와 인질극의 주범은 동일인물이다. 그러니까 조성주가 인질극을 벌이고 있다. 둘째, 조성주가 파티를 계획하고 실행하는 중에 범인이 자신의 목적을 위해 끼어들었다. 셋째, 범인이 조성주를 붙잡고 협박해서 이와 같은

일을 하도록 했다. 즉, 마스터가 뒤에서 조종을 하고 조성주는 전면에 나서서 이 일을 했다. 넷째, 두 사람은 공범이다. 마지막으로는 인질범이 조성주의 흉내를 내거나 그로 변장해서 이 모든 일을 계획하고 실행한 것이다. 어떻게들 생각하십니까?”

“수사팀이 이런 가설을 내기까지 취합된 정보들이 모두 객관적인 ‘사실’인 건 아니지 않은가?”

“그건 그렇습니다.”

“그럼 더 사실이 밝혀지고 이미 수집된 사실들 중에서도 진위가 밝혀지면 다섯 가지 가설 가운데 하나로 정해지겠군.”

“그렇죠.”

“그렇다면 현재 알려진 사실만으로 보면 지금 산장에 마스터와 조성주가 같이 있는 것으로 보이니까 첫 번째와 마지막은 제외되겠네요.”

허완이 말했다.

“그렇긴 한데 우리가 직접 확인을 하지 못한 까닭에 1인 2역을 하고 있다고 볼 수도 있습니다.”

“마스터는 음성 변조를 하지 않고 본인의 목소리로 우리와 통화를 하고 있습니다. 그럼 조성주와 동일인물인지 아닌지 확인할 수 있지 않겠습니까?”

“두 사람의 목소리가 같지 않다는 건 조성주의 형이 증언하고 있으니 첫 번째 경우는 아니라고 봅니다.”

“조성주가 자신이 가진 것을 다 날릴지도 모를 일을 꾸밀 만한 동기가 도무지 없으니 첫 번째와 함께 네 번째도 제외해야 할 것 같습니다.”

"그럼 가장 유력하게 남은 게 두 번째와 세 번째 경우인데 두 번째는 우연적인 요소가 있어 오랫동안 치밀하게 준비해 왔다는 점을 보면 세 번째가 가장 유력하군."

"가장 가능성이 높은 순서로 보면 3, 2, 5, 1, 4 이렇게 되나?"

민중수가 번호를 매겨 가면서 말했다.

"그래도 더 많은 사실이 밝혀지지 않은 점, 알려진 것 가운데도 진위가 확실하지 않은 점, 또 범인들에 의해 의도적으로 조작된 게 있을 수 있다는 점을 생각하면 어느 것 하나 버려선 안 될 테니 좀 더 철저히 수사를 해보도록."

"예, 알겠습니다."

"이번에 풀려난 인질은 특별한 경우가 없었나?"

"그다지 특이한 일은 없었습니다."

"인질인지 아닌지 철저히 확인해. 몸수색도 확실히 하고."

"알겠습니다."

그런 가운데 1차로 풀려난 여자들 중 한 명이 중요한 사실을 고백했다.

그녀는 심문을 받는 중 잠시 볼일을 보러 간이화장실에 갔다 돌아오는 중이었고, 그때 천막 어디선가 들려오는 소리에 겁을 먹은 상태였다. 풀려난 사람들은 모두 몸수색을 해야 한다고 누군가, 아마도 경찰의 고위 간부가 말했던 것이다.

그녀는 옆에 있는 형사에게 조용히 물었다.

"우리도 몸수색을 하나요?"

"글쎄요. 왜 그러시죠?"

"아니, 저……."

그녀는 아주 초조해 보였다. 이상한 낌새를 눈치 챈 형사가 다그쳤다.

"무슨 일인지 말해요. 숨기는 게 있는데 나중에 발각되면 더 큰 벌을 받습니다."

"벌이라고요?"

사색이 된 그녀의 얼굴을 보고 형사는 직감적으로 느껴지는 게 있었다.

"범인들과 무슨 약속을 했죠? 뭡니까?"

형사가 계속 다그치자 여자는 바로 무너졌다.

"그 사람이 다이아몬드를 몰래 가지고 나갔다가 나중에 돌려주면 맨 먼저 내보내 준다고 했어요."

"인질범이?"

그녀는 고개를 끄덕였다.

"맨 먼저 풀어주겠다고?"

"예."

"정말로 그것뿐이에요?"

"저, 성공하면 나중에 10프로를 준다고……."

"다이아몬드는 어디 있어요?"

그녀는 치마 안에 손을 넣어 작은 주머니를 꺼냈다. 그 안에 반짝이는 보석이 수십 개 들어 있었다. 그걸 보고 형사는 잠깐 여기 있어요, 하다가 아니 같이 갑시다, 하면서 그녀를 데리고 수뇌부가 있는 본부로 갔다.

본부장과 팀장들이 의아해서 바라보는 가운데 형사는 바로 설명을 했다. 그러면서 다이아몬드가 든 주머니를 보여주었다.

그것을 받아든 수사팀장이 손바닥에 털어내보았다. 다이아몬드가 30여 개 들어 있었다. 약 5억 원에 해당하는 양으로 이런 식으로 인질을 통해 반출을 시도했다면 동원된 인질은 열 명 정도가 될 것이다.

"어떤 조건으로 거래를 했다고?"

"가장 먼저 풀려나는 것과 나중에 10퍼센트의 사례금을 준다고 했답니다."

형사가 대답했다. 강인후가 다음엔 여자에게 물었다.

"다른 여자들도 같은 제의를 받고 동의했어요?"

"모두 저와 같이 일대일로 면담을 한 것 같은데 다른 사람들이 같은 제의를 받고 동의했는지는 알 수 없어요."

그 말에 경찰 수뇌부는 뒤통수를 맞은 듯 아연했다. 강인후는 형사를 보고 말했다.

"김 형사, 병원으로 이송시키려던 여자들 일단 모두 대기시켜."

"예, 알겠습니다."

형사는 대답하고 나갔다.

"이런 식으로 물건을 반출할 줄은 생각도 못했는걸."

민중수가 말했다.

"예, 그렇습니다. 그런데 마스터는 여자들이 성공할 수 있을 것이라 생각했을까요?"

허완이 말했다.

"성공할 뻔하지 않았나? 지금처럼 우연히 걸리지 않았다면 성공하지 않았을까."

"그게 바로 문제입니다. 어디서 걸릴지 모를 우연적인 요소가 너무나 많은데 어떻게 함부로 계획을 세웁니까?"

"그렇긴 하군. 지금까지의 치밀한 계획에 비추어 보면 이런 식의 방법은 뒤통수를 치는 기발함은 있어도 너무 요행을 바라는 듯 허술하긴 해."

"그런데 어떻게 생판 모르는 사람들에게 물건을 맡길 수 있었을까요?"

"회수할 수 있을 것이라 믿었겠지."

"과연 그럴까요?"

"뭐 다른 의견이 있나?"

"혹시 다이아몬드를 잃어버려도 된다고 생각한 건 아닐까 싶기도 합니다."

"그럴 리가 있나. 애써 얻은 걸, 아니 애써서 얻지 않았어도 일단 수중에 들어온 걸 쉽게 버릴 사람은 없어. 그렇지 않은가?"

민중수가 팀장들을 돌아보며 동의하지 않느냐는 듯 말했다. 팀장들은 좀 어렵게 고개를 끄덕였다.

"만약 이것조차 의도한 거라면 마스터의 속셈이 뭔지 궁금하지 않습니까?"

허완이 계속 찜찜함을 털어버리지 못한 채 고민에 빠져 말했다.

"그렇게 보는 근거가 뭔가?"

"그의 입장에서 지금까지 완벽하게 진행되어 간다고 여길 수 있는 게 어긋났기 때문이죠. 말했듯이 계획에 우연을 끼워 넣을 수는 없습니다."

"그런 논리로 본다면 인질에 의한 밀반출이 들통 나는 것도 계획적일 수는 없지 않은가."

"아니죠, 실수인 것처럼 들키는 건 의도할 수 있습니다. 단 한 사람만 따로 포섭하면 되니까."

이번에는 강인후가 끼어들었다.

"그래서 마스터가 얻는 게 뭐냐는 거지. 기껏 인질을 풀어주는 대가로 획득한 거잖아. 50억이 뉘 집 애 이름인가?"

"그러니까 머리가 복잡하다는 겁니다."

세 사람이 옥신각신하는 걸 지켜보던 장대영이 답답한 얼굴로 말했다.

"도대체 무슨 꿍꿍인지 모르겠지만 일단 여자들로 하여금 반출하게 했다면 모두 회수해야 합니다."

"그래야겠지."

그때 그들의 대화를 우연히 들은 인질 가족 중 한 명이 물었다.

"그게 무슨 소리입니까?"

강인후가 설명을 했다.

"인질극 주범이 처음 풀려난 여자들로 하여금 여러분이 몸값으로 보낸 다이아몬드를 모두 숨겨 반출하도록 했습니다. 그래서 지금 몸수색을 해 다 회수하려고 합니다."

"아니, 잠깐만요. 아직 우리 아이들이 다 풀려나지 않았어요. 그런데 범인이 다이아몬드가 다 압수된 걸 알면 남은 애들을 풀어줄까요?"

"글쎄요."

허완이 애매하게 대답했다. 미처 그 생각을 못했다. 그들에게 인질은 아직 많이 남아 있다. 그럼 50억을 다 빼앗긴다 해도 아주 손해를 보는 건 아니다. 그걸 빌미로 다시 금전을 요구할 수도 있지 않은가. 그럼 협상은 원 상태로 돌아간다.

"그 돈은 우리가 인질범에게 준 것이니 그자가 어떻게 처리하든 내버려둡시다. 적어도 애들이 풀려나기 전까지는 말이죠."

초로의 신사가 말했다. 그 역시 아들의 몸값으로 돈을 낸 재력가였다.

"그럴 수는 없습니다. 애초에 몰랐다면 모를까 알게 된 이상 모르는 척 넘어간다면 우리가 경찰이길 포기하는 것과 같습니다."

"다이아몬드는 여러분이 범인들에게 준 것이긴 하지만 범죄자의 손에 들어간 이상 장물이고 저희가 장물의 위치를 알고도 회수하지 않으면 그 또한 법을 어기는 것이 되기 때문이죠."

강인후가 강경하게 말하고 민중수가 덧붙여 설명했다.

"제발 그 사람이 원하는 대로 하게 내버려두세요."

이한울의 어머니 서성희는 거의 애원하다시피 했다. 다른 가족들도 거의 그녀에게 동조했다. 도대체 어떻게 할 수 있을까. 인질에서 풀려난 여자들을 대기시키러 갔던 이수경이 문간에서 어떻게 할까요, 하는 얼굴로 기다리고 있는데.

잠시 후 민중수가 말했다.

"아직 이 사실이 범인들에게는 알려지지 않았습니다. 저희 경찰과 여러분 그리고 풀려난 여자들만 알고 있는데, 아니 그 여자들도한 명만 빼곤 아직 모릅니다. 여러분이나 우리야 범인들에게 그들의 계획이 실패했다고 알려주지 않을 테고, 여자들이 알려줄 수 있지만 미리 단속을 하면 한동안은 범인이 그걸 알 수가 없습니다. 둘째, 저들이 알아도 우리가 규칙을 어기거나 잘못한 건 없습니다. 그러므로 셋째, 새로운 조건으로 다시 협상을 하자고 하면 응할 것입니다."

그는 손가락을 꼽아가며 설득을 했다.

"다이아몬드가 다 회수되면 우리에게 돌려주는 건가요?"

"일정 기간 경찰이 보관했다가 사건이 마무리되면 돌려드립니다."

"그럼 저 여자들은 모두 감옥에 처넣으세요. 공범이잖아요."

"그건 저희가 알아서 하겠습니다."

***

여자들은 불안한 표정으로 모여 있었다. 강인후가 부하 형사들과 함께 여자들 앞에 서서 말했다.

"새로운 정보가 입수되었습니다. 인질범이 인질 중에서 몇몇 사람에게 조기 석방을 조건으로 다이아몬드를 맡겼다가 나중에 다시 찾아가기로 했다고 합니다. 그러니까 바로 여러분이지요. 이런 제의를 거절할 수 있는데 받아들였다면 엄밀히 말해서 이건 공범 관계가 형성된 겁니다. 그렇게 여러분이 맡아둔 보석은 범죄 수익금이므로 장물에 해당합니다. 자, 감춰둔 게 있다면 내놓기 바랍니다. 그러면 이번 일은 그냥 넘어가주겠습니다."

그리고 여자들을 하나하나 살펴보았다. 그들은 강인후와 눈이 마주치는 순간 아래로 내리깔고 눈길을 피했다.

삼엄한 분위기 속에 서 있던 여자들 중에서 한 명이 주섬주섬 품속을 뒤져 보석이 든 주머니를 꺼내놓았다. 맨 처음 스스로 찔려서

고백을 해 버린 여자였다.

형사가 테이블 위에 놓인 주머니를 열어 내용물을 확인하자 그녀는 한쪽으로 물러났다. 시키는 대로 했으니 이제 자신은 결백하다는 듯이.

그 뒤를 이어 다른 여자가 또 몸의 어딘가에 감추어 두었던 보석을 꺼내놓았다. 그리고 앞의 여자와 마찬가지로 몇 걸음 움직여 그 옆에 섰다. 다시 또 한 여자, 또 한 여자가 같은 행동을 했다. 그 뒤로는 더 이상 움직이는 사람이 없었다. 더 없습니까, 하는 눈빛으로 형사가 남은 여섯 여자를 훑어보았지만 그들은 묵묵히 서 있었다.

"내놓을 게 없습니까?"

"저는 받은 게 없어요."

가운데의 한 여자가 대답했고, 주위의 다른 여자들도 동의한다는 듯 굳게 다문 얼굴을 도전적으로 들었다. 강인후는 고갯짓으로 보석을 내놓은 여자들을 다른 곳으로 데려가도록 형사에게 명령했다. 형사가 그녀들을 데리고 나가자 그가 말했다.

"그러면 어쩔 수 없이 여러분은 신체를 수색해야 합니다. 협조해 주시기 바랍니다."

여자들은 이것이 거부할 수 있는 일인지 아닌지 알 수 없어서 망설였다. 몸수색을 한다면 어느 정도까지 해야 할까 두려워지기도 했다. 설마 옷을 다 벗기는 걸까?

강인후는 여경들에게 남은 여자들을 철저히 수색하도록 했다. 두 사람이 한 명을 맡아서. 다시 임시 취조실 안에 탈의실 크기의 공간이 마련되었다. 두꺼운 천을 들추고 들어가야 해서 밖에서는 전혀 볼 수 없는 밀폐된 공간이었다.

그 안에서 두 명의 여경은 여자들을 한 명씩 수색했다. 여경들은 갈색 머리의 여자에게 소지품을 모두 내려놓고 옷을 벗으라고 했다. 여자는 시키는 대로 했다.

하나하나 벗어놓으면 한 여경이 그것을 세밀히 살폈다. 여자는 브래지어와 팬티까지 벗어야 했다. 알몸이 된 여자가 두 팔로 가슴을 감싼 채로 오들오들 떨자 다른 여경이 준비된 담요를 덮어 감싸주었다. 그런 만큼 두 여경은 아주 오래오래 소지품과 옷들을 검사했다. 그리고 마침내 파우치 속의 작은 크림 통에서 다이아몬드를 찾아냈다.

두 번째 여자도 같은 절차로 수색을 했는데 그녀의 소지품과 옷에서는 나오지 않았다. 휴대폰의 톡이나 통화 기록에도 아무런 단서가 없었다. 맨몸을 살펴봐도 찾을 수 없었다.

세 번째 여자가 감춘 다이아몬드는 그녀가 신고 있던 하이힐의 뒷굽 안에 있었다. 네 번째 여자 또한 아무리 뒤져도 나오지 않아 여경이 그녀의 휴대폰을 살피다가 개인 블로그를 들어가게 되었다. 거기 여자의 최근, 바로 엊그제 셀카가 올라와 있었는데 머리 모양과 색깔이 달랐다. 그래서 머리를 세밀하게 살펴보니 가발이었다. 가발 안쪽에 정교하게 밀착된 보석이 있었다.

마지막 둘은 몸속을 제외한 모든 것을 다 뒤져봤는데 나오지 않았다.

다시 인질은 셋으로 나뉘었다. 처음에 자진해서 보석을 내놓은 그룹과 수색을 통해 회수한 그룹 그리고 끝까지 찾아내지 못한 그룹.

철저한 몸수색을 통해 다이아몬드를 내놓게 된 여자들은 참담한 얼굴로 고개를 숙이고 의자에 앉아 있었다. 한 여자는 양손으로 얼굴을 감싼 채 탁자에 엎드리고 있었다.

"왜 그랬어요, 보석이 그렇게 탐났습니까?"

형사의 힐난조에 한 여자가 울먹이면서 대답했다.

"그래야 빨리 내보내준다는데 어떻게 해요. 거기 오래 있을수록 더 위험해지잖아요."

"아무리 그래도 그렇지. 그리고 보석을 가지고 나왔으면 자진 신고해야 하잖아요."

"그 사람이 반드시 찾으러 온다고 했어요. 제가 그걸 자진해서 내놓든 빼앗기든 말이에요."

다른 두 여자가 고개를 끄덕였다.

"그런 일은 없을 겁니다. 저놈들은 반드시 잡히게 되어 있어요."

"잡혀도 감옥에 갔다가 다시 나올 거 아니에요."

"그건…… 그렇습니다만."

"그때도 경찰이 지켜줄 수 있나요?"

"그럼요. 교도소에서 나올 때는 자동적으로 알게 되니까 미리 체킹만 해놓으면 됩니다."

그래도 여자들의 불안한 표정은 지워지지 않았다.

나머지 세 여자에 대해서는 수색 팀도 어떻게 해야 할지 알 수가 없었다. 여기서 더 나아가야 할지 판단하기 어려웠다. 즉 거짓말탐지기를 동원해서라도 압박을 가해 자백을 받아내고 장물을 회수해야 할지, 여기서 멈춰야 할지.

지휘부도 의견이 엇갈렸다. 범죄에 동조한 혐의가 있다 해도 엄밀히 보면 범인에게 이용당한 측면이 크고 또 원래 인질사태의 피해자인데 몰아붙여야 하느냐는 의견과 범죄에 동조한 만큼 원칙대로 해야 한다는 의견이었다.

그런데 나머지 세 여자가 과연 보석을 감추고 있는지도 확실하지 않은 게, 보석을 내놓은 여자들이 갖고 있던 다이아몬드의 양이 일정하지 않기 때문이었다. 같은 양을 열 명이 나누어 맡았다면 회수된 보석은 35억이 되어야 하는데 전체의 절반이 조금 넘는 28억 정도였다.

첫 번째 석방된 여자들이 아닌 그 뒤의 여자들, 혹은 남자가 선택되었을 수도 있다는 뜻이었다. 그런 가정에서라면 석방된 모든 사람에게 혐의를 두고 심문을 해야 한다. 처음 석방되는 조건이라 하나 다음 석방 시간과는 세 시간 남짓밖에 차이가 안 났다.

고심 끝에 본부장은 결정을 내렸다. 지금은 다이아몬드의 회수가 중요한 게 아니다. 장물의 회수 여부는 나중에라도 처리할 수 있으니 지금은 나머지 인질의 석방에만 총력을 기울여야 한다. 심문이 끝난 인질은 육체적, 정신적인 손상에 대한 정밀 검진을 이유로 주말 동안 병원에 격리 입원시킨 후 귀가시키도록 한다. 단 미심쩍은 부분이 남은 사람은 서류를 보류해놓고 차후에 다시 조사하도록 한다.

강인후는 인질의 후송을 맡은 선임 형사에게 따로 지시했다.

"마지막 세 여자는 정말 몸 '안'에 숨겨놓았거나 이 안에서 이동하는 중에 다른 곳에 놓았을 수도 있으니 특별히 살펴봐."

***

다시 10시간쯤 지난 일요일 낮에 여섯 명의 인질이 석방되었다. 역시 남녀가 섞였고 몸값을 지불한 유력 집안의 아들이 한 명 포함되어 있었다.

그 한 명은 간단한 신원만 확인하고 가족에게 인계되었다. 나머지는 별도로 억류되어 건강 체크와 함께 심문을 받았다.

처음 몸값을 내라고 통고한 열다섯 가족 외에는 누구도 인질의 신원을 알려주지 않았기 때문에 현장에는 처음 알려준 인질의 가족 외 다른 가족은 없었다.

그 열다섯 가족도 두 번째와 세 번째 석방에서 아들이 풀려난 세 가족은 서둘러 자리를 떴다. 어쨌거나 피해자라고 해도 불미스러운 사건이었고 수많은 사람들의 이목이 모여 있는 곳에 더 있을 이유가 없었다. 사람들의 구설에 오르면 오를수록 불리해지는 게 유력한 가문의 특징이었다.

하지만 인질이 하나둘 석방되면서 알게 모르게 그들의 신원이 알려지게 되고 그와 비슷한 경우이면서 하루, 이틀 집에 돌아오지 않은(물론 연락도 되지 않은) 파티 참가자들의 부모 중에서 상당수가 산장 아랫마을에 모여들어 확인을 요구했다.

확신을 가진 부모도 몇 명 있었다. 인질사건이 벌어진 금요일 저녁 산장에 있던 아들이나 딸에게서 직접 혹은 친구들을 통해 사건의 내막을 알고 신고를 한 부모들, 또 본인 혹은 지인으로부터 산장의 파티에 간다는 말을 들은 부모들, 이들 일곱 가족은 진작부터 산장 외곽의 경찰 진영에 도착해 경찰의 관리 하에 있었다.

어쨌거나 산장 아래 있는, 불과 10여 호에 불과했던 마을은 연락이 되지 않은 자녀를 찾아온 가족과 수많은 취재진, 경찰과 구경꾼들로 인해 발 디딜 틈이 없을 지경이었다. 이들을 통제하고 정리하는 데 또다시 많은 경찰 인력이 필요했다.

하루가 지난 월요일 오전, 다시 인질을 석방한다는 통고가 왔다. 그리고 같은 절차에 의해 한 명씩 산장에서 걸어 나왔는데 이번에도 여섯 명이었다. 그중 다섯 명은 모두 몸값을 지불한 집안의 자식들이었다.

네 차례에 걸쳐 29명의 인질이 석방되었다. 고무적인 결과였다.

여기엔 처음 몸값을 지불한 유력 집안의 자제가 대거 포함되어 있었다. 두 번째와 세 번째 석방된 인질 가운데서 세 명 그리고 이번에 다섯 명, 더해서 여덟이었다.

나머지 일곱은?

허완이 다급하게 물었지만 마스터는 나중에, 라고 말했다. 그리고 오랜 침묵.

그때 여자는 거의 모두 풀려났음에도 자신의 딸이 석방되지 않은 이규범이 미친 듯이 소리친다.

"야, 이 미친놈아! 다른 사람들은 다 내보내주면서 왜 내 딸은 보내지 않는 거냐? 만일 딸이 잘못되기라도 하면 넌 내 손에 죽을 줄 알아. 지옥 끝까지라도 쫓아가서 네놈을 갈기갈기 찢어죽일 거다."

"거기 누구요?"

마스터가 생소한 목소리로 물었다.

"이규범이다, 이 새끼야."

"아, 그 쓰레기 국회의원이시군. 아직 도망치지 않고 있었네."

"도망? 내가 왜 도망가야 한단 말이냐?"

"그런 게 있소. 이왕 온 거 당신이 사랑스런 따님 대신 인질이 된다면 이윤정은 풀어줄 용의가 있소. 몸을 내키는 대로 함부로 굴렸다고 죄를 지은 건 아니니까."

"이 씨발놈아, 도대체 무슨 소리를 하는 거야?"

"당신이 잘 알 거요. 한 시간의 기회를 주지. 그 안에 여기로 오지 않을 거면 멀리 도망치는 게 좋을 거야. 당신에게 가장 지옥 같은 날들이 될 테니까."

마스터는 전화를 끊었다. 다른 사람들은 아연한 얼굴로 이규범을 바라봤다.

"뭘 그렇게 쳐다봐? 설마 저 미친놈하고 나 사이에 뭐가 있다고 생각하는 거야? 그럼 아직 풀려나지 않은 다른 애들은?"

그리고 이규범은 거칠게 밖으로 나갔다.

수사팀은 이규범의 뒷모습을 망연히 보다가 정신을 차리고 사건에 집중했다.

"아직 풀려나지 않은 사람이 누구야?"

"이번 사건의 핵심 인물인 J그룹 3세 조성주, I사학재단 이사장의 아들이자 기획실장인 이의방, 사법연수원에 다니는 최상률, 투자 및 M&A 전문회사인 D사의 대표인 김주식, 청와대 파견 경찰간부인 이한울, 성형외과 의사 강신조, 재선 국회의원 이규범의 딸 이윤정입니다. 그럼 범인 셋까지 더해 현재 산장에는 열 명이 있다고 여겨집니다."

이수경이 수첩을 보며 또박또박 말했다.

"그런데 인질의 수에 대해 착오가 있는데 지금까지 석방된 인원이 스물아홉 명이고 남은 사람은 방금 말한 일곱입니다. 그럼 서른 여섯인데, 처음 이한울 경위가 얘기한 인질의 수는 서른셋이었거든요. 인질이 셋이나 더 있었던 걸까요?"

"이 경위 정도 되는 사람이 숫자를 잘못 셀 수는 없을 것 같고, 아무래도 다른 곳에 두 명이 더 있었다고 볼 수 있지 않을까?"

"자네가 말한 그 일곱 명이 남아 있는 건 확실한가?"

"주차장에 있는 차량의 소유자로 확인했으니 거의 확실합니다."

"아니면 석방된 사람들 중에 인질범이 섞여 있을 수도 있지요."

"그 부분은 철저히 확인하지 않았나?"

"그렇긴 합니다만……."

그런데 아직 풀어주지 않고 남은 사람과 석방한 사람들과의 차이가 뭔지 알 수가 없었다.

애초에 인질 중에서 이름을 알려준 사람과 그렇지 않은 사람의 차이는 명확했다. 몸값을 낸 사람과 내지 않은 사람. 그런데 몸값의 일부가 회수된 지금에서는 그것도 애매해졌다.

인질을 석방하는 방법을 보면 처음 열 명을 풀어주고, 그 다음부터는 세 차례에 걸쳐 각각 여섯 명씩 풀어줬다. 석방의 순서에는 여자 먼저 그리고 몸값을 지불하지 않은 사람 먼저였는데 물론 아주 엄격하게 적용되진 않았다. 여자는 다 풀어줬으면서 이 의원의 딸만 남겨둔 것은 무슨 까닭인가?

인질을 풀어주는 간격이 점점 벌어지는 것도 불안 요인이었다.

인질범에게 인질의 수가 많다고 무조건 좋은 건 아니다. 인질이 많으면 더 크고 많은 요구를 할 수 있지만 반면 통제하는 데 더 애를 먹는다. 그건 계획이 어긋날 가능성이 높아진다는 뜻이다. 많은 인원을 통제하기 위해 공범을 늘리면 그만큼 개인의 몫이 줄어든다. 범죄에도 효율성이 중요하다는 말이다.

인질의 신분도 중요하다. 평범한 서민의 자식과 유명한 연예인의 자식, 혹은 대통령의 자식은 천지 차이다. 모든 사람의 가치나 생명은 다 똑같다고 하지만 인질로서의 가치를 말할 때는 그 차이가 엄청나다. 그런 점에서 마스터는 아직도 강력한 패를 가지고 있는 셈이었다.

***

이영국은 아들이 인질로 잡혀 있음에도 내내 침착한 편이었다. 그는 장관까지 지냈으며 국영기업의 기관장으로서도 꽤 유능하다는 평을 들어온 사람이었다. 매사에 신중하게 행동하며 언제나 말조심을 하는 편이었다.

세간의 평으로도 흠잡을 데 없이 완벽한 경력의 정관계 인사인 까닭에 언제든 국회의원 공천은 물론 고위직의 후보에 물망이 올라 있었다. 아들이 직접 관련된 인질사건의 현장에 와서도 수사본부의 수뇌부 인사들보다 훨씬 윗길이라고 자부할 수 있는 자신이 그들보다 낮은 사고를 할 수는 없었다.

그는 사건 현장에 도착하고부터 바로 이상함을 느꼈다. 돈을 목적으로 인질극을 벌였다면 왜 처음부터 자신을 비롯한 유력 인사들에게 직접 연락을 하지 않았는가. 게다가 서른 명이 넘는 많은 인원을 잡아둘 필요도 없지 않았겠나.

일인당 최소 수억을 낼 수 있는 서너 명만 잡고 아무도 몰래 돈을 요구하면 지금보다 훨씬 쉽고 간편하게 목적을 이룰 수 있었을 것이다. 유력인사들이란 그들이 아무리 순수한 피해자로 보인다 해도 세간에 알려지길 꺼린다. 이런 까닭에 범인들이 돈을 요구한 것은 다른 목적을 위한 수단이다. 바로 인질을 걸러내기 위한 수단.

돈을 받고 인질을 풀어주는 건 당연한 일이다. 인질이 여럿일 경우 돈을 내지 않은 인질을 먼저 풀어주는 게 좀 이상하지만 그건 범인의 마음이다. 거기에 그들의 의도가 있다. 인질을 모두 풀어준다면 이런 일을 벌인 이유가 사라지므로 마지막으로 남겨두는 인질은 있을 것이다. 그게 몇 명인지는 모르겠으나 그 남은 인질이 이 사건의 의미를 알려줄 것이다.

생각하기도 싫지만 이영국은 그 마지막 인질에 자신의 아들이 포함되어 있을지 모른다고 생각했다. 왜, 무슨 목적으로?

그는 사람들이 모여 있는 곳에서 한참 벗어나 외진 곳으로 갔다. 그리고 누군가에게 전화를 걸었다.

"아, 나요. 지금 청계산 산장에 와 있는데 뉴스 봤지? 물론 아직 확실하진 않아. 근데 확실해지면 늦어. 이봐요, 지난 일이 제대로 마무리가 안 된 거면 A/S를 확실히 해야 하잖아. 명색이 회사라면 말야. 응, 그래. 그건 알아보지. 빨리 연락 줘."

***

산장은 침묵에 잠긴 채 이틀을 넘겼다. 경찰은 초조한 상태에서 마스터와의 대화가 다시 이어지길 기다렸다.

"왜 연락이 안 오는 거지, 무슨 꿍꿍이가 있는 건가?"

민중수가 물었다.

"글쎄요."

수사관들에게 아무 일도 안 하는 것만큼 고통스러운 일이 없다. 사건이 벌어지고 있는 마당이라면 더 그렇다. 매스컴의 관심이 집중되어 있으면 더욱더 그렇다. 밖으로 나가기만 하면 모기처럼 달려들어 물어대니 그 역시 이만저만한 곤욕이 아니었다. 담배를 피우거나 오줌을 누러 나가려 해도 밖에 기자들과 카메라가 얼마나 있는지 확인하고 나서 나가야 했다.

"풀려난 인질들은 모두 이상 없는 거지?"

"예, 아직까지는 신원 확인 확실히 했고 소재도 확보해뒀습니다."

"인질범들과 산장 내부의 상황에 대해 특별히 더 알아낸 건 없고?"

"이미 보고받은 대로입니다."

대화는 주로 민중수가 의문을 말하고 팀장들이 각자 알아서 대답했다.

"인질로 잡혀 있는 이 경위와의 연결이 잘 안 되는 건 무슨 까닭일까?"

"몇 번 연락을 시도해봤는데 답이 없는 걸 보면 아무래도 문제가 생긴 거라고 볼 수 있지 않겠습니까?"

"들켰을까?"

"그럴 가능성도 생각해봐야 할 것 같습니다."

"하지만 그 때문에 풀려나지 못한 건 아닌 것 같은데 말야."

"예, 아직 여러 명이 억류되어 있으니 이한울 경위만 묶어둔 건 아닌 듯합니다."

"허 교수는 지금까지의 석방 패턴이 눈에 보이나?"

"처음 몸값을 낼 사람들의 명단을 보내준 걸 보면 주범은 인질들에 대해 거의 모든 걸 파악해둔 것으로 보입니다. 그 후에 네 차례의 인질 석방은 모두 정확한 선별 기준에 의해 이루어진 것 같고요.

아마 그 기준이란 핵심에서 멀리 있는 것부터 먼저 정리하려는 게 아닌가 싶습니다."

"그 핵심이 뭔가 하는 게 문제군."

"아무래도 남은 인질에 있지 않겠습니까?"

"남은 인질들은 무슨 공통점이 있나?"

"인질들의 공통점이라면 모두 몸값을 냈다는 것이고 부유층의 자제라는 점, 또 연령대가 30대 초중반으로 비슷하다는 것입니다. 다만 강신조는 40대 후반이고, 유일한 여성인 이윤정은 10여 년 어리긴 합니다."

"강신조와 이윤정을 제외하면 한 동아리로 묶을 수 있고, 그들이 서로 관련이 있을 가능성은?"

"관련이야 충분히 있을 수 있습니다. 남은 사람들뿐 아니라 이미 석방된 사람들조차 이런저런 친분에 의해 파티에 초대되었으니까요. 다만 그 일곱 명만의 특별한 연관에 대해서는 아직 밝혀진 게 없습니다."

"아참, 아까 범인이 이규범 의원과 설전을 할 때 매우 악감정이 있는 것처럼 얘기했는데, 쓰레기 의원이라고 했던가? 어떻게들 생각하나?"

"그런 표현들은 일반 국민이나 네티즌들 사이에서도 종종 나오니 특별할 건 없는데 범인이 그 딸을 붙잡고 있다는 점을 보면 개인적인 원한도 있지 않나 싶습니다."

"아직 도망가지 않고 있었다는 말도 의미심장하고요."

"나머지 인질들도 그렇게 볼 수 있지 않을까?"

"그렇군요."

"그럼 이제부터 진짜 인질극이 시작된다고 할 수 있나?"

***

처음 사건이 벌어지고 비교적 빠른 시간에 꽤 많은 인질이 구출되자 언론도 호의적이었고 고위층도 칭찬이 자자했다.

총기에 의한 다량의 인질극치고는 사상자도 극히 적었다. 사상자가 있었던 것은 경찰이 출동하기 전이었다. 그러다 보니 대부분의 언론이 구조팀의 협상 능력이 선진국 못지않게 뛰어나다고 했다. 그런 호의가 언제까지 지속될지는 알 수 없었다.

이규범 의원뿐 아니라 아직 가족이 풀려나지 않은 다른 가족의 압력도 만만치 않았다. 인질범에게 넘겨주었던 다이아몬드를 회수했기 때문에 화가 나서 더 이상 대화를 하지 않는 것 아니냐는 항의가 빗발쳤다.

그게 아니라는 말을 할 수도 없는 것이 그들 자신도 그럴 가능성이 있다고 믿고 있기 때문이었다. 그렇다면 채널을 열고 대화를 해야 새로운 조건을 주고받을 수 있는데 저렇게 꽁꽁 입을 다물고 있으니 답답하기 짝이 없었다.

다시 무력진입 가능성에 대한 논의가 이루어졌는데, 문제는 아무래도 철저히 요새화된 산장의 구조였다.

마스터의 말대로 보일러 배관이 가스로 채워져 있다면 화기를 사용하는 건 불가능했다. 대신 대검류와 같은 날붙이로 무장한 특수요원이 침투할 수는 있다. 그런데 이번엔 지붕과 벽, 창 등을 거미줄처럼 둘러친 와이어가 문제다.

가는 철선들이 부비트랩으로 연결되어 있다면 철선들을 조금만 건드려도 연쇄폭발이 일어날 것이다. 그럼 산장 자체가 잿더미가 될지 모른다. 무엇보다 눈을 벌겋게 뜨고 지켜보고 있는 인질 가족들 때문에라도 선뜻 말을 꺼낼 수가 없었다.

성과 없는 날이 계속되자 TV와 신문 등에선 연일 사건 해결이 늦어지는 이유를 추궁하고 있었다. 언론뿐 아니라 정부 고위층과 경찰 상부에서도 전화를 때리고 있었다. 연락을 끊고 있는 마스터가 차라리 무리한 요구라도 해줬으면 하는 심정이었다.

그렇게 또 하루가 지나고, 이젠 탱크로 밀어버리고 싶다는 말이 공공연하게 나올 즈음 마스터로부터 연락이 왔다.

5장

재판

"오래 기다리게 해서 미안합니다."

마스터는 별로 미안하지 않은 목소리로 덤덤하게 말한다.

"왜 늦었습니까?"

"아, 공연이 하나 끝나면 무대를 새로 세팅해야 하잖아요? 뭐 그런 겁니다."

"뭘 더 꾸미고 있는 거죠?"

"대단한 건 아닙니다. 아주 상식적인 일을 하려고요. 그 전에 우선 전국 생방송이 가능한 중계카메라 한 팀만 보내주시겠어요?"

"무슨 소리입니까?"

"말 그대로입니다. 전 국민에게 할 말이 있어서요."

"그게 가능하리라고 생각합니까?"

"못 할 것도 없지요. 자, 머릿속의 거래 장부를 펼쳐봅시다. 우리는 30여 명의 인질과 몸값을 가지고 깔끔하게 거래를 했지요. 그런데 그쪽이 내 돈을 빼앗아 갔어요."

"무슨 말씀이신지?"

허완은 약간 당황스러운 표정으로 동료들을 바라보았다. 이게 어떻게 새어나갔느냐는 눈빛에 모두, 특히 압수수색을 전담했던 수사팀장은 알 수 없다는 듯 양손을 펼쳐 보였다.

"말 그대로입니다."

"그러니까 그 말이 무슨 뜻이냐고요. 마스터의 돈을 왜 우리가 빼앗습니까?"

"얘기가 안 통하는군요. 좀 통하는 사람으로 선수 교체 좀 부탁합니다."

"제가 이쪽의 대표입니다."

"이것 보세요. 대표면 대표답게 제대로 대응해야지요. 차라리 인질의 가족 대표와 직접 얘기할까요? 번호도 다 있는데."

실제로 본부석에는 인질의 가족 대표가 있었다. 그것도 셋이나. 이규범이 한바탕 난리를 치다가 나갔지만 산장의 주인인 조성원과 이영국 등은 자주 나타나 인질 협상을 지켜봤다. 그들과 본부장 등을 둘러본 허완이 한숨을 쉬고 말했다.

"휴, 알겠습니다. 그쪽이 인질을 통해 반출하려던 몸값을 우리가 압수했습니다. 그건 우리 입장에서 어쩔 수 없는 일이었고 압수한 양도 일부에 불과합니다."

"일부라면 얼마나?"

"약 70프로 정도 됩니다."

"좋습니다, 그래서 저도 인질을 다 풀어주지 않은 겁니다. 이래서 일부 성사된 거래를 제하고 나머지는 원점으로 되돌아왔어요."

지금 협상 현장에 참석한 가족들은 비교적 냉철해서 수사본부의 방침에 이의가 별로 없는 편이지만 다른 가족, 특히 여성들은 상당한 불안을 안고 있었다. 그런 상황에서 지금과 같은 대화를 듣게 된다면 분노와 불신을 더 품게 될 것이다. 허완은 긴장된 목소리로 말했다.

"그렇다면 새로운 조건으로 거래를 하면 되겠군요."

"맞습니다, 역시 잘 통하네요. 그 새로운 조건을 제가 내놓은 겁니다."

"전국 방송에 당신 목소리가 나가게 해 달라고요?"

"예, 생중계 하는 거지요."

"무슨 말을 하시려고?"

"방송을 보면 알 겁니다."

"무슨 내용인지 미리 알기 전에는 곤란합니다."

"내용을 들어보고 방송에 내보내야 할지 결정하겠다? 그건 표현의 자유를 침해하는 동시에 사전검열인데."

"말장난하지 맙시다. 지금 상황은 어느 경우에도 해당이 안 돼요."

"그런 논쟁이 말장난이라. 그래도 방송 중계가 불법인 건 아니지요?"

"그건 그렇습니다."

"이제 법리 논쟁이 별 의미가 없다는 게 밝혀졌으니 다른 식으로 접근해봅시다. 난 내 요구 조건을 관철시킬 수 있는 패를 가지고 있습니다. 그게 뭔지는 아시리라 믿습니다."

"알고 있어요."

"그럼 쉽게 결정할 수 있겠네요. 다음 대화에서는 구체적인 방법론을 가지고 얘기해 봅시다."

그리고 마스터는 전화를 끊었다.

"어떻게 할까요?"

허완이 민중수를 보고 물었다. 이번 결정은 전적으로 수사본부장의 권한이었다. 본부장 역시 윗선의 재가를 받아야 하는지 모르겠지만.

"아무래도 모두가 있는 자리에서 결정해야겠네. 다들 모셔오도록 하게."

지시를 받은 수사관이 인질 가족들을 데리러 갔다.

잠시 후 아직 풀려나지 않은 7명의 인질 가족 십여 명이 한꺼번에 들어왔다. 본부석의 의자는 처음으로 빈자리가 없이 가득 찼다.

"인질범이 전국에 방송할 수 있도록 중계를 원합니다."

"그 말은 카메라를 앞에 두고 생방송을 하겠다는 건가요?"

"그런 것 같습니다."

"무슨 속셈일까요?"

허완과 민중수는 대답하지 못했다. 아직 남아 있는 인질과 관련된 건 분명해 보였으나 그대로 말할 수는 없었다.

"안 하면 어떻게 됩니까?"

"범인은 본인에게 강력한 패가 있다고 했습니다. 그 말로 미루어 보면 요구를 들어줄 때까지 인질에게 위해를 가하거나 더 심하면……."

"심하면?"

"죽일 수도 있다고 봅니다. 우리가 출동하기 전이지만 그자는 이미 한 사람을 죽였습니다. 연쇄살인을 벌인 범죄자들을 보면 살인이란 처음이 어렵지 두 번째부터는 쉽게 할 수 있습니다. 다른 일들도 마찬가지긴 하지만 살인은 특히 더 그렇죠."

그 말에 가족들은 얼굴이 굳어져서 말을 잇지 못했다. 그러다가 조성원이 말했다.

"어쩔 수 없지 않습니까, 원하는 대로 해주는 수밖에."

다른 사람들도 고개를 끄덕였다.

"이번 일이 오히려 상황을 반전시킬 수 있는 기회가 될 수 있을 것 같습니다."

모두의 눈길이 강인후에게 향했다. 강인후가 말을 이었다.

"범인의 요구를 들어준다 해도 우리 입장에서 보면 산장에 들어갈 수 있는 기회가 생기는 겁니다. 방송 장비가 들어가긴 하지만 꼭 방송국 직원이 들어갈 필요는 없어요. 훈련받은 요원 중에는 방송장비 조작쯤은 금방 익힐 수 있는 똑똑한 친구들도 꽤 있습니다. 수사요원이 아니라 해도 방송사의 협조를 얻어 산장의 내부 사정을 알아낼 수도 있습니다. 잘만 되면 단번에 문제를 해결할 수도 있고요."

민중수가 어떻게 생각하느냐는 듯 모두를 둘러보았다.

"충분히 해볼 만합니다."

허완이 동의하고 나서 좀 더 구체적인 방법론을 제시했다.

첫째 안, 경찰특공대원이 카메라맨으로 위장해 산장 안에 들어가서 상황을 보다가 범인들을 제압한다. 인질의 안전을 위해서라면 사살도 가능하다.

두 번째 안, 방송기자와 카메라맨이 무기를 소지하고 들어가 기회를 봐서 범인들을 제압하거나 유리한 물리적 조건을 만들어낸다.

세 번째 안, 카메라맨이나 기자가 범인의 지시에 따라 촬영을 하면서 미리 약속된 신호로 산장 내부의 사정을 알려준다.

"세 안 가운데 어느 것이 좋겠습니까?"

민중수의 물음에 강인후가 말했다.

"두 번째 안은 민간인을 위험에 노출시킬 수 있으므로 쓸 수가 없습니다."

수사본부 팀은 모두 고개를 끄덕였다. 인질 가족들도 대개 동의했다.

"저는 세 번째 안이 좋습니다."

허완이 말했다. 그러자 장대영이 반대했다.

"지금까지 협상팀은 범인들에게 끌려가기만 했지 주도적으로 일을 처리한 게 없습니다."

장대영이 모처럼 입을 열자 여기저기서 그렇지, 맞아요, 하면서 고개를 끄덕이는 사람이 많았다.

"계속 끌려 다니기만 하다 보면 범인의 의도에 놀아나게 돼요. 애초에 산장을 철벽처럼 막아놔서 그렇지 특공요원이 일단 들어가기만 하면 충분히 제압할 수 있습니다."

"인질이 위험해집니다."

"우리 요원이 그 정도는 충분히 감안해 처리할 수 있습니다. 무조건 총질만 하는 게 아니라고요. 상황을 판단해 대화가 필요할 때는 대화를 통해 설득하는 요령도 확실히 교육받았습니다."

"특공 요원이 엘리트라는 건 압니다. 하지만……."

"특공대가 인질의 안전을 최우선으로 한다고만 하면 우리도 첫 번째 안에 찬성합니다."

인질가족의 대표로 나선 이영국이 거들고 나서자 민중수도, 그럼 그렇게 시도해보지, 하면서 결론을 내렸다.

그의 지시에 의해 주요 방송국 피디와 기자들 십여 명이 임시 회의실로 불려 왔다.

강인후가 범인의 방송 중계 요구에 대한 설명을 하고 자신들의 계획을 말했다.

심각하게 듣고 있던 기자들 가운데 한 명이 말했다.

"경찰의 수사요원이 우리 장비를 가지고 들어가서 범인의 요구에 따라 전국에 중계방송을 한다는 말인데 우리는 뭘 얻죠?"

"범인의 목소리가 협조하는 방송사 채널로 나가게 됩니다."

강인후의 대답에 기자들의 얼굴이 고민의 골로 깊어졌다. 자신들이 직접 참여하지 못한 채 들러리만 서게 된다는 불만이 표정에 고스란히 담겨 있었다. 그들 중에는 휴대폰으로 상사에게 보고하고 어떻게 할지 지시를 구하는 사람도 있었다.

"장비를 조작하는 일이 금방 되는 게 아닌데 경찰이 방송국 직원처럼 제대로 할 수 있겠습니까?"

이번에는 특공대장인 장대영이 대답했다.

"충분히 가능합니다. 저희 요원들은 수많은 기기를 다루는 교육을 받았습니다. 그 친구들 자체가 대단히 뛰어난 엘리트들이고요."

"기기뿐 아니라 기자나 카메라맨으로 자연스럽게 행동하는 문제도 있습니다."

"그 또한 문제가 없다고 자신합니다."

다시 기자들 사이에는 옥신각신하는 분위기가 가득 찼다. 서로 다른 방송 팀의 의중을 묻고 떠보거나 데스크와 통화하는 소리들이었다.

얼마 후 몇몇 사람이 남에게 카메라와 마이크를 맡길 수 없다며 거절하고 한 걸음 물러섰다. 다른 기자들도 고개를 설레설레 흔들며 포기하고 나섰다.

경찰 수뇌부는 모두 얼굴이 굳어졌다. 말이야 바른 말이지, 카메라와 마이크를 남에게 맡기고 자신들의 채널로 중계방송을 한다고 해도 잘 됐을 때나 대박을 치는 거지 하나라도 잘못됐을 경우엔 몽땅 뒤집어쓰게 될 가능성이 컸다.

모두가 포기하나 조마조마해 있는데 한 팀이 하겠다고 나섰다.

"어딥니까?"

"Htv입니다."

"Htv?"

수사본부장이 고개를 갸웃거리자 강인후가 말했다.

"종편 방송의 하나입니다."

민중수는 그제야 아, 하고 입을 벌렸지만 떨떠름한 표정을 지우지 못했다. 지상파도 아니고 종편 중에서도 인지도나 시청률이 떨어지는 방송이었다. 그러자 강인후가 말했다.

"오히려 더 좋을 수도 있습니다. 우리 입장에서는 떠들썩하게 알려지지 않는 게 더 낫지요, 범인의 요구를 들어주면서 말입니다."

"그것도 그렇군. 장 팀장, 제일 똑똑한 놈들로 선발해서 확실히 교육시켜 들여보내도록 해."

"예, 알겠습니다."

장대영이 모처럼 씩씩하게 대답했다.

Htv의 피디와 카메라맨은 약 한 시간에 걸쳐 두 명의 경찰특공대 요원에게 마이크 사용과 카메라 조작하는 법을 알려줬다.

선발된 요원은 각종 시험과 체력 평가에서 최상의 성적을 거둔 엘리트 요원이었기 때문인지 설명을 한 번에 다 알아듣고 실행도 거의 실수 없이 해보였다.

각각 기자와 카메라맨 역할을 맡아 대본을 따라 중계방송을 진행하는 연습을 했는데 모두 박수를 칠 정도로 빈틈없이 해내었다.

　그런 연습을 서로 역할을 바꿔 가며 몇 번을 더 했다. 그럼에도 범인이 의심할 수 있으므로 방송국 출입증이자 사원카드를 급히 만들어 목에 걸었다. 그렇게 하고 보니 누가 보아도 방송국에서 취재차 나온 직원처럼 보였다.

　완벽하게 준비했는가 싶었는데 선발된 요원들 본인이 더 확실하게 해야 한다며 방송국의 인터넷 홈페이지에 이름을 올려놓자고 제안했다. 그리하여 Htv의 기자와 경찰 전산 팀이 두 요원의 사진이 들어간 입사지원서를 만들어 인터넷 홈페이지의 사원 명단에 이름까지 올려두었다.

　준비를 마친 두 요원은 마이크와 카메라를 들고 산장에 들어갈 준비를 했다.

　허완이 다시 전화를 걸어 마스터와 연결했다.

　"방송국 중계 팀이 준비되었습니다."

　"어느 방송입니까?"

　"Htv요."

　"몇 명입니까?"

　"두 명입니다."

　"안 돼요, 한 명만 보내세요."

　"제대로 방송을 진행하기 위해서 최소한 두 명은 있어야 합니다."

　"제대로 하는 사람이면 한 명이면 충분합니다."

　결국 특공대는 둘 중 하나를 보내기로 했다. 실력은 우열을 가리기가 어려워 누가 갈 것인가 결정하기 곤란했는데 선임이 자신이 가겠다고 해 간단히 정해졌다.

"이제 들어갑니다."

허완이 통보를 하자 마스터가 말했다.

"제 지시를 따르도록 하세요. 우선 현관 5미터 앞에 와서 멈춰요."

허완이 그대로 말했고, 그걸 방송중계를 담당한 피디가 요원에게 전달했다.

"얼굴을 들고 전방 20도 가량 위를 바라보세요."

요원이 지시한 대로 자세를 취하며 서 있자 한동안 말이 없었다.

"뭘 하려는 걸까요?"

"사진을 찍으려는 모양인데?"

그렇게 5분쯤 지난 뒤 다시 마스터가 말했다.

"방송국 직원도 아닌 사람으로 날 속이려 하지 마세요. 경찰을 보내 뭘 하려고?"

"경찰이 아니오, 방송국 홈페이지의 직원 명단에도 있습니다."

"웃기는 소리, 일주일 전에만 해도 그런 이름과 얼굴은 없었어요. 설마 입사한 지 일주일도 안 된 신입사원을 보내려 했단 말입니까?"

허완은 본부장과 팀장들을 둘러보며 재빨리 머릿속을 굴렸다. 정말 확인해본 걸까? 아니면 넘겨짚은 건가? 어쨌든 빨리 대답하지 않으면 안 되었다.

"엊그제 새로 업데이트했을 뿐입니다."

"좋아요, 그렇다면 몸을 뒤져서 무기나 수상한 물건이 발견되면 총으로 쏴 죽여도 된다는 말이지요?"

그 말에 허완은 물론 특공대장도 아무 말 못 한 채 입술을 깨물었다. 이미 의심을 받고 들어가면 아무리 준비를 철저히 해도 실패할 확률이 컸다.

"그쪽의 요구를 백 프로 들어주려 해도 번번이 의심하면 어떻게 도와줄 수 있겠습니까? 방법을 제시해보세요."

"그러니까 괜히 수작부리지 말고 정직원을 보내요. 아, 서로가 믿을 만한 친구 있잖습니까. 이번 사건을 계속해서 보도했던 ㅅ방송의 송상현 말입니다."

이렇게 콕 찍어서 말하는 데야 수사팀도 다른 방도가 없었다.

민중수가 고개를 끄덕이자 허완은 겨우 대답했다.

"알았습니다."

본부장이 대기 중인 수사관에게 송상현을 불러오라고 지시했고 수사관은 밖으로 나가 데리고 왔다.

송상현도 수사팀의 작전 협조요청 때 왔다가 마이크를 넘겨줄 수 없어 돌아갔기 때문에 무슨 일인지 대충 짐작은 하고 있었다. 그래도 인질범이 자신을 찍어서 불렀다는 것에는 좀 놀랐다.

수많은 경쟁자들을 물리치고 자신이 선택된 점에 대해서는 자부심이 생겼지만 쉽게 응할 생각은 없었다. 단순히 범인의 목소리를 전달하는 도구가 되고 싶지는 않았던 것이다. 그는 데스크와 다시 통화를 한 다음에 상당한 재량권을 얻은 다음 조건을 말했다.

"범인의 말을 저희 방송으로 중계하는 대신 단독으로 인터뷰를 할 수 있도록 해주십시오."

허완이 그 조건을 마스터에게 전하자 마스터는 고민하는 듯 1분 정도 있다가 조건을 수락하겠다고 대답했다.

작전은 자연스럽게 세 번째 안으로 넘어가게 되었는데, 그건 송상현이 경찰의 요구에 따라 협조해야 가능했다.

"우리 쪽도 조건이 있습니다."

"뭔가요, 혹시 수사에 협조하는 것?"

"그렇습니다."

"안에 들어가서 보고 들은 걸 얘기해야 하는 거라면 얼마든지 가능합니다."

"그러면 늦을 수도 있어요. 실시간으로 정보를 보내주면 좋겠는데."

"범인과 상대하면서 그쪽 얘기를 듣고 대답할 수는 없어요. 상대해보셨으니 알 텐데요."

"그건 그래요."

"일단 우리가 질문을 하면 송 기자가 예스냐 노우냐만 답할 수 있으면 되는데……."

"범인 모르게 하기가 쉽지 않을 겁니다."

"이렇게 하면 어떨까요?"

모두가 바라보자 허완이 설명을 시작했다.

"방송기자는 스튜디오나 중계차와의 통신을 위해 이어폰을 항상 착용하니 그걸 통해 우리가 질문을 합니다. 하면 송 기자는 예스냐 노우냐만 대답하면 되는데 그 방법은 카메라를 미세하게 움직이는 것으로 대신합니다. 예스면 카메라를 위아래로 살짝, 노우면 옆으로 살짝. 화면이 위아래나 좌우로 움직이는 건 범인을 포함해 전 국민이 다 볼 수 있지만 그 의미를 알아채는 건 우리밖에 없습니다."

"화면이 상하나 좌우로 움직이면 좀 이상하지 않습니까?"

이번에는 장대영이 오히려 이의를 제기했다.

"제대로 된 카메라맨이라면 하나의 프레임을 잡으면 거의 고정되어 움직임이 없는 편인데 혼자서 질문도 하고 기기도 조작하게 되면 약간의 흔들림 정도는 충분히 있을 수 있습니다."

송상현이 반박을 하자 당연히 승낙하는 것으로 여겨졌다.

"하지만 범인에게 집중하면서 여러분의 얘기를 듣고 대답하려면 꽤 힘들긴 하겠네요."

그래도 데스크의 지시사항을 들으면서 시청자들을 보고 리포팅을 하는 건 일상이 되었는지라 스스로도 잘할 수 있을 것이라 생각했다.

그는 중계차와 연결된 카메라를 들고 산장의 현관 앞에 섰다.

들어가는 과정이 상당히 까다로웠는데 행동 하나하나를 마스터의 지시에 따라야 했다.

현관 앞의 CCTV 앞에서 자신의 모습을 완전히 드러내고 5분쯤 뒤에 문이 열렸다. 빠끔히 열린 문으로 목소리가 들렸다.

"카메라를 먼저 들여보내요."

송상현은 카메라를 현관문 앞에 놓았다. 손이 나타나 그것을 들고 사라졌다.

잠시 후에 들어오라는 소리가 났다. 그는 두 손을 들고 천천히 문을 열고 안으로 들어섰다.

안으로 들어서니 약간 어두컴컴한 곳에 호리호리한 체격의 남자가 권총을 겨누고 서 있었다. 여우 가면을 쓴 남자는 송상현을 몇 걸음 더 들어오게 한 후 현관문을 잠그고 그에게 접근했다.

송상현은 두 손을 든 채로 서 있는데 남자가 한 손의 총을 겨눈 채로 다른 손에 든 짧은 금속 봉으로 그의 전신을 훑었다. 휴대용 금속탐지기인 모양이었다.

삐삐삐 소리가 나자 여우 가면은 물건을 꺼내라는 손짓을 했고 송상현은 해당되는 물건들을 꺼내놓았다. 열쇠와 휴대폰, 손톱깎이 등이었다. 그것들을 작은 상자에 담은 여우 가면은 그 상자를 현관문 근처에 놓았다. 아마 나갈 때 가지고 가라는 뜻인 것 같았다.

송상현은 실내의 중앙으로 안내되었다. 중앙에는 의자도 있고 카메라를 놓아둘 탁자도 마련되어 있었다.

그는 카메라와 함께 놓인 무선 마이크를 들어 방송을 하기 위해서는 마이크를 차야 한다고 손짓으로 말했다. 마스터가 다가와 착용하게 했다.

그는 마스터의 앞으로 가 옷깃에 마이크를 부착했다. 거의 호흡이 느껴질 정도로 접근했을 때 그는 껴안듯이 달려들면 총을 빼앗고 제압할 수 있을까 생각했다.

훈련이 잘된 특공요원이라면 가능할 수 있을지 모르지만 자신은 불안했다. 주변에 다른 공범이 있는지도 모르는데 괜히 무모한 영웅이 되고 싶지는 않았다.

마스터가 총을 들고 있었기 때문에 많이 떨렸지만 겉으로는 아무렇지 않은 듯 침착하게 마스터의 목 근처 옷깃에 마이크를 부착했다. 그러자 마스터는 그를 정면으로 바라본 채 뒷걸음으로 카운터 쪽으로 향했다.

"1층에는 우리 둘 외에는 아무도 없습니까?"

송상현이 카메라를 들고 앵글을 맞춰 보면서 물었다.

"그렇습니다."

"나머지는 어디 있습니까?"

"다들 잘 있습니다."

넓은 실내는 그가 있는 한가운데와 마스터가 있는 데스크 쪽만 조명이 비쳤다. 그래서 나머지 구석의 넓은 부분은 자세히 보지 않는 한 뭐가 있는지 확인하기 어려웠다.

"확인해줄 수 있습니까?"

"내가 왜 그래야 하죠?"

"그냥 부탁하는 겁니다. 언론인의 관심이라고 해두면 어떨까요?"

"……좋아요."

그러면서 마스터는 오른쪽 뒤편에 있는 커다란 모니터의 화면을 켰다.

화면이 밝아오고 흐릿한 모습이 밝아지면 의자에 결박되어 있는 남자의 형체가 점점 선명해졌다.

리모컨의 버튼을 누를 때마다 화면에는 다른 사람이 정면으로 비치는데 모두 가면을 쓰고 있었다. 그게 모두 일곱이었다.

아직 풀려나지 않은 인질이 일곱인가 여덟인 것으로 알고 있었다. 그 모습들을 잡기 위해 송상현은 잽싸게 카메라를 세팅하고 방송국과의 연결을 시도했지만 정작 준비가 끝나자 마스터는 모니터의 화면을 바꿔버렸다.

바뀐 화면에는 ㅅ방송국의 스튜디오가 나타났다. 실내의 CCTV에서 텔레비전으로 돌린 모양이었다. 뉴스를 진행하던 스튜디오의 아나운서가 이미 예고한 대로 청계산장의 인질극 범인이 TV 생중계를 요구해 국민의 알 권리를 위해 들어주기로 했다고 말했다.

그걸 보며 송상현은 송수신 이어폰으로 중계차와 신호를 주고받기 시작했다. 잠시 후 방송국 피디의 콜사인이 오자 그는 마스터를 가운데 두고 카메라의 앵글을 맞추었다.

화면의 아나운서는 그럼 이제 인질극이 벌어지고 있는 청계산장 현장을 연결해보겠습니다, 하며 현장 나와 주세요, 하고 말했다. 순간 침묵과 함께 약간 어두컴컴한 실내가 화면에 비쳤다.

그 한가운데서 여우 가면을 쓴 마스터가 정면을 주시하고 앉아 있었다. 자세히 봐야 알아볼 수 있는 모습이었다.

자신의 마이크를 입에 대고 송상현이 멘트를 했다.

"여기는 청계산장 안입니다. 지금 보이는 인물이 이번 사건의 주범입니다. 보시다시피 가면으로 얼굴을 가려 누군지 알아볼 수 없습니다."

송상현이 이런 말을 하는 까닭은 우선은 이 일의 주도권이 자신에게 있다는 걸 확인시키는 한편 마스터가 누군지 알 만한 사람은 제보를 해달라는 뜻이었다. 물론 TV를 본 사람들 중에는 자기가 아는 누구일 것이다, 라고 신고를 해댈 것이다. 매스컴이란 원래 그런 거니까. 사실 그 제보들의 진위를 가려내는 게 더 큰일인지도 몰랐다.

계속해서 말을 하려는데 마스터가 손을 들어 말을 막고 입을 열었다.

"안녕하십니까, 늦은 시간에 여러분의 시선을 끌게 되어 죄송합니다. 방금 ㅅ방송의 기자가 소개한 인질범입니다. 제가 여기 등장하게 된 까닭은 아주 상식적인 일 하나를 하기 위해서입니다. 물론 지난 며칠 동안 서른 명 가량의 인질을 잡고 소동을 벌인 건 별로 상식적이진 않습니다. 좀 특별난 짓이지요. 그래도 크게 일을 벌인 것치곤 피해자가 많지 않았습니다. 당연한 것이 저는 사람을 납치해 거액의 몸값을 받아내려는 갱도 아니고 쓸데없이 사람들을 잡아다 죽이는 사디스트나 사이코패스, 미친놈은 더욱더 아닙니다. 여러분과 크게 다를 것 없는 평범한 사람이라는 뜻이지요."

마스터의 말이 계속되는 중에 송상현의 이어폰에 경찰 본부장의 목소리가 들렸다.

"민중수입니다, 지금부터 약속한 작전을 시작하겠습니다. 동의하면 카메라로 대답해주십시오."

송상현은 카메라를 위아래로 살짝 움직였다.

"실내에 마스터와 둘만 있습니까?"

그는 대답하지 않는다. 실내에 어두운 부분이 있어 다른 사람이 숨어 있는지 알 수가 없기 때문이었다. 얼마 후 본부장이 질문을 바꿔 물었다.

"마스터 외에 다른 사람을 볼 수 있습니까?"

잠시 후 그의 카메라가 좌우로 흔들린다.

"범인이 총을 들고 있습니까?"

끄떡.

"범인과 대화를 나눴습니까?"

끄떡.

"그러고 보니 지금부터 하려는 일도 그리 평범한 건 아니군요. 저는 여기서 재판을 하려고 합니다. 재판정이 아닌 산속에 있는 산장에서 재판을 하려고 하니 이 역시 흔한 일은 아닙니다. 그럼에도 해야만 합니다. 왜냐하면 여러분이 아는 재판정에서는 열리지 못했고, 앞으로도 열릴 가능성이 없기 때문입니다. 예, 오래전에 열렸어야 할 재판을 이제야 열게 되었습니다. 복잡해 보이지만 간단히 말하면 그렇습니다. 수 년 전에 어떤 범죄 행위가 있었는데 가해자와 피해자가 명백했음에도 재판은 열리지 않았습니다. 그 재판을 지금 하고자 하는 것입니다."

"남은 인질에 대해 물어봤나요?"

끄덕.

"알려줬습니까?"

한참 후 끄덕.

"인질은 모두 살아있습니까?"

끄덕.

"인질들을 보았습니까?"

끄덕.

"모니터로 보았습니까?"

끄덕.

"인질과 다른 범인들은 같이 있습니까?"

흔들.

"재판이란 죄인이 있어야 이루어집니다. 그리고 모의재판이 아닌 이상 죄인은 죄인 역할을 하는 자가 아니라 실제로 죄를 지은 자를 말하지요. 나머지 사법기관, 곧 검사와 변호사, 판사는 누구나 임의로 할 수 있습니다. 곧 누구든 맡아서 그 역할을 하면 됩니다. 이제 시작될 청계산장의 재판도 가능한 민주적 절차에 따라 진행할 예정입니다. 말이 좀 이상하지요? 불법 감금 행위를 통해 벌이는 재판이 민주적이라니. 하지만 적법하다고 해서 모두가 민주적인 건 아닙니다. 옛날의 전제군주 왕조나 세계 각국의 독재 국가들도 다 법이 있었습니다. 게다가 엄정하게 지켜지기도 했습니다. 그렇다고 민주주의는 아니지요. 나중에 밝혀지게 되겠지만, 이 재판의 피고들이 모두 죽을죄를 지었다 해도 가능한 공정한 재판을 받게 된다는 뜻입니다."

"마스터의 위치는 현관 쪽입니까?"

끄덕.

"마스터와의 거리가 멀리 떨어져 있습니까?"

대답 없음.

"10미터 밖입니까?"

끄덕.

"20미터 밖입니까?"

흔들.

"15미터 밖입니까?"

끄덕.

"그럼 이 재판의 배역을 소개하겠습니다. 재판에서 진행과 검사 역할을 하는 건 물론 저입니다. 그리고 바깥에 있는 경찰 여러분과의 대화 채널을 열어놓고 진행하기 때문에 변호를 하길 원하는 사람은 그쪽을 통해 발언하면 되고요, 재판장이자 배심원은 여러분입니다. 국민 여러분이 어떻게 재판에 참여하게 될지는 잠시 후 알려드리겠습니다. 마지막으로 이 재판의 피고인들을 소개하도록 하지요."

돌연 모니터의 화면에 송상현이 처음 보았던 인질의 모습이 나타났다.

송상현은 카메라를 마스터에게서 모니터로 재빨리 이동시켰다. 그 바람에 순간적으로 카메라의 화면이 심하게 흔들렸다.

의자에 상체가 결박된 채 앉아 있는 인물들이 약 3초씩 나타났다가 다음 인물로 바뀌었다. 모두 각각 다른 가면을 쓰고 있었는데 화면을 넘기면서 마스터는 풀려나지 못한 인질들의 이름을 불렀다.

J그룹의 차남 조성주, L사학재단 이의방, 사법연수원생 최상률, D 사의 대표인 김주식, 경찰 간부인 이한울, 성형외과 의사 강신조, 재 선 국회의원의 딸 이윤정이었다.

TV 화면을 보던 인질 가족들이 돌연 웅성거렸다.
"저게 뭐야, 당장 중지시켜."
"우리 아들이 죄인이라니 무슨 말도 안 되는 소리야."
"저거 카메라 꺼요, 당장 꺼."
"멀쩡한 애들 잡아다가 재판이라니, 인민재판이라도 하겠다는 거야?"
가족들은 경찰과 방송국 관계자에게 항의하다 안 되겠던지 직접 정관계의 고위층에게 전화를 걸어 항의하고 당장 중계방송을 중단 하라고 소리쳤다.

산장 안.
송상현은 이어폰을 통해 대충 빨리 끝내고 나오라는 지시를 받았다.
시작한 지 5분도 안 됐는데 벌써 끝내라니 이게 무슨 도깨비장난 인가 싶었다. 하지만 내용을 들어 보니 인질 가족들의 마음이 이해 가 가긴 했다. 아직 풀려나지 못하고 의자에 결박돼 있는 인질들이 무슨 다른 잘못을 저지른 모양이고 그걸 많은 사람이 지켜보는 가 운데 재판 형식으로 까발리는 게 이 인질극의 목적인 것 같았다.
그런데 그런 의도가 드러나자마자 인질 가족들의 반발을 샀고 그 들로서는 이 중계를 중지시키는 게 당연했다. 그는 다급해졌다. 여 기서 중단하기는 상당히 아쉬웠다.
그는 카메라를 끈 뒤 손을 들고 마스터에게 말했다.

"데스크에서 그만 중지하고 나오랍니다. 여기서 계속해봐야 안에서 끊어버리면 아무 소용이 없어요."

"그렇군요."

마스터의 목소리는 담담했다. 이 또한 예상했던 건지도 몰랐다.

"그럼 약속대로 인터뷰를 했으면 하는데."

"뭐 약속이니까, 물어보세요."

그는 송수신 이어폰으로 방송국의 보도 책임자와 연결해 인질극의 주범과 단독 인터뷰를 할 터인데 생방송으로 가능하냐고 물었다.

보도국장이 잠시 회의를 하는 듯 대답이 없더니 곧 연결해주겠다고 했다.

다시 방송이 연결되자 그는 마이크를 입가에 대고 인질사태의 주범인 마스터와 단독 인터뷰를 하겠다고 말했다. 카메라를 다시 켜고 마스터를 향한 채였다.

"당신이 이 일을 계획하고 실행했습니까?"

"그렇습니다."

"처음 계획하고 실행하기까지 얼마나 걸렸나요?"

"6년이나 7년?"

"공범의 수는 몇 명입니까?"

"말할 수 없습니다."

"재판을 하겠다고 했는데 마지막 남은 인질 일곱 명이 이 재판의 피고입니까?"

"그렇습니다."

"그럼 지금까지 벌인 일은 이 재판을 위한 것입니까?"

"그렇습니다."

"인질 가족들에게 몸값을 받은 것은 개인적 이익을 취하기 위한 것인가요?"

"그렇게 볼 수도 있지만 이 일을 진행하기 위한 경비라고 보면 되겠습니다."

"무슨 뜻입니까?"

"어떤 일이든 벌리면 일단 돈이 들죠. 사실 의외로 비용이 많이 들었습니다. 여러 사람의 인건비에다 비품 구입비, 공사비 등. 그 때문에 빚도 꽤 졌어요. 노인네들 쌈짓돈하고 몇몇 사람들에겐 못할 짓도 했으니 나중에 보상할 거 생각하면 남기는커녕 적자 보게 생겼어요. 50억은 더 부를 걸 그랬습니다."

"이 일을 위해 다른 범죄도 저질렀다는 뜻입니까?"

"알아서 생각하세요."

"혹시 공범들도 같이 있습니까?"

"노코멘트."

"당신은 피해자의 가족입니까?"

"나중에 알게 됩니다."

"당신의 이름과 얼굴도 나중에 밝혀집니까?"

"아마 그럴 겁니다."

"TV 중계가 없어도 재판은 진행됩니까?"

"그렇습니다."

"재판의 내용은 무엇입니까?"

"곧 밝혀집니다."

"이 재판이 아무런 효력이 없다는 걸 압니까?"

"효력이란 강제할 수 있는 힘에서 나옵니다. 그러니 얼마든지 발생할 수 있습니다."

"그 말은 현행 법체계를 부정한다는 것입니까?"

"법체계가 이곳에는 미치지 못하기 때문에 현재로서는 부정된다고 할 수 있겠죠."

"혹시 개인적 복수의 수단으로 재판을 이용하고 있는 것 아닙니까?"

"부인하지 않겠습니다."

"재판과 사적 복수가 무슨 차이가 무엇입니까?"

"모든 형벌은 복수에서 시작되었습니다. 그러므로 둘은 배치되지 않아요. 최초의 법들은 죄에 상응하는 벌을 규정했습니다. 같은 값으로 갚아야 할 것. 눈에는 눈 이에는 이, 탈리오 법칙. 이건 함무라비 법전에 나오죠. 이게 복수와 똑같은 개념이 아니고 뭡니까?"

"그럼 이 재판에서 오랜 옛날의 법칙을 적용하겠다는 겁니까, 왜죠?"

"그건 현대의 법체계와 운용이 최소한의 정의조차 구현하지 못하기 때문입니다."

"최소한의 정의라고요? 복수의 허용을 말하는 겁니까?"

"누구에게나 똑같이 적용되는 공평함이죠. 왜 탈리오 법칙, 곧 동해보복법(同害報復法)이 구체적인 법으로 규정되었는지 아십니까?"

"글쎄요."

"힘이 없어서 직접 복수하지 못하는 피해자를 공권력이 대신해주는 것이며, 힘이 넘쳐서 몇 배의 복수를 하려는 피해자를 제한하기 위한 것입니다. 바로 공평함이고 정의의 시작이죠."

"그럼 인질들이 같은 값으로 갚아야 할 벌이란 무엇입니까?"

송상현이 마스터의 대답을 기다리는데 누군가 귀청이 울리도록 소리쳤다.

"야 인마, 저 새끼하고 이상한 토론하지 말고 빨리 나와."

송상현은 난감한 얼굴로 마스터를 바라보며 말했다.

"위에서 나오라고 야단이니 이만 나가야겠네요."

마스터가 고개를 끄덕이자 그는 아직 방송이 연결되어 있는지 아닌지 모르는 상태에서 마무리 멘트를 하고 서둘러 장비를 챙겼다.

"더 이상 인터뷰를 진행하기 어려운 사정이 생겨 이만 마치겠습니다."

송상현은 문을 열어달라고 했고 마스터가 스위치를 눌러 현관문을 열자 그는 카메라를 들고 밖으로 나섰다.

무장 경찰이 다가와 그를 호위하고 그는 경찰 본부로 돌아왔다.

와보니 그에게 나오라고 한 방송국의 보도국장이 소리쳤다.

"니가 무슨 영웅이야 뭐야, 나오라면 당장 나와야지 뭐 얻어먹을 게 있다고 인질범 새끼하고 토론이냐고."

송상현은 죄송합니다, 한마디 하고는 카메라를 기사에게 넘겨주고 천막 밖으로 나와 담배를 피워 물었다.

잠시 후 국장이 나와 어깨에 팔을 얹으며 속삭였다.

"송 기자 잘했어. 90프로 넘었어. 전 세계가 자네를 바라보고 있어. 이거 대박이야."

국장의 눈빛은 순간적으로 탐욕으로 빛났다. 그는 곧 평상시 목소리로 말했다.

"저쪽에서 물어볼 게 있다니까 들어가봐."

수사본부.

그동안 알아낸 걸 토대로 대책을 강구하고 있는데 다시 마스터에게서 연락이 왔다.

"첫째로 지금부터 12시간 후에 재판을 시작합니다. 재판은 휴식 없이 하루 이내에 끝낼 것입니다."

"일방적이네요."

"당연하잖아요. 지금은 서로 주고받을 게 없으니 말입니다."

"예, 예. 알겠습니다. 그럼 다음은요?"

"둘째, 재판의 공정성을 위해 그쪽에서 변호인 역을 하겠다면 허용하겠습니다."

"이 역시 그쪽 마음대로군요. 변호인이라면 재판 시기나 방법에 대해 의견을 낼 수 있는 법인데?"

"싫으면 하지 마세요."

"싫다는 건 아니고. 먼저 어떤 사건인지 알아야 하지 않겠습니까? 조사할 시간도 필요하고."

"그건 바로 알려드리지요. 우선 재판에서 다루는 사건은 9년 전 바로 이곳에서 벌어진 여고생 민지영에 대한 집단성폭행 살해사건입니다. 아마 지금 처음부터 조사할 시간이 없을 테니 관련 자료를 보내드리겠습니다. 그걸 검증하는 것부터 시작해보시죠."

"좋습니다."

마스터와 허완의 대화를 지켜보고 있던 수사팀장 강인후는 수사팀의 수사관을 손짓으로 불러 9년 전 바로 이곳에서 있었던 민지영 집단성폭행 살해사건을 알아보라고 지시했다.

"여기서 성폭행이 있었다면 저 산장입니까?"

"아마 그렇겠지. 그렇다면 산장에서 인질극을 벌인 이유가 있는 셈이지."

"그럼 관할인 성남경찰서 쪽이겠군요."

"그러니 애들 데리고 가서 당장 알아봐. 마스터가 관련 자료를 보내준다고 했으니 그것과 대조해봐야 하니까 가능한 신속히 알아보도록."

"예, 알겠습니다."

수사관은 대답하고 바삐 나갔다.

"세 번째로 본 재판에 대한 생중계도 똑같이 진행됩니다. 아, 중계는 인터넷으로 이루어지니 그리 신경 쓰지 않아도 됩니다. 괜히 이것까지 막으려 하진 마세요. 어차피 쉽게 되지도 않을 테니까. 그리고 당신들도 일이 얼마나 어떻게 진행되는지 알아야 대처를 할 수 있을 겁니다. 이상입니다."

전화를 끊은 뒤 수사팀이 고민에 싸여 있는데 송상현이 들어왔다. 지금까지 주범과 직접 얼굴을 맞대고 대화를 나눈 유일한 인물이었다. 여전히 범인의 정체는 알 수 없고 계속 끌려다니고만 있으니 죽을 맛이었다.

"최고 7년을 이 일에 매달렸다니 쉽지 않은 것도 당연하지요."

송상현이 위로하듯 말했다.

"7년이나 매달린 계획이라, 참 아까 인터뷰에서 송 기자의 마지막 질문 말이오."

"마지막 질문?"

"인질들이 같은 값으로 갚아야 할 벌이란 게 뭔가요."

"아, 그거?"

"예, 그 질문에 대한 답은 듣지 못했죠?"

"못했죠, 워낙 급하게 나오느라고. 그자가 뜸을 들이기도 했고."

"9년 전 이곳에서 있었던 여고생 강간살해사건이랍니다. 마스터의 말대로라면 그 사건을 저기 인질들이 저질렀고, 이에 따라 탈리오 법칙을 적용하면……."

"모두 죽인다는 얘기지요."

"아마도 재판이 끝난 후에."

"그럼 그 전에 뭔가 수를 내야 할 텐데."

"수라고 한다면 역시 무력 진입을 말씀하시는 거죠?"

"그것도 포함해서. 가능성이 희박하지만 범인이 마음을 바꿔 인질을 모두 풀어주고 자수하면 그게 가장 좋은 건데."

민중수의 말에 강인후가 못을 박듯 말했다.

"본부장님 말씀대로 가능성이 거의 없군요."

"그런데 실제로 그런 경우가 왕왕 있지 않던가?"

"물론 그렇습니다. 인질극이 장기화되면 모든 사람이 다 피로해지지만 특히 인질범은 더 심신이 약해지죠. 그럴 때 협상 상대자가 부드럽게 설득한다든지 가족을 데려와 얘기를 나눠보게 하면 거의 넘어오는 편입니다. 그런데 이번 경우는 어느 경우에도 해당이 안 되는 것 같습니다. 우선 범인의 정체가 전혀 파악이 안 되었어요. 그러니 가족을 데려오는 건 고사하고 아는 사람조차 찾기 어렵습니다. 그리고 인에서 얼마나 휴식을 취하는지는 알 수 없지만 지금까지 대화를 보면 전혀 흐트러짐이 없어요."

"내 말이 그 말일세. 그런데 이제야 인질극을 벌인 의도를 드러냈어. 나머지를 다 내보낸 후 남은 인질들을 피고로 한 재판을 하겠다는 건데 사안은 9년 전에 있었던 여고생 성폭행살해사건이고. 그럼 마스터는 그 사건에 관련된 자일 가능성이 있지 않은가?"

"그렇습니다."

팀장들이 모두 고개를 끄덕이며 대답했다.

"9년 전의 사건을 빨리 파악해야 하겠네. 적어도 마스터가 말하는 재판이 끝나기 전에."

"최대한 빨리 움직이라고 지시해놓겠습니다."

강인후가 대답했다.

"그런데 지금까지와는 달리 상당히 서두르고 있네요."

"지금까지도 일은 빠르게 진행시켜 왔어요, 군더더기 없이."

"맞습니다, 특별히 협상다운 협상을 할 틈도 주지 않았으니까요."

"그래도 매스컴을 불러 자신의 주장을 말하기 시작한 뒤부터는 꽤 다급해 보입니다."

"아무래도 제한된 공간에 있다 보니까 그런 거 아닐까 싶습니다만. 식량도 한정되어 있고 오래 끌면 예기치 못할 변수가 생겨 계획에 차질이 있을 수도 있고."

"그래도 하루에 다 끝내겠다는 건 무리가 아닐까 싶네요."

"하루에 끝내겠다는 건 그만한 사정이 있다는 건데. 혹시 저 안에 조력자가 아무도 없는 거 아닐까요?"

"송 기자, 저 안에 정말로 마스터 혼자뿐이었소?"

"적어도 1층엔 그와 저밖에 없었던 것으로 확신합니다."

"인질들은?"

"역시 1층엔 없었습니다. 아마 2층의 각방에 한 명씩 의자에 결박되어 있는 게 아닌가 생각됩니다. 그리고 각자에게 카메라를 비추고 있고."

"공범이 있다면 왜 하나도 보이지 않는 거지?"

"모습을 감춰야 할 이유가 있는 건가? 어차피 모두 가면을 쓰고 있는데 굳이 감춰야 할 필요는 없는 거 아닌가."

"혹시 공범들은 산장을 빠져나간 거 아닐까요?"

"설마."

"인질과 함께 빠져나갔을 수도 있지 않을까요."

"석방된 인질들 가운데 의심스러운 사람이 없던가?"

"없었습니다. 있었다면 붙잡아뒀겠죠."

"다시 한 번 철저히 조사해봐."

이수경의 수사팀이 본부를 빠져나갔다.

그러고 나서 한 시간쯤 지나서였을까, 본부에 방치되어 있던 서성희의 휴대폰에 문자메시지가 찍혔다. 한동안 먹통이었던 이한울 경위와의 전용 휴대폰이었다.

　-지금 산장에 범인은 한 명뿐인 것 같습니다.

허완이 의혹의 눈초리로 화면을 뚫어지게 바라보고 있자 다시 한 문장이 찍혔다.

　-두 사람은 앞서의 인질 석방 때 나간 걸로 보입니다.

다시 한참을 기다렸지만 더 이상의 메시지는 없었다.

그는 지금 상태는 어떻습니까, 하고 조심스럽게 문자를 찍어 보냈다. 답은 없었다. 허완은 두 개의 문장을 모니터에 연결해 모두가 볼 수 있도록 했다.

"이 경위가 보낸 걸까요?"

"그가 보낸 거라면 한참이나 응답이 없다가 이제야 메시지를 보내는 거지?"

"줄곧 보내지 못할 상황이었다가 이제 그럴 수 있는 상황이 되었다라고 봐야 되지 않겠습니까?"

"그러니까 보내지 못할 상황이란 어떤 거고 바뀐 상황은 또 어떤 거냐는 말이지."

"줄곧 범인의 감시 하에 있다가 이제 그 감시에서 벗어났다?"

"그래도 그게 쉽게 납득은 안 되는군."

민중수의 말에 다른 사람들도 고개를 끄덕였다.

"그렇지 않다면 범인이 이 경위인 것처럼 위장해 메시지를 보냈다는 얘긴데."

"이건 더 납득이 안 됩니다. 이 내용이 사실이라면 범인이 자신에게 불리한 정보를 알려준다는 게 말이 안 되잖습니까."

"사실이 아니라면?"

"그 또한 별 의미가 없는 거고요. 사실은 공범까지 모두 안에 있는데 둘은 나가고 하나만 남은 것처럼 속였다? 도대체 왜요? 여길 방어할 사람이 없으니 무력으로 공격해라? 말이 안 되잖아요."

"사실이든 아니든, 공범 둘이 이미 밖으로 나갔으니 경찰의 나머지 인력은 밖으로 갈 수밖에 없다, 곧 우리의 시선이나 병력 분산을 노린 건가?"

"범인이 다른 쪽에도 있다 하면 그쪽에는 추가 인력을 보내야지 지금 여기 있는 수사관을 보내는 건 아니잖습니까, 전쟁을 하는 것도 아닌데."

"범인들 사이에 내분이 일어났을 수도 있지 않을까요?"

"그건 좀 가능성이 있을 것 같군."

"애초에 범행에 가담한 목적이 다르다면 충분히 일어날 수 있는 일입니다. 돈을 노리고 들어온 쪽과 복수를 원하는 쪽은 최종적으로 가는 방향이 다를 수 있죠."

"그렇다면 어디서 틀어졌을까?"

"돈을 노리고 가담한 자들이라면 그들이 돌아선 지점은 뻔합니다. 인질의 몸값으로 받은 다이아몬드의 상당수를 잃어버렸잖아요. 그걸 알게 된 공범들이 더 이상 같이 하지 못하겠다고 한 겁니다. 그들이 인질 석방 때 나가고 나자 혼자 남은 마스터는 서두를 수밖에 없었을 겁니다. 마스터가 열두 시간 후에 재판을 시작해 하루 안에 끝낸다고 한 건 그가 버틸 수 있는 최대의 시간을 말한 거겠지요. 최대 36시간이면 약물 등을 복용하면 평범한 사람도 얼마든지 버틸 수 있습니다."

"먼저 빠져나간 공범들이 밖에서 뭔가 해주기를 바랐는데 그러지 않고 숨어버렸다. 연락 또한 되지 않았다, 그러면 산장 안에 있는 범인은 배신을 당했다고 생각할 수도 있겠습니다."

"그렇게 하면 설명이 되긴 하네."

"공범이라도 일단 틀어졌으면 더 이상 의리를 지킬 이유가 없고, 그 사실을 알려줌으로써 아까 말한 경찰의 시선과 병력을 분산시키는 효과도 노릴 수 있을 테고 말이죠."

"그래, 공범이 탈출했건 아니건 풀려난 인질들은 다시 조사해볼 필요가 있긴 하네. 그리고 그들을 먼저 체포했을 경우 이 메시지가 도움이 될지도 모르겠군."

"어떤 도움을?"

강인후의 물음에 민중수가 대답했다.

"범인들 사이를 이간하는 것 중에 최고는 배신했다는 증거 아니겠나. 잘 활용해보도록 해."

수사진은 회의를 계속했다.

"재판을 할 때 우리 쪽에 변호인 역할을 허용하겠다고 했는데 어떻게 하는 게 좋겠습니까?"

"허 교수는 그게 정말 재판이라고 생각하나?"

"글쎄요."

"인질범이 저 혼자 재판을 한다고 말했을 뿐이지, 법에 의하면 그건 재판이라고 할 수 없지 않겠나. 애초에 불법 구금으로 이루어졌으니 말이야."

"그렇다고 구경만 할 수는 없지 않습니까?"

"물론 일방적으로 판결을 내리고 집행하는 걸 보고만 있을 수는 없지. 우리가 어떻게 해야 하는 게 좋을까?"

설마 전문적인 변호사가 필요한가? 허완은 잠시 생각했지만 지금으로선 그럴 시간도 없고 필요도 없다.

"이건 재판이 아니라 인질사건일세. 범인에게 끌려가서는 안 된다는 말이야."

팀장들을 비롯한 수사관들은 민중수의 말에 귀를 기울였다.

"우리 경찰의 입장에서는 인질이 어떤 죄를 지었고 어떤 처벌을 받게 될지는 중요한 게 아니야. 이건 재판이 아니라 여전히 인질사건이고 목적은 인질을 무사히 구출하고 범인을 검거하는 것이다. 마스터가 운전대를 쥐고 있기 때문에 그걸 지켜봐야 하는 입장이지만 언제든 운전대를 탈취할 가능성이 생기면 바로 실행해야 한다는 말이야. 그러기 위해 어떻게 해야 할까?"

모두 대답 없이 그를 주시했다.

"우리는 마스터의 재판 진행을 최대한 늦추는 걸 목표로 한다. 그래서 판결이 내려지기 전에 어떤 돌파구를 마련해야 해. 그가 지금까지 했던 말이나 행동도 모두 하나하나 되짚어봐야 하고."

지금까지 대화상대로 계속해왔던 허완 교수가 끝까지 맡기로 했다.

잠시 후 9년 전에 있었던 민지영 집단강간 살해사건에 대해 알아본 형사가 그 내용을 보고했다.

당시 방송과 신문 기사, 경찰 내부의 사건 기록에 의하면, 그해 7월 21일 고등학교 2학년이던 민지영은 늦은 밤 집으로 귀가 중 여러 명의 남자들에게 납치되어 집단으로 성폭행을 당한 후 목이 졸린 채 살해되었으며 그날 밤 10km 정도 떨어진 저수지에 버려진다.

시신은 다음 날 정오쯤 낚시꾼에 의해 발견되었고 관할 경찰이 바로 수사를 시작했다. 경찰은 광범위한 탐문수사 끝에 나흘 후 같은 동네에 사는 세 명의 불량배를 체포해 범행 일체를 자백 받고 구속했다.

20대 초중반인 세 명은 특정한 직업 없이 몰려다녔는데 범행 가능 시간에 알리바이가 없고 결정적으로 셋 중 한 명의 자취방에서 민지영의 것으로 여겨지는 팬티가 발견되었다.

엄정한 심문 끝에 셋은 범행 일체를 자백하고 재판에 넘겨졌는데 각기 13년에서 15년의 형이 선고되었다. 형은 너무 무겁거나 가볍지 않았다. 그런 이유 때문인지 아니면 범행 사실이 너무 명백했다고 생각한 까닭인지 양쪽 모두 항소를 제기하지 않았고 1심의 형이 그대로 확정되었다.

범인들은 형기의 절반쯤 채웠을 무렵인 7, 8년 후 모범수로 가석방되었다가 이후 감형되어 지금은 석방된 상태였다.

9년 전 사건의 개요를 보고받은 강인후는 어리둥절했다.

"이게 민지영 강간살해사건이 맞아?"

"예, 맞습니다."

"사건이 벌어진 장소도 다르고, 사람들도 다 다른데. 혹시 다른 민지영이 있었던 거 아냐?"

"확실합니다. 9년 전에 민지영이라는 여고생이 집단으로 성폭행을 당하고 살해된 사건은 이게 유일합니다."

형사가 대답하자 강인후는 고개를 흔들며 말했다.

"아니야, 뭔가 더 있을 거야. 더 파헤쳐봐. 7년을 계획하고 준비한 인간이 겨우 이걸 가지고 온 나라를 깜짝 놀라게 할 리가 없잖아. 야, 한지균이 네가 직접 가서 확실히 알아보고 와."

"예, 알겠습니다."

＊＊＊

공범을 찾는 이수경의 수사팀은 형사들이 모두 달라붙어서 인질들의 신원과 심문과정을 담은 비디오를 다시 검토하기 시작했다.

"조금이라도 의심스러운 게 있으면 다 걸러내요."

다섯 명의 팀원들이 심문 내용을 기록한 진술조사서와 해당 인물의 심문 과정을 촬영한 비디오를 돌려보았다.

인질로 있다가 풀려난 29명 가운데 여자가 15명, 남자는 14명이었다.

한 사람 당 심문 시간은 한 시간 반 정도 걸렸고 집중해서 다시 돌려본 것은 주로 남자들 것이므로 3, 4시간 뒤에는 검토가 끝났다.

심문과 답변 내용은 중복된 게 많아 꽤 지루했지만 눈을 부릅뜨고 집중했다. 처음 심문할 때도 의심을 걸고 한 건 아니었으나 지금은 그중에 두 명의 인질범이 있다는 사실을 전제로 깔고 보게 되니 모든 사실이 다 의심스러워졌다.

어떤 경우는 바로바로 대답을 못 하는 것도 의심스러웠으나 너무 매끄럽게 대답하는 것도 의혹이 갔다. 형사들은 진술서와 동영상을 보면서 체크를 남발했다. 그냥 넘어간 곳에서 마땅히 건졌어야 할 결락이 발견되면 그보다 후회스러운 건 없을 터였다.

각자의 이름과 주소, 연락처 등 기본 신원이 확실한가 아닌가부터 파티에 제대로 초대를 받고 왔는가, 직접 초대를 받지 않았다면 어떤 경로로 오게 되었는가 하는 게 모두 체크 대상이었다. 같은 질문을 나중에 또 했을 때 대답이 얼마나 달라졌는가 하는 점도 주요 체크 기준이었다.

"어디 좀 나왔나?"

이수경이 결과를 물었다.

수사관들은 각자 피의 사항들을 열거했다. 파티에 참가한 동기가 의심스럽다는 것부터 질문에 대답하는 게 일관성이 없다는 것, 직업이나 거주지가 자주 바뀌고 불확실하다는 것 등이 제시되었다.

최근 한 달 간의 행적이 불분명한 사람도 목록에 포함되었다. 폭행이나 과속, 신호위반 등의 전과가 있는 사람도 있었는데 그들은 직접 초대를 받고 온 부유층에 두어 명이 있어 오랫동안 논의의 대상이었다.

각자 추린 의심 사례들을 가지고 토론을 한 결과 공범으로 의심되는 인물은 네 명으로 좁혀졌다. 이수경의 수사팀은 이들을 모두 잡아들일 것인지 아닌지, 잡아들인다면 어떻게 해야 할지 다시 논의했다.

"일단 현재 그자들이 있는 위치를 확인해보고, 그 사람들에게 추가로 검증할 사항이 있어 다시 여기로 와야 되겠다고 전화를 하는 거야. 어떤 경로로 연락을 하든 전화를 안 받는 자와 받은 후 도망치거나 다른 행동을 보이는 자를 우선 체포해."

인질로 있다 풀려난 사람들은 범인이 누군지 확인되지 않은 까닭에 심문을 거쳐 귀가조치한 후에도 계속 경찰의 감시 하에 있었다. 그걸 눈치 챈 사람에게는 사건이 해결될 때까지는 신변보호를 위해서라고 둘러댔는데 사실 두 가지 다 이유가 되었다.

"출두하는 자는요?"

"그런 사람은 일단 의심에서 벗어난다고 볼 수 있지만 그래도 신병은 확보되는 거잖아. 적당히 조사하고 끝내면 되지. 그렇지 않은 자들이 얼마나 있느냐 하는 게 문제 아니야?"

"예, 그렇죠."

수사관들은 가장 의심스러운 사람들을 포함해 거의 모든 사람들에게 전화를 했다. 인질에서 풀려날 때 한 심문 과정에 미심쩍은 게 있고 새로운 사실이 드러나 확인할 게 있으니 다시 와 줬으면 한다. 찾아오기 어려우면 형사들이 데리러 가겠다. 그리고 반응을 기다렸다. 누가 어떤 행동을 취할 것인가.

얼마 후 감시하고 있던 수사관들은 두 사람을 긴급 체포했다.

심영호는 최상률의 친구로 고등학교 동창이었다.

웬만한 일에는 최상률의 뒤를 따라다녔다. 본인은 친구라고 했지만 거의 꼬붕에 가깝다. 별다른 직업이나 재산이 없는 건달이었다. 파티 참가비가 3백만 원인데 자기 돈 내고 참가할 리는 없고 최상률을 따라 왔다고 하는데 최상률이 한 명을 동반할 경우 호스티스를 데려오는 게 더 자연스럽지 이런 친구를 데려올 까닭이 없었다. 최상률의 친구였다는 것은 확인됐지만, 그와 함께 파티에 왔다는 사실은 확인되지 않았다. 최상률이 아직 산장에 억류되어 있기 때문이었다.

황문길은 Y&I 출장파티 기획사 실장이었다. 역시 초대장 없이 산장에 남았다 풀려난 인물인데 산장에 있다가 인질이 된 과정이 너무 자연스럽다. 의심을 품는 일에 있어서는 부자연스러운 것도 의심의 대상이 되지만 지나치게 자연스러워도 마찬가지였다. 주범의 범행 계획에 일찍부터 개입할 여지가 충분했다. 파티를 진행하면서 자연스럽게 공범으로 합류하고 범행을 도울 계기가 있었다.

붙잡혀 온 두 사람은 서로 격리되어 조사를 받았다. 하지만 둘 다 단호하게 부인했다. 심영호가 말했다.

"왜 나를 잡아 온 겁니까?"

"인질사건의 공범 혐의가 있어요."

"무슨 소리예요. 이미 조사받고 풀려났잖아요."

"그럼 왜 도망치려고 했습니까?"

"도망친 거 아닙니다. 지방에 볼일이 있어서 가려고 나선 겁니다."

"어디에 무슨 볼일?"

"그런 거까지 다 말해야 됩니까?"

"예, 사소한 거 하나하나 다 말해야 합니다."

"고향에 있는 친구와 만나기로 했습니다."

"고향 친구 누구요?"

"진성규라고 있습니다."

"그 사람 연락처 좀 말해봐요."

"그건 왜요?"

"확인해봐야 하잖아요. 만나기로 했으면 미리 연락했을 거 아닙니까?"

"우린 연락 없이 아무 때고 만나는 사이입니다."

"요즘처럼 바쁜 세상에 누가 미리 연락 없이 만납니까. 거짓말하지 말고 솔직히 불어요."

"뭘 불라는 말입니까?"

"청계산장 인질사건의 공범이잖아요."

"아닙니다. 저는 재수 없게 걸려든 인질일 뿐입니다."

"거기는 최상률 씨의 친구로 갔다고 했는데?"

"예, 맞아요."

"파티 참가비가 얼마인지 압니까?"

"글쎄요. 한 3백만 원 되는 걸로 알고 있습니다."

"3백만 원이나 내고 고작 당신 같은 친구를 데리고 갑니까?"

"친하니까요."

"그런 자리는 보통 이성, 곧 여자를 데리고 가지 않습니까?"

"그건 편견이죠. 본인이 원하면 누구든 데리고 갈 수 있습니다."

"파트너를 바꿀 수 있는 마약과 섹스 파티인데?"

"누가 그래요?"

"이미 다 알려진 사실입니다."

"잘못된 정보입니다. 선정적인 저널리즘에 젖어서 마음대로 퍼트리면 곤란합니다. 파티에 참석한 사람들을 모두 부도덕한 쓰레기로 몰면 속이 시원합니까?"

"이 양반이 누구를 훈계하려고 그래? 인질범 주제에."

"인질범 아니라니까요."

심영호가 소리를 질렀다.

"이것 봐요. 어차피 곧 밝혀지게 되어 있어요. 똑같이 처벌을 받아도 지금 드러나는 것과 사건이 끝나고 밝혀지는 건 하늘과 땅만큼 차이가 있습니다."

"무슨 차이요?"

"범행에 끝까지 가담한 것과 도중에 그만두고 경찰에 협조한 것의 차이니 형을 받을 때에도 큰 차이가 날 수밖에요."

심영호는 자신이 실수한 것을 깨닫고 입을 다물었다. 결백하다면 그런 것에 관심을 가질 까닭이 없지 않은가. 그를 한동안 노려보던 수사관이 다시 말했다.

"당신이 산장에서 나올 때 쓰고 있었던 가면이 배트맨이죠?"

"그렇습니다."

"산장에 있던 기간 내내 쓰고 있었다고 했죠?"

"……거의 그렇습니다."

"이제 와서 말이 달라지네. 거의 그렇다는 건 뭡니까?"

"처음 쓸 때 무작위로 집어든 거라서 그 이전에 누가 썼던 것일 수도 있다는 겁니다."

"호오, 그 가면을 정밀 분석하면 당신 이전에 누가 그걸 썼는지 알 수 있겠군요."

심영호는 다시 입을 다물었다.

"이 사람을 알고 있죠?"

다른 수사관이 탁자 위에 사진을 올려놓고 방향을 돌려주며 황문길에게 물었다. 고개를 숙여 사진을 유심히 본 황문길이 머리를 흔들었다.

"모르겠는데요."

"정말 몰라요? 당신하고 공범이잖아."

심영호의 사진을 다시 회수하며 수사관이 말했다.

"정말입니다, 한 번도 본 적이 없습니다."

심영호는 세 번째 석방 때 나왔고 황문길은 그 다음에 나왔다. 같이 나왔어도 가능한 인질들끼리 알아보지 못하게 격리조치를 하며 심문을 했는데 그게 오히려 안 좋은 건지도 몰랐다.

"Y&I에서는 언제부터 일했어요?"

"2년쯤 됩니다. 회사 생긴 게 그때니까요."

"창업 멤버란 말인가요?"

"예, 그렇죠."

"실장이면 어느 정도나 됩니까?"

"뭐가요?"

"직위나 대우, 또는 하는 일 말입니다."

"열댓 명 되는 작은 회사다 보니 직위는 사장 바로 밑이지만 총무 비슷하게 실무를 거의 전담하다시피 합니다."

"대우는?"

"받을 만큼 받습니다."

"하는 일에 비해서는 많지 않은 걸로 알고 있는데……."

"그런 것까지 조사했습니까? 그러니까 제가 박봉이라 돈을 노리고 범행에 가담했다 이런 건가요?"

"우린 모든 가능성을 열어놓고 수사를 합니다."

"하여간 전 아닙니다. 일 때문에 재수 없이 사건에 말려든 것뿐입니다."

"그런데 말이죠, 체격이 상당히 되는데 실례지만 키와 몸무게가 어떻게 됩니까?"

"185에 92kg입니다."

"인질이었다가 풀려난 분들의 증언에 의하면 처음 드라큘라 가면을 총으로 쏜 공범의 체격이 딱 그 정도입니다. 곰 가면을 쓴 사람이요."

"거기서 저 정도의 체격을 가진 사람이 적어도 다섯은 되었습니다."

"복잡한 상황이었을 텐데 잘도 아시는군요."

"그게 일이니까요."

"하여튼 가면을 정밀하게 조사하면 누가 썼던 것인지 알 수 있습니다. 곰 가면도 마찬가지고요."

"그렇겠죠."

"혹시 곰 가면을 쓴 사람이 더 있었나요?"

"그건 잘 모르겠습니다."

"일이 끝난 후 얼마를 받기로 했습니까?"

"그게 도대체 무슨 말입니까?"

***

　전국 각지의 텔레비전은 대부분 ㅅ방송을 틀어놓고 있었다.

　인질범과의 인터뷰는 TV를 시청하는 거의 모든 사람을 ㅅ방송으로 묶어두는 효과를 냈다. 다른 방송도 마찬가지지만 ㅅ방송은 모든 정규 프로그램을 중단하고 사건 현장에서 카메라를 상설 중계하고 있었기 때문이다.

　사건이 진행되는 과정을 중계하는 한편 범인과 인질들에 대한 상세한 정보를 취재 보도하기도 하고 인질사건과 깊은 관련이 있는 청계산장의 파티에 대해서도 다각적인 취재와 분석을 하고 있었다. 특별 생방송은 이 파티를 가면을 쓰고 정체를 숨긴 채 하는 마약 및 섹스 파티로 규정해 가고 있었다.

　TV를 보는 사람들은 많은 관심을 보이면서 TV 토론 프로그램에 나와 열변을 토하는 패널들의 의견을 듣고 그길 지지하거나 비꼬거나 반박하는 등의 사적인 논평을 쏟아냈다.

　패널들의 의견이 다양한 것처럼 시청자들 또한 마찬가지였다. 그럼에도 비가 내린 후 여러 갈래의 물줄기가 생기는 것처럼 몇몇 주도적인 의견이 생겨났는데 그건 퇴폐적인 섹스 파티에 대한 성토와 같은 비분강개형이었다. 그들을 인질로 삼은 범인들에 대해서는 지지와 반대가 엇비슷했다. 경찰의 대응에 대해서도 마찬가지였다.

　그 즈음 인터넷에 몇 개의 동영상 파일이 올라왔다. 제목은 '청계산장의 재판'이라고 되어 있었다.

　카메라가 산장 외부에서 시작해 현관문을 통과해 들어가고 내부의 1층을 한 번 훑고는 2층의 각 방으로 들어가 안에 있는 사람들을 한 명씩 보여주었다. 모두 가면을 쓰고 있는데, 그 영상을 배경으로 두 사람의 대화가 들렸다. 마스터가 12시간 후 재판을 하겠다고 허완에게 통고했던 내용이었다.

거의 끝나갈 즈음 재판은 몇 월 며칠 9시에 시작한다는 자막이 흘렀다.

***

허완의 인터넷 계정으로 많은 자료가 쏟아져 들어왔다. 민지영 사건에 대한 자료들로, 마스터가 보낸 것이었다. 그는 그 자료들을 수사 형사들에게 공유하여 모두 빨리 검토할 수 있게 했다.

주로 텍스트 파일이지만 동영상 파일도 상당수 있어 모두 돌려보는 데 많은 시간이 소요되었다. 그중 꽤 많은 분량이 민경학이 모은 것으로 여겨지는 것들이었다.

민경학이 모은 자료들은 민지영이 죽기 전까지의 행적과 휴대폰 통화기록, 그 통화기록에 나온 상대방 남자들의 신원과 행적 등이 포함되어 있었다.

상대방 남자들은 주로 조성주와 이의방이었는데 언제 어디서 만나자는 약속 따위가 오고간 메시지들이었다. 그리고 그들의 알리바이를 깰 수 있는 여러 증언들과 사진 자료들도 다수 있었다.

***

한지균은 민지영의 가족관계부터 조사해보기로 했다.

그는 동료가 긁어온 9년 전 사건의 자료들을 하나하나 검토해보면서 이상한 점을 하나 발견했다. 피해자인 민지영의 가족에 대한 게 거의 나타나지 않는다는 것이었다.

물론 강간살해사건은 사건의 당사자인 피해자와 가해자 위주로 언급되기 마련이었다. 그래도 가족이 배제되지는 않는다. 배제는커녕 자주 언급되는 게 정상이었다. 고아나 그에 준하는 환경이라면 모를까.

"어떻게 생각하냐, 성길아! 가족에 대한 정보가 너무 없지 않아?"

그는 컴퓨터 바탕화면에 올라 있는 각종 자료들을 클릭해 훑어보면서 후배에게 말했다.

그들은 수사본부에 마련된 간이 조사실에서 임시로 설치된 컴퓨터로 자료들을 살펴보는 중이었다.

예전 같으면 직접 해당 사건을 수사했던 수사기관을 찾아가 사건 파일을 보여 달라고 요청하고 증언을 듣고 필요한 걸 복사해서 살펴보았겠지만 지금은 거의 모든 수사 협조가 온라인으로 이루어졌다. 자료를 주고받는 일도 쉽고 빠르기 때문이었다. 전화와 인터넷으로 상당 부분이 이루어지는 만큼 발이 편한 대신 눈이 혹사되는 편이었다.

"이상하긴 하네요."

"그쪽에 뭔가 있는 것 같다. 이게 사실이 아니라면 범인으로 지목되어 재판을 받았던 친구들도 할 말이 있을 거야. 넌 그쪽 애들 좀 찾아서 만나봐라."

"그러지요."

과거사건, 그것도 오래전에 끝난 사건을 재조사하는 일은 쉬운 게 아니었다. 시간이 넉넉하다면 하나하나 차근히 훑어나갈 수 있지만 하루 이틀 사이에 밝혀내야 할 일이라면 한두 명으로는 불가능했다. 한지균이 비명을 지르자 강인후는 수사 요원을 더 붙여줬다. 그는 부사수인 유성길과 다른 형사에게 범인으로 지목되었던 자들과 당시 수사를 했던 사람들을 맡기고 자신은 민지영의 가족에 집중했다.

한참 자료를 뒤진 끝에 겨우 찾아냈다.

당시 아버지 민경학 47세, 무직. 어머니 김윤희 45세, 무직.

어라? 한창 일할 나이에 학생까지 둔 부부가 무직이라니.

그는 그들 부부의 연락처와 주소를 메모했다. 10년 가까이 지나 아직 남아 있을지 모르겠지만.

당연한 노릇인지 그들의 집 전화번호와 휴대폰 번호는 모두 없어졌다. 그렇다면 어디로 연락해봐야 하나?

그는 인터넷 브라우저를 열어 과거사건 기사를 검색했다. 민지영부터 시작해 아버지 민경학과 김윤희까지 하고 기간도 사건이 벌어졌던 여름을 포함해 그 해의 전 기간을 포함해보았다. 그러고서 검색 결과들을 하나하나 살펴보았는데 10월 중순에 몇 개의 기사가 한꺼번에 나타났다.

목격자 없는 한밤중의 뺑소니 사고, 40대 중년 남자 사망

제목에는 피해자 이름이 없는데 기사 본문에 민경학이라는 이름이 두 번 있었다. 47세의 민경학이라는 남자가 귀가 중 집 근처 도로에서 뺑소니 차에 치어 사망했다는 기사였다.

목격자는 아무도 없었고 골목길을 걷던 피해자가 뒤에서 들이받은 차에 치어 쓰러졌는데 이후 몇 시간 동안 방치되어 있다가 사망했다는 것이었다.

평범한 사건 사고 기사였다. 그런데 이상한 점은, 왜 본문 어디에도 피해자가 석 달 전 살해당한 민지영의 아버지란 사실이 언급되지 않았느냐는 것이다.

몰랐을까, 그럴 리가 없는데? 그러면 동명이인인가? 피해자의 집이 시와 동까지만 나와 있다고 해도 주소가 거의 같은데.

다른 기사가 또 눈에 띄었다.

같은 주소, 그러니까 민경학의 집인 단독주택이 원인불명의 화재로 전소되고 안에서 자고 있던 모녀가 화재로 사망한 사건. 화재가 진화된 후 불에 탄 시신 두 구가 발견되었는데 모녀로 보이는 두 여성은 민경학의 아내 김윤희와 큰 딸 민지혜인 것으로 추정되었다.

화재는 낡은 전선이나 전기용품의 누전에 의한 것으로, 그리고 모녀는 잠을 자다 피하지 못하고 연기에 질식해 사망한 것으로 추정되었다. 화재 발생 시각은 민경학이 뺑소니 사고로 사망한 지 서너 시간 뒤인 새벽 3, 4시쯤인 것으로 여겨졌다.

이거 참.

한지균은 한 사람에게 평생 한 번 일어날까 말까 한 불운이 가족에게 연이어 발생할 확률이 얼마나 될까 생각했다.

아무리 생각해도 그럴 가능성은 거의 제로였다. 그렇다면 딸인 민지영이 강간 피살된 것부터 아버지 민경학의 뺑소니 사고, 엄마와 언니의 참변이 하나의 줄기로 이어져 있다고 볼 수밖에 없지 않은가.

고등학생인 딸이 세 명의 불량배에게 강간당한 후 살해되어 저수지에 버려졌다. 그리고 석 달 뒤 아버지가 뺑소니차에 치어 죽었다. 또 몇 시간 뒤 남은 가족인 엄마와 언니가 불에 타 죽었다. 이게 연결되려면 그것들을 꿰뚫는 줄기가 있어야 하는데 그게 뭘까.

범인들은 이미 잡혀서 재판을 받고 있는데 말이다. 민지영의 아버지 민경학은 그동안 뭘 하고 있었을까?

* * *

모두가 초조하게 기다리는 동안에 드디어 재판이 시작되었다. 수사본부의 온라인 기술팀이 인터넷 생중계 사이트에서 '청계산장의 재판'으로 등록된 방송을 찾아 대형 멀티 화면에 연결해놓았다. 이미 시청자 수가 백만을 넘어서고 있었다.

검색해본 결과 다른 사이트에도 같은 방송이 시작되고 있었다. 수사본부는 물론 그 윗선에서도 이 방송을 차단할 것인지에 대한 논란이 있었고 지금도 계속되고 있었다. 수사본부 쪽에서는 인질사태에 대한 정보를 확인하기 위해서는 그대로 놔둬야 한다는 주장이 대부분이었다.

검경의 고위층이나 그 윗선에서는 의견이 엇갈렸다. 아직 인질로 잡혀서 소위 '재판'을 받는 사람들의 가족과 가깝거나 여러 경로로 연결되어 있는 고위 간부들은 인터넷 방송을 차단해야 한다고 주장하는 반면 수사 지휘라인에 있는 고위 간부들은 현장 수사본부의 입장을 지지하는 편이었다. 더 큰 결정권을 가진 '정치가'들은 여론에 더 신경을 썼다.

그들의 입장은 여론의 향배를 봐서 결정하겠다는 것이었고 '당분간' 두고 보자는 것이었다. 결론이 나지 않은 상태에서 재판 그리고 인터넷 중계가 시작되었다.

의자에 묶여 있는 일곱 명의 피고가 화면에 모습을 보였다. 이번에는 모두 가면을 쓰지 않고 있었다. 정면에서 비치는 조명에 분명히 얼굴이 드러났다. 약간 졸린 듯하면서 피폐한 상태였음에도 누군지는 알 수 있었다.

마스터가 사건 개요를 설명하기 시작했다.

"L고등학교 2학년 민지영 집단강간 살인사건.

9년 전 7월 어느 날 밤 귀가하던 민지영은 세 명의 동네 불량배에 의해 납치되어 집단으로 강간 당한 뒤 범행을 은폐하려는 그들에게 살해되어 인근 저수지에 버려졌습니다. 나흘 후 세 부랑배는 체포되어 범행 일체를 사백하고 재판을 받고 각각 12년에서 15년 형을 받고 복역했습니다.

이렇게 세상에 알려진 사건이지만 실상은 다릅니다. 이제부터 이 사건의 실제 범인들을 앞에 두고 그 실상을 공개하겠습니다."

사건의 범인인 다섯 피고에 대한 인정 심문이 시작되었다.

피고인 조성주, 33세, J그룹 차남.

피고인 최상률, 32세, 사법연수원생

피고인 이한울, 34세, 청와대 파견 경찰 간부

피고인 이의방, 34세, L학원 이사

피고인 김주식, 33세, 개인 기업 대표

마스터가 이름을 부를 때마다 카메라가 해당 인물을 비췄다. 그러면 해당 인물은 카메라를 정면으로 바라보았다.

화면 하단에는 해당 인물의 이름과 나이, 직업 등이 자막으로 나타났다. 하나의 화면에 한 명씩 보일 때도 있고 멀티스크린처럼 다섯으로 나눠진 구획 안에서 한꺼번에 보일 때도 있었다. 화면에 나타난 얼굴들은 땀에 젖고 지쳐 있는 기색이 역력했다.

다섯 명의 피고가 소개되고 난 후 허완이 말했다.

"변호인 자격으로 묻겠습니다. 인질들이 초췌해 보이는데 고문을 했습니까?"

"아닙니다."

"고문한 것처럼 보이는데요."

"며칠 동안 갇혀 있다 보면 심신이 고갈되는 건 당연하죠."

"인질은 모두 일곱인데 왜 다섯 명만 보여줍니까?"

"나머지 두 명은 해당 사건과 직접적인 관련이 없습니다."

"다른 사건이 또 있습니까?"

"연계된 범죄가 있습니다."

"그건 뭡니까?"

"나중에 다 알게 됩니다."

수사팀은 어떻게든 재판을 흠집 낼 필요가 있었다. 범죄자에게 정당성을 부여하면 수사가 제대로 되지 않는다.

"아직도 공정한 재판을 하고 있다고 주장합니까?"

"공정하다는 게 도대체 뭔데요?"

"우선 법과 규칙을 지키는 거지요."

"모든 법이 다 공정합니까?"

"국민이 합의해서 만들었으니까 일단 그렇다고 봐야 하지 않겠습니까?"

"국민이 합의했다? 물론 국민의 대표자라 할 수 있는 의회 의원들이 만들었으니 그렇다고 해 두고요. 법과 도덕률, 법과 상식이 어긋나면 어느 쪽을 따라야 합니까?"

"저희는 법을 따릅니다."

"법을 집행하는 기관이라서? 뭐, 좋아요. 그럼 사람에게 나쁜 법도 있다는 건 인정하시죠?"

"그럴 수도 있겠죠."

"민주주의가 갖춰지지 않은 독재국가나 옛날 왕조 시대에도 법은 있었으니까."

"그렇습니다."

"혹시 물 판정이나 불 판정에 대해서 압니까?"

"그건 뭔가요?"

"옛날 영국, 앵글로 색슨인의 재판 방법 중 하나입니다. 증인이 없을 때는 피고의 손발을 결박하여 미리 준비된 못에 던져서 수직으로 가라앉게 되면 물이 그를 용납했다 하여 무죄로 삼았던 것을 물판정이라고 하고, 불에 달군 쇠를 일정한 거리만큼 운반시키고 일정한 시일이 경과한 후에 나타나는 화상을 가지고 죄의 유무를 판정하는 것을 불판정이라고 하는데, 이런 준거에 의해서 재판이 진행했다고 합니다. 앙드레 모루아의 영국사에 나오는 얘기입니다. 황당하죠?"

"그렇긴 하네요."

"영국에서 그런 재판 관습은 16세기까지 이어져 내려왔다고 합니다. 마녀사냥 때 횡행했던 거지요. 찾아보면 그런 황당한 재판들이 상당히 많습니다. 멀리 갈 것도 없이 우리나라만 해도 정당하지 않은 권력에 의해 많은 사람이 재판을 받고 형장의 이슬로 사라졌습니다. 유신 시대를 전후한 군사정권에서 평범한 사람들이 온갖 고문에 의해 간첩이나 용공분자로 허위자백을 한 후 재판에 넘겨져 오랫동안 형을 살거나 사형을 당했죠. 공안 사건이 아닌 경우에도 경찰이 대충 용의자를 찍어 재판에 넘기기도 했습니다. 이런 모든 경우가 변호사와 변론권이 제대로 갖춰진 법정에서 이루어졌어요. 교수님이 피고일 경우 제도와 절차만 제대로 갖춰져 있으면 억울해도 얌전히 재판을 받겠습니까?"

"그건 그때 가봐야 알겠습니다."

"자, 모든 법은 언제나 재고의 여지가 있는 게 맞지요?"

"그건 그렇습니다."

"동서고금의 수많은 사례에 비추어 제가 하는 게 재판이 아니라고 할 수 있습니까?"

"……."

허완은 처음으로 대답을 못 했다.

***

인질 가족 대기실에는 남은 인질의 가족 외에도 수사 경찰과 기술 요원들이 항시 대기 중이었다. 그곳에는 물론 인터넷 전송 장비와 모니터도 있어 마스터가 인터넷을 통해 방송하는 장면을 실시간으로 보여주고 있었다.

가족들은 자신들의 아들이나 동생이 나타날 때마다 움찔하면서도 더 자세히 보기 위해 모니터 가까이 다가가곤 했다.

조성주의 모습이 처음으로 보이자 그의 형 조성원 역시 뚫어져라 화면을 응시했다.

"동생 조성주 씨가 맞습니까?"

수사관의 질문에 조성원은 고개를 끄덕이며 대답했다.

"예, 맞아요."

입을 꽉 다문 그의 얼굴은 할 말은 많지만 아무 얘기도 할 수 없는 것처럼 보였다. 제대로 잠을 못 자 충혈된 눈은 빨리 이 자리에서 벗어나고 싶은 듯 자주 흔들렸다.

나머지 다른 가족들도 그들의 자식이나 형제가 보일 때마다 현미경으로 들여다보듯이 살펴본 후 가족이 맞다고 확인했다.

***

인터넷을 떠들썩하게 달구고 있는 청계산장의 재판 사건을 보고 성형외과 의사 신경준은 놀라 눈을 크게 떴다. 소위 '재판'을 받는 사람들 중에 자신이 수술해준 사람이 있었다.

그는 몇 달 전 낯선 환자를 맞았다. 하지만 의료 행위를 할 수 없는 처지였다. 작년까지만 해도 실력 있는 의사로 이름을 날렸으나 의료사고에 의한 소송으로 병원을 날려먹고 마약류 복용에 대한 수사까지 받는 바람에 의사 면허까지 취소된 상태였다.

술에 취해 나날을 보내던 그에게 손님은 수술을 의뢰했다. 면허가 취소된 상태이기 때문에 당연히 불법 시술이었다. 신경준은 쉽게 응하지 않았지만 그가 제시한 액수가 워낙 거액이라 해주기로 했다.

"정상적으로 수술을 하는 곳도 많은데 왜 나를 찾아왔습니까?"

"선생님이 최고라는 말을 들었습니다."

신경준은 가진 것을 다 날리긴 했어도 그런 말에 넘어갈 만큼 호락호락하지는 않았다.

"비밀이라는 말이군요. 수술했다는 사실 자체도."

"편한 대로 생각하십시오."

손님 의뢰는 평범한 것이 아니었다. 자신을 다른 사람의 얼굴로 바꾸는 것이었다. 현재의 기술로 불가능한 것은 아니지만 일반 성형수술보다는 훨씬 어려웠다. 다행이라면 의뢰자와 대상의 얼굴 형태가 유사하다는 점이었다.

신경준은 친구의 병원이 쉬는 주말을 이용해 2주에 걸쳐 완벽하게 수술을 해주었다. 그리고 그의 통장엔 거액이 입금되었다.

일련의 과정을 곰곰이 생각해보던 신경준은 문득 의혹에 사로잡혔다. 잘 나가던 병원이 하루아침에 망하게 된 것이 단지 불운 때문일까. 그 사내는 무슨 일을 꾸미는 것일까. 소위 재판을 받고 있는 저 조성주라는 인물은 자신이 수술을 해준 사람인가 아니면 다른 사람이 저 사람의 모습으로 변한 것일까.

지금 벌어지는 사건을 보니 왜 자신에게 수술을 의뢰했는지 확실히 알 수 있었다. 본래 평범하거나 못생긴 얼굴을 잘 생긴 얼굴로 바꿔주는 성형수술은 너무나 흔해 강남에 가면 빌딩 전체가 그런 성형외과로 도배가 되어 있었다. 심하면 하나의 거리 전체가 또 그런 건물로 채워져 있기도 했다.

당연히 그런 곳에서도 잘생긴 영화배우 누구, 탤런트 누구하고 같거나 비슷하게 해달라는 주문이 많다. 하지만 실존 인물과 완전히 똑같은 모습으로 수술해달라고는, 주문하지 않고 해주지도 않는다. 거기에 합법과 탈법, 위법의 미묘한 경계 지점이 있기 때문이다.

대상이 유명인이 아닌 경우는 더 말할 것도 없다. 수술을 원하는 사람은 좀 더 잘생기고 예뻐지기를 원하지 다른 누구와 같기를 원하지는 않는다. 뭔가 꺼림칙하기 때문이다. 의사의 경우 그 일은 상당히 어려운 일이다. 그런 까닭에 그는 손님이 지금 조성주로 알려진 인물의 모습으로 얼굴을 바꿔 달라고 했을 때 어느 정도 예상은 했었다. 뭔가 큰일을 꾸미려고 하는구나.

결과는 예상보다 훨씬 컸다.

그는 이 사실을 경찰에 알리느냐 마느냐로 고민에 빠졌다. 알리게 되면 자신의 불법 시술 행위가 드러나기 때문이다. 또 수술 대가로 받은 억대의 돈은 어쩌란 말인가. 사실 '피고'들은 죽어 마땅한 놈들이 아닌가. 하지만 이런 상황 자체가 어쩐지 의도된 것 같다는 느낌이 들었다.

그는 핸드폰을 만지작거리는 행위만 반복하고 있었다.

***

이어서 마스터는 조성주를 불렀다. 조성주가 고개를 들고 대답한다.

"피고는 200X년 7월 21일 L고등학교에 다니는 2학년 민지영을 만나 같이 놀자고 유혹한 일이 있습니까?"

조성주가 고개를 끄덕이며 예, 라고 대답했다.

"민지영은 어떻게 알게 되었습니까?"

"친구가 있는 학교에 다니고 있었습니다."

"친구 누구요?"

"이의방입니다."

"이의방이 민지영을 꾀어 오라고 했나요?"

"그렇습니다."

"본인 집안의 소유인 청계산의 산장으로 데리고 왔지요?"

"예."

"지금 이 건물이 맞습니까?"

"맞습니다."

"거기 누가 더 있었습니까?"

"이의방과 이한울 그리고, 최상률, 김주식입니다."

"당시에 어떤 신분이었습니까?"

"대학생이었습니다."

"다른 친구들도 같았습니까?"

"일찍 졸업한 이의방만 빼고 모두 같았습니다."

"민지영을 데리고 와서 뭘 했습니까?"

"술을 먹으며 같이 놀았습니다."

"민지영에게 술을 강제로 먹였습니까?"

"그런 편입니다."

"그 자리에서 친구들인 최상률과 이한울, 김주식, 이의방과 함께 모의하고 윤간을 했지요?"

"예."

"피고 최상률."

"예."

"다른 친구들과 함께 민지영을 강간했습니까?"

"예."

"피고 김주식."

"예."

"민지영을 강간했습니까?"

"예."

"피고 이한울."

"예."

"민지영에게 술을 먹이고 강간했습니까?"

"예."

"피고 이의방."

"예."

"민지영을 강간하고 죽였습니까?"

"예."

"L고등학교는 L학원에 속해 있죠?"

"그렇습니다."

"피고는 그 학원에서 무얼 하고 있었습니까?"

"기획관리실에서 일하고 있었습니다."

"학원의 이사장이 누구였습니까?"

"이성수였습니다."

"이성수는 피고의 아버지입니까?"

"예."

"이성수는 지금도 학원의 이사장으로 있죠?"

"그렇습니다."

다시 화면이 조성주로 바뀌면 마스터는 다시 조성주에게 물었다.

"그 이후로 어떻게 했습니까?"

"다 끝나고 나서 민지영이 울면서 집에 가겠다고 하자 겁이 나서 뒤쫓아 갔습니다."

"그래서요?"

"붙잡고 쓰러뜨렸는데 계속 반항하자 주먹으로 얼굴과 여러 곳을 때렸고 다른 친구들도 같이 때리다 보니, 죽어 있었습니다."

"조성주의 말이 맞습니까?"

모두 다 같은 대답이었다.

인질들이 너무 쉽게 실토하자 허완이 말한다.

"저들은 지금 제정신이 아닌 것처럼 보입니다. 인질들에게 약을 투여했습니까?"

"무슨 약이요?"

"자백제 같은 거요."

"그런 약이 있습니까?"

"심신 미약 상태로 만들 수 있는 약은 있다고 알고 있습니다. 피고가 제정신이 아닌 상태에서는 재판을 진행할 수 없습니다."

"몇 가지 약물이 있었는데 모두 스스로 먹은 것입니다. 그것도 파티 중에 흡입 또는 복용한 것이라서 꽤 시간이 지났습니다."

"마약이 있는 파티에 왔으니 그랬겠지요."

"투약 여부와 상관없이 이들은 진실을 말하고 있습니다. 그 증거도 있고요."

"그래도 이들은 자기 방어를 할 수 없는 상태입니다."

"그건 방송을 보는 분들이 판단하시겠지요."

　　　　　　　　　　***

　이한울은 뒤로 묶인 두 손을 꼼지락거렸다.

　그는 산장에서 벌어진 지금까지의 경과 중 얼마나 예상했던가 생
각해보았다.

　인질들이 하나 둘 풀려날 때 이미 불안해지지 않았나 싶었다. 잘
짜인 각본인데 너무 쉽게 풀리는 것 같았기 때문이었다.

　서른 댓 명쯤 되는 인질 가운데 마지막 남는 사람이 자신이 아닐까.
역시 예감은 틀리지 않았다. 다섯 명 남짓 남았을 때 그는 확신했다.

　원죄.

　어디서부터 잘못된 것일까.

　하나하나 따지고 들어가면 자신이 태어날 때까지 돌아가야겠지
만 그런 것 다 고려했다가는 아무 소용이 없을 터이고. 결국 그동안
수 없이 많았던 매듭, 곧 끊을 수 있었던 곳에서 끊지 못했던 게 여
기까지 온 결과였다.

　가장 최근의 일, 조성주의 행적이 약간 이상하다고 느꼈을 때 확
실히 알아보고 이 파티에만 오지 않았어도 자신은 덫에 걸리지 않
았을 것이다.

　시간의 테이프를 좀 더 앞으로 돌리면 끊어낼 기회는 훨씬 많았다.
남들에게만 맡기지 말고 뒤처리를 확실히 한다든지, 이런 친구들과
어울리지 않는다든지, 어울린다고 해도 어느 정도 절제를 한다든지.

　다른 방면엔 철저했던 자신이 왜 이 부분에서만 미흡했던 것일까.

　여자들을 만나서 적당히 즐기고 버리는 일이나 범죄자들로부터
그들의 이익을 적당히 가로채는 일 따위는 얼마나 잘 처리했던가.

결국 그 빌어먹을 팀 때문이었다.

더러운 새끼들, 돈만 받아쳐먹고 할 일은 하지 않아 일을 이 지경으로까지 만들다니.

그는 마지막 문자를 떠올렸다.

-그냥 시키는 대로 해.

이건 누가 보낸 걸까. 반쯤 명령하는 어투는 수사팀의 말은 아니다. 그럼 생각할 수 있는 사람은 하나뿐이다. 아버지.

아버지가 왜 이런 하나마나한 메시지를 보냈을까. 그의 아버지는 농담으로라도 실없는 소리는 하지 않는 사람이었다. 그런데 이런 심각한 상황에서 의미 없는 말을 한다는 것은 다른 의미가 숨어 있다는 뜻이다.

보통 부모들이 쉽게 하는 이 말은 무모한 행동을 하지 말고 자신의 안전을 지키라는 뜻으로 쓰인다. 여기에 더하여 그의 아버지는 한 가지 의미를 덧붙였다. 자신이 다른 수단을 쓸 때까지 기다려라.

그게 무엇일까. 지금 출동해 있는 경찰 말고 다른 수단이 뭐가 있을까. 아마 누군가를 보낼 모양이다. 이런 일을 잘 해결할 수 있는 전문가를.

그때까지 범인에게 거슬리지 말고 협조해줘야 한다는 얘긴데 그러기엔 너무 피해가 크다. 차라리 특공대가 밀고 들어왔으면 쉽게 해결될 텐데 뭐 때문에 못하는 건지 답답하기만 했다. 특공대의 전술 훈련은 바로 이런 때 쓰기 위한 게 아닌가.

적외선을 통해 범인들의 위치 정도는 파악할 수 있을 테니 몇 군데의 문과 창문을 부수고 들어와 전격적으로 사살하면 인질의 희생은 최소화하고 사건을 해결할 수 있다. 실전 경험이 부족해서 그렇지 우리나라의 대테러 전술 능력은 손꼽을 정도다.

차라리 메시지 통화가 이루어질 때 무력 진입을 강하게 주장할 걸 그랬다. 사람이 한 치 앞을 못 본다더니 그때만 해도 범인들이 몸값을 받고 몇 명씩 풀어줄 때 자신도 곧 뒤를 따를 것이라고 낙관적으로 생각했다. 체에 걸러내듯 자신을 포함해 과거 사건에 관련된 자들만 남겨둘 줄은 몰랐던 것이다.

마지막 남은 이들이 조성주와 김주식, 이의방 등이라는 걸 가능한 빨리 알았다면, 아니 그들이 파티에 참석해 있다는 사실만 알았더라도 일이 어떻게 진행될지 눈치 챌 수 있었을 것이다.

가면.

그는 속으로 머리를 쳤다. 애초에 같은 파티에 온 사람이 누군지 전혀 알 수 없도록 만들었던 것이다. 다른 사람을 알아맞히는 게임이라니, 이런 초딩 같은 것에 속았다는 것이 도무지 말이 안 되는 듯한데 또한 그럴듯했다. 약과 섹스라는 짜릿한 일탈을 할 수 있으면서도 신변이 드러나지 않도록 안심하게 할 수 있는 장치로 그만이기 때문이다.

그리고 그것을 보장하는 인물, 조성주.

여기서 너의 역할은 무엇이냐?

우리를 끌어들이기 위한 미끼인가.

협박을 받았든 양심의 가책을 받았든 내 알 바 아니지만.

아무리 그렇다고 해도 미리 언질은 줄 수 있지 않았냐? 왜 우릴 끌어들여 놓고는 같이 죽자고 지랄하는 거냐고.

***

이수경은 심영호와 황문길을 같은 자리에 불러 심문을 계속했다. 그녀는 유도심문을 했다.

"당신이 공범이라는 증거가 있어요."

"그게 뭡니까?"

"당신들이 썼던 피터팬과 곰 가면입니다."

"우리가 쓰고 나온 가면은 다른 겁니다."

"그렇죠. 산장 안에서 쓴 건 벗어놓고 다른 걸 쓰고 나왔죠. 한데 그걸 우리가 확보했습니다."

"산장 안에서 썼던 가면을 우리가 벗어놓고 나왔다면 그게 당신들한테 있을 리가 없잖아요?"

"그렇겠죠. 누군가 들어가서 가지고 나오거나 주범이 건네줬거나 하지 않는 한."

"그럼 뭡니까, 정말 그랬다는 건가요?"

"당신들이 나오고 얼마 안 돼 주범이 방송 카메라를 불러 중계를 하고 인터뷰를 했어요. 그건 알고 있죠."

그녀가 뚫어지게 바라보자 두 사람은 지지 않겠다는 듯 마주 보았다가 곧 고개를 끄덕였다. 안에 있든 밖에 있든 또 이 사건에 관련이 있든 없든 관심을 갖지 않을 수 없는 상황인데 아니라고 하면 그 역시 의심을 살지 모르니까.

"우리가 범인의 요구 사항을 아무런 대가 없이 들어주기만 했겠습니까?"

"거래를 했다는 겁니까?"

이수경이 고개를 끄덕였다.

"그게 말이 됩니까?"

"말이 안 됩니까?"

그녀의 반문에 심영호와 황문길은 입을 다물고 건너편의 수사관들을 유심히 살펴보았다.

인질범과 수사 팀이 거래를 하는 건 충분히 있을 수 있는 일이다. 하지만 공범을 넘기는 일을 가지고 거래를 한다는 건 상식적이지 않다. 공범이 밖으로 나왔다 해도 그 시점에서는 경찰이 그걸 알 수 없을 터인데 누군가가 공범이라는 증거물을 넘겨달라고 할 수 있을까.

공범을 경찰에 넘기는 거래를 했다면 차라리 그들의 신상 정보를 알려주는 게 가장 확실하지 않았을까.

이런 사실을 들어 이치에 맞지 않는다고 주장하면 결국 이 사건에 대해 너무 많이 알고 있는 것으로 받아들여진다. 두 사람은 그런 딜레마를 느꼈다.

그들은 수사관들의 얼굴에서 그들이 사실을 말한 건지 아닌지 알아내려 애를 썼지만 도무지 알 수 없어 머릿속이 복잡해지기만 했다.

"범인과의 인터뷰를 위해 산장에 들어간 카메라 기자가 사실은 우리 측 요원이었어요. 주범은 전국방송 중계를 요구했지만 실제로 거래를 한 건 그것만이 아니었습니다. 이 자리에서 거래 내용을 구체적으로 말할 수는 없지만 당신들이 썼던 가면도 포함되어 있어요. 곰과 피터팬 가면이 공범들이 썼던 거라는 건 다른 인질들을 통해 확인됐고, 거기서 당신들의 유전자 정보만 확보되면 결정적인 증거가 되겠지."

"우리가 그의 공범이라고 치고, 그럼 왜 그가 우리를 배신한단 말입니까?"

"몸값 반출에 차질이 생겼기 때문이지요."

"그게 무슨 소립니까?"

"일이 어떻게 돌아가든 당신들한테 돌아갈 몫은 없어요."

두 사람은 자신들도 모르게 긴장해서 수사관들을 주시했다.

"범인이 인질들을 이용해 자신들이 취한 몸값을 밖으로 빼돌린
건 획기적인 게 분명해요. 우연적인 요소에 의해 차질이 생길 거라
는 걸 고려하지 못해서 문제지. 어쨌든 몸값으로 취득한 다이아몬
드의 대부분은 우리가 회수했어요. 일부만 남았는데 그 또한 회수
할 작정이고. 문제는 그 때문에 당신들 각자에게 돌아갈 배당액이
대폭 줄어들거나 아예 없어진다는 거지. 남은 돈이 1, 2인분밖에 없
는데 그걸 공범들에게 나눠줄 수 있을까요?"

심영호와 황문길의 얼굴은 차갑게 굳어 있었다. 경찰이 다이아몬
드의 회수 작업을 비밀리에 진행한 까닭에 그들은 그 사실을 몰랐
던 것 같아 보였다.

"당신들 각자 얼마씩 받기로 했나?"

두 사람은 깊은 고민에 빠진 듯 대답이 없었다.

***

한지균은 재수사를 해야 할지 갈피를 잡을 수 없었다. 우선 민경
학의 행적에 집중해보기로 했다. 그는 유성길에게 전화를 걸었다.

"왜요?"

"당시 사건 담당 형사들 만나고 있지?"

"몇 분 만나서 얘기 들어보려고 하는데요."

"그럼 민지영의 아버지 민경학에 대해서 물어봐."

"뭘요?"

"민경학은 수사가 자신이 생각하고 있는 방향으로 나아가지 않는 걸 알고 이의를 제기했을 거야. 개인적인 경로로 알아낸 정보가 있었겠지. 그런데 자신의 의견이 전혀 받아들여지지 않았기 때문에 직접 움직였다고밖에 볼 수 없어. 그런 까닭에 다니던 직장도 그만둔 거고. 분명 흔적이 남아 있을 거야."

"예, 알겠습니다."

전화를 끊고 그는 민경학의 행적을 찾아 나섰다.

그가 다녔던 회사에서 가까이 지냈던 동료를 찾아냈다. 민경학과 같은 시기에 회사 생활을 시작했던 동료는 처음에 만나지 않으려 했다. 만나서도 선선히 얘기하지 않으려는 눈치였다.

적당히 구슬리고 약간 상압적으로 나아가자 비로소 털어놓기 시작했다. 왜 그랬는지는 나중에야 알 수 있었다.

"민경학 씨와 친했다고 들었습니다."

"예, 입사동기로 20년 가까이 한솥밥을 먹었으니."

"그분이 회사를 그만둔 게 8월 중순인 걸로 되어 있던데."

"그렇습니다."

"왜 그만뒀는지 알고 계십니까?"

"당시는 둘째 딸이 살해당하고 범인이 잡혀 재판을 받고 있을 때였습니다."

"예, 그랬지요."

"그런데 그 애들은 범인이 아니라고 했습니다. 범인은 따로 있다고요. 그런데 아무도 자신의 말에 귀를 기울이지 않는다며 직접 찾아야겠다고 했습니다."

"진범이 누구라고 말했습니까?"

"아뇨."

"민경학 씨가 사직하겠다고 했을 때 본인은 어떻게 했습니까?"

"극구 말렸지만 고집을 꺾을 수는 없었습니다."

"그분이 개인적으로 조사한 내용을 얘기한 적이 있나요?"

"구체적으로는 말하지 않았습니다. 다만 진범들의 배후에 뭔가 있다고 했습니다."

"그리고요?"

"그리고 그 뒤 한 달 반쯤인가 지나서 교통사고를 당했다고 들었습니다. 연락을 해보려고 했는데 부인과 다른 가족까지 집에 불이 나 다 죽었다는 사실을 알고……."

"그런 사실을 알고?"

"그 친구 말대로 정말 뭔가 있다고 생각했습니다."

"그걸 아무에게도 말하지 않았나요?"

"예."

"왜요?"

"제 주위에도 누군가 있다는 느낌이 들었거든요. 단순한 느낌이 아니라 항상 누군가 제 일거수일투족을 감시하고 있었습니다. 친구와 그 가족의 죽음까지 평범한 사고로 만들 수 있다면 나 역시 그러지 말라는 보장이 없잖아요. 그래서 아무것도 모르는 척 가만히 있었습니다."

"그 감시가 언제까지 갔습니까?"

"1년이나 2년 정도?"

민경학이 딸을 살해한 진범이 따로 있다고 주장한 근거는 무엇인가. 다른 정보가 있기 때문이었을 것이다. 그 정보란 피해자인 딸 민지영이거나 민지영과 친한 친구이거나 가족이 제공했을 것이다. 이를테면 민지영이 살해되기 전에 아빠에게 언제 누구를 만날 것이라 전화나 직접 얘기를 했다든지, 그런 사실을 친한 친구인 누군가 알려줬을 것이라든지.

그런데 9년이나 지난 지금 본인을 포함해 가족 모두가 죽어버렸다. 그가 직접 조사하고 모은 사건의 진상까지.

유성길이 전화를 걸어왔다.

"선배님, 이쪽 꼰대들 얘기 들어봤는데요."

"뭔가 나온 게 있나?"

"별로 없습니다. 제대로 수사를 했다고 하는데 뭐 할 말이 있겠어요. 성폭행범들에 대한 제보를 받고는 그들을 체포해 증기 조사와 알리바이 수사하고 자백을 받아내 검찰에 넘겼다. 수사 과정에 아무 문제도 없었다, 이러는군요."

"민경학은?"

"그게 좀. 당시 수사관들도 여간 골머리를 썩은 게 아니랍니다."

당시 민경학의 행적은 딸을 성폭행하고 죽인 범인들이 동네 건달 세 명 따위가 아니라고 생각하고 진범을 찾아다닌 과정이었다. 왜 진범이 있다고 생각했는지는 드러나지 않았다. 하여튼 경찰이 수사한 내용은 하나도 믿지 않았다. 범인은 따로 있었고 살해된 날짜도 달랐고 장소도 달랐다고 주장했다.

그렇게 주장하기까지 꽤 많은 자료와 증거를 모았겠지만 그가 뺑소니 사고를 당했을 때나 아니면 집이 불탔을 때 다 사라진 모양인지 아무도 봤다는 사람이 없고 그 후에도 발견되지 않았다. 물론 하나의 가설일 뿐이다.

그런데 당시의 수사 자료를 검토해보니 동네 건달 세 명의 알리바이도 처음엔 피시방 주인에 의해 증명되었으나 다음 날 바로 부정되었다. 셋 중 형 노릇을 하는 김종길의 하숙방에서 민지영의 팬티가 발견되었다는 것도 어색하고 작위적이다. 셋이 기소된 뒤에 찾아냈기 때문이다. 물론 법정에서는 새로운 증거로 채택되었다. 과연 세 건달은 누명을 쓴 것이고 진범은 따로 있었던 걸까?

유성길의 설명을 들은 한지균이 말했다.

"알았어. 수고했다. 좀 미심쩍은 부분은 계속 파봐."

***

마스터는 화면을 통해 증거들을 제시했다.

민지영과 조성주의 문자 통화 내용, 민지영과 같이 찍은 사진, 휴대폰 카메라로 민지영을 강간하는 모습이 찍힌 동영상 등.

동영상에 대한 마스터의 설명이 이어졌다.

"이 비디오는 범인 중 하나인 이의방이 촬영한 것입니다. 다 아시는 것처럼 그때나 지금이나 강간 동영상은 아무런 문제의식 없이 촬영, 유포되고 있습니다. 당시에는 범죄의 증거가 될 것이라는 생각이 없었겠지요. 당시 여러 사람에게 유포되었는데 누군가의 막대한 노력에 의해 '거의' 사라졌습니다. 이건 국내의 꽤 큰 웹하드 및 파일공유 사이트에서 찾아낸 것입니다. 산더미 같은 쓰레기 더미를 바닥까지 파헤쳐서 원하는 쓰레기 하나를 찾아내는 게 아마 이런 느낌일 겁니다. 굉장히 피곤하고 더럽다."

"사건이 이와 같이 밝혀져 정상적으로 수사가 진행되고 재판이 이루어졌으면 오늘의 사태는 일어나지 않았겠지요. 실제는 그렇지 않았습니다. 하나의 거짓말을 덮기 위해서는 몇 개의 거짓말이 필요한 걸까요. 한 소녀를 집단강간하고 죽인 이들이 정신이 멀쩡했다면 아마도 그들 스스로 범죄 사실을 묻기 위해 머리를 짜냈을지 모릅니다. 아니 죽이기 전에 잘 달래볼 생각을 했겠지요. 그런데 이날 그들은 모두 술과 약에 취해 있었습니다. 아침에 깨어난 그들은 이미 벌어진 사실에 당황했습니다. 그래서 이 문제를 해결해 달라고 어디론가 연락을 했습니다."

다시 허완이 물고 늘어졌다.

"지금 하는 얘기는 추측에 의한 소설로 여겨집니다. 실제로 일어나지도 않은 것을 가지고 재판의 근거를 삼는 경우는 어디에도 없습니다."

"추측이 아닙니다. 이미 다 확인된 사실입니다. 피고인 최상률, 그날 민지영을 죽인 사실을 누군가에게 알렸지요?"

"예."

"누굽니까?"

"외삼촌입니다."

"이름은?"

"양화평입니다."

"당시 현직 판사였죠, 지금은 변호사이고."

"예."

"최상률의 외삼촌인 양화평은 이 일을 당시 검찰의 고위직에 있던 이규범에게 들고 갑니다. 예, 지금 밖에 있는지 모르겠는데 국회의원 이규범입니다. 이규범은 브로커 한모 씨를 시켜 여러 분야의 전문가들을 모으게 합니다. 제가 한모 씨라고 한 건 그에 대해 감추려고 해서 그런 게 아니라 이자의 정확한 이름과 실체를 파악하지 못했기 때문입니다. 적어도 다섯 개의 이름을 사용하는데 한 사람이라고도 하고 두어 명이 같이 움직인다고도 합니다. 어쨌건 이렇게 해서 역사상 전무후무한 하나의 범죄 팀이 만들어집니다. 그들 내부에서 C팀이라고도 하고 B팀이라고도 하는데 대충 무슨 의미인지는 짐작할 수 있겠죠. 그들의 일이 깨끗이 청소하는 것이냐 묻어버리는 것이냐에 따라 붙인 게 아닌가 생각됩니다. 일부 멤버들 중에서는 악어새라고 하기도 했습니다. 이 또한 무슨 의미인지는 아시겠죠? 그리고 팀이라는 것에서 짐작하시겠지만, 그 일은 한 번에 끝나지 않았습니다. 어떤 일이든 사업이 되면 수익을 만들어 내기 위해 끊임없이 일거리를 찾아다니게 됩니다."

수사팀장 강인후가 한지균에게 전화를 했다.

"마스터가 보내준 자료를 보니 민지영과 조성주 및 이의방 등은 서로 아는 사이였어. 이의방이 L학원 이사인 건 알고 있지? 민지영은 그 학원 소속의 고등학교에 다니고 있었고. 아무래도 이놈들이 자기 아비가 이사장으로 있는 고등학교 여자애들을 자주 건드린 모양이야. 문제가 생기면 권력과 돈으로 입막음을 하고. 그쪽으로 계속 파봐."

젠장, 9년이나 지난 일을. 그런데 마스터란 자는 어떻게 9년 전의 사건 자료를 확보하게 된 걸까.

한지균은 투덜거리며 민지영이 다니던 L고등학교를 찾아갔다. 경찰수첩을 보여주자 서무과 직원은 무슨 일로 왔느냐 물었다.

"9년 전 이 학교 학생이 살해된 사건이 있었죠. 그거 좀 다시 조사하는 중입니다."

그 말에 직원은 그를 상사인 서무과장에게 안내했다.

서무과장은 한지균의 얘기를 듣고 다른 곳에 전화를 해 지시를 구했다. 얼마 후 그가 와서 말했다.

"저희가 뭘 어떻게 도와드리면 될까요?"

"일단 당시 피해자에 대해 증언해줄 수 있는 친구나 선생님을 만나봤으면 좋겠네요. 그리고 서류도 남아 있죠? 뭐냐, 출석부나 생활기록부 그리고 앨범 같은 거."

"해당 문서는 남아 있을 겁니다. 하지만 사람들은 쉽게 찾을 수 있을지 모르겠군요."

"뭐 쉬운 일부터 하나하나 하면 되는 거죠."

"출석부나 생활기록부는 남아 있지만 앨범은 없을 겁니다. 보통 앨범 사진은 3학년 2학기쯤에 찍게 되는데 그 학생은 2학년 여름방학쯤에 살해되었으니 말이죠."

"그럼 그 외의 것들로 일단 1년 치만 부탁합니다. 그 해 7월 초인 여름방학 때까지니까 실은 다섯 달 정도 되겠군요."

"예, 알겠습니다."

한지균은 기다리는 동안 그는 창밖의 운동장을 바라보았다. 하교하는 여학생들 몇 무리가 멀어져가고 있었다. 여학생들은 대부분 날씬하고 긴 다리를 드러낸 짧은 교복 치마를 입고 있었다.

기다리는 중에 서무과 직원이 관련 자료들을 한 보따리 준비해 왔다.

"규정상 복사나 반출이 안 되기 때문에 여기서 보셔야 합니다."

"규정이 그렇다면야 할 수 없지요."

옮겨 온 자료들을 보니 한숨이 나왔다. 여기서 꼬박 몇 시간은 보내야 하는 게 아닌가 싶었다. 그는 자리에 앉아 쌓여 있는 자료들을 하나하나 들춰보기 시작했다.

민지영의 학교생활과 출결 상황 등을 위주로 훑어봤는데 한참을 뒤져도 특별한 게 눈에 띄지 않았다. 사실 학교에 기록으로 남아 있는 것이 한 사람의 생활을 얼마나 보여줄 수 있겠는가.

그는 당시 상황을 조금이라도 얘기해줄 수 있는 사람들을 만나는 데 집중하기로 했다. 민지영의 담임이었던 오규철은 그 얼마 뒤 학교를 그만두고 다른 일을 하다가 몇 번 실패하고 삼사 년 후에는 학원을 차려 운영하고 있었다.

같은 반이었던 친구들 가운데 연락이 되는 사람들과의 전화로 민지영과 친했던 몇 명의 이름을 확보한 뒤 그는 오규철의 학원으로 찾아갔다.

오규철의 대답은 이미 그가 알고 있는 것에서 크게 벗어나지 않았다. 민지영은 반에서 성적이 상위권이었으며 명랑하고 활발한 성격이어서 친구들도 많은 편이었다. 가끔 야자를 빼먹고 좋아하는 아이돌 그룹의 콘서트에 가기는 했지만 또래의 행동에서 크게 벗어난 적은 없었다.

꾸미기를 좋아한다고 해도 밖에 나가서 보면 딱 학생이라고 볼 수 있을 정도였다. 가고자 하는 대학과 학과도 이미 정해놓고 내신 관리를 스스로 하는 까닭에 특별히 신경이 쓰이는 학생은 아니었다.

민지영이 피살된 상황에 이르자 오규철의 안색이 눈에 띄게 어두워졌다.

"사건이 벌어지고 얼마 지나지 않아 그만두셨는데?"

제자가 살해당했다고 꼭 그만둬야 되는 건 아닐 터. 그렇다고 오규철 본인이 감성적인 인물로 보이지는 않아서 물었다.

"그때는 정말 힘들었어요. 지영이 그렇게 죽고 또 석 달이 지나 희수도 실종되고 하니 저도 죽고만 싶었어요."

"희수란 친구는 민지영의 단짝인 거 같던데요?"

"예, 그럴 겁니다."

가장 친한 단짝이 실종되었다? 어떤 관련이 있나?

"그게 정확히 언제입니까?"

"그해 10월 중순이었던 걸로 기억합니다. 중간고사 기간이었으니까요."

"실종된 이후 찾았습니까?"

"아직까지 찾지 못한 걸로 알고 있어요."

가만 민지영이 죽고 석 달 후면 아버지가 뺑소니 사고로 죽고 집이 불탔을 때와 거의 같은 때인데?

***

"이 C팀이 처음으로 한 일을 볼까요? 민지영 강간살해사건을 전혀 다른 시간과 장소에서 재창조한 겁니다. 물론 등장인물도 새로 캐스팅했지요. 앞서 말한 세 명의 동네 건달 말입니다. 이를 위해서 얼마나 많은 돈과 권력이 사용되었을까요? 경찰 고위직을 움직여 수사의 방향을 지시하고 증거를 날조하고 알리바이를 조작했습니다. 그와 함께 많은 돈이 여러 사람의 주머니에 들어갔습니다. 이게 통하지 않은 유일한 사람이 피해자 민지영의 가족 특히 그 아버지였습니다. 민지영의 부친 민경학은 사건의 진상이 다르다는 걸 눈치 채고, 다니던 직장도 전폐하고 혼자 뛰어다녔습니다. 그리하여 꽤 많은 증언과 증거들을 모았는데 어느 날 뺑소니 사고로 죽고 맙니다. 그리고 다음 날 그의 집에 불이 나 남아 있던 가족도 모두 불에 타 죽었습니다. 물론 짐작하시는 대로 우연은 아닙니다. 잠시 보시죠."

그가 화면을 조작해 동영상 하나를 플레이하자 약간 험상궂은 인상의 사내가 어딘가를 보며 말을 한다.

"그날 귀가하던 민경학을 치고 소지품을 다 살펴봤는데도 자료들이 없었습니다. 그래서 밤에 그 사람 집에 들어가 서재며 책상 등을 뒤지는데 여자가 깨어난 겁니다. 어차피 다 죽이란 지시가 있었기 때문에 여자를 칼로 찔러 죽였는데 그 와중에 비명 소리가 크게 났어요. 이웃에서 신고를 할지 몰라 집 안에 오래 머무르지 못한 채 불을 지르고 나왔습니다."

"일을 시킨 사람은?"

"하실장이라고 불렀는데 모 변호사 사무실의 사무장이라고 알고 있었습니다."

"C팀은 범죄의 흔적을 지우고 날조하기 위해 온갖 수단을 다 썼습니다. 새로운 유형의 초 범죄 집단, 하이퍼 크리미널 그룹이라고 할 수 있겠네요. 이 집단의 창시자이자 오랫동안 두목 노릇을 한 사람이 바로 이규범입니다. 그는 C팀을 운영하면서 의뢰자들로부터 엄청난 돈을 받았습니다. 그게 모두 그의 정치자금으로 사용되어 두 번이나 국회의원에 당선됐죠. 오늘 그 딸 이윤정을 여기 초대한 건 본인을 잡아오기가 여의치 않았기 때문입니다. 본인이 오면 딸은 풀어준다고 했는데 끝내 오지 않는군요. 누구 본 사람이 있으면 빨리 가보라고 말 좀 해주십시오."

그리고 다시 화면을 조작해 의자에 결박되어 있는 한 여자를 비추었다.

이윤정은 애처로운 얼굴을 반쯤 숙이고 있었다. 곧 화면이 다시 바뀌면서 새로운 인물을 비췄다. 마스터가 계속 말했다.

"오늘의 마지막 피고입니다. 검시관 출신 성형외과 전문의 강신호입니다. 이 사람은 팀의 주요 멤버 중 한 사람입니다. 첫 번째 민지영 사건에서 시신을 검사한 검시의였습니다. 민지영의 자궁에서 세 불량배의 정액이 검출되었다는 보고서를 제출한 당사자입니다. 보통 이런 경우 돈을 받고 한 번 정도 허위로 검시 결과를 제출해주는데 이 사람은 고정으로 일을 맡아 그 후로도 계속했습니다. 그러니까 C팀의 의료분야 담당이라 할 수 있습니다. 그렇게 번 돈으로 강남에 꽤 큰 병원을 차렸죠. 피고 강신호. 대답하세요."

"예."

강신호는 마치 벌에라도 쏘인 듯 움찔해서 고개를 들고 정면을 바라보았다.

"제 말에 이의 있습니까?"

"없습니다."

"잠시만요."

허완이 제동을 걸고 나섰다.

"지금 강신호 씨도 정신이 혼미한 상태로 보이는데 마스터가 부르는 순간 화들짝 놀라 고개를 들었습니다. 전기 충격 같은 걸 준 거 아닙니까?"

"피고가 자신의 상황을 인지하고 제대로 대답할 수 있게 하려면 어쩔 수 없이 취해야 할 조치가 있습니다. 그게 고통을 줄 정도는 아닙니다."

"고통을 얼마나 당하든 이런 식의 재판이 정당하다고 볼 수는 없습니다."

"또 다시 같은 논리를 되풀이하게 하는군요. 지금 교수님 말은 제가 하는 일이 적어도 '재판'이라고 인정은 하시는군요."

"그, 그건……."

허완은 옆에서 지켜보고 있는 민중수의 얼굴을 힐끗 바라보았다. 마스터의 진행에 끼어들어 발언을 하면 할수록 그의 행위가 재판이라는 것을 인정하게 되는 딜레마에 빠진다는 것을 새삼 깨달았다. 그것이 제대로 된 재판이 아니라는 주장이라 해도.

허완이 또 말문이 막힌 사이 마스터는 강신호를 향해 질문을 이어 나갔다.

"피고는 조성주 등이 저지른 일에 대해 의료자문역을 했지요?"

"그렇습니다."

"허위 검시 보고서를 몇 번이나 썼습니까?"

"……한 열 번 정도."

"확실합니까?"

"예, 그 정도 됩니다."

"모두 조성주와 이의방 등이 관련된 사건이었지요?"

"그렇습니다."

"누가 의뢰를 했습니까?"

"주로 이규범 씨입니다."

"지금까지 밝혀진 C팀의 고정 멤버는 열 명 정도입니다. 비공식으로 일을 돕는 사람은 10~20명 정도 되는 것으로 파악되었습니다. 이들은 그때그때 시키는 일을 하청 받아 했기 때문에 C팀의 실체에 대해서 잘 모를 겁니다."

그와 함께 화면에 여러 얼굴들이 지나갔다.

대개 40대부터 60대까지의 남자들인데 간혹 여자도 두어 명 정도 끼어 있었다. 얼굴과 함께 이름 및 나이와 직업이 자막으로 같이 흘렀다.

"이런 식으로 보니까 꼭 현상수배범 같지 않습니까? 실제로 그렇습니다. 이지들을 보면 어디든 제보를 해주시기 바랍니다. 혼자서 이들을 잡아들이고 재판까지 하려니 너무 벅차군요."

***

모 텔레비전 저녁 방송 속보.

"청계산장의 인질사건과 관련 있는 인물로 알려진 이규범 의원이 오늘 저녁 자택에서 숨진 채 발견되었습니다. 시신은 가족과 비서가 발견해 경찰에 신고했는데 경찰이 사인을 수사 중입니다. 자세한 사항은 정규방송 시간에 알려 드리겠습니다."

***

한지균은 관할 경찰서를 찾아 장희수가 실종신고 된 날과 접수상황을 확인했다. 그리고 민지영의 집이 불탄 기록을 찾아 검토했다.

실종신고 된 날은 집이 불탄 다음 날이다.

방화사건에 대한 수사 기록은, 바로 몇 시간 전에 뺑소니 사고로 가장이 죽은 일과 연관이 있는 것으로 보고 수사를 진행했지만 아무 단서도 찾지 못해 미결로 처리되었다.

방화 건은, 집이 모두 불에 탔고 얼굴은 물론 형체를 알아볼 수 없는 성인 여성 시체 두 구가 나왔다. 사오십 대와 10대에서 20대 여성인 것으로 보아 둘은 민지영의 모친과 언니 민지혜인 것으로 추정되었다.

그런데 만약 젊은 여자가 민지혜가 아니라면?

당시 민경학은 딸이 이의방과 조성주 등에게 살해된 증거를 찾기 위해 쉼 없이 뛰어다니고 있었다. 당연히 단짝인 장희수에게서도 단서가 될 만한 걸 물어보기 위해 집으로 와달라고 했을 수 있다.

약속을 하고 집으로 가는 도중 그는 뺑소니로 위장된 사고에 의해 살해되었고, 그에게서 증거를 찾지 못한 범인들은 그의 집을 찾아가 뒤지거나 남은 가족들에게서 알아내려 했을 것이다.

민경학이 혼자 뛰며 수집한 증거들은 범인의 하수인들이 찾아냈을까? 그랬을 수도 있고 아닐 수도 있다. 조직범죄의 처리는 방역 작업과 비슷하다. 범죄에 관련된 사람은 죽이거나 격리시킨다. 증거가 되는 모든 물건은 찾아서 소각한다. 범죄에 관심이 있는 사람은 적당한 선에서 돈이나 협박, 지위에 의한 강요 등 여러 수단을 동원해 입막음을 한다. 그래도 통하지 않을 때는 관련자와 마찬가지로 처리한다.

뺑소니 사고를 낸 범인은 민경학에게서 증거를 찾지 못했기 때문에 그의 집을 찾아가 집을 뒤지는데 그 사실을 들키자 남은 가족을 모두 죽이고 집에 불을 질러 모든 사실을 지워버렸다.

집에 있던 모녀로 보이는 두 여자는 모녀가 아니고, 젊은 여자는 딸의 친구인 장희수일 확률이 높았다. 남은 문제는 이 사건들과 앞의 민지영 사건을 연결 짓지 못하도록 적당히 약을 치는 것이다. 이 가정이 사실이라면 언니인 민지혜는 그동안 살아있었다는 말이 되는데, 어디서 무얼 하고 있었을까?

그녀는 민지혜가 죽었기 때문에 더 이상 그녀는 민지혜로 살 수는 없었을 것이다. 그렇다면 이름 없는 유령으로 9년을 지내든지 아니면 다른 누군가의 이름으로.

한지균은 민지혜가 사고 이전에 무얼 하고 있었는지 알아보았다. 그녀가 다녔던 학교, 이웃 주민과 친척 등을 탐문했다. 동생이 살해됐을 때 그녀는 S간호대 2학년에 재학 중이었다. 그리고 그 학교는 지방에 있는 기숙학교였다.

***

"자, 감옥에 갈 만큼 심각한 범죄를 저질렀는데 조사조차 받지 않았다면 그 다음은 어떻게 될까요? 그렇습니다. 다음은 더 쉽고 부담 없이 같은 죄를 저지르게 됩니다. 또 그 다음에는 더 큰 죄를 벌이고요. 아무리 심한 짓을 해도 깨끗이 처리해줄 곳이 있으니 꺼릴

게 없지요. 처음 사건이 우연히 발생한 거라면 그 다음부터는 적극적으로 일을 벌입니다. 마약과 같습니다. 처음엔 호기심에서 시작한 것이 재미가 붙어 계속하다 보면 점점 중독에 이르게 되잖아요.

민지영 사건이 아무런 문제없이 넘어가자 이들의 행태는 단순히 여자애들을 데리고 놀다가 버리거나 혹은 죽이는 것에서 나아가 적극적으로 찾아다니는 사냥으로 변하게 됩니다.

민지영 사건이 일어난 지 1년 후 이들의 눈에 새로운 사냥감이 들어옵니다. 김이현 역시 고등학교 여학생이었습니다. 민지영에게는 적어도 같이 놀자고 유혹이라도 했는데 김이현은 차를 몰고 따라가다가 그냥 납치했습니다. 그리고 마취를 시킨 후 1년 전 그들이 범죄를 저질렀던 곳으로 데리고 왔습니다. 예, 8년 전의 바로 이 산장입니다. 여기서 이들은 김이현에게 술을 먹이고 약을 먹이고 매일 돌아가며 강간을 했습니다. 무려 한 달 동안이나요. 그들이 일이 있어 산장을 비울 때는 지하실에 쇠사슬로 묶어서 가둬뒀습니다. 나갔다 돌아와서는 강간하고 고문하고 약을 먹였습니다. 매일, 자거나 쉴 시간도 없이. 그렇게 한 달 정도 하다 보니까 더 이상 할 게 없겠지요. 그러니 마지막으로 할 게 뭐가 있겠습니까, 죽인 거지요. 그것도 간단히 죽인 게 아니라 몸에 온갖 고문을 다 하면서 죽였습니다. 가슴을 도려내고 허벅지를 저며 내고 얼굴에 비닐봉지를 씌우고 죽어가는 모습을 낱낱이 보면서. 사람이 얼마나 쉽게 극단에 이를 수 있는지 놀랍지 않나요?

이게 소설이나 영화 같지요. 그런데 이것도 역시 필름이 남아 있습니다. 사람 심리란 게 참 묘하지요. 자신이 저지르는 일이 평생에 한 번 경험할까 말까 한 일이라 생각되면 반드시 어떤 식으로든 기록으로 남기고 싶어 하니까요. 이들도 김이현을 납치하고부터 죽이기까지의 과정을 상세하게 찍고 편집까지 했습니다. 그리고 수시로 돌려가며 감상했습니다. 그때의 짜릿한 흥분을 다시 느끼며. 아마 세상에 유래가 없는 걸작을 찍었다고 생각했을 겁니다. 그들이 이걸 얼마나 대단하게 생각했는지 이 이후로 이들은 3년이나 다른 범죄를 저지르지 않았습니다. 이 끔찍한 걸 여러분에게 보여주지 못하는 이유도 충분히 아실 겁니다. 악마는 태어나는 게 아니라 만들어집니다. 그것도 너무나 쉽게. 그게 고스란히 담겨 있습니다."

마스터의 목소리가 참담하게 가라앉아 가는 것과는 반대로 그의 재판을 중계하는 인터넷 사이트는 폭발할 듯이 들끓었다.

재판을 중계하는 사이트가 한두 곳이 아닌데 댓글을 달 수 있는 곳은 댓글들이 폭주해서 서버가 다운될 지경이었다.

댓글들의 대부분은 죽여라, 죽여라, 악마를 죽여라, 하는 격한 말들이었다. 마스터의 말이 사실이 아닐 수도 있으니 더 조사해봐야 한다는 의견과 증거들이 조작되었을 수도 있다는 반대 의견들은 가뭄에 콩 나듯이 등장했다가 바로 묻혔다.

어떤 사이트에서는 재판을 받는 사람들에 대한 유, 무죄 판결까지 투표로 진행되고 있었다. 판결은 실시간으로 계속 집계되고 있는데 매번 유죄, 사형이 압도적이었다.

***

심영호와 황문길은 계속 취조를 받으면서 인터넷에서 중계되는 마스터의 청계산장 재판을 시청하고 있었다.

이수경이 물었다.

"이것도 당신들의 계획에 있던 것인가요?"

"아닙니다."

"마스터는 자신의 계획에 당신들을 이용한 것입니다. 그건 알고 있죠?"

두 사람은 고개를 끄덕였다.

"그가 원한 것은 지금 재판을 받고 있는 사람들을 한곳으로 모으는 것이었어요. 그런데 의심을 사지 않고 저들만 골라 오게 하기는 어렵지요. 처음부터 그들만 모아 놓으면 오래전 과거에 있었던 범죄 행위가 공통분모로 바로 드러나기 때문이지. 그래서 퇴폐적인 섹스 파티를 고안했습니다. 그것도 그들이 잘 알고 신뢰할 수 있는 인물을 이용해서. 그게 바로 조성주지요. 어쨌든 가능한 많이 올 수 있는 이벤트를 마련해야 저들도 다 올 거니까요. 그렇게 파티의 초대객들이 모인 후 인질극을 통해 필요 없는 사람들을 풀어주면 저렇게 알맹이만 남게 되는 거지. 처음에 많은 사람들을 인질로 잡기 위해서는 적어도 공범이 두어 명은 더 있어야 했을 거예요. 그래서 당신들이 필요했던 거지. 당신들을 고용하기 위해 인질의 가족들에게서 몸값을 받은 거고. 그런데 몸값으로 받은 다이아몬드를 몰래 반출하려다 우리한테 걸렸는데, 그 때문에 수입의 상당액이 날아갔어요. 그럼 어떻게 해야 할까, 공범의 수를 줄이는 게 가장 낫지 않을까. 당신들을 잡기 위해 많은 경찰 인력이 동원되느라 산장 쪽의 일은 훨씬 수월해지고."

이수경의 이야기는 수뇌부 회의 때 나왔던 여러 가설들 가운데 하나였다.

가설이 사실이 되기 위해서는 증거와 당사자들의 확인이 필요했지만 이 자리에서는 그게 중요한 게 아니었다. 내용이 그럴듯해서 공범들을 흔들어놓을 수만 있으면 되는 거니까.

이수경의 말에 두 사람은 고민에 빠졌다. 정말 마스터가 자신들을 배신했을까? 사실 한 달 남짓 범행에 가담하게 한 것 치고 10억은 너무 많다. 몸값으로 받은 것이긴 하지만 자신이라도 주기가 아까웠을 것이다.

두 사람은 오랫동안 눈빛을 교환한 후 마침내 공범인 사실을 자백하고 경찰 수사에 협조하기로 했다. 여기서 발을 빼고 협조하지 않는다면 모든 걸 뒤집어쓸 수도 있어 보였다.

"우리가 협조하면 돌아오는 게 있습니까?"

"당신들이 단순 가담자가 맞다면 정상 참작이 됩니다."

"그건 확실합니다. 그리고. 협조의 대가란 게 있을 텐데요."

"물론 있어요. 일단 총을 쏴 한 사람을 죽였는데."

"그건 우발적인 겁니다. 덩치 큰 사람이 난폭하게 행동했고 그걸 저지하는 과정에서 총에 맞았을 뿐입니다."

"그게 인질사건이 시작되는 신호였죠."

"그런 우발적인 일까지 계획할 수는 없어요. 누가 죽기 위해 자발적으로 나선단 말입니까?"

"그런데 파티에서 인질사건이 시작된 걸 보면 절묘하단 말입니다. 당신들이 총을 쏴 한 사람을 쓰러뜨리고 피를 보게 함으로써 나머지 인질들을 단번에 장악하게 되었으니까. 그걸 계획에 없던 일이라 보기는 어렵지 않겠어요?"

"우연의 일치입니다."

총을 쏜 부분에 대해서는 황문길이 적극적으로 대응했다. 인질들의 증언과 마찬가지로 덩치가 큰 그가 당사자라는 얘기였다.

이수경은 두 사람의 협조가 불가피한 상황이어서 그 문제는 일단 덮어두기로 했다. 정당방위는 안 될 것이고 과실치사나 우발적 살인, 혹은 계획 살인 중의 하나로 결론이 나겠지. 그건 검사나 재판관이 결정하면 되고.

"좋아요, 그 문제는 넘어가고 언제 어떻게 마스터와 일하게 됐습니까?"

"두 달쯤 전 그가 접근해 큰돈을 벌 수 있게 해주겠다고 했습니다."

"그의 얼굴을 보았나요?"

"보았습니다."

"어떻게 생겼습니까?"

두 사람이 번갈아가며 묘사를 했다. 175cm 정도의 키에 60kg쯤 되니 약간 마른 체형이었고 얼굴은 평범한 편인데 각이 졌고 파리한 인상이 병색이 있어 보였다. 눈매가 날카롭고 볼에 살이 별로 없었다. 이마가 넓고 눈썹은 짙은 편이었다.

처음으로 주범의 실제 모습이 등장하기 시작했지만 이수경은 몽타주 작성은 뒤로 미루고 다음 질문을 계속했다.

"그의 이름은?"

"모릅니다."

"아니, 부르는 호칭은 있었을 거 아닙니까?"

"그냥 김 선생님이라고 불렀습니다."

"김 선생님이라니?"

"통성명할 때 그냥 김이요, 했으니까요."

"그를 원래 알고 있었던 건 아니었네요."

"예, 지금도 잘 모릅니다."

"그런데도 그의 말을 믿었어요?"

"믿었습니다."

"왜?"

"그가 우리에 대해 잘 알고 있었고 그의 계획이 충분히 실현 가능해 보였으니까요."

"범행은 어디서부터 관여했습니까?"

"산장을 리모델링할 때부터요."

"조성주 씨는 알고 있었습니까?"

"예."

"저는 계획에 가담할 때 알게 되었습니다."

심영호는 원래 알고 있었다고 대답했고 황문길은 이번 사건으로 알게 되었다고 대답했다.

"조성주가 이 일에 가담한 정도는 얼마나 됩니까?"

"정확히는 알지 못합니다."

"자발적으로 참여한 것인지 강제로 개입된 것인지도 알 수 없다?"

두 사람이 동시에 고개를 끄덕였다.

"그런 정황을 자세히 설명해보세요."

"조성주 씨와 직접 얘기를 나눈 적은 거의 없지만 최상률과 고등학교 동창이었기 때문에 오래전부터 알고 있었습니다. 물론 최상률과도 그리 친한 친구라고는 할 수 없습니다. 사는 세계가 달랐으니까요. 일을 하는 단계에서 조성주가 김 선생과 같이 있는 걸 자주 봤는데 전면에 나서서 일을 할 때 억지로 끌려 다닌다는 느낌을 꽤 받았습니다. 그러면서 그가 마스터, 김 선생에게 뒷덜미를 크게 잡혔구나 하는 생각이 들었습니다. 그 때문에 일의 실현 가능성이 높다고 판단하게 되었던 겁니다."

"저도 비슷합니다."

심영호에 이어 황문길이 간단히 덧붙였다.

"조성주가 전면에 나서서 한 일은?"

"계약서에 사인을 한다든지 문자로 초대장을 보낸다든지 하는 거요."

"그가 마스터에게 무엇 때문에 잡혀 있었는지는 모릅니까?"

"궁금하긴 해서 살짝, 지나가는 식으로 물어보긴 했는데 그가 그러더군요. 일의 내막을 자세히 알면 알수록 다친다고."

"더 깊이 연루되는 게 무서워서 못 물어봤다?"

"그 말에도 일리는 있으니까요."

"좋아요, 그럼 산장에 대해 말해봐요."

"물어보십시오."

"산장의 리모델링에 대해서 모든 걸 알고 있나요?"

"그렇습니다."

"리모델링을 한 건 경찰의 무력 진입을 막기 위해서고?"

"예."

"보일러 관에 가스를 주입한 게 사실이고요?"

"그럴 리가 있습니까. 그랬다면 천장에 총을 쏠 수도 없었을 것입니다."

"다른 폭탄 장치 같은 것도?"

"다 뻥입니다. 경찰이 함부로 쳐들어오지 못하도록 뻥을 친 것이죠."

"현관 앞에 있는 승합 차량에는 폭탄이 설치되어 있었는데?"

"그건 사실입니다. 실제로 있는 것을 보여줘야 없는 것도 있다고 믿을 게 아닙니까."

"경찰이 믿을 것이다?"

"믿지 않으면 어쩝니까. 사실 완전히 믿지 않아도 된다고 말했어요. 인질들이 워낙 물건들이라 절반만 의심한다 해도 경찰은 절대로 무력진입을 못할 것이라 했습니다. 만에 하나라도 잘못되면 다들 목이 날아갈 테니까."

이수경은 공범들에게 알아낸 중요한 사실을 서둘러 본부에 보고했다. 그리고 나머지 사항에 대해 심문을 계속했다.

***

사건이 막바지로 치달아가는 것을 느낀 민중수가 진행 요원들에게 지시했다.

"곧 특공대가 강제 진입할 경우를 대비해 각 팀은 준비해둬. 사상자가 발생할 경우 신속히 병원으로 후송해야 하니 통행로 확보하고 구급차 등도 가능한 많이 대기시켜놓도록 하고."

이에 따라 경찰 병력 가운데 현장 통제 요원들이 산장까지 길게 늘어서 있는 취재진의 차량들을 정리하기 시작했다.

경광봉을 흔들면서 이동을 지시하거나 무전기를 통해 산장으로 정보를 주고받거나 했다. 그 길을 따라 붉은 경광등을 단 구급차들이 연달아 도착했다.

취재진들은 새로운 상황이 벌어진 것으로 여기고 마이크와 카메라 그리고 스마트폰을 들고 대답을 해줄 수 있는 경찰 요원을 찾아 이리저리 움직였고 어떻게 되고 있는지 질문을 해댔다.

***

간호사라, 간호사…….

한지균은 민지혜의 입장에서 생각해보려고 했다.

동생이 성폭행을 당하고 살해됐다. 바로 범인들이 체포됐는데 아버지는 그들이 범인이 아니라 한다. 하지만 경찰과 검찰은 범인들을 재판에 넘기고 감옥에 넣는다.

아버지가 할 수 있는 일은 스스로 진짜 범인을 찾기 위해 뛰어다니는 일이다. 하던 일도 그만두고 진범을 찾기 위해 밤낮없이 뛰어다닌 끝에 증거 자료들도 상당히 찾았다. 하지만 가짜로 범인을 만들어 낼 정도라면 아주 힘 있는 자들이 뒤에 있는 것 같다. 그래서 여러 경로로 위협도 받는다.

아버지의 입장에서는 멀리 떨어져 있는 큰딸이 좀 나을 것이다. 그래서 자료들은 딸에게 보낸다. 바로 그때 아버지는 진범 쪽에서 보낸 자들에 의해 살해당한다.

집에 있던 어머니도 불에 타 죽는다. 그러므로 자신도 위험하다. 집이 불에 타고 뉴스에서는 엄마와 딸이 같이 타 죽었다고 나온다. 누군가 자신 대신 타 죽었다. 그럼 자신은? 숨어야 한다.

그는 민지혜가 다녔다는 충청남도의 Z간호대학으로 달려갔다. 인질사건이 어떤 식으로 결정될지 한치 앞도 알 수 없는 상황이어서 여유를 부릴 새가 없었다. 절차를 따질 시간이 없기 때문에 가면서

대학본부와 기숙사에 수사협조를 요청했다.

다행히 도착하자마자 민지혜에 관련된 자료와 증언 등을 확보할 수 있었다. 대학에서는 관리실의 직원이 그를 맞았다.

"민지혜 학생은 그 해 10월에 사망한 것으로 확인되어 정식으로 제적 처리되었습니다."

그리고 그전까지의 출결 사항과 성적 등이 제시되었다. 그러나 한지균이 원한 건 그런 게 아니었다.

"제적되기 전까지 기숙사에 있었다고 하는데 그쪽 관계자 좀 만나게 해주십시오."

"기숙사요?"

"예, 당시 관리인이나 사감 그리고 룸메이트 등."

"관리인은 만날 수 있겠지만 그 외는 금방 되지는 않겠네요."

"일단 가능한 순서대로 빨리 부탁합니다."

관리실 직원의 도움으로 당시 민지혜에 대해 알 수 있는 사람들을 만났지만 사건과 관련해서는 별 소득이 없었다.

그 해 근무했던 생활관 관장이나 해당 동(棟)의 관리자, 사감 등을 만나거나 전화로 얘기를 들었는데 특별한 내용은 없었다. 그녀가 쓰던 물건은 민지혜의 사망 사실이 통보된 후 공식적인 처리 절차에 의해 수집하고 정리해서 가족과 가장 가까운 친척에게 보냈다고 했다.

관련 서류를 바탕으로 좀 더 자세히 알아보니 그녀의 유품을 인수하려는 친척이 없어 주민등록지의 자치단체에 보냈다가 거기서 일정 기간이 경과한 후 소각했다는 것이었다.

소유자도 없고 재산 가치도 없는 것이라면 소각해버리는 것도 당연하다. 하지만 구체적으로 어떤 것들이었는지 사진이나 목록은 남겨뒀어야 하지 않을까. 그는 자치단체의 관련 부서에 여러 차례 전화를 넣어 유품의 행방을 탐문했다.

처음 연결된 직원으로부터는 모두 소각되었다는 말을 들었는데 소각된 유품의 목록을 알려달라고 하자 말이 바뀌었다. 전화를 받는 담당 직원도 계속 바뀌었다. 담당 부서도 마찬가지였다. 복지행정과로 넘겼다가 주민지원과로, 또 산하기관인 구청으로 넘기기도 했다. 그렇게 받아 적은 전화번호만 열 개가 넘었다.

왜 같은 곳에서 일하는 사람들의 말이 다 다르냐고 항의를 하자 자세히 알아본다고 하더니 결국 친척이 인수해 갔다고 했다. 인수해 간 친척의 신원과 연락처를 다시 받아보는 데 한참이나 걸렸다.

인수자로 기록에 남긴 민경학의 사촌에게 연락을 해 물어보니 자신은 그런 사실이 없다고 극구 부인했다. 그럼 누가 가져갔을까.

그는 유성길에게 전화를 해 그걸 알아보라고 지시했다. 남의 이름으로 신분증을 위조해서 일반인에게는 필요 없는 유품을 가져갈 정도라면 쉽게 꼬리를 남기지 않았을 것이다. 헛수고일지도 모를 가능성이 99프로인 걸 후배에게 시킨 게 약간 미안하긴 했지만 할 수 있는 데까지 해보는 게 경찰 일이 아닌가.

한지균은 다시 수소문을 해서 당시 민지혜의 룸메이트를 만났다.

가까스로 연락이 닿은 허현희는 극구 만나기를 거부했다. 한지균은 온갖 사정과 읍소와 협박까지 하며 겨우 그녀를 만났다.

그녀는 모교인 간호대학이 있는 이웃 도시의 병원에서 간호사로 일하고 있었다. 그녀는 한지균이 형사라는 걸 확인하고서도 한동안 얘기하기를 주저했다.

"민지혜 씨와 룸메이트였으면 꽤 친했겠네요."

"그런 편이죠."

"솔직히 말해보세요. 민지혜 씨는 어디 있습니까?"

"어디 있다니요, 죽은 거 아니에요?"

"정말 죽었다고 믿습니까?"

"그렇게 알려졌잖아요. 신문과 방송에도 났고 또 기숙사에서도 그렇게 알고 유품을 처리했으니까요."

"민지혜 씨 마지막으로 본 게 언제입니까?"

"그게 저……."

그녀는 대답을 주저했다. 그 표정을 힐끗 본 한지균은 약간의 위화감을 느꼈다. 9년 전 벌어진 어떤 일을 떠올리는 건 쉽지 않다. 그러나 특별한 사건이라면 다르다. 어렵지 않게 기억해낼 수 있는 것이다. 하지만 허현희의 얼굴에는 과거의 기억을 찾는 것보다는 오히려 여러 개의 선택지 가운데 어떤 것을 말해야 하나 하는 고민이 비치는 듯했다.

"말해봐요. 오래 안 됐죠?"

갑자기 치고 들어가자 허현희는 당황한 얼굴로 고개를 끄덕였다.

"언제입니까?"

"1년쯤 전이에요."

"민지혜가 죽지 않은 걸 오랫동안 숨기고 있었군요."

"아무한테도 말하지 않은 것뿐. 단지 그뿐이에요."

"정말 그뿐입니까?"

"아니, 가장 가까운 친구로서……."

"좋아요. 가장 가까운 친구가 위기에 처해 있는데 도움을 주는 건 당연합니다. 특히 아무도 믿을 수 없는 상황이라면 더 그렇죠. 그 친구가 범죄를 저지른 것도 아니잖아요."

한지균의 말에 허현희의 눈동자는 동요하듯 흔들렸다.

"경찰의 일이 꼭 사람들을 붙잡는 것만은 아닙니다. 진실을 밝혀내고 과거의 잘못을 밝혀내는 것도 중요한 일의 하나지요. 무슨 일이 있었는지 얘기해주세요."

***

들끓는 인터넷을 보며 마스터가 말했다.

"재판을 시작할 때 말했듯이 판결은 제가 내리는 게 아닙니다. 민심은 천심이라는 옛말이 있듯이 이미 하늘이 판결을 내렸군요. 저는 단지 집행할 뿐입니다. 원래 이 일을 시작할 때부터 이 손에 피를 묻힐 것은 각오했습니다. 그리고 이제 때가 되었습니다."

"이봐요, 마스터. 무슨 짓을 하려는 겁니까?"

"다 아실 텐데요."

"그런 식의 복수는 정당한 게 아닙니다."

"같은 얘길 계속 반복하지 맙시다. 되는 곳이 있고 안 되는 곳이 있잖아요. 그리고 말입니다. 복수는 할 수 있느냐 없느냐만 있을 뿐 정당하냐 아니냐는 해당 사항이 아닙니다."

"지금까지 제공한 정보만으로도 잘못을 바로잡을 수 있고 정식 재판을 시작할 수 있습니다."

마스터와 허완의 대화를 지켜보고 있던 수사팀은 다급해졌다.

"저건 인질들을 죽이겠다는 뜻이 아닌가?"

"확실하군요."

"당장 진입해야 합니다."

그동안 침묵을 지키고 있었던 장대영이 나섰다.

"남은 인질들의 안전을 확보할 수 있겠나?"

"백 프로 보장하지는 못합니다. 그래도 시기를 놓치면 다 죽게 되지요. 놈은 재판을 하고 있는 여섯 명을 죽일 게 분명합니다. 그건 협상으로 될 게 아니고."

"모두 다 죽이고 자신도 죽겠다는 건 확실해 보입니다."

이제는 협상의 국면이 아니라는 게 자명했다.

"그래도 마스터는 인질들을 한꺼번에 죽이지는 않을 겁니다."

"왜?"

"이건 재판을 빙자한 복수극입니다. 재판을 빙자했다는 건 나름 대로 정의라는 기준에 입각해서 자신의 행위를 정당화하는 것이지요. 행위를 정당화히는 또 다른 방법은 그 과정을 모두에게 보여주는 것입니다. 자신의 행동이 떳떳하기 때문에 감추거나 못 보여줄 게 없다, 지금과 같은 경우엔 오히려 더 적극적으로 보여줘야 한다, 이런 생각일 테니 인질들을 죽이고 그것을 보여주는 과정에서 상당한 시간이 걸린다고 볼 수 있습니다."

"그건 허 교수의 이론일 뿐이지 않습니까? 그 이론이 맞다 해도 인질을 하나하나 죽이지 않고 한꺼번에 죽일 수도 있습니다. 인질이 있는 모든 방에 카메라가 있기 때문에 한꺼번에 처형하는 모습을 보여주는 것도 가능하고요."

"두 사람 말이 다 일리가 있군. 어쨌든 지금은 가능한 신속하고 안전하게 산장에 진입하는 게 목표야. 진압팀은 명령이 떨어지면 바로 진입할 수 있도록 준비되어 있지?"

"예."

"간단히 설명을 해봐."

민중수의 말에 장대영이 설명을 시작했다.

"지금까지 육안 및 투시경을 통한 정밀 관찰에 의하면 지붕과 2층 벽에 있는 전선과 보일러 관을 건드리지 않고 침입할 수 있는 방법은 역시 앞뒤의 문과 1층에 있는 창문들밖에 없습니다. 문과 창문은 외부의 침입을 막기 위해 강철 빔으로 셔터를 만들었기 때문에 국부 폭파 장치를 이용해 틀 전체를 제거해야 합니다. 그로 인해 도화선이 될 수 있는 벽체의 전선과 보일러 관을 손상시켜 연쇄폭발이 일어날 가능성도 배제할 수는 없습니다."

"운에 맡겨야 한다는 건가?"

"창과 문의 틀만 제거할 수 있는 일 방향 폭발 실험과 시뮬레이션을 계속했습니다. 그 결과 성공할 확률은 70퍼센트 정도 됩니다."

"좋아, 그 다음은?"

"출입구가 제거되면 무장 요원들이 1층에 진입해 인질을 확보합니다. 그리고 2층에 올라가서는 각 방의 앞에 대기하고 있다가 신호가 떨어짐과 동시에 진입해 범인은 제압하고 인질을 구출합니다."

그때 강인후의 휴대폰으로 이수경이 전화를 걸어왔다.

"무슨 일인가?"

"팀장님, 공범들로부터 자백을 받아냈는데 중요한 정보가 나왔습니다."

"뭐야?"

"산장에 폭발성 보일러는 물론 폭탄 장치는 하나도 설치되어 있지 않다고 합니다.”

“그게 확실한가?”

“확실합니다.”

“허위 정보면 우리 모두 끝장나.”

“공범들도 끝장나겠지요. 둘 다 산장을 리모델링하는 전 과정을 지켜봤답니다. 폭발 장치는 하나도 없었다고 합니다.”

두 사람의 통화를 스피커폰으로 들은 민중수가 말했다.

“그럼 우리는 범인에게 속고 있었다는 얘기군.”

“이런 조건이라면 누구라도 속았을 겁니다. 문 앞에 폭발물이 있는 차량을 떡하니 갖다 놓고 그런 말을 하면 어느 누가 안 속겠습니까? 지금이라도 알아냈으니 다행이지요.”

“좋아, 그럼 작전대로 시작하도록.”

그의 지시에 따라 장대영이 진입 개시 명령을 내렸다.

날이 어두워진 시점이라 여러 작전 차량의 서치라이트가 산장의 정문과 창, 벽 등을 비추고 있는 가운데 폭파 전담 요원들이 문과 창틈에 폭약을 설치했다. 그리고 얼마 후 강한 폭음과 함께 여러 곳에서 연기가 났다.

애초에 다른 벽에 손상이 가지 않도록 폭발 양을 맞추었기 때문에 문과 창들은 바로 떨어져 나오지 않았다.

방패와 함께 쇠망치, 쇠방망이를 든 특공 요원들이 달려들어 두드려대자 곧 문과 창들은 바로 안으로 떨어져 나갔다. 그사이에 무장을 한 요원들이 안으로 들어섰다.

1층은 전원이 차단되어 있었는지 캄캄했다. 그 공간을 특공요원들의 헬멧에 부착된 헤드랜턴 불빛이 휘젓고 다녔다.

서로 손짓으로 신호를 주고받은 대원들은 1층 수색조를 남겨둔 채 대부분 2층으로 올라갔다.

1층에 남은 대원들은 헤드랜턴의 불빛에 의지해 총구를 앞으로 내민 채 구석구석을 훑어나갔다. 의자와 식탁, 소파 등 각종 집기들을 확인하고 그 사이사이도 꼼꼼하게 살폈다. 한참이나 지나도 1층에서는 특별한 것이 발견되지 않았다.

2층에 올라간 대원들은 계단에서부터 모든 소리를 죽이며 복도 쪽을 살피는 중 단 발의 총소리가 울렸다.

"어디서 나는 소린가?"

장대영이 무선 마이크에다 질문을 던졌다.

"우리 쪽은 아닙니다."

특공조의 조장이 낮은 소리로 대답했다. 바로 다음 순간 다시 총소리가 울려 퍼졌다.

"놈이 방을 옮겨 다니며 인질을 죽이는 모양이다. 빨리 각 방으로 진입해."

장대영이 소리쳤다. 조장은 대원들을 2층의 복도로 올려 보내고 방마다 2인 1조로 동시에 진입하도록 지시했다.

긴박한 발소리와 함께 불과 10여 초 만에 요원들이 각 방문 앞에 대기하고 섰다. 그걸 본 후 조장은 들었던 손을 내려 진입을 명령했다. 요원들은 문을 박차며 동시에 안으로 진입해 들어가려 했다. 하지만 잠긴 문은 한 번에 부서지지 않았다.

소방용 쇠도끼를 든 요원이 방문의 자물쇠 부분을 집중해서 내려치자 문이 열렸다.

그 순간 다시 또 두 방의 총소리가 났다. 가운데쯤 위치한 방이었다. 두 명이 문을 부수며 그 방으로 뛰어드는 순간 마지막 한 방의 총소리가 고막을 쳤다. 그리고는 부산한 발걸음소리만 요란했다. 방마다 두세 명씩 투입된 진압팀은 어둠에 잠긴 구석구석을 훑었다.

"각 조별 상황 보고해."

장대영이 무선마이크에 대고 소리쳤다.

"1층 거실과 로비 등은 아무도 없습니다."

"2층 1호실, 의자에 묶여 있는 인질 발견. 총상에 의해 사망."

"2층 2호실, 인질 발견. 총상에 의한 사망."

"2층 4호실, 인질 발견. 살아있으나 의식이 없는 상태. 위독해 보임."

"2층 5호실, 인질 발견. 살아있으나 의식 없음."

"3호실은 어떤가?"

"3호실 진입 중 범인으로 보이는 자가 앞의 인질에게 총을 발사하는 모습을 목격, 이에 진입조가 범인을 향해 사격함. 총 세 발을 맞은 후 범인 사망. 인질은 범인의 총격으로 위급한 상태."

"사망이 확실한 자는 현장에 그대로 보존하고 부상자는 속히 산장 밖으로 이송하라. 나머지는 1, 2층 및 다락까지 샅샅이 수색하고."

지휘관의 지시에 따라 각각의 요원들이 신속하게 움직였다.

특공대 가운데 경장비를 한 요원은 부상자를 옮겼고, 2층 복도 혹은 1층으로 옮겨진 부상자들은 다시 구조 요원들이 응급처치 후 밖으로 이송했다.

수십 명의 요원들이 방과 거실 곳곳을 다시 샅샅이 수색했다. 수색하는 동안 범인이 빠져나갈 것을 경계해 산장 주변을 몇 겹으로 포위한 상태였다.

인질 중에서 사망 확인 두 명, 나머지는 부상, 맨 안쪽 방에서 여자 인질이 한 명 발견되었는데 아마 이윤정인 듯했다.

인질범으로 확실시되는 인물은 조성주의 배와 어깨에 권총을 두 발 발사한 상태에서 진입한 특공대원에게 사살되었다. 사망한 인질은 이한울과 최상률인 것으로 추정되었다.

범인의 사망 사실을 전해들은 지휘부는 공범들을 빨리 현장으로 호송해 올 것을 지시했다.

"이 형사, 주범 확인해야 하니까 두 명의 공범을 데리고 빨리 현장으로 오도록 해."

강인후의 지시에 이수경은 바로 대답하고 산장으로 가겠다고 대답했다.

인질 가운데 생존자들은 살아있다고는 해도 부상 등이 심각한 상태였기 때문에 신원 확인보다 응급처치 후 병원으로의 후송을 먼저 하는 것으로 방침을 정했다.

이 때문에 신원 확인을 먼저 하려는 인질 가족들과 실랑이가 벌어졌다. 하지만 사람을 살리는 게 우선이라는 경찰의 강력한 주장에 그들은 한발 물러섰다. 대신 자신들이 병실을 예약해놓은 서울대병원으로 갈 것을 요구했다.

구급차를 보내고 나서 그들은 어느 쪽에 있어야 할까 고민을 했으나 죽은 사람들도 신원 확인과 조사가 끝나고 나면 병원으로 보낸다는 말에 모두 다 그쪽으로 가기로 했다.

사건현장이 수습되어 가는 국면이어서 지휘부 인물들의 얼굴에 만감이 교차했다. 그들은 인질사건이 벌어졌다는 신고를 받고 현장에 온 후 꼬박 일주일을 제대로 자지도 못한 채 보냈다.

피곤에 찌든 것은 물론 겉으로 보기에도 몰골이 말이 아니었다. 그런 까닭에 며칠간 자신들을 애먹인 자가 금방 죽어버렸다는 사실이 도무지 실감이 안 나는 것이었다.

그런 가운데서도 강인후와 허완 등은 정말로 사건이 끝난 것일까 생각했다.

얼마 후 호송되어 온 공범 심영호와 황문길은 들것에 실려 나온 마스터의 얼굴을 보고 그가 주범이 맞다고 말했다.

"틀림없습니다. 제가 같이 지낸 그자가 맞아요."

아직 확실히 결론이 난 건 아니지만 범인은 죽었고 사건은 끝났다.

6장

파
국

남은 수사 결과의 보고와 마무리 작업을 위해 강인후의 수사팀은 인질사건 때보다 더 바쁘게 뛰었다.

사건의 개요는 8, 9년 전 조성주 등 빗나간 상류층 자제들이 시작한 여학생 집단강간 및 살해사건의 피해자 가족이 복수를 계획하고, 그 대상자들을 포함한 다수의 인질극을 벌인 후 석방 과정에서 복수의 대상자만 남기고 사적 재판이라는 명목으로 자행한 복수극이었다.

이를 위해 범인은 복수 대상자의 한 명인 조성주를 납치, 협박해 그의 산장을 복수의 무대로 만들었고 복수 대상자들을 가능한 의심 없이 한 장소에 모으기 위해 마약 및 섹스 파티를 벌여 다수의 사람이 올 수 있도록 했다.

그리고 이들을 통제하기 위해 공범을 두 명 고용했고, 그들에게 보수를 지불하기 위해 인질극으로 몸값을 받아냈다. 몸값은 인질을 통해 반출하려 했는데 결정적 순간에 실패하고 이것이 범인과 공범들의 사이를 이간시켜 공범들로 하여금 수사에 협조하게 만드는 계기가 되었다.

범인은 범행을 위한 초기 비용을 마련하기 위해 지방에서 떴다방과 같은 투자사기를 한 것으로 추정되었다.

범행 비용은 청계산 산장의 리모델링 및 파티 진행 비용, 각종 무기와 폭발물 구입 비용 그리고 활동비 등인 것으로 추정되었다. 대구 중부 경찰서에서 수사 중인 투자사기 피해자들에게 범인의 사진을 보인 결과 대략 3/4의 노인들에게서 동일인이라는 답변을 받았다.

이로써 대구 중부경찰서의 사기사건 범인 3인조의 신원이 모두 밝혀졌으며 자세한 경위를 밝히기 위해 수사 공조를 할 계획이었다.

신분증 조회 결과 마스터의 이름은 김이하이고, 나이는 만 35세로 8년 전에 실종된 김이현의 오빠였다. 오랫동안 행적이 드러나지 않았는데 노숙지 생활을 하면서 동생의 실종사건을 조사한 듯했다.

서울과 경기도의 노숙자들 중에서 그의 얼굴을 알아보는 사람이 다수 있었다. 노숙자들 중의 일부는 그를 '정 씨'로 알고 있는 사람도 있었다.

사망 시 사인은 총상에 의한 즉사였다. 조성주를 죽이기 위해 총을 발사할 때 특공조가 들이닥쳤고, 총을 든 범인을 발견한 특공대원은 범인을 향해 연달아 세 발을 발사했다.

세 발은 범인의 배와 양쪽 가슴에 역삼각형 구도로 명중했다. 그 결과 범인은 총에 맞은 직후 바로 사망한 것으로 여겨졌다.

부검 결과 김이하는 위암 말기로 암이 몸 전체에 전이되어 있는 상태였다. 의사 소견으로는 이번 사건을 벌이지 않았어도 한 달 이

내에 죽었을 거라고 했다.

인질 중에서 사망한 자는 범인을 포함해 세 명으로, 범인 김이하와 인질로 잡혀 있던 이한울, 최상률로 모두 직접적인 사인은 총격에 의한 과다출혈과 심장의 정지였다.

주범을 포함해 마지막에 산장에 남아 있던 모든 사람이 치사량에 가까운 약물에 중독되어 있었으며, 의료진은 적어도 한 달 이상의 치료와 요양 기간이 필요하다고 진단했다.

이번 인질사태의 원인이 된 과거 여러 건의 여고생 성폭행 및 살해사건과 이를 덮기 위해 만들어진 범죄은닉 조직에 대해서는 별도 수사팀을 꾸려 재조사할 계획이다.

"이번 사건에 대해 이상과 같이 요약 정리할 수 있겠습니다만, 지금부터는 풀리지 않는 의문점들을 중심으로 얘기해보도록 하겠습니다."

그동안 수사에 참가했던 요원들이 모두 모여 회의를 하는 가운데 이수경이 브리핑을 하는 중이었다.

이 자리에는 수사팀뿐만 아니라 본부장인 민중수, 협상팀을 맡았던 허완도 참석해 있었다. 내일 있을 수사 결과 발표에 앞서 정리를 할 필요가 있기 때문이었다.

"우선 공범의 문제입니다. 이미 알려져 있다시피 검거된 두 명의 공범 심영호와 황문길은 인질극만을 위해 고용된 단순가담자로 판명되었습니다. 그렇다면 남는 의문은 인질극과 복수극이 중첩된 꽤 복잡한 범죄를 김이하 혼자서 계획하고 실행했느냐 하는 것입니다. 다행스럽게도 몇 달 전에 대구 중부서에서 내사를 했다가 중단된 투자사기사건에서 이와 관련된 단서가 나왔습니다. 사기를 친 삼인 조 가운데 하나가 김이하인 것으로 추정되었기 때문입니다. 그렇다 면 다른 두 사람, 허삼도와 이용수는 지금 사건에서 어느 부분에 끼 워져 있을까요?"

"김이하가 이 사건에서 그랬던 것처럼 각 단계별로 벌이는 사건 마다 별도로 공범을 고용하고 관계를 끝냈다고 볼 수도 있지 않을 까?"

"그럴 가능성도 있습니다. 그걸 확인하기 위해서는 두 사람을 빨 리 붙잡아야 합니다."

"그건 그렇군."

"역시 또 다른 공범의 가능성을 시사하는 부분인데, 김이하는 조 성주 등의 죄를 논하면서 처음 내놓은 게 9년 전의 민지영 사건이 었습니다. 물론 그의 말에 의하면 그들이 처음 저지른 강간 살인의 피해자가 민지영이기 때문에 그리 이상해 보이지는 않습니다. 그런 데 김이하는 1년 후 본인의 동생이 당한 사건보다 훨씬 자세히 내 용을 알고 있습니다. 민지영의 가족은 저희가 조사한 바에 의하면 모두 사망한 것으로 되어 있습니다. 연고자가 아무도 없는데 그리 고 당시 경찰 수사로는 완벽하게 덮인 사건인데 다른 사람이 사건 을 상세히 알고 있을 이유가 뭘까요. 민지영의 유족 가운데 살아있 는 사람이 있어 김이하와 공모하지 않았을까 하는 추측입니다. 이 부분에 대해서는 한지균 형사가 자세히 알아보고 있으니 곧 진상을 알 수 있을 것입니다.

세 번째는 인질과 인질범의 수에 관한 문제입니다. 첫 번째 협상 에서 마스터는 인질의 수를 알려주지 않았습니다. 하지만 요행히 우리와 휴대폰으로 연결된 인질 가운데 한 명인 이한울에 의해 대략적인 수가 확인되었지요. 그에 의하면 처음 총상으로 우리가 확보한 사람을 제외한 인질의 수는 남자 17명에 여자 16명 그리고 인질범은 셋이었습니다. 그런데 네 차례에 걸쳐 석방한 인질은 29명입니다. 그러면 산장에 남아 있어야 할 사람은 일곱 명이어야 하는데 여덟 명이었습니다. 그럼 이한울이 파악한 인원보다 한 명이 더 있었다는 얘긴데 이게 무슨 뜻일까요?"

"이한울이 잘못 세었다고 볼 수 있나?"

"그가 인간적으로야 어떻든 베테랑 경찰입니다. 단순히 숫자를 착각할 가능성은 없지요."

"파티에 참석하지 않은 사람이 있었다?"

허완의 말에 이수경이 그에게 손짓을 하며 말했다.

"그렇죠. 이한울이 파악해 알려준 것은 단순히 인질범과 인질의 수였습니다. 그런데 인질은 모두 자발적으로 파티에 참가한 사람들이지요. 자, 범인들이 아니면서 파티에 참석하지도 않았는데 산장에 있어야 했다. 어떤 경우일까요?"

"납치된 거로군."

민중수의 말에 이수경이 다시 대답했다.

"그렇습니다. 그렇다면 납치당한 사람은 누구일까요? 단순히 돈을 받고 풀어주기 위해 납치하지는 않았을 겁니다. 그런 사람들은 서른 명이나 있으니까요. 김이하가 복수를 위해 꼭 필요했던 인물, 그럼에도 사정상 파티에는 올 수 없었던 사람이겠지요. 이윤정을 포함해 재판의 피고로 지명된 일곱 명 가운데 산장 파티에 올 수 없었던 인물은 최상률이었습니다. 그는 주말에 강원도에서 연수원

세미나가 예정되어 있었죠. 아무리 빽이 좋아도 세미나에 참석하지 않으면 절대 임용되지 못하는 것으로 알고 있습니다. 그렇다면 최상률이 공식적으로 사라진 시점 이후로 그는 김이하나 그 동료들에게 납치되었다고 볼 수 있습니다. 그가 움직였던 모든 동선의 CCTV나 블랙박스 등을 확보하면 범인들에 대해 알 수 있으리라 판단됩니다. 이 부분은 다른 수사관들이 조사를 하고 있으니 곧 결과를 알 수 있을 것입니다.

네 번째는 범인 김이하에 관련된 의혹입니다. 새로 밝혀진 바에 의하면 그는 약 6개월 전에 새로 주민등록증을 발급받았습니다. 그 이전에는 물론 주민등록이 말소되어 있었지요. 오랫동안 숨어 있다가 이번 사건을 진행시키기 위해 정체를 드러냈다고 볼 수 있는데 이게 도대체 무슨 의미가 있을까요?"

"복수를 시작한다는 각오나 선언이 아닐까?"

"글쎄요. 아니면 다른 사람의 등장일 수도 있겠고요."

"그건 무슨 뜻인가?"

"확실히 말할 수는 없습니다. 뭔가 복잡한 계략의 시작 같다는 거죠. 그러니까 복수를 하려면 계속 자신을 숨기고 있어야 하는데 그만 드러내버렸다, 이런 건데 여기에 가려진 뭔가가 있을 것 같다는 말입니다. 이건 새로운 사실이 드러나면 밝혀질 거라 생각합니다.

그리고 이건 여기 있는 몇 분 외에는 비밀로 하고 있는 사실인데, 산장의 지하실에서 또 한 명의 시신이 발견되었습니다. 옷차림이 특수 무술 요원이 입는 것 같은 검은색 위장복을 입었는데 가슴에 총탄을 맞고 쓰러져 있었습니다. 사망 시각은 우리가 진입하기 다섯 시간쯤 전입니다. 175cm에 70kg 정도의 건장한 체격이고 나이는 30세 전후, 신원은 전혀 알 수 없었습니다. 신분을 증명할 수 있는 게 전혀 없었고 얼굴이나 지문 조회에도 전혀 드러나지 않았습니다. 사망했기 때문에 단정할 수 없지만 아마 중국이나 북한 출신일 가능성이 있고요. 그럼 이 사람이 왜 여기서 죽어 있느냐 하는 의문이 드는데요. 아마 최종 인질 가족 중 누군가가 의뢰를 한 것이라 볼 수 있습니다. 그 의뢰를 받아 산장에 잠입해 범인을 죽이고 인질들을 구출할 계획으로 추정됩니다."

"그럼 산장으로 들어갈 수 있는 비밀 통로가 있었다는 건가?"

"그렇습니다. 하지만 우리가 본 리모델링 설계도에는 그게 전혀 나타나지 않았죠. 아, 처음 산장을 지을 때의 설계도에도 비밀통로는 표시되어 있지 않았습니다. 어쩌면 당연한 것이 설계도에 외부로 통하는 지하 비밀 통로가 표시되어 있다면 그건 비밀통로라고 할 수 없을 테니까요. 그걸 산장의 첫 번째 주인 조성주의 아버지만 알고 있었습니다. 그런데 어째서 이 암살자는 임무를 수행하지 못하고 산장 지하에서 죽었는가. 바로 지하실에 일정한 간격으로 적외선 경보장치가 설치되어 있었습니다. 누군가 침입할 것을 마스터는 예상하고 있었다는 얘깁니다. 경보장치가 작동한 것을 알고 지하실 입구에서 기다리고 있다가 소음기가 달린 총을 쏘아 죽인 겁니다. 이 사실은 아무리 생각해도 발표하기 어려울 것 같아 이 자리에서만 공유하기로 했습니다."

그 말에 모두 고개를 끄덕였다.

"이제 마지막으로 계속 수사팀을 헷갈리게 하고 골치를 썩였던 문제, 조성주입니다. 조성주는 과연 이 인질사건의 피해자일까요 아니면 공범일까요?"

"아직 병원에서 치료중인가?"

"그렇습니다. 지금까지 여러 사람들의 증언에 의하면 조성주의 행동은 자발적인 면도 꽤 있었던 것으로 보입니다. 그렇다면 과거 자신의 잘못에 대한 속죄의 의미로 김이하에게 협조를 했다고 볼 수 있는데 그렇더라도 명확하지 않은 부분이 많습니다."

"증언을 들어보려면 어느 정도나 기다려야 하나?"

"수술은 잘됐지만 약물 중독이 심했던 만큼 아무리 빨라도 하루는 더 지나야 될 것 같습니다."

"병원은 잘 지키고 있지?"

"24시간 보호 체제로 감시하고 있습니다."

***

허현희가 어렵게 입을 열었다.

"지혜가 사라지기 전에 전화를 했어요. 앞으로 자기를 아주 못 볼 수도 있는데 어려운 부탁을 하겠다고. 무슨 부탁이냐고 하니까 자기의 개인 사물 중에 일기나 노트 등 사적인 걸 빼서 따로 보관해 달라고, 또 그날 전후로 택배나 우편물 온 게 있으면 그것 역시 따로 보관했다가 언제인지는 모르지만 자신이 나타나면 돌려달라고. 절대 아무도 모르게."

"그래서 언제 나타났습니까?"

"1년 반쯤 지나서였어요. 그때는 저도 지혜가 가족과 마찬가지로 죽었을지 모른다고 생각했을 무렵이라 깜짝 놀라고 두렵기도 했어요."

"나타나서 자기 물건을 찾아 갔겠군요."

"예."

"우편물도 있었나요?"

"예, 과자 같은 걸 담는 누런색 골판지 박스였는데 교재 열 권 정도 들어갈 수 있는 크기였어요."

"물론 안에 뭐가 들어있었는지는 알 수 없었겠죠?"

허현희는 고개를 끄덕였다.

"궁금하지 않았습니까?"

"알고 싶은 마음과 알아서는 안 된다는 마음이 같이 있었다면 어느 쪽이 이겼을까요?"

"두려움이 더 컸군요."

"그래서 제가 살아있는지도 모르죠."

"그럴지도……."

한지균의 말에 허현희는 안색이 편안해진 듯했다. 그 모습을 보며 한지균이 물었다.

"민지혜가 물건을 찾아가고 나서 다시 연락한 건 언제입니까?"

"3년쯤 지나서였어요."

"무슨 일로?"

"같이 졸업한 동기생들의 명단과 연락처 등을 원했어요."

"그게 왜 필요한지 들었나요?"

"친구인데 너무 감춰서 미안하다며 얘기를 해줬어요."

"왜 그랬답니까?"

"자기는 이미 죽은 사람으로 되어 있는데 일은 해야 하고, 그래서 우리 동기생들이나 졸업생 중에서 간호사로 일하다가 결혼이나 이

민 등으로 일을 그만두게 된 친구가 있으면 그 이름으로 일을 하겠다 했어요. 가능한 피해가 가지 않도록."

"그게 가능한가요?"

"이쪽이 고용 사정이 워낙 열악해서 졸업장과 이력서만 있으면 작은 개인병원은 금방 취업이 되죠. 특별히 조회하는 일도 별로 없고. 그 대신 근무 환경이나 급여 수준은 형편없어요. 그러니 이직이 잦고, 잦은 만큼 취직도 잘 되는 편이고……. 결국 돌고 도는 거죠."

"그렇군요. 그럼 민지혜란 친구는 어떻습니까?"

"뭐가요?"

"전반적으로요. 스타일이나 성적 또는 성격 등."

"흠잡을 데가 없다고 할까, 사실 집안 형편이 좀 나았으면 의대에 들어가 의사도 되었을 친구였죠. 똑똑하고 굉장히 머리가 잘 돌아가는 애였어요. 성격은 좀 내성적인 편인데."

"마지막으로 만났을 때도 간호사 일을 하고 있었습니까?"

"아마 그랬던 거 같아요."

"그때는 무슨 일로 만났습니까?"

"앞으로는 못 볼지도 모른다며 그동안 고마웠다고 울면서 얘기했어요."

"비장한 느낌이었나요?"

"예."

"죽을 수도 있는?"

"그렇게 볼 수도 있겠네요."

복수를 위한 계획의 완성?

민지혜는 아버지가 남긴 자료를 가지고도 몇 년을 숨어 다니다 비슷한 처지의 인물을 만났다. 오랫동안 사건의 진상을 파악하고 같이 복수의 계획을 짜고 검토를 한 후 실행에 옮긴다. 그 복수를, 남에게 맡겨놓기만 했을까?

간호사라.

임시직이나 비정규직의 비중이 높아 충분히 위장된 신분으로 일할 수 있는 직업이기도 하다.

그는 본부에 전화를 걸었다.

"팀장님 접니다. 인질로 있다 풀려난 여자 중에 간호사가 있는지 확인 좀 해주십시오."

"잠시만 기다려."

강인후가 대답하자 그는 휴대폰을 통화중인 상태로 기다렸다. 3분쯤 후 강인후의 목소리가 들려왔다.

"노유진, 32세, 서울대병원 간호사, 파티에 초대받은 유명길의 파트너로 파티에 참가했고 유명길의 확인을 받았다고 하네."

"유명길은 어떤 사람이죠?"

"의사라는군. 간호사가 의사를 따라다니는 게 당연한 건가? 근데 노유진은 왜?"

"이번 사건의 공범으로 의심되는 여자입니다. 첫 번째 사건의 피해자 민지영의 언니 민지혜가 친구 이름으로 사용하는 가명이 아닌가 추정하고 있고요."

"그럼 병원에도 연락을 해보고 수배를 내려야겠군."

"예, 그래 주십시오. 저도 빨리 찾아보도록 하겠습니다."

전화를 끊고 한지균은 바로 병원으로 전화를 해보았다. 병원 안내 콜센터는 인사관리 부서로 연결해주었고 거기서는 다시 간호사관리부서로 다시 넘겼다. 그렇게 몇 분이 지나서야 노유진에 대한 대답을 얻을 수 있었다.

그녀는 산장에서 석방된 후 바로 간호사로 복귀했다가 어제 휴가를 내어 쉬고 있다고 했다. 범죄 혐의자라고 큰소리를 친 후에야 그녀의 연락처와 주소를 얻어낸 후 전화를 걸어봤으나 당연히 받지 않았다.

주소를 확인해보니 서울의 북쪽 방학동에 살고 있었다. 그는 노유진의 주소지로 찾아간다 해도 헛걸음이 될 가능성이 크다고 생각했다. 그래도 열에 아홉 번을 헛수고로 끝내더라도 열 번을 다 움직여야 하는 게 이 일이었다. 그는 혹시 자신을 멀리 떼어 놓으려는 음모, 아니면 보이지 않는 의지가 아닌가 하는 생각이 들었다.

***

한밤중 새벽 3시. 서울대병원.

청계산장에서 이송되어 온 환자들은 수술과 약물 치료를 거쳐 중요 고비는 넘긴 상태였다. 그리고 하루가 지났다.

서울대병원 특실은 일반 병동과 다르다. 가격이야 사립병원의 특실보다 더 비싸지 않고 그만큼 넓은 것도 아니다. 하지만 현대 의료 기술의 모든 것이 다 갖춰져 있고 무엇보다 보안이 철저했다. 그래서 부유층이나 사회지도층이 자주 이용했다.

더구나 청계산장 인질사건의 피해자들은 만일의 사태에 대비해 미리 예약을 해놓았기 때문에 10여 개의 특실이 모여 있는 한 구역 전체를 차지할 수 있었다.

그건 경찰의 요청 사항이기도 했다. 수사가 마무리되지 않은 상황이어서 환자가 회복되는 대로 수사관이 출입해 증언을 받기 위해서는 병실들이 서로 모여 있는 게 좋기 때문이었다.

병원 VIP 특실의 경비는 보통 2중으로 되어 있었다. 일반인의 출입을 통제하는 병원 자체의 경비 시스템과 각 병실에 입원한 환자 개인의 경비. 그런데 이번에는 범죄 수사와 관련되어 있는 까닭에 경찰의 경비까지 3중이었다.

이렇게 여러 겹의 보안 장치가 있으면 완벽할 것 같지만 그렇지도 않은 것이 다른 쪽에서도 똑같이 경비를 한다고 생각하면 그만큼 촉각은 무뎌지고 신경을 덜 쓰게 되는 것이다. 특히 병실에 입원한 환자의 가족이나 관계자는 체계가 잡혀 있는 보안 시스템을 믿고 최소한의 인원만 남기고 집에 돌아갔다.

경찰과 병원 경비 또한 마찬가지였다. 파견된 경찰 요원들은 경비를 철저히 하라는 지시를 받았지만 이렇게 이중 삼중으로 지키고 있는데 누가 감히 뚫을 수 있을까 생각했다. 주범은 죽고 인질이니 재판이니 하는 사건도 다 마무리된 마당에.

새벽 3시가 되자 VIP 특실을 전담하는 병동 스테이션의 간호사 한 명이 화장실을 간다며 자리를 비웠다. 그리고 얼마 후 VIP 구역 전체의 환풍구에서 무색무취의 기체가 고요히 흘러나와 깔리기 시작했다. 기체는 그렇잖아도 정적에 잠겨 있던 구역의 모든 사람을 깊은 잠에 빠뜨렸다.

같은 시각 병원 잡역부 복장을 한 사람이 지하의 시체안치실에서 한 구의 시신을 꺼내 이동침대에 옮겨 싣고 그 위를 모포로 덮었다.

그는 침대를 끌고 지하의 긴 복도를 그리 급하지 않은 걸음으로 이동했다. 중간에 의사 가운을 입고 안경을 쓴 젊은 남자가 합류해 같이 침대를 밀었다.

그들은 특실 전용의 환자 이송용 승강기에 침대를 싣고 위로 올라갔다. 특실 병동에 도착하자 간호사가 기다리고 있다가 침대를 인계받아서는 조성주라는 이름이 있는 병실로 들어갔다.

젊은 의사와 간호사는 마스크를 쓰고 있어 얼굴이 거의 보이지 않았다. 둘은 조성주의 침대 옆에 새로 밀고 온 이동침대를 놓고 양쪽의 환자를 바꾸어 옮겨놓았다.

두 환자는 거의 같은 것처럼 보였다. 환자복이나 머리 모양, 감고 있는 붕대의 모양이나 위치 등도 모두 같았다. 다만 다른 것은 새로 들어온 사람은 죽었고 이동침대로 옮겨진 사람은 살아있다는 점이었다.

간호사는 새로 옮겨진 시체에 능숙하게 여러 주사기와 호흡기 등 여러 장치들을 끼웠다. 이동침대는 다시 밖으로 옮겨진 뒤 엘리베이터 앞에서 기다리고 있던 잡역부에게 인계되었다. 잡역부와 젊은 의사는 엘리베이터에 이동침대를 밀어 넣고 같이 타고 다시 지하로 내려갔다.

혼자 남은 간호사는 병동 스테이션에서 주사기와 약품 등을 챙긴 후 VIP실 각 병실로 들어가 환자들의 팔뚝으로 약물이 흘러들어가고 있는 수액관에 주사기를 찔러 넣었다. 차분하고 느린 움직임 같은데도 네 곳을 다 도는 데 5분도 걸리지 않았다.

곧 그녀 역시 승강기를 타고 지하로 내려갔다.

아무도 보는 이 없고 복도에는 정적이 감돌았다.

잠시 후 병원의 지하주차장에서 평범한 승합차 한 대가 빠져 나갔다.

***

눈을 떴다. 그런데 보이지 않았다. 사방이 캄캄하다. 밤인가.

자신을 닮은, 아니 자신과 똑같은 사내가 운전하는 차를 타고 공항을 나와 달리던 것이 기억의 마지막이었다. 서울로 향하던 길이다. 그 이후로 얼마나 시간이 지났는지 알 수 없다. 그리고 여기가 어딘지도. 달리는 차 안이 아닌 것만은 분명하다. 조성주는 차분히 마음을 가라앉히고 생각을 정리했다. 차근차근.

몸을 움직여보았다. 우선 감각을 가장 잘 느끼는 곳, 손은 움직일수 없었다. 움직일 수는 있어도 조금밖에 움직이지 못했다. 묶여 있었다. 그것도 등 뒤로.

다리도 역시 마찬가지다. 조금씩 힘을 줘보았다. 꼼짝도 하지 않는다. 질긴 줄로 단단하게 묶어놓았다. 뭔가 날카로운 도구가 없이는 끊거나 풀어낼 수 없을 것 같다. 어느 정도 힘을 써보고는 곧 포기했다. 안 되는 것은 안 되는 것이다. 젖 먹던 힘까지 다 쓴다는 것은 무모한 일이다.

그 다음 몸의 상태를 머릿속으로 살펴보았다. 앉아 있는 상태다. 의자에 묶인 채 앉아 있군. 몸통 전체가 의자 등받이에 묶여 있는 것이다. 눈과 입은 두꺼운 천 같은 것으로 가려졌다. 머리를 조금씩 움직일 때마다 부스럭거리는 소리가 나는 것으로 보아 눈을 가린 후에 다시 뭔가를 뒤집어 씌워 놓았다. 희미한 빛 하나 보지 못할 정도로 캄캄한 것은 그 때문이리라. 어느 정도 상황이 정리되었다.

그렇다면, 나는 납치된 것인가. 물론 납치범은 차를 운전한 놈이리라. 무슨 목적으로?

자신이 세간에서 말하는 재벌2세, 혹은 3세이므로 돈을 노리고 납치했을 가능성이 컸다. 그렇다면 큰 위험에 빠졌다고 보기는 어렵다. 자신의 집은 얼마든지 돈을 지불할 능력이 되거니와 돈을 얻기 전까지는 죽이거나 다치게 하지 않을 것이다. 돈을 얻은 후에라도 얼마든지 협상의 여지는 있다. 자신의 시야를 가린 것은 범인이 정체를 드러내지 않으려는 의도로 볼 수 있으므로 그 역시 나쁘지 않다.

하지만 자신은 이미 범인의 얼굴을 보지 않았던가. 거기에 생각이 미치자 머릿속이 복잡해졌다. 기분도 나빠졌다. 차의 거울을 통해 봤으므로 제대로 봤다고는 할 수 없어도 분명 조성주 자신과 똑같은 얼굴이었다. 그건 무슨 뜻일까. 우연히 닮았다? 우연히 닮은 두 사람이 있을 수는 있어도 둘이 우연히 마주치는 일은 거의 일어나지 않는다. 둘 중의 하나, 어쩌면 둘 다 필연일 수 있는 것이다.

하나씩 생각해보자.

우연히 닮은 사람이 있다. 그는 다른 재벌가의 2, 3세들처럼 언론에 많이 노출되지는 않았어도 인터넷을 통해 꽤 자주 얼굴이 공개되었다. 자신과 닮거나 거의 똑같은 사람이 있다면 그 사실을 얼마든지 알게 될 수 있다. 그럼 그 점을 이용해서 뭔가를 꾸밀 수 있을 것이다. 그건 단순히 자신을 납치해서 몸값을 갈취하는 수준 이상의 음모일 것이다. 자신을 가두어두거나 죽이고 자신의 행세를 하려는 것일까.

그러고 보니 오래된 동화 하나가 떠올랐다. 왕자와 거지. 하지만 곧 피식 웃고 말았다. 얼굴이 닮았다는 이유로 신분을 바꿔 살아가기는 동화에서나 가능하다. 가족이나 친구가 아니더라도 어느 정도 접촉해본 사람이라면 곧 다른 사람이라는 것을 알아챌 것이다. 자신을 고문해서 사적인 사실들을 알아낸다고 하더라도 조성주로 행세하는 것은 오래 못할 일이다. 물론 가능한 그가 아는 사람들과 접촉하지 않은 상태에서 조성주로 행세한다면 좀 오래 갈 수도 있다. 핸드폰이나 이메일, 신용카드, 은행 계좌의 비밀번호를 알아낸다면 한동안은 펑펑 쓸 수도 있겠지. 그걸 노리는 걸까.

우연히 닮은 경우가 아니라면? 그건 일부러 자신의 모습으로 성형을 했다는 얘기가 된다. 왜, 무슨 목적으로? 이 또한 우연히 닮은 경우와 마찬가지로 돈 외에는 떠오르는 게 없다. 자신이 가진 것이라곤 돈 외에 달리 무엇이 있단 말인가.

생각은 계속 같은 자리를 맴돌았다.

이곳은 어디일까. 그는 모든 감각을 집중해 주변의 상황을 파악하려 애썼다. 눈이 가려져 있고 온몸이 묶여 있으니 동원할 수 있는 것이야 청각밖에 없다.

다행인지 놈이 자신의 귀는 닫아두지 않았다. 그렇건만 귀로 얻을 수 있는 정보는 거의 없었다. 아무 소리도 들리지 않았던 것이다. 가만히 숨을 죽이고 있으면 주변은 온통 침묵뿐이었다.

도심에서라면 아무리 밀폐된 공간이라도 작은 소리 하나는 들리기 마련인데 도도한 침묵뿐이라면 이곳은 도심에서 멀리 떨어진 곳일 가능성이 컸다. 깊은 산중인가. 하지만 깊지 않은 곳이라도 인적이 뜸한 곳은 얼마든지 있다는 사실을 그는 알고 있었다. 으으, 신음 소리가 났다. 내친 김에 좀 더 큰 소리를 냈다.

여보세요, 누구 없어요? 다시, 아무도 없습니까, 구해주세요. 소리 쳤다. 소리를 지르고 반응을 기다리느라 귀에 모든 것을 집중했다. 그의 귀에 들려온 것은 ……요, 라는 메아리뿐이었다. 최소한 수십 미터 이내에는 그의 소리를 들을 수 있는 사람이 없다는 뜻이었다. 아니라면 이곳이 방음이 잘 된 밀폐된 공간이든지.

자신이 납치된 지 얼마나 지났는지 알 수 있다면 이곳의 위치를 대략 알 수 있으리라 여겼지만 물론 희망사항이었다. 이곳이 어딘 지 아는 것이 자신에게 도움이 될까. 물론 그럴 것이다. 거의 모든 면에서, 아는 것이 모르는 것보다는 낫다.

얼마나 많은 시간이 지났을까. 자신이 정신을 잃은 동안은 빼고, 의식을 차린 후부터 보면 두 시간은 지나지 않았나 싶다. 하지만 그 것도 정확하지는 않다. 지금 이곳, 그리고 자신이 처한 상황에 대해 아무것도 모른다는 사실이 자신을 얼마나 무력하게 만드는지 처음 알았다. 그리고 그것을 끊임없이 생각하는 게 얼마나 심신을 고갈 시키는지도.

어느 순간부터 오줌이 마렵기 시작했고 방광의 압박은 조금씩 더 해졌다. 이 역시 시간이 꽤 흘렀다는 신호였다. 물론 그는 문명인의 습관대로 참을 수 있을 만큼 참았다. 아랫배에 통증이 느껴질 때까 지.

목에서는 갈증이 느껴지는데도 몸 안의 물을 버리지 않으면 안 된다는 상황에 대해서도 납치된 것만큼이나 모멸감을 느꼈다. 잠시 후면 모멸감이 더 커질 것이다. 그는 아랫배에 가해지는 압박을 견 디다 굳이 참아야 할 상황이 아니라는 것을 깨달았다. 최악의 경우 죽을지도 모르는데 바지에 오줌 싸는 것이 대순가. 그런 생각과 함께 진한 쾌감이 아랫도리에서 전해졌다.

온몸이 부르르 떨릴 정도로 강렬한 쾌감이 얼마나 요의를 참았는지를 반증했다. 그리고 그 결과는 역시 진한 모멸감이었다. 아랫도리가 물에 잠긴 것처럼 축축해졌다. 정신적인 모멸과 육체적인 불쾌함이 얼룩졌다.

그는 태어난 후 처음으로 오랜 시간 비참한 처지에 놓여 있었다. 학교에서도 짧은 기간의 군대 생활에서도 겪지 못했던 일이었다. 얼마나 지났을까, 축축한 아랫도리가 익숙해지고 약간 말라간다고 느껴질 즈음 인기척이 들렸다. 그는 보이지 않는 곳을 향해 고개를 돌렸다. 저벅저벅 발소리가 들렸다.

"누, 누구야?"

그의 목소리는 다소 의기소침해져 있었다. 대답은 들리지 않았다.

"거기 누구야?"

대답 대신 발소리가 앞에서 왔다 갔다 했다. 옆으로 갔다가 뒤로 돌더니 다시 앞에서 멈췄다.

"당신을 여기 데려 온 사람."

다소 차가운 느낌의 남자 목소리가 들렸다.

"여기는 어디지?"

"서울 근교의 어디쯤. 당신이 잘 아는 곳."

"왜 날 납치했지?"

"그건 차차 알게 될 거고."

말을 끊은 후 입가에 뭔가 닿았다.

"꽤 많은 수분을 배출했으니 갈증이 날 텐데, 자."

그는 입술을 벌려 입안으로 들어오는 물을 달게 들이켰다. 사내의 목소리에는 그를 비웃거나 모욕하려는 느낌이 없었다. 그런 게 있었다 하더라도 거절하지 못하고 받아 마셨을 것이다.

"이제 어떡할 건가. 돈이 목적이라면 얼마든지 줄 수 있어."

"아, 그것도 포함되긴 하지."

"그럼 무엇이 더 필요하지? 설마 내 신분으로 살아가겠다는 건가?"

"글쎄."

"그렇게는 안 될걸. 영화 따위를 보고 실제 가능한 것처럼 착각하는 모양이군. 아무리 내가 가진 신분과 재산이 탐난다 해도 얼굴 하나 같다는 이유로 내가 되는 건 아니야."

조성주는 비웃고 타이르고 항변하는 목소리로 말했다.

"그건 자네가 걱정할 일이 아니야."

"그야 그렇지. 하여간 난 당신 일에 협조하지 않을 거야."

"상관없어. 내가 당신 행세를 하는 건 맞지만 당신으로 살기 위해서가 아니라 죽기 위해서니까."

"무슨 소린지 모르겠군."

"나중에 알게 될 거야."

"어쨌든 나로 행세한다면 얼굴이라도 제대로 보여주는 게 예의 아닌가?"

대화를 계속하다 보니 두렵고 황당했던 마음은 어느 정도 가라앉았다. 내용이야 어떻든 대화가 이루어진다는 것 자체가 최악은 면한 셈이었다. 눈을 가린 것을 풀어달라는 것도 그런 여유의 결과라 할 수 있었다. 잠시 후 사내가 대답했다.

"예의인지는 모르겠지만 들어주지 못할 이유는 없군."

그리고 그의 머리에 씌워진 천을 벗기고 눈을 가린 안대를 풀어줬다. 눈앞에 나타난 모습은 모든 것이 흐릿했다. 따라서 별로 눈이 부시지도 않았다.

주변을 둘러보고 저녁 어스름할 때처럼 낮은 조명 때문이라는 것을 알았다. 그는 지금까지 대화를 나눈 사내보다 주변의 모습이 더 궁금했다. 꽤 높은 천장과 사방의 벽들은 시멘트의 맨살이 그대로 드러나 있었다. 몇 개의 쇠파이프가 천장과 벽에 매달려 있었고 벽난로 혹은 아궁이처럼 생긴 것과 두 개의 철제 캐비닛, 테이블과 의자들이 전부였다. 그리고 멀찍이 위로 향한 계단.

"지하실이군."

그와 같은 얼굴을 한 사내가 고개를 끄덕였다.

조성주는 사내의 얼굴을 확인하기 위해 눈을 가린 것을 풀어달라고 했지만 정작 볼 수 있게 되자 고개를 들기가 망설여졌다. 자신과 똑같은 쌍둥이를 처음 만났다고 해도 놀랍고 두려울 터인데 생판 모르는 남이라니. 혹시 도플갱어인가.

그 역시 두려운 일이다. 그는 이미 완결된 결과를 회피하기라도 하듯 고개를 돌려 주변을 두리번거렸다. 자신이 찾는 것이 있기라도 하듯. 그 모습을 물끄러미 내려다보던 사내가 입을 열었다.

"더 이상 볼일이 없는 모양이군. 준비할 것도 있으니 몇 시간 후에 다시 오지."

두 사람의 눈길이 마주쳤다. 조성주는 얼이 빠져서 사내의 얼굴, 아니 자신의 얼굴을 바라보았다. 그런데 준비라니……?

"잠깐!"

계단으로 향하던 사내가 돌아섰다. 무심한 얼굴로 뭐냐고 물었다.

"궁금한 게 있는데, 아무리 생각해도 내가 귀국한다는 얘기를 누구에게도 한 적이 없거든. 도대체 어떻게 알고 기다리고 있었던 거지?"

"음, 별로 어려운 건 아니야. 심부름센터 같은 곳은 세계 어디에나 있지. 아, 미국에서는 사립탐정이라고 부르지. 구글에서 검색하면 LA 지역에만 수백 개가 영업하고 있다는 걸 알 수 있어. 조금만 신경 써서 알아보면 실력과 신용 있는 업체를 찾을 수 있더군. 그쪽을 통해 사람 찾는 건 일도 아니지. 단순히 사람을 찾아 언제 비행기를 타는지만 알려주면 되니까 가격도 저렴하고. 직접 찾아갈 필요 없이 인터넷으로 의뢰하고 돈을 보내니까 편리해서 좋더군. 대답이 됐는지 모르겠어."

조성주는 대꾸하지 않았다. 말없이 사내를 노려볼 뿐이었다. 사내가 몸을 돌려 계단을 올라갔다. 쾅, 하고 철문 닫히는 소리가 절망처럼 들렸다.

***

새벽이 되자 병원은 발칵 뒤집혔다.

4시경부터 주치의들이 회진을 시작했는데 VIP구역의 모든 사람이 잠들어 있다는 사실에 의혹과 불안을 느낀 의료진은 서둘러 간호사들을 깨운 후 병실로 쳐들어갔다.

병실도 모두 잠들어 있었는데 환자들의 상태를 본 순간 의료진의 얼굴이 창백해졌다. 굳이 숨을 쉬는지, 맥박이 뛰는지 확인하지 않아도 환자들이 사망한 것을 확연히 알 수 있었다.

허둥거리며 부산하게 움직이던 의료진과 간호사들은 곧 경찰에 신고를 했고 얼마 지나지 않아 수사팀의 수뇌부가 도착했다. 그동안에 의사들은 사망한 환자들의 혈액 등을 검사하며 사망 원인을 찾아내려 했다.

수사팀은 의사와 간호사들 그리고 경비를 맡은 사람들을 불러 어떻게 된 일인지 조사했다.

VIP 구역에 있던 모든 사람이 새벽 3시쯤 거의 동시에 잠에 빠져들었고 그사이에 누군가 들어와 환자들에게 치명적인 약물을 주입하고 달아났다는 것으로 추정되었다. 하지만 이 구역 내에는 CCTV가 없었기 때문에 구체적으로 무슨 일이 있었는지 알 수 없었다.

의사들의 검사에 의하면 환자들의 혈액에서 펜토바르비탈 성분이 다량 검출되었다. 펜토바르비탈은 약물에 의해 사형을 집행하거나 안락사를 시킬 때 쓰는 의약품이었다. 신체에 투입되면 호흡을 정지시켜 사망에 이르게 하는 것이었다.

수사의 초점은 환자들에게 약물을 주입한 인물이 누구냐 하는 것과 어떻게 넓은 곳에 떨어져 있는 사람들을 마취시켰느냐 그리고 VIP 구역에 침입한 외부인이 있느냐 하는 것이었다.

수사팀의 기술 요원들이 여러 곳의 환풍구를 조사해봤더니 거의 모든 곳에 가스를 발생시키는 장치가 있음을 알아냈다. 그와 같은 것을 설치하기 위해서는 이전에 오랜 시간의 준비 기간이 필요하다는 점에서 이 역시 훨씬 전에 계획되었던 게 아닌가 여겨졌다.

환자들에게 약물을 투입한 인물에 대해서는 당일 근무하던 간호사들 중의 하나로 의심이 모아졌다. 일단 당직 근무자가 다 있는지부터 확인해보니 한 사람이 사라졌다는 게 바로 밝혀졌다.

근무자 명단에서는 오미란이 사라졌지만, 실제로는 그게 아니었다. 바로 전날 저녁에 일이 생긴 그녀가 빠지고 다른 간호사가 대신 근무를 하고 있었다. 삼교대로 돌아가며 근무를 하는 시스템상 누구에게든 갑작스러운 일이 생겨 당직을 서지 못하게 될 경우 다른 조의 인원과 바꾸는 일이 일상이었다.

그건 비슷한 체계로 돌아가는 경찰도 역시 마찬가지였다. 그렇게 해서 이날 오미란 대신 근무하게 된 간호사는 노유진이었다.

병원 내부의 CCTV 기록 조회는 시간이 좀 더 걸렸다. 검색해야 할 카메라가 많았기 때문이었다. VIP 구역에는 카메라가 없었으나 병동 스테이션과 로비, 엘리베이터 근처의 복도 그리고 엘리베이터 안 등에 설치된 CCTV의 녹화 기록을 살폈다.

새벽 3시가 되었을 때 데스크 앞에 앉아 있던 간호사 노유진이 일어나 어디론가 걸어가는 것이 보였다. 화장실 쪽이었다.

3시 10분쯤에 그녀가 환자 이송용 승강기 앞에 도착해 잠시 서 있으니 승강기 문이 열리고 안에서 남자 두 사람이 이동침대를 내리는 것이 보였다. 한 명은 잡역부 차림이었고 젊은 쪽은 의사 가운을 입고 있었다.

이동침대에는 모포에 덮인 사람 형상의 물체가 실려 있었는데 움직임이 거의 없었다. 세 사람은 다 마스크를 쓰고 있어 얼굴을 알아보기는 어려웠다.

의사와 간호사가 이동침대를 끌고 병실 쪽으로 이동했다가 다시 5분쯤 후에 엘리베이터로 되돌아왔는데 이동침대는 전혀 변한 게 없어 보였다. 두 남자는 다시 엘리베이터를 타고 내려갔고 간호사는 다시 스테이션으로 가 쟁반에 주사기와 약병, 붕대 등 치료 도구들을 담아 밖으로 나갔다.

그녀는 복도에서 첫 번째 병실로 들어가는 것이 보였는데 1분도 안 되어서 다시 나왔다가 다른 병실로 들어갔다. 그렇게 약 5분 만에 병실을 모두 순회한 노유진은 스테이션에서 잠시 머무른 후 엘리베이터를 타고 아래로 내려갔다.

엘리베이터의 카메라는 이동침대를 끌고 오르내린 모습이나 노유진의 모습까지 자세히 비춰주었지만 모두 가만히 있었기 때문에 그들이 이동한 시간 외에는 아무런 정보를 얻을 수 없었다.

올라갈 때와 내려갈 때 이동침대의 모습이 자세히 비춰졌지만 차이점을 알아내기는 어려웠다. 물론 두 그림이 완전히 겹쳐지지는 않았는데 그런 변화가 이동 중에 자연적으로 생긴 것인지 판단하기는 쉽지 않았다.

곧바로 지하주차장으로 내려간 승강기에서 내린 두 사람은 가까운 곳에 있는 회색 그레이스 승합차로 이동해 차의 뒷문을 열고 이동침대를 그대로 실었다. 그리고 운전석과 조수석에 올라탔다.

그렇게 5분쯤 지난 후 다시 엘리베이터에서 간호사가 나왔고, 그녀가 승합차의 뒷문을 열고 올라타자 차는 곧바로 출발해 지하주차장을 빠져나갔다. 그 모습이 주차장 입구의 차단기를 통과해 나가는 것까지 카메라에 비춰졌다.

차단기는 승합차가 접근하자 자동으로 열렸으므로 수사관들 역시 자동적으로 통과한 시간을 확인했다. 범행을 저지른 세 사람은 물론 그들이 탄 차까지 비교적 상세히 확인했지만 수사팀의 표정은 밝지 못했다. 이렇게 선명하게 흔적을 드러냈다면 범인들 자신이 그 사실을 알고 있다는 뜻이고 그 다음엔 얼마든지 꼬리를 감추는 게 가능하기 때문이었다.

예상대로 용의 차량의 주차장 자동 출입 문제는 다른 정기 출입 차량에서 번호표를 훔쳐 부착했음이 밝혀졌다. 주차관리 시스템은 날로 발전해 이제는 출입구에서 자동차 번호만 읽어 정기 출입 차량인지 일회용 방문객인지 분류하고 요금을 부과할 수 있게 되었다. 차량의 아이디라 할 수 있는 번호판만 훔치면 되니까 그만큼 범죄에 취약한 면이 노출되었다고 볼 수 있었다. 자동차 번호로 차량을 조회하고 수배하는 것도 불가능해졌다. 회색 그레이스? 아마도 시내에 나가면 가장 쉽게 발견되는 색이요 차종일 것이다.

그레이스가 주차장 내에서 번호판을 훔쳤다면 도난당한 차량은 주차장 안에 있을 것이니 번호판을 그냥 떼어가기보다는 가능한 오래 은폐하기 위해 바꿔 달았을지 모른다. 그런 판단으로 등록정보를 보자 그레이스가 훔쳐간 번호판의 주인은 흰색 에쿠우스였다.

형사들이 지하주차장으로 내려갔고 좀 더 머리를 굴리는 수사관은 에쿠우스의 주인을 수배했다.

현재 병원에서 당직 근무 중인 외과의사로부터 에쿠우스의 위치를 확인한 형사들이 주차장에서 해당 차량을 찾아 번호판을 확인했는데, 한 달 전에 폐차된 차량에 있던 번호판이었다. 이로써 차량을 통해 단서를 잡으려는 시도는 모두 물거품이 되었다.

VIP 구역에 나타난 이동침대가 어디서 출발했는지 알기 위해 예상 경로의 CCTV 녹화 파일을 수거해 검사해봤더니 지하실의 시체 안치소였다.

아무리 잡역부라고 해도 대형 병원의 시설을 마음대로 드나들 수 있으려면 직간접으로 병원에 고용되어 있어야 할 것이다. 수사관들은 새벽부터 아침 내내 병원의 직원 명부를 뒤져 하나하나 확인해 나갔다.

대부분의 청소부와 잡역부는 외주업체에서 일괄 고용해 파견근무를 보내고 있었다. 외주업체 인력관리실장과 함께 최근에 고용된 사람들 중심으로 하나하나 직접 부르거나 연락을 해보았다. 30여 명 가운데 끝까지 나타나지 않고 연락도 되지 않은 한 명이 최종 용의자가 되었다.

　문성대, 49세.

　실제 문성대라는 인물이 있었지만 다른 곳에 있었고 생김새도 다른 모습이었다. 그리고 문성대라는 이름으로 이력서에 남긴 사진은 대구 떴다방 사건의 허삼도와 흡사한 것으로 확인되었다.

　"어쨌든 청계산장 사건의 공범들은 모두 확인되었습니다."

　"이 사건의 핵심 범인은 김이하와 노유진이고 사안에 따라 다른 공범들을 끌어들인 거로군."

　"한지균이 알아낸 바에 의하면 노유진이 바로 민지영의 언니 민지혜였고요. 어제 저녁에 세 공범의 역할에 대해 논의해보았습니다. 바로 대책을 세웠으면 지금과 같은 사태를 막을 수 있었을 텐데."

　"우리가 너무 안이했던 게 사실이야. 주범이 죽었기 때문에 더 이상의 범행이 있을 줄 알았나……."

　민중수와 강인후의 대화에 이수경이 끼어들었다.

　"사실 어제까지만 해도 노유진뿐만 아니라 대구 투자사기 사건의 허삼도와 이용수는 이번 사건과의 관련성이 드러나지 않았기 때문에 수사 대상에도 오르지 않았습니다."

　"그러고 보니 설계사무소 대표의 증언에 등장한 인물이 있었지. 남 과장이라고 했던가. 이 인물이 허삼도나 이용수일 가능성이 높군. 연령대로 보면 아무래도 허삼도가 아니었을까 싶긴 한데. 남 과 장이란 자를 추적해서 잡았으면 진작 해결되었을 텐데."

"그럼 범인들은 다른 수단을 썼을 겁니다. 이 정도로 계획을 짜놓았다면 제2, 제3의 대안을 마련해놓았을 테니까요. 일단 이 세 사람에 대해서는 전국에 수배령을 내리겠습니다."

"그렇게 하고 노유진은 지균이가 쫓고 있으니까 지균이한테도 그녀에 대한 정보를 보내도록 하고."

이수경이 지시를 이행하기 위해 자리를 떴다.

"그러고 보니 마스터, 김이하가 송 기자와 인터뷰 할 때였던가, 묻지도 않았는데 자금 조달에 대해서 얘기한 걸로 기억하는데, 그 부분에서 언급한 노인들 쌈짓돈이 바로 대구 투자사기 건을 가리키는 거였군."

"세세한 것까지 기억하시는군요."

"좀 위화감이 들어 귀에 들어온 것뿐이야. 할 말만 하는 인물이 왜 이런 쓸데없는 것까지 얘기하는 걸까, 이런 생각."

"그렇게 본다면 김이하가 한 말의 모든 것이 의미가 있다는 뜻인데 다시 살펴봐야겠습니다. 그게 사실이든 거짓이든 말이죠."

"처음 인질협상을 시작할 때부터 소위 재판이 끝날 때까지 그는 사실과 거짓을 교묘히 섞어 일을 진행해왔어. 우린 거기에 고스란히 끌려온 거고. 흡사 포커 게임의 고수와 같이."

"처음부터 공정한 게임은 아니었어요. 어쨌건 그가 대답한 것도 그렇다, 아니다, 말하지 않겠다, 나중에 알게 된다, 알아서 생각해라, 이렇게 여러 가지라서 그의 말을 분석하는 게 쉽지는 않을 겁니다."

노유진의 주소지에서 허탕을 친 한지균은 휴대폰으로 들어온 정보를 살펴보았다. 병원에 있는 수사팀이 보낸 노유진에 대한 정보들이었다.

입사지원서와 이력서 등을 살펴보니 역시 민지영이 다녔던 간호대학 졸업생이었다. 졸업 후 삼사 년 동안은 몇 군데 병원에서 일했는데 대개는 내과와 외과 전문병원이었다. 그리고 4년 정도의 공백이 있고, 최근 2년 동안에 다시 세 군데 병원에서 일한 것으로 되어 있었다.

아마 공백 기간에 노유진 본인은 시집을 갔거나 이민을 갔거나 아니면 죽었을 것이다. 그 정보를 입수해 약간 가공을 한 다음 민지혜가 사용했다고 보면 최근 세 개의 병원 취업 당사자는 민지혜일 가능성이 높아 보였다.

신경준 성형외과
제일여성병원
서울대학교 분당병원

현재 있는 서울대병원에 들어간 게 두 달 전이었다.

다른 곳은 몰라도 서울대학병원은 상당한 경력과 배경이 있어야 취업할 수 있다고 보면 그동안에 꽤 튼튼한 연줄을 만들어놓지 않았을까 싶었다. 그렇다면 그 바로 전에 있었던 제일여성병원을 찾아가 봐야 하나?

차 안에서 다음 목적지를 검색하고 있을 때 본서 사이버 전산팀의 유기준이 전화를 했다.

"뭐냐?"

"선배님, 청계산장 재판 동영상을 계속 돌려보고 있었거든요."

"그래, 뭐 특이한 게 나왔어?"

"그런 거 같습니다. 지금 어디세요?"

"서울인데, 내가 직접 봐야 할 사항인가?"

"아무래도 직접 보는 게 낫겠죠. 아직 확실하지 않아서 말입니다."

"그래? 어, 다음 목적지가 평택이니까 먼저 들렀다 갈게."

본청에 도착한 한지균은 곧바로 전산실로 달려 올라갔다.

유기준은 수많은 전자 기기들이 있는 가운데 서너 개의 모니터를 보고 있었다.

한지균이 들어서자 유기준이 설명하기 시작했다.

"마스터는 다섯 명의 피고들을 각각 카메라로 찍어 웹사이트에 올리고 있었지요. 화면 하나에 한 명씩 보여주기도 하고 또 멀티스크린처럼 화면을 다섯 개로 분할해서 동시에 보여주기도 합니다. 각각의 카메라에는 번호가 매겨져 있고요."

"그렇군."

"그런데 심문 순서는 언제나 조성주가 가장 먼저입니다. 그리고 나머지 인물들에게 같은 질문, 혹은 다른 질문을 해요. 그런데 여기 보시는 것처럼 조성주를 비추는 건 3번 카메라입니다. 그럼 조성주가 납치 강간 사건의 주모자인가요?"

"그건 아닐걸."

"다음 멀티 화면을 자세히 보세요. 마스터가 조성주에게 질문을 하죠? 이 순간 다른 인물들의 표정을 보세요. 조성주의 얘기를 듣고 있는 것이 분명해 보이지 않습니까?"

"그렇게 보이네."

"반대로 다른 사람, 최상률이 심문에 대답할 때를 자세히 보세요. 역시 다른 사람들이 귀를 기울이고 있는 것 같지 않습니까? 근데 조성주는 표정이 달라요."

"확실히 그런 느낌이 드는군. 그 순간 조성주는 최상률의 대답을 듣지 못하고 있다는 뜻인가?"

"빙고."

"다른 사람이 대답할 때는 어떤가?"

"다른 사람, 이한울이나 김주식, 이의방의 경우도 마찬가지입니다. 조성주나 다른 사람들이 말을 할 때는 모두 귀를 기울이며 듣고 있다는 느낌의 반응이 있는데, 조성주만 그런 게 없습니다. 여기 보시면 이의방이 얘기할 때 다른 사람들은 거의 동일한 반응을 보이는데 조성주는 그런 게 거의 없거나 있어도 조금 어긋나 보여요."

"물론 달라 보이긴 한데 너무 미세해서 과연 구별되는 점이라 할 수 있을까?"

"그래서 이걸 증명하기 위해 다른 식으로 정밀하게 검사를 해봤습니다."

"뭔데?"

"이번엔 소리입니다. 각각의 동영상 파일에서 소리를 최대한 높인 다음 음성을 제거하고 남은 걸 다시 어레인지 해봤습니다. 그러니까 재배열이죠. 하나씩 들어보시죠."

유기준이 각각의 음향처리가 끝난 동영상들을 하나하나 틀어 보았다. 각각 같은 시간대의 특정 부분만 잘라서 20초 정도씩 플레이했다. 다 듣고 난 한지균이 말했다.

"확실히 조성주의 것만 조용하군."

"그렇죠. 다른 사람들은 여러 가지 소음이 섞여 있습니다. 그리고 그 소음들도 파장이 거의 같아요. 그런데 조성주의 동영상에는 그게 없습니다. 당시 산장 주변에는 수사팀뿐 아니라 수많은 취재진들이 몰려와 있었어요. 아무리 거리가 있고 밀폐된 방 안이라도 사람들이 여러 이유로 내는 소리가 전혀 전달되지 않을 수는 없습니다."

"그렇다면 조성주만 다른 곳, 다른 시간에 찍었다는 뜻일까?"

"제 생각엔 장소는 같은 곳이라 볼 수 있는데 시간이 다른 듯합니다."

"그 이전에 찍어뒀던 것을 교묘하게 맞춰 틀었다? 그렇다면 재판 때 조성주는 없었다는 얘긴데 그럼 산 채로 발견된 조성주는 누구지?"

"그게 이 사건의 핵심 키워드 아닐까요?"

"아, 김이하가 조성주를 납치하고 처음부터 그의 역할을 계속 했어. 조성주를 협박하거나 설득해서 했다면 여러 가지로 차질을 빚었겠지. 시키는 대로 안 할 수도 있고 또 그대로 했다 하더라도 언제 뒤통수를 칠지 모르니까. 자기를 심판하는 일에 동참하는 것도 우스운 일이긴 하지. 그렇게 조성주를 억류하고 심문하는 과정을 동영상으로 만들어두고 재판을 한 거야. 그렇다면 이때 조성주는 이미 죽었을 수 있겠네. 죽였다면 시체를 어떻게 처리했을까? 가만 조성주로 위장한 김이하가 살아서 병원에서 치료받고 있다는 얘긴데."

그는 서둘러 서울대학병원에 있다는 강인후에게 전화를 걸었다.

***

"그런데 저 이동침대의 정체가 뭘까?"

민중수가 CCTV영상을 보면서 말했다.

"의심을 피하기 위해 쓸데없이 가지고 다녔다고 보긴 어렵습니다. 주차장까지 가서 차에 싣고 떠난 것을 보면 중요한 것이었을 테고 건물 지하의 어딘가에서 고층의 VIP 병동까지 옮겼다가 그걸 다시 가지고 주차장까지 내려갔잖아요. 그럼 안의 내용물이 바뀌었다고 볼 수밖에 없습니다. 그들이 이동침대를 가지고 바꿔치기한 것은 환자들 중의 한 명인데⋯⋯."

"그게 바로 조성주로군."

"예, 의료기록을 살펴보면 확실해질 거예요. 이전에 치료를 받던 조성주는 가짜고, 바뀐 조성주가 진짜일 겁니다."

"공범들이 바꿔치기해서 싣고 나간 인물, 그러니까 우리가 조성주라고 생각해서 구출해낸 인물이 바로 마스터인 김이하라고 볼 수 있습니다."

"깨끗이 당했군."

"그렇게 보면 왜 김이하가 오랫동안 숨어 있다가 말소된 주민등록을 다시 발급받고 세상에 나타났는지 분명해집니다. 김이하의 신분증을 갖고 그 대신 죽은 사람은 김이하가 아닌 다른 사람이었을 겁니다."

민중수와 강인후의 대화에 이수경이 끼어들어 설명했다.

"이제 날이 밝으면 기자들이 잔뜩 몰려올 텐데 이걸 도대체 어떻게 설명하나? 난 요즘 계속 악몽을 꾸고 있는 듯하네."

민중수의 말에 강인후와 이수경은 할 말이 없는지 서로 딴 곳을 보며 외면했다.

얼마 후 조성주의 주치의를 비롯한 의사들이 조성주를 치료한 기록과 환자들이 다 살해된 다음에 조사한 조성주에 대한 검사 기록을 비교한 결과 모든 것이 달랐다. 혈액형을 비롯한 유전자 정보와 상처를 입은 부위 등.

돌아서며 가는 의사를 보며 강인후가 물었다.

"거 뭐라고 했죠, 펜토……."

"바르비탈."

"그게 일반 의약품은 아닌 거죠?"

"예."

"일반 의약품 중에도 살상 효과를 갖는 게 있는 걸로 알고 있는데."

"물론이죠. 거의 모든 의약품이 정해진 용법과 용량대로 사용하지 않으면 바로 독이 됩니다."

"펜토바르비탈은 사용례가 안락사나 사형집행용이라고요?"

"그렇습니다."

"사형집행용, 아."

그에게서 깊은 신음이 절로 나왔다. 그는 곧 울리는 휴대폰에서 한지균의 이름을 확인하고 힘없이 받았다.

***

이수경이 경찰서 안의 구석진 화단 근처에서 담배를 피우고 있는데, 정문으로 들어온 차에서 사복형사가 내렸다. 자세히 보니 한지균이었다.

그녀는 담배를 입에 문 채 한지균과 눈길이 마주쳤는데 한지균은 어색해 하는 이수경을 향해 싱긋 웃으며 다가왔다.

그녀는 30대 중반으로 한지균과 같은 연배라고는 하나 소속 부서가 달라 이번 인질사건으로 처음 알게 되었다. 특별수사본부에 차출되어서도 얼굴만 익힌 터여서 따로 얘기를 나누거나 한 일은 없었다. 그러니 서로의 사적인 부분은 알 까닭이 없었다.

하지만 사건 내내 현장 바깥을 뛰어다니며 펼친 활약은 눈에 띄었다. 그런 까닭에 자신이 미처 파악하지 못한 사건의 전모를 공유할 필요는 있어 보였다.

"담배?"

이수경이 남자들이 하던 식으로 피우던 담배를 내밀며 건네보았다.

"끊었어요. 자주 뛰어다니다 보니 숨이 차서."

"그렇군요. 전 같이 일하는 사람들이 모두 남자다 보니 열 받는 일이 많아서."

"이해합니다. 하지만 현장을 많이 뛰어다니다 보면 아마 끊고 싶어질 거예요."

"전 주로 사무실에 앉아 머리를 쓰는 타입이라."

"저도 머리는 쓰거든요."

"아, 예. 그러시겠죠."

그녀의 대답에 한지균은 짐짓 화난 표정을 지었지만 입꼬리에 웃음이 배어 있었다.

현장에서 일반 형사로 뛰고 있지만 그녀는 대학에서 심리학을 전공했고, 인간의 심리에 관심이 많아 수사부서에서도 심리분석관을 지망하고 있었다. 그런데 이번 인질사건과 이어진 재판 사건은 인간의 심리에 관한 수사 자료가 될 만한 내용이 너무 많았다. 그녀가 보기에 이 사건에는 범죄 심리뿐만 아니라 인질들의 심리 그리고 공범들과 경찰, 피해자 가족들의 심리까지 범행 계획에 포함되어 있었다. 사건의 진행 과정에 등장하는 인물들의 행동이 모두 철저히 계산되어 있었다.

그 사실을 하나하나 확인해 나가서 자신만의 수사 데이터베이스 파일을 만드는 데 정신이 팔려 열패감에 젖어 있는 수뇌부와는 달리 상당히 흥분될 정도였다.

"그나저나 범인들을 쫓는 건 진척이 있나요?"

"쉽지 않습니다."

"범인들의 면모를 모두 확인한 것만 해도 나름의 성과라고 할 수 있잖아요."

"그걸 누가 알아줘야 말이지요. 언론이나 대중이나."

"하기야 뭐. 범인을 체포하지 못하면 아무것도 못한 게 되니까요."

"이 형사님은 이번 사건의 전모를 모두 파악했습니까?"

"거의. 그런데 아직 미심쩍은 부분들이 있어요."

"어떤?"

"인질극을 보면 우연이라고밖에 할 수 없는 일들이 몇 가지 있었거든요. 근데 그게 너무 잘 맞아떨어졌어요. 그러니 김이하가 과연 이런 것들까지 다 계획에 넣었던 건가 의심스러워요. 처음 인질사건의 시발점이 된, 성추행을 한 인물을 총으로 쏘아 죽인 것부터 말예요. 물론 난잡한 파티에서는 집적거리거나 손찌검을 하는 사람들이 얼마든지 있을 수 있지만 그 뒤에 벌어진 일을 보면 마치 짜고 친 고스톱처럼 바로 30여 명의 인질을 장악하고 바로 인질극으로 이어졌어요. 하지만 이건 짜고 칠 수가 없는 거잖아요."

"물론 별 상관도 없는 사람이 자신이 죽는 걸 계획할 수는 없겠지만 죽는 역할을 할 수는 있겠죠."

"죽는 역할, 곧 흉내만 내서는 다른 인질을 장악할 수가 없어요."

"그건 그러네요."

"그리고 여자 인질들에게 다이아몬드를 나눠주고 밀반출하게 한 것도 그래요. 처음 그 사실이 드러나고 인질들에게 숨기고 있는 다이아몬드를 내놓으라고 할 때 맨 처음 꺼내놓은 여자들은 파티에 직접 초대를 받은, 소위 집안이 빵빵하고 돈이 많은 여자들이었어요."

"그건 당연하죠."

"김이하가 그걸 몰랐을까요?"

"치밀한 성격이라고 보면 그 또한 의도한 거라는 말이죠?"

"예, 그럼 그의 의도는 다이아몬드를 밀반출하는 게 목적이 아니라는 겁니다. 그 후에 벌어진 결과로 본다면 일단 경찰과 인질 가족들을 이간시키려는 목적 아니었을까요? 아시다시피 이번 사건은 인질 가족의 힘이 세잖아요. 얼마든지 수사에 영향을 미칠 수 있거든요. 하지만 그보다 더 큰 건 아무래도 공범들로 하여금 배신하도록 유도하기 위한 게 아닌가 싶어요."

"그건 이 형사님이 한 일이잖아요."

"그러니까 저 또한 거기 끼워 맞춰진 거죠."

"붙잡힌 공범이 배신을 해 산장에 대한 정확한 정보를 새로 알려 줌으로써 제 때에 무력 진입을 할 수 있도록 한다?"

"맞아요. 이 역시 그 뒤에 벌어진 결과로 추정한 것이지만 인질 중에서 범인을 포함해 세 명이 죽었고, 나머지 다섯 명이 목숨을 건졌을 때 진압 부대가 쳐들어 간 거예요. 무력 진입을 해 범인을 사살하고 보니 인질 두 명이 죽어 있었고 나머지는 목숨을 건졌다, 이게 아닙니다. 왜냐하면 다음 범행의 현장을 서울대병원으로 옮기기 위해 필요한 무대장치였기 때문이죠."

"아, 서울대병원."

"아시다시피 서울대병원은 내용이야 어떻든 국내 최고의 병원으로 알려져 있죠. 당연히 상위 1프로의 사람이라면 당연히 거기에 입원하려 할 겁니다. 산장에서 가까운 곳에 괜찮은 병원들이 몇 개나 있음에도 그들은 서울대병원을 택할 수밖에 없었어요. 서로를 의식하는 상류층 사람들이 모여 있다면 더욱 더 그렇겠죠. 김이하나 민지혜는 이 사실을 정확히 알고 있었고요."

"조성주를 죽이고 그 시체를 숨겨둔 곳이나 옛 동창의 이름으로 민지혜가 간호사로 취업해 있던 곳도 역시 서울대병원인 걸 보면 확실히 그곳을 2차 살인의 장소로 계획한 건 맞는 것 같아요. 그래도 99프로의 확률과 100프로의 확률은 하늘과 땅 차이입니다. 계획에서는 더욱 그렇죠."

"그런 식으로 유도하기 위한 안전장치가 있었다는 건가요?"

"이 사건의 성격을 볼 때 그게 필요했다고 봅니다. 우리 수사팀이나 아니면 인질 가족들 중에 혹시라도 우연이 개입될 여지를 막아줄 누군가 있었을 거라는 말이죠. 근데 그 사람을 찾기는 거의 어려울 겁니다."

"그가 개입할 여지가 없었으니까?"

"맞아요."

"유령 찾기네요. 논리상으로는 있어야 하는데 실제로는 있는지도 알 수 없는 사람이니 말이에요."

"역시 이름이 알려진 범인들을 찾는 게 쉽겠네요."

"노유진이 근무했던 병원들을 하나하나 찾아가봐야겠죠."

간부들은 범죄 피해자들에 대해 무조건 책임이 있는지 모르겠지만 직접 현장에서 뛰는 형사인 한지균은 피해자들이 동정의 여지가 없는 놈들일 경우엔 그다지 죄책감이나 좌절감을 느끼지 않았다. 대신 무조건 범인은 잡아야 한다는 목적의식은 분명했다. 그리고 자신에게 아직 단서가 남아 있다고 생각했다.

주범 김이하가 조성주로 변신해 모든 일을 꾸몄다면 실제로 그 모습으로 얼굴을 바꿨다는 얘기가 된다. 그리고 공범인 노유진이 최근에 근무했던 병원이…….

신경준 성형외과

그는 강남에 있는 신경준 성형외과에 전화를 걸었지만 이미 없는 번호였다. 홈페이지에 남아 있는 흔적들을 뒤져도 별다른 게 없었다. 병원은 폐업을 해서 이미 다른 가게가 들어서 있었다.

왜 망했을까. 그것도 이 사건과 관계가 있을까.

그는 신경준에 대해 알고 있는 의료계 인맥을 찾아봤지만 그에 대해 아는 것과 그의 현재 위치를 아는 건 천지 차이였다. 그가 의사 면허가 취소되고 병원까지 망하자 그때까지 들인 게 모두 빚으로 돌아와 거액의 빚을 지고 숨어버린 상태이기 때문에 쉽게 찾지 못할 거라는 말만 들었다.

학교 동창과 친구들, 과거의 애인들까지 연락을 해봤지만 별 소득이 없었다. 그렇게 이틀이 지났을 때 신경준의 외사촌이라는 여성한테서 겨우 주소를 얻을 수 있었다.

그는 겨우 신경준이 머무른다는 경기도의 한적한 도시 주택가를 찾았다.

늦은 시간이라 통행하는 사람이 별로 없는 골목을 이리저리 두리번거렸다. 비슷하지만 서로 다른 집들을 뒤지며 주소 문패를 하나하나 확인해나갔다. 그때 앞쪽에서 한 사내가 다가와 슬쩍 그의 곁을 지나쳐 갔다.

대문의 주소를 확인하느라 돌아서 있던 한지균은 얼핏 지나쳐간 사람의 뒷모습을 봤는데, 얼굴에 마스크를 했는지 희끗희끗해 보였다.

그는 고개를 갸우뚱하며 다음 대문 앞으로 다가서다가 뭔가 낯선 잔향을 느꼈다. 누군가 방금까지 있었던 것처럼.

골목을 뒤돌아보니 이미 길은 텅 비어 있었다.

그는 성큼 앞으로 다가서며 초인종을 눌렀다. 그가 쥐고 있는 쪽지의 주소지였다.

***

서울대병원 삼인조를 찾는 수배령은 전혀 효과를 보지 못했다.

어디에도 단서나 제보가 없었다.

며칠을 고민하던 경찰 지휘부는 공개수사로 전환해 김이하를 포함해 네 명의 신상을 모두 풀었다. 그리고 각각에 대해 현상금까지 걸었다.

경찰에서 내건 현상금은 개인당 천만 원 안팎으로 얼마 되지 않았지만 그들에게 살해된 피해자의 가족들이 내 건 현상금이 그 열 배를 넘었다. 당연히 수많은 제보가 쇄도해야 했다.

강력사건의 용의자들이 그 자리에서는 범죄에 성공하고 무사히 도망친다 해도 얼마 지나지 않아 바로 잡히는 까닭은 어디에나 있는 보통 사람들의 눈 때문이다. 혼자 무인도나 깊은 산중에 숨어 지내지 않는 한 사람들의 눈에 띄게 되고 그 사람들은 대개 신고를 한다. 사건이 떠들썩한 경우라면 더욱 그렇다.

거기에 더해 숨어 지내는 범죄자들도 누가 언제 신고를 할지 몰라 끊임없이 주변을 살피고 조심하게 되는데 그게 또 의심을 사게 된다. 그런 까닭에 신원이 공개된 범법자가 오랫동안 숨어 지낼 수 있는 방법은 거의 없는 셈이다.

수사팀이 기대를 한 것도 이런 일반적인 원칙 혹은 상식 때문이었는데 이번 사건은 어떤 제보나 신고도 없었다. 어쩌다 울리는 신고 전화도 거의 다 허위 제보였다.

그렇다고 청계산장의 인질극과 재판, 서울대병원의 독살 사건에 대한 관심이 뚝 떨어진 것도 아니었다. 오히려 온라인에서는 관심이 더 늘어 온갖 의견과 욕설이 난무하고 있었다. 범인들에 대한 지지와 반대도 끊임없이 생산되고 쌓여 갔다.

특히 범인들을 목격했다는 제보는 경찰보다는 각종 게시판이나

SNS에 훨씬 더 많이 등장했는데 바로바로 묻혀버렸다. 그건 선악이 분명해 보였기 때문이었다.

누가 오늘 노유진이 분명해 보이는 여자를 봤는데 신고하고 상금이라도 타먹을까 하는 글이 올라오면 바로 비난이 쏟아졌다. 정의를 실현하려는 이들을 팔아 배를 채우다니 이게 제정신인가 하는 댓글들 말이다.

흡사 범인들은 인의 장막이라는 거대한 바리케이트에 의해 보호를 받고 있는 것 같았다.

김이하는 이것까지 예상하고 온라인 공개 재판을 벌였던 것일까?

이수경은 문득 그런 생각이 들었다.

***

신경준의 집.

누군가 왔는지 초인종 소리가 들렸다. 문을 열고 나가 보니 낯익은 얼굴이 앞에 있었다. 신경준은 얼굴이 굳어졌다. 만나서 확인해 볼 것이 있다며 직접 찾아온 것이다.

거실에 마주 앉자 신경준이 말했다.

"결국 내 삶을 망친 게 당신이었나?"

"선생이 망쳤다고 생각한다면."

"노유진이랑 같이?"

김이하는 고개를 끄덕였다.

오랜 의문이 풀렸다. 당시 간호사로 있던 노유진과 이 사람이 짜고 자신을 수렁에 밀어 넣었다. 환자에게 비정상적인 약물을 투여

해 의료사고를 유발하고 금지된 약물 복용 사실을 신고해 의사로서의 길을 끊어놓았다. 그는 심한 분노를 느꼈다.

"그래서 사죄를 하기 위해 온 건가, 아니, 그럼 노 간호사도 함께 왔어야지."

"글쎄요, 사죄라면 사죄일 수도 있고. 선생이 죽으라면 죽을 수도 있겠지요. 절 죽이고 싶어 하는 사람들이 꽤 많아졌는데 이왕이면 선생이 낫겠군요. 하지만 그보다는 살려놓고 두고두고 빨아먹는 편이 좋지 않은가 생각됩니다. 저희한테 현상금도 상당히 걸려 있는데 신고를 하면 어느 정도는 보상을 받을 수 있을지도 모릅니다. 물론 선생 입장에서요. 저야 상관없습니다. 아직 할 일이 더 있지만 이제 그만 멈춰도 되지 않을까 싶네요. 자꾸만 영혼에서 뭔가가 빠져나간다는 느낌이 들거든요. 정신의 미이라가 된다고나 할까."

"힘들긴 하겠군. 어떻게 그런 짓을 한 건가?"

"사람이 악마가 되기로 작정한다면 무슨 짓이든 할 수 있습니다. 한편 죽을 각오를 하면 또 무엇이든 할 수 있고요. 저는 어느 쪽인 것 같습니까?"

"글쎄, 그걸 내가 알아야 하나?"

"선생에게는 별 상관이 없겠지요. 그래도 이왕 신세를 지는 거 한 번 더 부탁을 하려고요."

"정말 뻔뻔하군. 그래서 이번엔 또 뭘 해 달라고?"

"죽은 사람의 얼굴을 달고 다니기가 힘들군요. 이렇게 무거운 줄 몰랐습니다."

"원래의 얼굴로 바꿔 달라고?"

"예."

"당신의 원래 얼굴은?"

"기억나지 않습니다. 여기 보관해 두지 않았나 해서요."

7장

끝과 시작

김이하는 평범하게 살고 싶었다. 누군들 그렇지 않겠냐마는.

그런데 평범하게 산다는 건 도대체 뭔가. 사람마다 기준이 다르고 생각하는 바가 다르겠지만 적어도 누군가를 납치해 고문하고 죽이는 일은 아닐 것이다. 그런 일을 스스로 원해서 하는 사람이 도대체 누가 있겠는가. 그런데도 해야 한다면 본인이 가진 상당 부분을 버려야 할 각오를 해야 한다. 이를테면 인간성 같은 것 말이다.

물론 인간성을 잃지 않은 채 얼마든지 납치와 고문과 살인을 할 수 있다고 믿는 사람도 있고, 인간성이 뭐 대수냐고 말하는 사람도 있겠지만, 그는 아니었다. 그건 누군가를 잡아 고문하면서 그 자신도 같은 정도의 고통을 받는다는 뜻이었다. 누군가를 죽이면 자신도 역시 죽어간다는 뜻이었다.

밖으로부터 아니면 안으로부터.

하지 않을 수도 있지 않았을까. 그럴 수도 있었을 것이다. 하지만 선택 중에는 결과가 똑같은 것도 있는 법이다. 이를테면 결혼에 대해 말하기를, 해도 후회하고 안 해도 후회한다는 것처럼, 진실 또한 그렇다.

진실은 알아도 고통스럽고 알지 못해도 고통스럽다. 복수 역시 마찬가지다. 해도 괴롭고 안 해도 괴롭다. 그럴진대 안 하고 오래오래 지옥 같은 고통 속에서 사느니 빨리 하고 끝내는 게 낫지 않겠는가.

그는 부모님이 일찍 돌아가시고 남은 유일한 혈육인 동생 이현이 집에 돌아오지 않았을 때 조금 걱정을 했을 뿐이었다. 그러다 실종 기간이 하루하루 늘어나자 점점 초조해졌고, 실종신고를 한 이후로는 다니던 직장을 잠시 쉬고 미친 듯이 찾아다녔다. 하지만 동생의 흔적은 어디에도 없었다.

다니던 학교와 학원를 비롯해 갈 만한 곳을 모두 찾아가봤고, 동생 친구들과 알 만한 사람들은 모두 만나봤다. 어느 곳, 누구에게서도 단서를 찾을 수 없었다. 이현은 세상에 있었다는 게 거짓말이었던 것처럼 감쪽같이 사라져버렸다.

있는 돈을 다 들여 전단지를 만들고 광고까지 했지만 비슷한 제보조차 없었다.

어떻게 그럴 수 있을까.

실종된 지 한 달이 넘자 주변에서 모두 포기해야 한다고 말했다. 포기해야 한다니, 무엇을?

유일한 혈육을 찾는 일이 과연 포기하고 잊어버릴 만한 일인가. 아무리 생각해도 그럴 수 없었다. 그것도 고작 한 달 만에?

다른 수많은 사람들이 잃어버린 가족을 찾기 위해 기약 없이 찾아다니지 않던가. 실종된 동생이 잃어버린 가방이나 우산이란 말인가. 어디서든 잘 있기만 하면 된다는 건 물건에나 해당하는 말이지 내 몸보다 아끼고 귀하게 여겼던 가족에게 할 말은 아니지 않은가. 그러니 살았든 죽었든 어떻게 되었는지 알아보기라도 해야 하지 않는가. 더구나 10여 년 전 교통사고로 부모님을 잃고 혼자서 키우다시피 한, 딸 같은 동생이었다.

동생의 실종에 대한 단서를 하나도 얻지 못한 그는 점차 탐색의 범위를 넓혀 나갔다. 공간적으로 그리고 시간적으로.

공간을 넓혀 찾아도 성과가 없자 이번에는 시간을 넓혀 탐색을 했다. 시간을 넓힌다는 건 동생 이현이 실종되기 이전에 무슨 일이 있었는지 알아본다는 의미였다. 그러니까 그 이전에 비슷한 사례가 있었는지, 있었다면 어떤 관련이 있는지 말이다.

그는 도서관에 틀어박혀 최근 일이 년 사이에 있었던 젊은 여성 실종 사건을 검색했다.

여러 건이 나왔는데, 그중에서 두 개가 눈에 띄었다. 가까운 지역에서 두 명의 여고생이 실종되었는데 하나는 1년 전이고, 다른 하나는 5개월 전이었다.

그런데 1년 전 사건은 세 명의 범인이 여고생을 강간 살해한 후 저수지에 유기한 것이었고, 5개월 전의 사건은 장기 실종 상태에서 수사가 답보 중이었다.

그런 까닭에 그의 동생이 당한 것과 유사한 사건은 5개월 전의 것이었다. 1년 전에 있었던 민지영이라는 여학생의 사건은 범인이 잡혀 재판을 받고 복역 중이었으므로, 동생의 일과는 무관해 보였다. 하지만 머릿속에 껄끄러운 느낌으로 계속 남았다.

우선 다섯 달 전에 있었던 여고생 실종 사건에 대해 알아보니 자신이 동생에 대해 찾아다닌 일과 판박이처럼 같았다. 어떤 단서도 없이 감쪽같이 사라졌던 것이다.

그 여학생의 부모들도 행동, 생각, 느낌에 있어 그와 완전히 같은 일을 겪었던 것이다. 수사가 지지부진한 것도 똑같았고, 언론의 관심이 얼마 동안 일어났다가 가라앉은 것도 같았다.

이게 무슨 뜻일까. 동일한 범인에 의해 철저히 계획되고 실행된 일이 아닐까. 그렇다면 단순한 실종이 아니기 때문에 파고 들어갈 여지가 충분히 있었지만, 말 그대로 단서가 없었다.

목격자도 없었고, 실종된 두 여고생은 유류품을 남기지도 않았다.

그런 까닭에 김이하는 1년 전 사건에 관심을 갖게 되었다. 그 사건은 뒤의 두 실종 사건과는 달리 여기저기 많은 흔적을 남겨놓았다.

피해자가 세 명의 동네 불량배에 의해 집단 성폭행을 당하고 살해된 후 저수지에 버려졌고 남은 가족은 교통사고와 화재로 모두 죽었다. 일가족 네 명이 우연한 사고로 연달아 죽을 확률이 얼마나 될까. 아주 희박할 것이다. 처음 고등학생 딸이 강간 살해된 후 이어서 아버지와 엄마, 언니가 죽었다면 다 연관되었다고 봐야 하지 않을까.

그는 이 사건을 어머니의 흰머리를 골라내듯 하나하나 다시 살펴보기로 했다. 그게 동생의 실종 사건과 관련이 있으리라는 확신이 있어서는 아니었다. 단지 지푸라기 하나라도 붙잡는다는 심정이었고 그런 그에게 의문투성이인 사건이 툭 던져졌던 것이다.

우선 당시 사건을 맡았던 수사관들을 찾아보려 했는데 관할 경찰서의 담당 수사관들은 모두 승진을 하고 각기 다른 곳으로 가 있었다.

의심의 눈으로 보니 이 또한 의심스러웠다. 어떤 사건을 해결하면 그에 대한 보상으로 승진을 하는 일이야 있을 수 있다. 그렇다고 1년 만에 그 모두를 다른 지역으로 보내버리는 일이 정상적인 일인가.

그밖에 여러 언론사의 기자나 취재진 가운데 이 사건에 관심을 가지고 있으며 의심을 품은 사람이 있을까 알아봤는데 이 또한 거의 찾기 어려웠다.

사건을 직접 취재했든 경찰의 수사 결과를 받아 적었든 해당 기사를 작성한 기자들은 한 가족의 불행에 안타까워했을 뿐 그 이상의 심경을 내보이진 않았다. 이 또한 이상했다.

피해자 민지영의 아버지가 당한 교통사고와 바로 이어 엄마와 언니가 불에 타 죽은 것은 어떨까. 이 부분에 대해서도 그 친척들은 불행한 사고라고 언급할 뿐이었다. 모두가 입이라도 맞춘 듯이.

그는 넘을 수 없는 거대한 벽을 마주한 느낌이었다. 민지영이 살해되고 난 후 아버지 민경학이 교통사고로 죽을 때까지 석 달 동안 민경학의 행적에 그 대답이 있을 것 같았다.

민경학은 딸이 주검으로 발견된 며칠 후 회사에 휴직을 했고, 다시 한 달 뒤에는 아예 퇴사를 해버렸다. 김이하 자신의 경우와 거의 같았다.

자신과는 달리 사건 수사가 순조롭게 이루어져 범인이 잡히고 재판까지 제대로 진행되고 있었는데 아무런 대책도 없이 회사를 그만두었다는 것은 경찰의 수사 결과가 자신이 조사한 바와 완전히 다르다는 얘기였다. 그는 부족한 정보를 가지고 민경학의 하루하루를 짚어 나갔다.

민경학이 여기저기 조사하고 다닌 것은 부분적으로 확인되었다.

딸의 반 친구들과 학교 교직원들을 만나 증언을 듣거나 휴대폰 문자와 통화 내역을 확인하거나 딸이 시체로 발견되었다는 저수지를 샅샅이 다니며 수백, 수천 장의 사진을 찍었다든가, 예상 가능한 동선에서 확보할 수 있는 CCTV 녹화 자료를 입수하거나 계속 탐문을 했다든가 하는 것들.

석 달 동안 매일 그렇게 했다면 모은 자료의 양도 엄청날 것이다. 그게 실질적인 증거가 되든 안 되든. 그 자료들은 어디 있을까.

민경학과 남은 가족이 살해된 것이라면 그 이유는 그가 사건의 진상을 계속 파헤치고 있었기 때문이리라. 그리고 진상을 알 수 있는 증거가 되는 자료를 빼앗기 위해서일 터이고.

민경학이 교통사고를 당하고 바로 몇 시간 후 그의 집이 화재로 전소되었다는 것은 그에게서 자료를 회수할 수 없었기 때문이 아닐까.

우연을 가장한 살인을 계속하는 것은 아무리 배경이 막강한 자들이라도 부담이 될 수밖에 없다. 교통사고로 위장해 그를 죽인 후 그가 가지고 있던 증거 자료들을 모두 회수할 수 있었다면 굳이 남은 가족을 다 죽일 필요는 없지 않을까. 민경학에게서 아무런 증거 자료를 발견할 수 없었기 때문에 살인자들은 그의 집을 뒤졌다.

그 와중에 민지영의 엄마와 언니와 마주쳤고, 그 둘을 죽여버렸다. 그리고 살인을 은폐하기 위해 불을 질러 집을 다 태워버렸다. 민경학의 조사 자료도 그때 다 없어졌을지 모른다. 아니면 살인자들이 가져갔거나.

혹은 제3의 장소나 인물에게 가 있을 가능성은?

그런데 지방의 간호대학 기숙사에 있어야 할 큰딸이 왜 집에 와 변을 당했을까? 물론 동생이 변을 당했으니 집에 와 있는 게 그리 이상하지는 않을 터였다. 방학도 아닌 때 집에 와 있기 위해서는 휴학이라도 했을텐데 민지혜가 다녔던 간호대학에 가서 알아본 바에 의하면 그녀는 작년 가을 학기에 등록을 하고 휴학을 하지는 않았다. 단지 집에 불이 나 타 죽었다는 사실로 인해 자동으로 제적되어 있었다.

그날 민지혜가 집에 오지 않았다면 집에서 불에 타 죽은 젊은 여자는 누구였을까.

김이하는 일말의 가능성을 안고 그날 전후로 무슨 일이 있었는지 모든 뉴스를 샅샅이 검색했다. 그러자 불이 나고 이틀 후 한 여학생의 실종에 관한 기사가 조그맣게 올라 있었다.

이니셜과 성만으로 되어 있는 피해자의 학교와 이름을 자세히 알아보니, 민지영이 다닌 학교였고 같은 반이었다. 그는 민지영과 같은 반으로 실종되었다는 장희수에 대해 좀 더 자세히 알아보았다.

장희수 역시 민지영의 집이 불에 탄 그날 집을 나가서는 영영 돌아오지 않았다. 같은 반이었던 친구들을 만나 물어보니 장희수와 민지영은 단짝일 정도로 친했다고 했다. 그렇다면 장희수는 민지영이 살해된 일과 관련해서 민지영의 집에 왔다가 변을 당했을 가능성이 크다.

집에서 민경학을 기다리고 있던 장희수는 때마침 들이닥친 살인자에게 모녀로 오해를 받고 살해됐을 것이다. 이런 가정이 사실이라면 민지혜는 어딘가 숨어 있을 것이다.

김이하는 일말의 가능성을 안고 민지혜를 찾아 나섰다. 한데 그동안 여기저기 묻고 들쑤시고 다닌 까닭인지 언제부터인가 수상한 기운이 감지되었다.

그것은 어떤 시선이었고 뒤돌아보면 후다닥 사라지는 그림자였으며 자주 눈에 띄는 동일한 형상이었다.

음모론의 눈으로 보면 주변의 모든 상황이 음모처럼 여겨진다. 모든 것이 의심스럽고 의혹 덩어리처럼 생각하다 보니 그런 기분이 들었을 수도 있지만 뒤에 수상한 꼬리를 달고 민지혜를 찾게 된다면 나중에 어떤 일이 벌어질지 알 수 없었다. 그는 서둘러 회사를 퇴직하고 전셋집도 뺀 후 잠적을 시도했다.

언제나 신중하게 움직였고 항상 주변을 살폈다. 모든 것을 포기한 듯 배낭 하나만 짊어지고 전국을 떠돌아다녔다. 때때로 해변과 강변을 걷고 산중을 헤매기도 했다. 시골 버스를 타거나 국도를 하염없이 걷기도 했다. 그렇게 다섯 달을 보낸 후 자신의 주변에서 어떤 감시의 눈길도 감지되지 않을 때, 그는 다시 민지혜를 찾기 시작했다.

그는 민지혜가 살아있다는 것을 전제로 그녀와 조금이라도 관련이 있을 듯한 사람 및 장소를 모두 찾아다녔다. 물론 메신저나 이메일 계정에도 언질을 남겨놓았다. 일가친척은 물론 초등학교부터 대학교 때까지의 친구들을 모두 찾아다녔다. 그러나 어느 누구에게서도 그녀가 살아있다는 말을 듣지는 못했다.

그런 일을 1년이나 하다 보니 점차 확신이 없어졌다. 과연 민지혜가 살아있으리라는 자신의 가정은 옳은 것일까? 아니면 메아리 없는 동굴을 향해 끊임없이 소리치고 있는 것일까. 그런 회의가 들 무렵 기적적으로 민지혜에게서 연락이 왔다.

역시 그녀는 세상과 완전히 단절한 것은 아니었다. 대학 기숙사의 룸메이트였던 친구 허현희와 가느다란 실을 연결해놓았던 것이다. 그가 여러 번 찾아가 자신의 사정을 그대로 다 얘기하고 꼭 민지혜를 만날 수 있게 해달라고 했는데 처음 민지혜가 죽었다고 잡아떼던 그녀는 몇 달이나 지난 후에 연락을 해왔다.

허현희는 민지혜의 주소나 연락처를 가르쳐준 것도 아니고 직접 만나게 해준 건 더욱더 아니었다. 단지 언제 어느 곳에 가 있으라고만 했다. 그는 시키는 대로 했다. 민지혜가 정한 그 장소에 가서 공원 벤치에서 두 시간을 기다렸다. 두 시간이나 기다릴 수 있었던 것은 딱히 다른 방법이 없었기 때문이기도 하고 그만큼 민지혜가 신중하고 조심스럽게 접근할 것이라고 생각한 때문이기도 했다. 어렵게 이어진 끈을 놓칠 수는 없지 않은가.

벤치에서 얼마나 하염없이 기다려야 하나 고민할 즈음 교복을 입은 여중생이 지나가며 쪽지를 건네주었다. 쪽지에는 그리 멀지 않은 곳의 카페 이름과 간단한 약도가 적혀 있었다.

카페에 들어가 자리에 앉자 얼마 후 한 여자가 등 뒤로 다가와 건너편에 앉으며 말했다.

"안녕하세요."

그렇게 민지혜를 처음 만났다. 간첩과 비밀 접선이라도 하듯.

오랜 시간이 지난 후 김이하는 다른 상황에서 그녀와 만났으면 어땠을까 생각하곤 했다.

미혼의 젊은 남녀가 가슴을 찌르는 사연이 없이 만난다는 것은 애정이 피어날 수 있는 조건으로 충분하기 때문에 얼마든지 사랑으로 맺어질 수 있었을 것이다. 그녀는 상당히 아름답고 똑똑했으며 특히 선량했다.

하지만 그럴 수 없었다. 둘은 처지가 똑같았다. 사랑한 가족을 잃고 가족을 해친 자들로부터 도망 다녀야 했고, 결정적으로 단 하나의 할 일만을 염두에 두고 있었다. 언제 끝날지 모를 그 일을 마무리 짓기 전에는 어떤 일도 할 수 없는 게 두 사람의 현실이었다.

사랑과 복수의 공통점은 다른 어떤 것도 용납하지 않는다는 점이다. 사랑을 할 때는 다른 모든 행위가 그것으로 귀속되고 모든 것을 버릴 수 있게 만든다. 복수 또한 마찬가지다. 사랑과 복수는 그것을 위해서라면 무엇이든 할 수 있도록 만든다. 그러므로 결코 둘을 같이 할 수는 없다.

그는 민지혜가 갖고 있던 아버지의 유품을 통해 어떤 사람들이 사건에 관련되어 있는지 알았다. 정확하게 말하면 짐작했다.

두 사건, 아니 중간의 하나를 포함해 세 사건은 충분히 개연성이 있어 보였다. 이해하기 어려울 정도로 완벽하게 사라진 두 여학생의 사건이 설명이 될 수 있으려면 앞서 벌어진 민지영의 사건과 연관되어야 했다.

민지영을 강간 살해하고 법의 뒤로 숨어버린 진범의 존재가 그 뒤에 일어난 두 소녀의 실종을 야기했다고 본다면 이는 충분히 설명되지 않겠는가.

이제 그는 무엇을 어떻게 해야 할지 알게 되었다. 동생에게 무슨 일이 있었는지 알 만한 사람을 찾아서 물어보면 되지 않겠는가. 그 방법이 또 험난한 길이 될 수도 있겠지만.

그는 민지영의 아버지가 조사한 자료로 사건의 범인들을 추정할 수 있었지만 그걸 증명하고 단죄하는 건 또 다른 문제였다. 자료들이 고발하고 있는 건 민지영의 사건을 저지른 범인들뿐이었다. 그들이 또 다른 범죄, 곧 동생의 실종에 관련되어 있는가 여부는 더 파고들지 않으면 안 되었다.

한데 그는 수사를 할 권리도 없고, 평범한 회사원이었던 까닭에 전문적인 자질과 능력도 없었다. 남은 생을 다 털어 넣고 거기에 매달려도 스스로 괴물이 되지 않는 한 불가능할지도 모른다. 과연 그럴 만한 가치가 있을까. 이런 질문은 이제 그에게 의미가 없었다. 생존과 같이 가치 이전의 문제는 언제나 있는 법이니까. 복수 또한 생존과 같았다.

그는 민지영을 강간 살해한 죄로 재판을 받은 세 건달을 변호한 변호사 집단을 처음 목표로 삼았다. 그들의 동향을 끊임없이 살피고 그들의 하청을 받아 구린 일을 처리해주는 사람들의 목록을 작성했다.

범죄의 뒤처리는 관계된 사람이 많아서도 안 되지만 분야별로 필요한 인원은 있는 법이다. 단순히 한 사건의 수사 결과를 바꾸기 위해 여러 분야에 개입을 했다면, 그건 예상 외로 큰 조직이라 할 수 있다. 그런 곳은 어느 하나를 잘못 건드리면 전체가 움찔 하고 놀라 경계를 하게 된다. 그러면 진상을 파악하고 복수를 하기는커녕 오히려 이쪽이 위험해질 수 있다.

그런 까닭에 여러 사람을 마구잡이로 건드려서는 안 되며 핵심이 되는 인물만 최소한으로 잡아야 한다. 중요한 포인트를 알고 상당히 깊이 개입을 한 사람, 그러면서도 한동안 사라져도 의심받지 않을 사람.

그는 오랜 시간 여러 사람을 미행하고 관찰한 끝에 세 명을 찍었다. 조직폭력 쪽에 있는 사람과 변호사 사무실에 있는 사람 그리고 전직 수사관 한 명.

먼저 외딴 건물에 비밀 장소를 마련해놓고 민지혜와 함께 그들을 하루에 한 명씩 납치했다. 여러 종류의 고문 도구와 약물을 준비해 속전속결로 일을 처리했다. 잡아온 사람은 눈을 가린 후 의자에 결박하고 질문과 고문을 했다.

아무리 괴물이 되기로 했다 해도 그게 익숙할 까닭이 없었다. 사람을 납치하는 것도 그렇지만 잡아다 고문하는 일이 평범한 생각으로 할 수 있는 게 아니라는 걸 처음 알았다. 그동안 수많은 책과 비디오 등을 보며 참고했어도 말이다. 온갖 영화와 다큐멘터리 필름을 보며 방법을 익혔어도 결국은 마음이 문제라는 걸 알았다. 한번 하기로 했으면 추호의 망설임 없이 해야 한다. 조금의 떨림이나 주저함 없이 그냥 찔러 넣는 그것이 관건이다.

그는 하루에 한 명씩 납치해온 사람들을 피투성이로 만들었다. 손톱을 잡아 뽑고 이빨을 부러뜨리고 눈알에 바늘을 찔러 넣었다. 그는 결박된 채 고통에 몸부림치는 사람들을 보면서 자신도 똑같이 죽어간다고 생각했다. 하지만 어쩔 수 없는 일이었다. 이런 일이 가능할 리 없다고 생각한 상식의 벽이 산산이 부서져 흩어져버렸다. 옆에서 지켜보며 도구를 건네주던 민지혜도 마찬가지였을 것이다.

사람은 누구나 마음속에 지옥을 가지고 있다. 단지 그걸 얼마나 자주 보고 늪처럼 빠져드느냐에 차이가 있을 뿐. 그 순간 김이하와 민지혜는 각자의 지옥에 빠져 허우적거리고 있었다. 그 이전 어느 때인가 그들의 동생들이 그랬을 터이고.

세 명의 사내를 거의 죽여놓았을 때 1년 사이에 벌어진 세 건의 납치강간사건의 그림도 상세하게 그려졌다. 역시 민지영 이후 사라진 두 소녀도 같은 범인들에게 유괴되었고 외딴 산장에 갇혀 매일 강간을 당하다 살해되었다.

범인은 조성주와 이의방 등 서로 친분이 있는 20대 초중반의 다섯 명이었고, 그들은 돌아가며 범행 대상을 물색한 후 유괴, 납치해 강간을 했고, 최소 한두 달에서 길게는 1년 가까이 유린한 뒤 잔인하게 살해했다. 살해한 뒤에는 조폭과 수사, 법률, 의료 등 여러 분야에 속한 조직에 의해 깨끗하게 처리되었다.

처음에는 범행이 이렇게 조직적으로 이루어지지 않았는데 우연히 이루어진 민지영의 사건이 우여곡절 끝에 잘 마무리됨으로써 일시적으로 만들어졌던 범죄 은폐 및 말살 조직이 전도유망한 사업체가 되었다. 아울러 조성주 등은 안심하고 강간과 살인을 일삼게 되었다.

이렇게 사건의 진상을 알아내긴 했으나 그 이후 어떻게 해야 할지에 대해서는 막막했다.

납치해서 고문을 통해 받아낸 자백과 얼마 되지 않는 증거만으로 그들을 법정에 세울 수 있을까?

그들의 촉수가 어디에 얼마나 뻗어 있는지도 모르는데?

가장 믿을 만한 곳에 신고를 한다 해도 수사가 진행되는 동안 두 사람은 고스란히 정체가 드러나게 되고, 그들이 변을 당하면 사건은 또 흐지부지될 수도 있었다. 무엇보다도 당장 조직의 세 명이 사라졌는데 그들이 수수방관하고 있겠는가. 눈에 불을 켜고 찾아다니고 있든지 아니면 바짝 긴장한 상태로 움직이고 있을지 몰랐다. 어쩌면 이곳도 위험할 수 있었다.

이제 와서 납치한 자들을 풀어줄 수는 없었다.

김이하와 민지혜는 납치한 자들을 처리하고 당분간 숨어 있기로 했다. 각자 잠적해서 최대한 숨어 지내다가 1년에 한 번씩 특정한 장소에서 만나 그 동안의 정보를 교환하고 다음 계획을 세우기로 약속했다.

민지혜와 헤어진 후, 그는 자신이 고문한 자들한테서 조성주 등이 납치한 여학생들을 상대로 스너프 동영상을 만들었다는 말을 들었다. 그 동영상을 그들도 봤으며 인터넷에 유출되기도 했다는 것이었다.

그는 여러 피시방을 전전하며 수백 개의 웹하드 사이트를 찾아 동생이 찍힌 동영상을 검색했다. 웹하드 및 P2P 사이트에는 온갖 포르노물이 다 있었지만, 그 모든 걸 다 봐도 그의 머릿속 성기능은 하나도 작동하지 않았다. 자신이 과연 이 온라인 쓰레기매립장에서 동생의 흔적을 찾아야 하는가 회의가 들었지만 하는 일을 멈출 수는 없었다.

그렇게 몇 달을 폐인처럼 보낸 끝에 동영상을 찾았을 때, 그는 그것을 다 볼 수 있을까 의심스러웠다. 절대로 보고 싶지 않다고 다짐에 다짐을 했지만 결국 끝까지 다 보고 말았다. 수십 일에 걸쳐 촬영된 두 시간짜리 동영상에는 그가 상상하지 못한 지옥이 펼쳐져 있었다. 여러 놈에게 온갖 능욕과 고문을 당하다 죽어가는 그 모습을 그는 눈물을 줄줄 흘리며 봤다. 그러면서 자신의 마음에도 또 하나의 지옥을 만들어놓았다.

1년에 한 번씩 민지혜를 만나는 동안 그는 C팀의 주요 인물들을 한 명씩 잡아 고문을 하고 자백을 받아냈다. 그러면서 하나하나 계획을 세워 나갔다.

그렇게 수년이 지난 뒤 다시 만난 두 사람은 계획의 최종 점검을 했다.

계획을 단계별로 검토한 후 둘은 한동안 상대의 뒤편을 바라보았다.

"우리 성공할 수 있을까요?"

"그럴 겁니다."

"성공적으로 끝나면 어떻게 되죠?"

"글쎄요. 생각해본 적이 없네요."

"저도 그래요. 그러고 보면 복수란 미래가 없는 거네요."

"그렇군요."

그는 새로운 깨달음을 얻은 것처럼 고개를 끄덕였다.

그리고 둘은 오랫동안 침묵했다.